《走出非洲》剧照 1

《走出非洲》剧照 2

《走出非洲》剧照 3

奥斯卡
经典文库

[015]

Out of Africa
走出非洲

(丹麦)伊萨克·迪内森●著　胡琳静●译　何亮●丛书主编

首都师范大学出版社
CAPITAL NORMAL UNIVERSITY PRESS

图书在版编目(CIP)数据

走出非洲/(丹)迪内森著；胡琳静译.—北京：首都师范大学出版社，2015.2

(奥斯卡经典文库)

ISBN 978-7-5656-2258-8

Ⅰ.①走… Ⅱ.①迪… ②胡… Ⅲ.①自传体小说—丹麦—现代 Ⅳ.①I534.45

中国版本图书馆 CIP 数据核字(2015)第 036089 号

ZOUCHU FEIZHOU

走出非洲

(丹麦)伊萨克·迪内森 著　胡琳静 译

责任编辑　刘志勇

首都师范大学出版社出版发行

地　址　北京西三环北路 105 号

邮　编　100048

电　话　68418523(总编室)　68982468(发行部)

网　址　www.cnupn.com.cn

三河市博文印刷有限公司印刷

全国新华书店发行

版　次　2015 年 3 月第 1 版

印　次　2015 年 3 月第 1 次印刷

开　本　880mm×1230mm　1/32

印　张　12.875　　插页　2

字　数　282 千

定　价　28.00 元

总序：电影的文学性决定其艺术性

不是每个人都拥有将文字转换成影像的能力，曾有人将剧作者分成两类：一种是“通过他的文字，读剧本的人看到戏在演。”还有一种是“自己写时头脑里不演，别人读时也看不到戏——那样的剧本实是字冢。”为什么会这样，有一类人在忙于经营文字的表面，而另一类人深谙禅宗里的一句偈“指月亮的手不是月亮”。他们尽量在通过文字（指月亮的手），让你看到戏（月亮）。

小说对文字的经营，更多的是让你在阅读时，内视里不断地上演着你想象中的那故事的场景和人物，并不断地唤起你对故事情节进程的判断，这种想象着的判断被印证或被否定是小说吸引你的一个重要原因，也是作者能够邀你进入到他的文字中与你博弈的门径。当读者的判断踩空了时，他会期待着你有什么高明的华彩乐段来说服他，打动他，让他兴奋，赞美。现实主义的小说是这样，先锋的小说也是这样，准确的新鲜感，什么时候都是迷人的。

有一种说法是天下的故事已经讲完了，现代人要做的是改变讲故事的方式，而方式是常换常新的。我曾经在北欧的某个剧场看过一版把国家变成公司，穿着现代西服演的《哈姆莱特》，也看过骑摩托车版的电影《罗密欧与朱丽叶》，当然还有变成《狮子王》的动画片。总之，除了不断地改变方式外，文学经典的另一个特征，是它像一个肥沃的营养基地一样，永远在滋养着戏剧，影视，舞蹈，甚至是音乐。

我没有做过统计，是不是20世纪以传世的文学作品改编成电影的比例比当下要多，如果这样的比较不好得出有意义的结论的话，我想换一种说法——是不是更具文学性的影片会穿越时间，走得更远，占领的时间更长。你可能会反问，真是电影的文学性决定了它的经典性吗？我认为是这样。当商业片越来越与这个炫彩的时代相契合时，“剧场效果”这个词对电影来说，变得至关重要。曾有一段时期认为所谓的剧场效果就是“声光电”的科技组合，其实你看看更多的卖座影片，就会发现没那么简单。我们发现了如果两百个人在剧场同时大笑时，也是剧场效果（他一个人在家看时可能不会那么被感染）：精彩的表演和台词也是剧场效果；最终“剧场效果”一定会归到“文学性”上来，因为最终你会发现最大的剧场效果是人心，是那种心心相印，然而这却是那些失去“文学性”的电影无法达到的境界。

《奥斯卡经典文库》将改编成电影的原著，如此大量地集中展示给读者，同时请一些业内人士做有效的解读，这不仅是一个大工程，也是一件有意义的事。从文字到影像；从借助个人想象的阅读，到具体化的明确的立体呈现；从繁复的枝蔓的叙说，到“滴水映太阳”的以小见大；各种各样的改编方式，在进行一些细致的分析后，不仅会得到改编写作的收益，对剧本原创也是极有帮助的，是件好事。

——资深编剧　邹静之

主编的话：跟随文学人物走进各种各样的命运险境

能参与《奥斯卡经典文库》丛书的编辑工作，我感到特别的荣幸和高兴。说实话，这套丛书的编辑过程不仅给我，也给我们整个编辑团队带来了莫大的兴奋感。

兴奋之一：这是国内首次以大型丛书的形式出版经典电影的文学原著，这无疑是奉献给广大读者的一场阅读盛宴，我们相信无论何种口味的读者，都会从这套丛书里找到自己的最爱，甚至找到陪伴自己一生的精神伴侣。

兴奋之二：我们选择的书目全部是奥斯卡奖得奖或者提名的电影原著。奥斯卡本身就是全球最值得大众信赖的品牌之一，在奥斯卡异常严格的选拔标准下，这一批电影原著小说的艺术质量，还有部分原著是第一次出中文版本，我们之前也并未读过，但读过之后，深为震撼——世界一流的小说确实能带给人直击心灵而又妙不可言的独特感受。

兴奋之三：这套丛书让我们重新认识了文学原著和电影作品之间的互动关系。有的作品我们只看过小说，没有看过电影；而有的作品我们只看过电影，没有看过小说（后一种情况更多一些）。于是在编辑的过程中，我们重新补课，将同一故事的两种艺术形式尽量都补看完整。补完课才发现，文学与电影之间的关系真是太有趣了——电影或者因为时长所限，或者因为视听特性的发扬，或者因为求新求变，通常都要对原来的文学作品做出取舍和改动，电影编剧和导演如何取舍如何改动，背后其实都隐藏着电影创作者的深入思考。而很多文学名著又被不同的电影创作者多次改编，这些不同的电影版本所体现出来的电影创作者的不同趣味、不同表达以及独特个性，每每让我们生发出一种“又发现了一片新大陆”的感觉。我们作为读者和观众，往往会为哪一个电影版本改得更好而争论得面红耳赤——而对于那些两种艺术形式都没看过的朋友来说，我个人的建议，最好先读小说，充分展开自己的想象世界之后，再去看电影，收获绝对不一样。

兴奋之四：比起编剧和导演对文学作品的改编，演员、明星们对文学人物的演绎无疑更能引起大家的好奇和关注，在看完小说之后，带着悠闲而挑剔的眼光，再去评论、比较电影里的明星的表现，甚至去评论、比较不同版本的明星的表现，这给我们带来了数不清的快乐时光。

因为部分原著小说和电影也是我们第一次接触，以上所呈现的，都是我们在编辑过程中非常真实的感受。我们也非常期望我们的工作能带给广大读者同样的兴奋和快乐。《奥斯卡经典文库》为您精心挑选的这些非常优秀的原著小说，完全值得您腾出一点业余时间，全身心投入其中，跟随着那些精彩的文学人物走进各种各样的命运险境，去迎接那些意想不到的感动和震撼。

——北影老师　何亮

目 录

导读：每个人都有属于自己的非洲

“我在非洲曾经有一个农场，种咖啡豆，给黑人小孩治病。我在非洲遇见了为自由奋不顾身的情人，热爱动物胜于人，折桂而来，情迷而往。我在非洲曾写过一首歌，那里有已逝的热土，那里有纯洁的朝露。我总是两手空空，因为我触摸过所有。我总是一再启程，因为哪里都陋于非洲。”

多年前，一部叫作《走出非洲》的电影，一开头就深深打动我。于是，我一发不可收拾地读了各种各样版本的小说，还经常把这各种各样版本的小说中的故事讲给别人听。讲的次数多了，这些故事便在我脑海中，有了属于自己的版本。机缘巧合，在 2014 年我有幸翻译了这本《走出非洲》，用我自己的方式，讲述这个我最喜欢的故事。

《走出非洲》的作者卡伦·布里克森，是丹麦著名女作家。她生于丹麦鲁斯特，曾在丹麦哥本哈根攻读艺术，并先后在巴黎和罗马学习绘画。婚后不久即旅居肯尼亚经营咖啡种植园。1931 年农场破产后，她返回丹麦定居，开始了文学创作生涯。1934 年，她以伊克萨·迪内特为笔名出版的第一部小说集《七篇哥特式的故事》，使她一举成名。卡伦·布里克森曾获得安徒生奖和彭托皮丹奖，两次获得诺贝尔奖提名，与安徒生并称为丹麦的“文学国宝”。她的作品饱受海明威、杜鲁门等人的称赞，瑞典学院的常任秘书彼得·恩德格曾经将未颁发文学奖给卡伦称为“一个失误”。

《走出非洲》是她以笔名萨克·迪内森出版的一部自传小说，她本人的经历要比电影更曲折，被丈夫感染的病痛折磨了她一生。海明威认为这是她最应该获得诺贝尔奖的作品，描绘了 1914 年至 1931 年她在非洲经营咖啡农场的生活故事，雄奇瑰丽的景物与传奇曲折的故事交相辉映。非洲，在卡伦的心里，是灵魂的处女地，是没有被同化或异化的最纯净的梦想。就像每个人都会拥抱自己的维纳斯一样，每个人的心里都拥有一片自己的非洲。根据本书改编的同名电影在 1986 年获得奥斯卡金像奖。

我喜欢慵懒地躺在沙发上开始讲这个故事。1914 年，年轻的卡伦踏上非洲这片热土，满怀憧憬开始经营自己的咖啡农场。在她的眼里，非洲就是旱季和雨季流转过后丘陵上盛开的小花，是晨雾中远去的野牛背影和款款而来的优雅的长颈鹿，是远方地平线上拔地而起的合欢树，其实，天堂也不过如此。

她与非洲原住民们在一起的生活经历，是适合在阳光灿烂的露台上讲述的传奇故事。他们一同劳作，一同参加土风舞会，一同游猎，她为这些原住民带来了医疗与教育，而原住民回馈给她更重要的礼物——生命的意义。当地的基库尤人、身边忠心耿耿的法拉、厨房里倔强可爱的小伙子，还有忽然闯进人类生活的羚羊露露，都历历在目。最重要的是，她遇到了命中注定的那个人——丹尼斯。

这段在非洲大草原上的爱情，适合在夕阳的余辉中慢慢体会。卡伦和丹尼斯一起，在暮霭沉沉的草原上追踪雄狮的足迹，在烛光闪闪的餐厅谈论莫扎特的音乐，翱翔在蓝天中端详彼此的面庞……然而，他太与众不同，以至于上帝要将他的灵魂与肉体永远留在了非洲。其实，这未尝不是最好的结局，她将丹尼斯葬在群山之中，丹尼斯与草原融为一体，一如他生前那般奔放自由。而丹尼斯的墓前常年逗留着狮子，因为它们懂得丹尼斯不羁的梦想和自由的灵魂。

美好的时光总是那么短暂，故事的结局需要坐在桌边，手捧热茶慢慢地结束。她的农场遭遇严重的蝗灾，丹尼斯因飞机失事坠入山谷，她苦心经营的咖啡园最终逃脱不了被强行变卖的命运。她黯然地告别她的青春岁月，告别非洲热土，坐在火车上回首遥望熟悉的恩贡山渐渐远去，在心中哀悼这个无可挽回的失落的世界。

虽然卡伦失去了非洲，失去了金钱、名利和感情，但她也得到了更多的东西。在非洲生活的这段时间，她渐渐明白自己虽然身为殖民者，但是永远不是这片土地的主人。她为当地人争取到了生存的土地，为他们带来了医疗和教育。蓦然回首在非洲的日日夜夜，她不虚此行，带着重生的希望回到欧洲。所以，伴随着非洲生活的结束，一个更加精彩的故事才刚刚开始，那就是这本《走出非洲》。

卡伦开始讲述，讲述不属于她的非洲，不属于她的庄园与农场，和不属于她的丹尼斯与肯尼亚的朋友们。也许生离死别无法逃避，当生命成为回忆，一切都成为不可磨灭的美丽。

现在，我循着卡伦的足迹，把这个故事讲给你听：

“如果，我记得一首非洲大地的歌谣——我想我一定会记得——记得长颈鹿，和挂在它背脊上的非洲新月；记得农田里的耕耘；记得咖啡采摘工人大汗淋漓的脸庞。那么，非洲，是否也会记得一首关于我的歌？”

对了，还有一件事，1934年，卡伦出版了《走出非洲》，后来，她再也没有回去过。

第一卷　卡曼特与露露

第一章 恩贡农场

我曾在非洲的恩贡山脚下，拥有一个农场。赤道从高原北边百里外穿过。农场坐落在海拔六千多英尺的地方。白天，你会觉得身在高处，太阳离你很近，它像一个硕大的火球悬在头顶。而清晨和傍晚时分，一切都变得清澈而宁静。一旦夜幕降临，则凉意袭人。

特殊的地理位置与海拔高度，造就出这片人世间独有的风景。这里谈不上富饶，更不绚烂。但这就是非洲大陆，有从六千英尺的深处汲取的精华，浓郁而纯粹。景物的色调如同烧制后的陶器，干燥焦黄。树上的叶片雅致而纤巧，其构造与欧洲的树木大相径庭，不是圆顶状或弓形，而是层层叠叠地沿水平方向延展。

这样的树形，使得这些孤零零的乔木，宛如拔地而起的棕榈，更像是一艘艘刚刚收拢了风帆的船只，英姿勃发，颇具英勇气概与浪漫情调。树林边缘的轮廓别有风韵，仿佛整个树林都在轻轻摇摆。在一望无际的草原上，稀稀落落地散布着荆棘树，年代久远，枝干虬曲，叶片落尽，显出莫名的孤独。一些不知道名字的蒿草，芳香四溢，闻起来像百里香或是沼泽桃木。有的香气过于醇烈，几乎呛鼻。所有的花儿，不管是生长在草原上，还是在原始森林的藤蔓上，都像丘陵地带上的花那么娇小玲珑。但是也有例外，只有在漫长的雨季刚刚来临时，那一簇簇芬芳馥郁、花朵硕大的百合花才会在草原上绽出蓬勃的生命。举目四望，无边无际。尽收眼底的一切，凝聚成伟大、自由和无可比拟的高贵。

无论只是欣赏风景，还是生活在其中，最难以忘怀的是这里的空气。当你回想在这片非洲高地上经历的岁月，你会被一种感觉所震撼——自己曾经生活在云端。天空总是淡蓝色或紫色，堆积着大片汹涌澎湃，又轻若无物、变幻无穷的云朵，翻滚着、飘荡着。天空饱含着生机勃勃的蓝色，连附近的山峦与林地，也都被染上了这种鲜亮却深沉的色调。日当正午时，大地上的气旋活跃起来，像熊熊燃烧的火焰光芒闪耀；又像奔涌的水流跌宕起伏；映照万物，形影成双，气势磅礴的海市蜃楼因此而生。在这片高空中，呼吸变得无比畅快随意，仿佛把对生命的自信吸入了肺腑，使心灵得以自由地翱翔。在这片非洲高地，清晨一觉醒来，你会在心中感慨：我在这里，这里就是我的归宿。

恩贡山的山脉狭长，由北向南蜿蜒连绵。其中四座高耸庄严的山峰矗立在最高处，似掀天碧浪直指长空，却又岿然不动。恩贡山脉自海平面拔地而起八千英尺，它的东面比毗连的原野高近两千英尺，西面的下坡路山势更加险峻，山谷深邃，巉岩陡峭，山体垂直地落向东非大裂谷[1]。

高地上的风常年从东北偏北方向吹来，与阿拉伯半岛和非洲海岸的风一样，被人们称为季风，或是东风——与所罗门王钟爱的坐骑同名[2]。在这里，空气形成劲力十足的大风，令人感到土地仿佛正将自己用力掷向天空。季风劈面吹向恩贡山，使这里的山坡成为滑翔机起飞的绝佳场所。机身借着气流乘风而上，越过山巅。天边朵朵浮云，随风摇曳，有的被山体一侧挡住，萦回在其周围；有的则停驻在顶峰，陡然化云为雨。但是更高处的那些云朵，则避开了这暗礁般的山脉，向西散逸而去，最终在大裂谷干燥炙热的沙漠上空消失殆尽。许多次，我都从住处一路追随这支气势恢宏的队伍，远眺着那些恣情翻卷的云朵，直到它们越过山顶消失在茫茫天际，一去不复返。这令我惊叹不已。

在农场上极目远眺，山峦从早到晚总要变幻几番姿态，有时仿佛近在咫尺，有时却看起来遥不可及。傍晚降临，天色渐暗，此时凝望群山，你会觉得天空中出现一条银白色的细线，勾勒出黑黝黝的山峦的剪影。而当夜幕完全降临，恩贡山的那四座高峰似乎被磨平摊开，嶙峋的山崖变得平滑起来，仿佛山峦自己正在舒展与伸长。

恩贡山向你展示着独一无二的景致。向南放眼望去，野

---

① 东非大裂谷：是世界大陆上最大的断裂带，从卫星照片上看去犹如一道巨大的伤疤，亦称“东非大峡谷”或“东非大地沟”，长度相当于地球周长的 1/6。——译者注

② 这里引用了《可兰经》里所罗门王与马的故事。由于所罗门王对所有的动物都心怀慈悲，真主安拉便赐予他世界上跑得最快的马——风。——译者注

生动物自然保护区的那片广袤的平原，一直伸向乞力马扎罗山[①]。向东、向北眺望，山脚下森林繁茂，如自然公园般秀美。地势起伏的基库尤[②]保护区延伸到百里外的肯尼亚山[③]——许多小块的玉米地、香蕉林和草场混杂在一起，如同马赛克般错落有致。一个青烟袅袅的原始村落点缀其中，好似从地面凸起的小鼹鼠丘。可是向西俯瞰，地势低洼荒凉寂静的干燥土地，如月球表面。褐色的沙漠上，不规则地零星散布着荆棘丛，蜿蜒在河床上，一条条弯曲的青绿色痕迹清晰可见，那就是气宇轩昂、粗枝阔展、长着钉子般尖刺的合欢树丛。这里既是适宜仙人掌生长的沃土，也是犀牛和长颈鹿栖息繁衍之地。

山区是如此浩瀚广袤，置身其中，你会感到自己只是沧海一粟。这里风景旖旎如画，又仿佛披着一层神秘的面纱。狭长的山谷、灌木丛、郁郁葱葱的山坡，以及嶙峋的岩石峭壁形成万千景色。在一座高耸的山峰下面，甚至还能看到一片茂密的竹林。山间隐藏着水井和清泉，我曾在那附近宿营过。

我住在非洲的那段日子，水牛、非洲大羚羊和犀牛就栖息在恩贡山上。据世代居住在当地的长者说，这里还一度生活着大象。我一直为整座恩贡山没有被划为野生动物自然保

① 乞力马扎罗山：非洲最高峰，位于坦桑尼亚东北部，海拔 5895 米。——译者注

② 基库尤：是肯尼亚最大的民族，总人数约 400 万，以农牧业为生，居住在肯尼亚中南部高原地区，以勇敢、坚毅、顽强著称。——译者注

③ 肯尼亚山：非洲第二高峰，海拔 5199 米，终年覆盖积雪。——译者注

护区而深感遗憾。实际上，这里只有一小部分被列入保护区，南面山峰上的信号灯标志着保护区的范围。我曾猜想，当殖民地欣欣向荣时，首都内罗毕也发展成大都市，恩贡山区或许将成为一个无可媲美的野生动物公园。但在我居住非洲的最后那几年里，有许多年轻的内罗毕商贩，每逢周末就驾着摩托车涌进山区里，见到什么就猎杀什么。由此我相信，那些大型的野生动物群将会逃离山区，穿过荆棘丛生的树林和多石地带，向更南端迁徙。

徒步登上恩贡山的山脊以及四座最高峰，是一件简单轻松的事情。因为这里的草丛非常低矮，犹如漫步草坪，还有灰色的石块突出草地。顺着山脊，有一条狭窄的、由野生动物踏出的羊肠小道，蜿蜒而上直至山顶，像一个平缓的“Z”字形。当我在山上扎营的时候，有一个清晨，我沿着小路漫步，发现这里刚刚经过了一群非洲大羚羊，它们留下了鲜明的脚印和新鲜的粪便。这群温和的动物一定是在日出时，排着长队爬上了山脊。你一定会觉得不可思议，它们来到这里，或许只是为了从高高的山顶俯瞰大地。

我们在农场里种植咖啡豆。但是这里的海拔对于种植咖啡豆而言，有些高，要想持续经营下去不是件容易的事情。我们的经济状况一直很拮据。但是一个咖啡种植园需要你投入全部的精力，这里总有各种各样的活计等着你去做。通常，你总会有点跟不上工作的节奏。

在这片充满野性、杂草丛生的土地上，一片规划整齐、精心耕种的园地总会令人赏心悦目。后来，当我乘着飞机从非洲上空飞过时，我能轻易地辨认出自己的农场。我为自己的咖啡种植园所倾倒——它在一片灰绿色的土地上，显出一抹醒目的亮绿。我猛然意识到，人类是如此热烈地向往着几何图形。围绕着内罗毕，特别是在北部的城区，也有一片以类似的方式规划的咖啡种植园。这里生活着这样一群居民，他们在日夜思考并谈论着咖啡豆的种植、修剪和采摘。就连晚上躺下后，也在冥思苦想如何改善自己的咖啡加工厂。

种植咖啡豆是一项漫长的工作，并不如常人想象的那么简单。在你年轻力壮、对未来充满憧憬的时候，你冒着绵绵细雨，把装着嫩绿色咖啡幼苗的箱子从苗圃里一箱箱地搬来，然后看着种植园里的农夫把幼苗插入事先挖好的、整齐排列的湿土坑中——它们将在这里生根发芽、成长结果。炎炎烈日下，你还要从树林里折来枝条，为它们搭棚遮阴，因为幼小孱弱的生命，需要远离骄阳的特别关照。过上四五年的光景，咖啡树才会开始结果。这时你的种植园可能会面临干旱或者病虫害的挑战。更有甚者，肆无忌惮的野草会侵占你的园地，这种野草又叫“黑杰克”，它那扁长而粗糙的种子皮会粘在你的衣袜上。有些咖啡树苗在种植时，主根弯曲受损，就会在含苞待放时死去。一英亩地能种植六百多棵咖啡树，而我拥有六百多英亩的种植园。耕牛整日拖着耙犁，在园地里来来回回地劳作，执着地在两排咖啡树之间往返几万英里，然后耐心地等待着丰收的季节。

有时候，咖啡种植园里也会呈现出动人心魄的美景。在雨季之初，咖啡树开花了，一派夺目的景象。地里一片耀眼的白色，就像飘浮着一团白云，在朦胧的迷雾和绵绵的细雨中，笼罩在六百英亩的园地上。咖啡树的花散发着类似黑刺李的雅致香气，夹杂着清淡的苦味。当园地里变成一片艳红时，咖啡豆就成熟了。所有的妇女和小孩(当地人称其为“图图”)同男人们一起，从树上采摘成熟了的咖啡豆。然后，由货车和手推车陆陆续续地将咖啡豆运到河流附近的加工厂。

我们的加工机器并不是总能正常运转，但这座加工厂毕竟是我们自己设计并建设的，所以我们为它倍感自豪。它曾经被大火烧毁，我们不得不将其重建。加工厂里，巨型的咖啡烘干机一刻不停地运转着，咖啡豆在烘干机的铁壳里沙沙作响，声音恰似海滩上的浪花冲刷着鹅卵石的声音。有时等咖啡豆烘干后，已是午夜，咖啡豆就静静地在烘干机里等候被取出。那一刻真是妙不可言——许多盏防风灯在昏暗宽敞的厂房里随处可见，墙角挂满了蜘蛛网，遍地散落着咖啡豆荚。工人们都满怀期待地聚集在烘干机周围，灯光照着一张张黝黑发亮、焦急难耐的脸孔。此时的加工厂犹如埃塞俄比亚人耳坠上镶嵌的宝石，在非洲的夜空熠熠发光。随后，咖啡豆在经历了手工去壳、分级和筛选后，被装进厚实的布袋，再用缝制马鞍的针封口。待到东方欲晓，我躺在床上，听着货车满载着一袋袋咖啡豆(每十二袋一吨，十六头牛拉一辆货车)，沿着加工厂门前漫长的山路向山上的内罗毕火车站出发。旅程喧闹嘈杂，车夫们跑在嘎吱作响的货车前后，不停地大声吆喝。我欣慰地想着，幸好途中只需要翻越这一座山岭，农场就坐落在内罗毕城镇上方的一千英尺处。到了夜晚，我走出屋子迎接返回的车队。精疲力竭的牛在空车前耷拉着脑袋，一个疲惫不堪的图图在给它们引路。步履蹒跚的车夫们手中的长鞭拖在路上的尘埃中。到此为止，我们已经竭尽全力，咖啡豆将在一两天漂洋过海。我们唯一能做的，就是期待咖啡豆会在伦敦的大型拍卖上卖个好价钱。

我的农场方圆六千英亩，因此除了开垦咖啡种植园外，还有很多闲置的土地。农场的一部分是原始森林，其中约一千英亩是佃农们的土地，当地人称之为“沙姆巴”①。这些佃农们世世代代生活在这里，而这片土地属于白种人的农场。作为回报，佃农们不得不每年抽出特定的天数，无偿地为白人农场主耕作劳动。但是在我看来，我农场里的佃农们会从另一个角度理解这种关系，因为他们以及他们的父辈，有许多人都是在这农场出生的，他们更可能把我看作他们土地上的上等居民。佃农们的聚居地，比农场上其他地方显得更加生机勃勃，景象随着四季轮回而变化更新。当玉米长得比人还高时，你走在泥土被踩得非常结实的小路上，两边都是高大的绿色植物在你头顶飒飒作响，收获的季节即将再次到来。田地里，妇女们采收成熟的豆子，并且拍打去壳，茎秆和豆荚则被堆在一起点燃焚烧。所以，在每年的这段时节里，到处都有青蓝色的烟柱从农场上袅袅升起，此起彼伏。基库尤人还种植番薯。番薯的枝叶如葡萄藤般纵横交织，仿佛一张密密匝匝的毯子铺在地上。此外，地里还能看到各种各样或黄或绿、布满斑点的南瓜。

每当你走在基库尤人的“沙姆巴”间，最引人注目的是那些正在用耕耙翻地的身材矮小的非洲老妇人，她们弯腰驼背的身影，从背后看起来像一只把头埋入沙里的鸵鸟。每个基库尤家庭，都有好几间圆顶的小棚屋和仓库。这些屋子间的空地上总是生机盎然，地面如混凝土般坚硬，基库尤人就在这里碾磨玉米、为山羊挤奶，孩子们则欢快地嬉戏奔跑、追逐小鸡。傍晚刚至，天空还呈蓝色的时候，我常带着猎枪，到小棚屋附近的甘薯地打野鹌鹑。这时候，鸽子就在高高的穗状枝叶的大树上咕咕地高声欢唱。这些大树，曾经属于覆

① 沙姆巴：来自赛瓦西里语，表示一块耕地。——译者注

盖着整个农村的原始森林，现在散布在“沙姆巴”的各个角落。

此外，农场上还有两千英亩的草场。这里的草柔软纤长，迎着大风就像翻涌的海浪般此起彼伏。基库尤小牧童在那里为家里放牛。在寒冷的冬季，他们把小棚屋里燃烧着的炭火装在小柳条筐里，随身携带取暖，但时有不慎，在草地上引起火灾，给农村放牧带来灾难性的打击。在持续干旱的年份，斑马和非洲大羚羊也会被农场里的牧草吸引过来。

十二英里外的内罗毕是我们的中心城市，坐落在一块小小的平地上，四周是大片的丘陵。总督府和大型的政府办公机构都设在城里，管辖着这个国家。

你在这里的生活与城市密不可分，这并不取决于你对它是否有好感。它就像万有引力一般，吸引着你的注意力。我在农场的一些地方，也可以看到城镇夜空繁华的光芒，这使我思绪万千，常常怀念起远在欧洲大陆的那些大城市。

我刚到非洲的那会儿，肯尼亚境内还见不到汽车，我们只能一路骑马，或驾着由六头骡子拉着的车子，前往内罗毕。抵达后，把这些牲口赶入高原交通局的马棚里。我在非洲的那段时光里，内罗毕这座城市还相当杂乱无章，有一些新建的精美的石砖房子，而不远处的整条街区都是用锈蚀不平的旧铁皮搭建的商店、办公室和平房。积满尘土的大街两旁各种着一长排桉树。最高法院、当地事务所和兽医院，都在粗陋破旧的小房子里，脏乱不堪。我因此十分钦佩这些政府工作人员，他们在如此狭小、闷热、昏暗的房间里仍能处理公务。

话虽如此，内罗毕依然是一座不折不扣的城市。在这里，你可以购物，打听新闻，中午或晚上在饭店享用餐点，甚至还能去俱乐部跳舞。它是一个活力四射的地方，如流水一般不停地运转，像新生事物一样迅速生长。随着岁月的流逝，它日新月异，甚至当你外出游猎时，它也在悄悄地变化。庄严雄伟的新政府大楼落成了，设有华丽的舞厅和美丽的花园；几座大型酒店也建好了，还举办了令人流连忘返的大型农产品展览会和花卉展览会。殖民地翻版的《智者》杂志[①]为我们带来各类戏剧，令内罗毕更富情趣活力。内罗毕似乎在说："充分利用时间，尽情享受我吧——如此放浪形骸和贪婪无度！"大致上，我和内罗毕之间已经建立起一种相互理解的默契。某一次，我开车穿过内罗毕城区，突发奇想：没有了内罗毕这样的街衢，世界也就不复存在。

与欧洲城镇相比，这里的非洲原住民和各种肤色的有色人种数量庞大，居住区域也大得多。

赛瓦西里镇，就在通往穆塞加俱乐部的路上。无论从哪个角度讲，小镇都声名狼藉。那是个肮脏喧闹、俗气花哨的地方，但是活跃异常、五光十色，每时每刻都有新鲜事情发生。赛瓦西里绝大多数房屋都是用敲平后的废旧铁皮箱浇筑石蜡搭建而成，锈迹斑驳就像陈腐石化的珊瑚礁，将现代文明的发展精神隔离在外。

索马里城镇则距离内罗毕更远一些，我想，这是为了方便索马里妇女们更好地遵照传统习俗，维持深居简出的生活。在我的记忆里，有几个年轻貌美的索马里女人却住在巴扎（市集）里，她们的名字在城里无人不知无人不晓。她们聪慧迷人，把城里的警察耍得团团转。但在索马里城，你却很少能看到正经传统的当地妇女抛头露面。索马里位于风口，多面受风，风沙遮天没地，却毫无遮拦。这样的天气，即使对当

① 《智者》杂志：20 世纪初备受欢迎的纽约文学杂志。——译者注

地人而言，也会想起本土的沙漠。

对于这里的欧洲人而言，无论居住了多久，甚至是几代人，他们依然无法融入周边的环境，很难对这些游牧民族聚居地的环境安之若素。索马里人居住的房子，不规则地散布在贫瘠的土地上，每个房子都看起来像是用大量四英寸长的钉子固定在一起的，感觉最多支撑个把星期的样子。可是，当你走进任何一间屋子时，都会大吃一惊，屋子里竟会这般干净整洁，空气里弥漫着阿拉伯香料的芬芳。屋里装饰着考究精美的地毯和帷幔，摆放着黄铜和白银质地的器皿，以及有着利刃的象牙柄宝剑。索马里的妇女们端庄温柔、热情好客、开朗乐观，走到哪里都伴随着银铃一般清脆悦耳的笑声。多亏了一直陪伴我左右的索马里男仆法拉·亚登，我在索马里镇上总像在家里那样舒心自在。法拉带我参加了索马里人各式各样的节日宴会和庆典。盛大的索马里婚礼便是多姿多彩的传统庆典之一。我曾作为贵客，被带往洞房。屋内四壁以及婚床上都挂满了古老的、流光溢彩的织品和刺绣。眼睛乌黑的新娘全新僵直地站着，好像披着厚重的丝绸、黄金和琥珀饰品，好似军队的仪仗。

索马里人大多经营运输和贩卖牲畜，足迹遍布全国。他们为了运输货物，在村子里养了不少灰驴。我还偶尔在那里看到骆驼，这种来自沙漠的桀骜不驯、健壮倔强的动物，恰如仙人掌，能征服一切土地，亦如它们强悍的主人——索马里人。

可是，索马里人常常自找麻烦，挑起可怕的部族争端。在这个问题上，他们的想法和感受都与其他民族截然不同。法拉属于哈伯尤尼斯部落，我个人倾向于在纷争中支持他们。有一次，索马里地区的某个镇上发生了一场名副其实的大规模冲突，德尔巴汉提斯部落与哈伯开尔罗部落互相用来复枪攻击对方，纵火焚烧，到早晨时十多人身亡，直到政府出面干预，局面才得以控制。当时，法拉有一个同部族的朋友叫萨伊德，是个举止优雅的大男孩，时常来农场拜访法拉。后来，我的男仆告诉我，萨伊德在去拜访一户哈伯开尔罗部落的人家时，一个愤怒的德尔巴汉提斯族人恰巧经过，胡乱朝房屋开了两枪。子弹穿过墙壁，不偏不倚打断了萨伊德的一条腿。听到这个消息，我非常难过，并向法拉表示慰问，深深同情他朋友的不幸遭遇。

可是法拉情绪激动地叫嚷着："什么？萨伊德？这次算他走运！谁让他偏偏去哈伯开尔罗人的家里喝茶？"

在内罗毕，印度人主宰着本地市场绝大部分的生意。那些精明的印度商人，比如贾凡吉，苏雷曼·维吉和阿里迪纳·维斯朗，都在城镇郊外有自己的小别墅。他们都对雕花的石砌台阶、栏杆和花瓶情有独钟。这些建筑材料是肯尼亚当地出产的一种软石，用拙劣的工艺雕刻而成，造型粗陋，宛如孩童们用粉色砖块堆出的模型。他们在自己的花园里举办茶会，并提供印度的油酥点心招待宾客，与别墅的风格相得益彰，一群头脑灵活、游历丰富并且彬彬有礼的人在这里聚会。这些印度人，大多是极具手段的商人。和他们接触，你很难分辨面前的这个人仅仅是个普通人，还是代表了某家公司的负责人。我曾去过苏雷曼·维吉的家。一天，我看到他库房院子里的旗杆上降了半旗，我向法拉问道："苏雷曼·维吉过世了吗?"

"他半死不活。"法拉回答道。

"他们降半旗就是表示半死不活吗?"我又问。

"苏雷曼死了，"法拉最后回答说，"但是维吉还活着。"

在接管农场之前，我迷上了狩猎，并且多次外出游猎探险。但自从我当上农场主后，就把猎枪束之高阁了。

马萨伊族是一个游牧民族，拥有很多牲口。他们就住在河的另一边，与我的农场为邻。有时，他们会跑到我家里，抱怨他们的牛又被狮子夺走了，并且请求我枪杀狮子，对此我提供了力所能及的帮助。到了星期六，我时常会在长长一队兴高采烈的基库尤年轻人的簇拥下，到奥兰吉平原上射猎两只斑马，给农场的工人改善伙食。我还在农场里射猎野鹌鹑和珍珠鸡，它们肉质鲜嫩，是美味佳肴。但之后的好多年里，我都没有外出打猎了。

即便如此，我们还是经常在农场里回忆以前的游猎经历。宿营地的情景记忆犹新，似乎曾在那里度过漫长的岁月。甚至连四轮车碾压草地，留下的一条条曲折的车辙也历历在目，就像老朋友的面庞一样难以忘怀。

在游猎途中，我见过一群水牛，数了一下，多达一百二十九头。清晨的天空呈现出古铜色，它们从晨雾中出现，一头接着一头，摩肩接踵。这些大家伙皮肤黝黑，强壮如钢铁，长着巨大的犄角。恍惚间，它们仿佛并非是逐渐由远方走近，而是蓦然出现在我的眼前，很快又消失得无影无踪。我还见过一群大象，从遮天蔽日的原始森林里穿行而过。阳光透过密布的藤蔓，洒下斑斑驳驳的余晖。象群大步向前，似乎正在赶赴某个远在世界边界的约会。这个广袤的狩猎区，犹如一张古老而珍贵的波斯地毯的一角，黄、绿以及黑褐色交错纷呈。我好几次看到长颈鹿在平原上经过，它们的风姿奇异而独特，就好像那并不是一些动物，而是一簇带着斑点、枝蔓高大的巨花在优雅踱步。我在清晨跟随过两头出来散步的犀牛，它们正呼吸着拂晓凛冽的空气。它们看起来貌似两块长着角的巨石，沿着长长的山谷嬉戏前行，享受着美好的生活。一次日出之前，天空中还悬着一弯残月，我见到了威武雄壮的非洲雄狮，这片草原上的万兽之王正捕猎归来，踏过灰色的平原，在泛着银光的草丛上投下黑色的身影，面部直到耳根还沾染着血迹。另一次大约是在正午时分，我见到雄狮在家族成员的簇拥下，躺在低矮的草丛中惬意地打盹，它的四周投下了金合欢树柔和、清凉的绿荫。当农场的生活显得沉闷乏味时，回忆起这些往事总会令人心情愉快。那些野生动物还留在那里，留在属于它们的国度。只要我愿意，我可以随时去观察它们。它们如此近在眼前，使农场洋溢着欢欣与舒畅。尽管法拉渐渐对农场上的事物产生浓厚兴趣，但他和那些多年来在农场劳作的佃农一样，热切地期待着再次远行狩猎。

在野外时，我学会了尽量避免一切唐突的举动。在狩猎时，你要对付的动物胆怯而警惕，它们在逃生方面天赋异禀，能够在你不经意时转眼间逃走。没有哪种家畜能做到像野生动物般静立不动。步入文明的人类几乎已经丧失了保持静止不动的能力，因此必须在野生动物习惯你的存在之前，向它们学习如何保持安静。对于猎人来说，他要学的第一堂课，就是缓慢移动的艺术，没有任何唐突的举动，对于带着相机的人来说更是如此。猎人们不能为所欲为，必须和草原上的风、颜色与气味融为一体。猎人们还必须对节奏有敏锐的感觉，有时猎物会一再重复某个动作，他们也要随之调整。你一旦掌握了非洲特有的节奏，就会发现这种韵律存在于每一首乐曲之中。我从野生动物身上学到的一切，在我与非洲人的交往中也受益匪浅。

就像男人们都会偏爱有女人味的女人，而女人们都会青睐有男子气概的男人一样，北欧人的特质就是对欧洲南部的国家和那些国家的人们怀有特殊的感情。诺曼人[①]对南部各国的爱恋一定是种天意，首先是法国，然后是英格兰。那些出现在18世纪的历史和传说中，常年穿梭于意大利、西班牙和希腊的英国绅士们，性格与南部国家一点儿也不沾边，但却被与他们迥然不同的事物深深吸引。过往那些德国和斯堪的纳维亚(即北欧)的画家、哲人以及诗人们，第一次来到佛罗伦萨及罗马时，都禁不住拜倒在南部各国的石榴裙下。这些心浮气躁的北欧人，对异乡却表现出无法解释、不合常理的容忍。正如一个女人几乎无法激怒一个真正的绅士，也正如对一个女人来说，只要一个男人还有点绅士风度，他就不会被拒之千里。所以，急躁的红头发诺曼人可以长期忍受这个热带国家与种族纠纷，也是同样的道理。他们对自己国内以及亲朋好友中发生的荒谬之事难以忍受，但是面对非洲大陆的干旱，烈日暴晒引起的中暑，牛群中暴发的瘟疫，又或是当地仆人的不尽如人意，他们展现出超常的宽容与谅解。以个体意识难以对未知世界做出准确的判断，这使他们在交际中心甘情愿地放弃了个体意识。欧洲南部各国的人和其他混血人种则没有这种特质，他们对此大肆指责，嗤之以鼻。也正是出于这个原因，人们不谋而合地为格里塞尔达[②]愤愤不平，就像自认为是硬汉的男人不屑于那些对爱情无病呻吟的男人，或是像那些过于的理性的女人对自己的伴侣缺乏

---

① 诺曼人：8～11世纪自北欧日德兰半岛和斯堪的纳维亚半岛等原住地向欧洲大陆各国进行掠夺性和商业性远征的日耳曼人，又称“维京人”。——译者注

② 格里塞尔达：中世纪许多故事中的女主人公，以温顺、能长期耐受苦难著称。——译者注

耐心。

对于我来说，仅仅在非洲待了短短一星期后，我就深深地喜爱上了这里的原住民。这种喜爱无论老少、不分性别，真挚强烈。对深色肤色人种的重新认识，使我的世界变得宏伟开阔。就如一个具有喜爱动物天性的人，始终生活在一个没有动物的环境中，然后在生命迟暮之时接触到了动物；再或者一个生来就热爱树木和森林的人，在二十岁才头一回踏入森林；又如一个对美妙的音乐异常敏感的人，偏偏在成年后才第一次聆听到音乐——那么，我初次结识非洲人的感受就与这些人类似。在我到了非洲之后，我开始了每天“聆听管弦乐”般美妙的生活。我的父亲先后在丹麦和法国的军队担任军官。在他还是杜普尔①的一名非常年轻的中尉时，他给家里写信说：“我在杜普尔担任一个纵队的长官。这项任务很辛苦，但也很光荣。对于战争的执着，如同对其他事物的欲望一样，充满激情。我对士兵的爱就如同对年轻女郎的爱一样，近乎疯狂。而且姑娘们对爱的需求是不容分享的，所以对于女人的爱在同一时期也只能是唯一的。可是我对士兵的爱，却蔓延到整个军团，并且无限地扩散。”我对非洲原住民的感情，正像我父亲信中所描述的。

想了解非洲原住民并不容易，因为他们有着灵敏的听觉，一有风吹草动就躲藏起来。如果你惊吓到他们，他们会顷刻间隐匿到属于他们的世界里，如同野生动物般一个不留神就从你眼前消失了，仿佛从来没有出现过一样。除非你和一个非洲人非常熟悉，否则几乎不可能从他那里得到直接的回答。如果你直接问他有几头奶牛，他会闪烁其词地告诉你：“就是

---

① 杜普尔：丹麦日德兰半岛南部的一个小镇。——译者注

我昨天告诉过你的数量。”这种回答方式，欧洲人很难接受，可是那样的提问方式，也会让非洲人感到为难。如果我们继续对他们刨根问底、穷追不舍，他们总会竭尽所能地逃避，然后用一种怪诞而又幽默的怪念头引我们误入歧途。在这方面，即使是小孩，都像扑克高手般精明狡猾，他不会在意你究竟是高估还是低估了他手里的牌，只要你不知道他持的是怎样一把牌。当我们闯入非洲原住民的生活中时，他们就像一群被你用树枝捅到蚁穴的蚂蚁，会锲而不舍地修补被破坏的地方，动作迅速而简洁——就像在极力抹去一个不体面的行径。我们无法知晓，也很难想象，非洲人究竟为何会对我们深感恐惧。依我看，他们的这种恐惧，与其说是对痛苦和死亡的恐惧，不如说更像是对突如其来的巨响感到的惧怕。然而非洲人如此擅于模仿表演，令你无法分辨。有时，你会在清晨的“沙姆巴”里，发现一只石嘴鹌鹑，在你的马蹄前跳来蹿去，像折断了翅膀似的正在奋力逃避猎狗的追捕。但事实上，它的翅膀毫发无损，也并不惧怕猎狗，它只要瞅准机会，随时会振翅飞走。它之所以会上演这一幕，只是因为有一窝雏鸟就在附近，所以它企图引开我们的注意力。就像石嘴鹌鹑一样，非洲人可能是在模仿某种对我们的恐惧，但他们有一种更深层次的恐惧，其底蕴是我们无从猜测的。又或者，说到头来，他们的这种行为只不过是一种诡异戏谑的捉弄，其实这些羞涩的原住民一点都不惧怕我们。原住民远不像白人那样在生活中具有危机意识。有时在农场上，或是在狩猎中，处在危急关头时，我和我的土著同伴们有过眼神的交流，那一刻，我发觉彼此其实相距得很远，而且他们正在纳闷我何以那样的忧虑和紧张。这使我领悟到，他们以一种本真的状态生活着，而我们与这一状态格格不入，就好比活在水中的鱼儿，无法体会人类对溺水的恐惧。我想，他们之所以对生活这样从容淡定，有这样熟练的“游泳技巧”，是因为他们还保留着从祖先那里传承下来的某种精神，而这对于我们却已经失传了。在世界上所有的大陆中，唯独非洲会教授给你这一课：上帝与恶魔永远共存、合二为一，而非彼此对立。非洲人既不会把两者混淆，也不会枉费气力去区分它们。

通过游猎探险和在农场上的生活，我渐渐与当地人熟络起来，建立起一种亲密的私人关系。我们成了好朋友，于是我接受了这样一个事实：虽然我从不深入地了解他们，但他们却越来越能看透我的心思。甚至在我自己确定心意之前，他们就已经猜测到了我下一步的打算。有一段时间，我在基尔基尔还拥有一个小农场，我在那里露营，并搭乘火车来往于恩贡和基尔基尔之间。每当基尔基尔下雨时，我就当机立断，想要回到恩贡农场的家中。但在我抵达基库尤火车站(距离我的农场十英里远)时，我的仆人早已在那里备好一头骡子，载我回家。当我追问他们如何知道我要回来时，他们总会不安地扭过头去看着别处，好像受了惊吓或是烦扰，很不自在。这种神情，好比一个耳聋的人要求我们给他解释什么是交响乐时，我们感受到的窘迫。

当本地人觉得和我们在一起有了安全感，不用再担心发生各种意外和噪音时，他们就会对我们敞开心扉，滔滔不绝，远比两个欧洲人的交流更坦率。他们并非特别值得信赖，但是相当真诚。拥有一个好名声和威望，对当地人至关重要。有时，他们因此甚至会用溢美之词赞颂我们，极尽夸张，也从来没见有人提出过异议。

有时，农场的生活难免让人感到孤寂。夜晚笼罩在一片静谧里，时间一分一秒地悄然流逝，生命似乎也随之从你身上不断地溜走。这一刻，我只想找个白人(来自故乡的人)聊聊天。但一直以来，我觉得当地人的安静沉默掩盖着他们的忙碌，他们与我的生活就像各自搭乘着两架飞机平行飞翔，彼此传递着共鸣。

非洲原住民，是这片大陆的血肉之躯。无论是从东非大裂谷中高高耸起的隆格诺塔死火山，还是岸边枝舒叶阔的合欢树，抑或是大象和长颈鹿，都不及本地人更能真正地代表非洲——他们才是这庞大景观中渺小而精妙的生灵。一切都是对同一概念的不同诠释，是对同一主题的不同演绎。这不是形色各异的粒子在进行同类汇集，而是相同的粒子在进行不同的组合，就如橡树叶和橡树果以及橡木制品间的关系。我们穿着长靴行色匆匆，看起来与这片土地不甚协调，而本地人则与这里融为了一体。当这些高挑瘦削、皮肤黝黑、眼睛乌黑的非洲人行走时，由于田间的道路如此狭窄，他们总是一个跟着一个——或务农，或放牧，或举办大型舞会，或讲故事时，那都是整个非洲在漫游徘徊、在翩翩起舞、在盛情款待你。在这片非洲高原上，你会想起诗人的篇章：

> 我发觉高贵，
> 于原住民身上，
> 而移民者却乏味枯燥。

殖民地一直在日新月异地发展，自我到来后，依然在不断变化中。所以，我尽量精确地记录我在农场的那段生活，以及在这个国家的高原和森林里生活着的人与动物的一点一滴。我所写的，或许已经在成为历史。

第二章　一个土著男孩

卡曼塔是名基库尤小男孩，是农场里一户佃农的儿子。我一直和佃农的孩子们都很熟，一方面由于他们在我的农场里干活，另一方面，他们也常常到我房子附近的草地上牧羊。他们认定这里一定会有什么有趣的事情发生。然而，在我遇到他之前，卡曼塔肯定已经在农场上生活了不少日子，我猜想他一直过着深居简出的生活，像一头生病的小兽。

我骑马穿过农场的草原，第一次遇见了他，他正在那里给家里放羊。他是我所见过的最令人怜悯的小生命。他的脑袋很大，身体却瘦弱单薄得吓人，膝盖和肘部都高高地突出来，像木棍上的结节疙瘩。他的双腿从大腿到脚踝长满了严重的脓疮。在广袤的草原上，他显得如此渺小，以至你会惊诧，如此之多的苦痛竟会全部落在一个小男孩身上。当我停下和他说话时，他一言不发，甚至没有抬头看我一眼。他有一张扁平、瘦削、痛苦憔悴却又坚韧的脸庞，双目无神，像死人一样黯淡。乍一看，他似乎只有几个星期的活头了，你甚至会产生错觉，与死神形影不离的秃鹫在他头顶苍白炙热的空气里盘旋。我让他第二天早晨来我家，想尝试给他治疗脓疮。

我几乎在每天早上九点到十点之间，为农场里的佃农们看病。像那些有能耐的业余医生一样，我也有一大群病人在候诊，通常都等在我门口，少则两个，多则一打。

基库尤人善于自我调节，面对各种不测变故都能安之若素。在这方面，他们不同于白人，后者往往会努力探索未知的事物，千方百计地抵御厄运的侵袭；而非洲人则与命运女神和睦相处，把自己的一生托付于她的手掌心，任由摆布。从某种意义上说命运对他们就是家园。化身为小棚屋里熟稔的黑暗，是他们扎根的沃土。面对生活中的一切变化，他们都能泰然处之。我相信，对他们来说，雇主、医生或者上帝身上最重要的禀赋首推想象力。正是出于这种渴求，在非洲和阿拉伯半岛，哈伦·阿拉什德国王[①]一直在他们心中保持理想统治者的地位，他制定的法令沿袭至今，而在未知的将来，他和他的法令依然会不知在何时再次出现。当非洲人谈论起上帝的品格时，就像在讲述《一千零一夜》里的故事，或是《约伯记》[②]的最后几个章节。无穷无尽的想象力，才是非洲人留给人们的深刻印象。

在农场中，他们由于这种性格，使得身为“医生”的我倍受欢迎和尊敬，甚至可以说赫赫有名。我第一次出发前往非

---

① 哈伦·阿拉什德国王：约公元 746 年至 809 年，阿拉伯历史上阿拔斯王朝第五任哈里发，曾多次率部落击败拜占庭帝国的军队。执政期间，阿拉伯帝国空前繁荣。——译者注

② 《约伯记》：《圣经·旧约》中的一卷。——译者注

洲时，在客轮上邂逅了一位伟大的德国科学家。为了试验昏睡症的治疗方法，他已经是第二十三次出行，并且带了百余只试验用的小白鼠和豚鼠登船。他告诉我，与非洲原住民打交道时，最棘手的事情不是对方缺乏勇气——恰恰相反，面对疼痛和大手术，他们一向无所畏惧。令德国科学家百思不得其解的是，他们难以接受的是规律性的、有条不紊的治疗过程，包括重复性的治疗周期，甚至规范化的医疗操作。可是，当我逐渐了解原住民后，我对他们的这种禀性尤为赞赏。他们拥有非凡的勇气，对真正的危险有着纯粹的热爱——是生灵直面造物主对命运的宣告时，最真实的回答；是上苍说话时，大地深处的回响。我有时会想，在原住民内心深处，真正畏惧的可能是我们墨守成规的迂腐之气。在整天卖弄学问的人手中，他们会郁闷至死。

我的病人们，都在我屋外的一个石头露台上等候着。他们三三两两地蹲坐在这里——骨瘦如柴的老人，不停地急促咳嗽着，泪眼汪汪；干瘦的年轻人，为打架斗殴付出了代价，黑着眼圈，嘴巴上还带着瘀青；还有正在发烧的孩子，耷拉着脑袋靠在母亲的怀里，像一朵朵枯萎的小花。我经常要治疗一些严重的烧伤病人。基库尤人晚上在小棚屋里围着火堆睡觉，那些炽热的木柴或炭块的碎屑，有时会崩塌下来滚落到他们身上。有几次，当储备的药物用尽时，我发现蜂蜜作为烧伤药膏颇有疗效。屋外的露台上犹如踊跃而充满了刺激的欧洲赌场，人们都在兴奋地窃窃私语，但当我一踏出门外，说话声戛然而止。然则，这样的静默，正酝酿着无限的可能性，仿佛此时此刻，将有什么重大的事件就要降临。不过，他们通常都沉默不语，任由我挑选自己的第一个病人。

其实，我对医学知之甚少，充其量就是急救课程上学到的那点儿皮毛而已。但由于几次侥幸治愈病人的经历，让我作为医生声名大振，而且这个声望并没有因为我所犯过的一些灾难性错误而褪色。

假如我能够保证每次的治疗都能够药到病除，那么谁又知道求医者的数量会不会因此逐渐减少呢？如果那样的话，我将会获得专业医生的声誉——情况表明，我成了来自佛莱雅的妙手回春的名医。可是，原住民们还会相信神灵与我同在吗？他们对于神灵的认识，来自常年的干旱，来自夜间在草原上徘徊的狮群，来自游荡在房前屋后、觊觎独处的孩子们的花豹，来自掠过大地密密麻麻的蝗虫群，它们从天而降，所到之处片叶不留。同样，他们也从那些难以置信的吉兆中感知神灵：玉米田上方，蝗虫群只是过境，竟不做停留；或者春季的雨季提早到来，雨水充沛，润泽万物，带来怒放的鲜花与丰收的庄稼。这样看来，当发生与那些非洲人息息相关的大事时，我这个来自佛莱雅的"名医"，只能做个旁观的局外人而已。在我第一次遇到卡曼塔后，第二天早上，他意想不到地出现在了我家门口。他与其他三四个病人保持着距离，直挺挺地站着。那行将就木的面庞，仿佛在诉说他对生命的丝丝留恋，并且试图抓住这最后的机会，与死亡抗争。

日子一天天过去，他向我证明了自己是个积极配合的模范患者。他按照我的要求，风雨无阻，从不缺诊，也不迟到。即使我告诉他每隔三四天再来复诊，他也一直坚持，雷打不动，从未弄错日子，这在原住民中非常难得。痈疮的治疗过程极其痛苦，但他以一种我无法描述的平静和淡然忍受着。基于这些方面，我都应该把他当作其他病人的楷模，但我还是没有这样做，因为与此同时他也令我内心非常不安。

在我的一生当中，极少会遇到这样的野性生命。他与世隔绝，以一种决然的放逐和宿命般的逆来顺受完全封闭了自己，将周遭的生活统统隔离屏蔽开来。我问一句，他就答一句，但他从未主动开口，也不抬头看我。或许由于他的治疗过于痛苦，当其他生病的孩子在清洗和包扎中，哭哭啼啼时，他没有表现出丝毫怜悯，不去多看一眼，甚至脸上还带着胜人一筹的冷笑。他毫无与周围世界接触的欲望，因为过往的经历，让他知道那是多么残酷。面对痛苦时，他展现的来自灵魂的坚毅，只有身经百战的勇士才会具备。无论何事都不会足以糟糕到令他惊讶，因为他的生存手段、他的人生哲学，已对一切事情都做好了最坏的打算。卡曼塔的这些举止，表现出一种宽宏的气度，令我想到普罗米修斯对信仰的宣言：“痛苦于我，恰如仇恨于你。现在把我撕成碎片吧，我也毫不在意。”以及“啊，随意处置我吧，反正你无所不能！”①但是这样的气度，凝聚在卡曼塔如此瘦小的身躯里，着实令人难受和沮丧。我不禁思索，上帝在面对这么个饱受折磨的小人物所拥有的气度时，该做何感想？

我清楚地记得，他第一次主动看着我，并主动向我开口说话时的那一幕。那发生在我们认识了一段时间以后，我刚刚放弃了最初的疗法，开始尝试另一种新疗法——我从书里看到的热敷法。但是，我太急于求成，以至于把热敷用的药膏加热得太烫。当我把滚烫的药膏敷在他腿上并在表层拍打时，他瞪大眼睛瞥了我一眼，大叫了一声“姆萨布”。原住民在称呼白人女性时，采用这个印度词汇，但是发音略有不同，拖长了尾音，因而它变成了一个非洲语里特有的词汇。此刻，

---

① 这两句诗歌，都引自英国诗人雪莱的希腊神话诗剧《普罗米修斯》。——译者注

这个词从卡曼塔口中冒出来，既是求助，也是提醒，就像一个忠诚的朋友在制止你做蠢事。事后回味那一幕，让我心中充满了期盼。我很懊悔因为自己野心勃勃地想成为医生，把药膏弄得太烫，但同时我也很高兴，因为这是我第一次与这个充满野性的孩子有了默契的交流。这位饱受苦难的孩子，对未来的所有期待，除了苦难还是苦难。但是这一回，在我这里，他不再静候苦难。虽然我为卡曼塔的治疗一直倾尽全力，可是他的恢复情况却并不乐观。在很长的一段时间里，我反复为他的腿清洗疮脓、包扎疮口，但他的病情令我束手无策。有时一处腿疮刚有好转，在其他部位又会长出新的脓疮。最后，我只好决定，带他去苏格兰教会的医院接受治疗。

这个决定似乎命运攸关，包含着无数可能性，足以动摇卡曼塔的内心，甚至可能令他最终放弃治疗。但是，他的人生经历和处世哲学，迫使他无法去抗拒任何事情。我亲自开车，将他送到教堂，带他走进医院的大楼里。这神秘而陌生的环境，使他战栗不止。

从我的农场向西北方向十二英里，再上坡五百英尺处，就是苏格兰教会。而法国罗马天主教会则在农场东面十英里、较为平坦的土地上，地势则低于农场五百英尺。对于这两个教会，我都没有什么特殊感情，私下里与二者都保持着很友好的关系，并且对他们之间的敌对状态深感遗憾。

法国罗马教会的神父们是我的好朋友，我时常在星期天的早晨，与法拉一起骑马去参加他们的弥撒，一来可以再次讲讲法语，二来是因为去教堂的沿途风景优美，别有情调。走在漫长的道路上，穿过了林业局的金合欢树种植区。这些高大的树木散发着浓郁清新的松香气味，在清晨显得格外甜美芬芳、沁人心脾。

罗马教堂总是能将自己的宗教氛围传播到所到之处，令人啧啧称奇。神父们在当地教会的协助下，自行规划建造了教堂，并引以为豪。这座灰色大教堂，带有钟楼，富丽堂皇地矗立在一个宽敞的庭院里。而这庭院恰好位于这片殖民地上历史最悠久、经营最完善的咖啡种植园中央。庭院还配有台阶和平台，左右两边是带有拱廊的餐厅和修女院。教会的学校和磨坊位于稍远的河畔。如果要到达教堂门前的小路，就必须骑马经过一座拱桥。这些建筑都是用清一色的灰色岩石砌成。当你骑马走下拱桥时，在四周的烘托下，这里显得干净整洁，令人难以忘怀，自己仿佛置身于瑞士南部的村庄或意大利北部的风景中。弥撒结束后，友善的神父们总会在教堂的门口，等候我出来，邀请我穿过庭院，到宽敞凉爽的餐厅品尝葡萄酒。在那里，我可以听他们对殖民地的各种现状津津乐道，甚至还有从偏远角落搜罗来的奇闻趣事。同时，他们在友好、慈祥的闲聊的掩饰下，也会想方设法地从你口中捞取任何你可能获悉的消息，好似一群忙忙碌碌的、毛茸茸的棕色蜜蜂——因为他们都蓄着浓密的大胡子——趴在花丛中采集花蜜。尽管他们如此关注着殖民地的生活，却始终是漂泊在外的法国人，他们尊崇着某种神秘权威的指引，颇有耐心且心悦诚服。你会觉得，如果不是为了听从那个神秘的未知权威的吩咐，他们就不会待在这里，这座矗立着高高钟楼、灰石砌成的教堂也不会平地而起，也不会出现拱廊和学校，更别提井井有条的种植园以及教会驻地的一切。调令一旦下达，所有的这些人就会把殖民地的各种事务置之脑后，一窝蜂似地返回巴黎。

在我前往教堂做弥撒和去餐厅与神父们小酌时，法拉一直帮我牵着马，耐心等候。在我们回农场的路上，他总能察觉到我愉快的心情。他是一名虔诚的伊斯兰教徒，因此滴酒不沾，但他把弥撒和酒看作我的宗教信仰中两项非常重要的仪式。

有时候，法国神父们会骑着摩托车到农场做客，与我一起共进午餐。他们向我讲述拉封丹[1]的寓言诗，并给我的咖啡种植业提了很多不错的建议和忠告。

我对苏格兰教会则不太熟悉。从他们的教区向四周的基库尤农田俯瞰，壮观的风景尽收眼底。然而，苏格兰教会留给我的印象，是盲目而昏聩，仿佛他们除了自己，什么也看不见。苏格兰教堂不遗余力地向本地人推广欧式服装，在我看来，这完全是徒劳，毫无益处。虽然如此，他们那里却有一所很好的医院。我在的那段时期，医院的负责人是亚瑟博士，一位慈善、聪慧的主治医师。他们救治过农场里的许多人。苏格兰教会医院收治了卡曼塔，他在那里待了三个月，这期间我只见过他一次。我骑马前往基库尤火车站，经过了苏格兰教会，途中有一段路通往医院的院子。我看到卡曼塔独自一人站在草坪上，远离其余几伙康复病人。那时卡曼塔康复了许多，甚至能自由跑动。见到我后，他立刻跑过来，隔着篱笆跟着我一路跑完了那段路。他在篱笆那侧一路小跑，活像围场里一匹欢快的小马驹，当你骑马经过他时，他会有反应。他目不转睛地盯着我的马，但是一言不发。等我跑到了院子的拐角处，他迫不得已停下了脚步。当我继续骑马前行并回过头看他时，他一动不动，活像根木桩似的呆立在那儿，昂着头，目送着我的背影，酷似一匹被撇下的小马驹。

---

① 拉封丹：法国著名寓言诗人，代表作品是《寓言诗》十二卷。——译者注

我几次向他挥手道别，起初他全然没有反应，然后他的手臂突然像长矛般高高扬起，可惜这个动作他只做了一回。

复活节的那天上午，卡曼塔终于回到农场。他给我捎来医生写的信，信里写他康复得很好，并认为他的病情基本痊愈。卡曼塔对信的内容一定心中有数，因为我看信时，他一直目不转睛地观察着我的表情。不过，他无意谈论这件事，因为他心中藏有更重大的事情。他平时总是镇定内敛、从容不迫，可这一次，尽管他在极力克制，仍然因战胜病魔后胜利归来而显得神采飞扬。

所有的非洲人都善于制造戏剧性的效果。卡曼塔事先仔细地在腿上用旧绷带一直从脚踝裹到膝盖，只为了给我带来惊喜。显然，在这个激动人心的时刻，他所关注的，不是为自己的康复而感到幸运，而是忘我地将他所能带给我的喜悦看作最重要的事情。他很可能还记得我当时是怎样不断尝试治疗，却屡遭失败时灰心丧气的样子，他也明白了医院的治疗效果是多么神奇。当他慢慢地、一层层地从膝盖到脚踝解下绷带时，一双光滑完好的腿渐渐显露出来，仅仅留下几块浅色的灰色疤痕。

卡曼塔以他特有的镇定，神情自若地欣赏着我的惊奇和喜悦。然后，为了使这种出其不意的效果延续下去，他又一次使我目瞪口呆。他向我宣布，自己已经是一名基督教徒了："我和你一样！"接着补充说，我或许应该给他一卢比，因为耶稣恰巧就是在这一天复活的。卡曼塔转身离开后，去看望他的族人。他的母亲，是一位寡妇，住在农场上，但距离我家很远。不久，我从她那里听到那天的事情，我相信卡曼塔把那天作为性格变化的分水岭。他改变了沉默寡言的习惯，向母亲倾吐了自己在医院里见识到的奇人异事。之后，他又返回我家，好像他已经顺理成章地属于这里了。从那以后，他一直在我身边当仆人，直到我离开了肯尼亚——那已经是十二年以后的事情了。

我初次遇见卡曼塔时，以为他只有六岁，但是他还有个弟弟，看起来有八岁了。而且他们兄弟俩都认可卡曼塔是大哥，因此我猜想，他可能至少九岁了，只是因长期的疾病困扰而延缓了发育。现在他已经长大了，但还是给人小矮子的印象，或是从某些方面看来有点畸形，虽然你无法指出是哪方面造成了这种印象。他那棱角分明的脸庞日渐圆润，行动也轻松自如了许多。我本人并不觉得他丑陋，这或许是由于我在用几分造物主的眼光审视他。他的双腿始终像柴火棒一样细长，外表也奇特怪诞，混杂着一半的滑稽、一半的魔性，稍作改动，他也许可以成为巴黎圣母院顶端向下俯瞰的雕像。他的性格中有着炽热闪光、活力四射的成分，所以，在一幅绘画作品里，他总是那些不同寻常、浓墨重彩的焦点。正由于此，他给我家添上了一抹浓重而绚烂的色调。他的脑袋瓜总是有点不合常理，或者说，在白人看来相当古怪。

卡曼塔是一个善于思考的孩子，可能是由于长期的病痛折磨，他对所见所闻都要深思熟虑，并投射于自身，提取出自己的想法。他的一生都孤芳自赏，按照自己独特的方式生活，即使和别人做同样的事，也总会另辟蹊径。

我为农场的佃农开办了一所学校，聘请当地人执教。这些教师轮流来自各个教会。当时，我先后聘请了三位教师，分别来自苏格兰教堂、罗马天主教和英格兰圣公会。那时，肯尼亚对当地居民的教育严格限制在宗教领域。据我所知，当时除了《圣经》以及赞美诗被译成赛瓦西里语外，再无别的外国书籍被翻译引进。我在非洲时，一直打算将《伊索寓言》

翻译出来供当地人阅读，可惜总没有时间付诸实施。尽管如此，学校仍然是我在整个农场最喜欢的地方，它是这里精神生活之内核。在那个由瓦楞铁皮搭建的旧仓房改造的狭长的教室里，我度过了无数美好的黄昏。

卡曼塔经常跟随我一起去学校，但是他不愿意像其他小孩那样坐在长凳上学习。他宁愿站得稍远，似乎恨不得捂住耳朵不去听课，并为那些专心学习的孩子们的幼稚单纯而自鸣得意。然而我在厨房里见到了卡曼塔的秘密。我看到他一个人在那里，郑重地凭着记忆、慢慢地将他从学校黑板上曾经看到的单词和数字歪七扭八、颠倒错乱地写出来。我知道，即使他很想去学校，他也未必会融入其他孩子当中。因为在他早年的生活中，他内心的某些部分已经被扭曲或尘封了。现在对他而言，脱离常规才是正常。他清楚地意识到自己与众不同，但是往往愈是矮小的人，内心愈发傲慢高贵，当他发现自己与周遭世界格格不入时，便认为这个世界原本就是扭曲的。

卡曼塔在金钱方面很精明。他平时没有什么开销，反而精打细算与其他基库尤人做了几笔合算的山羊生意。他很早就结婚了，而婚事对于基库尤人，是一笔不菲的花费。我还听过他头头是道地发表“金钱无用”的见解，精辟独到，颇具哲理。总之，他与世界保持着奇妙的关系：驾驭它，却并不重视它。

他天生不懂得赞美和钦佩。他或许会认同和赞赏动物身上的智慧，但至于人，据我所知，只有一个人的聪慧得到过他的称赞。那是多年后，一名搬到农场生活的年轻的索马里女人。他不分场合，脸上经常挂着一抹浅浅的嘲笑，特别是针对别人的趾高气扬或自吹自擂。所有的原住民天生就有这样一种略带恶意的脾气，遇到出了差错的事情，总会幸灾乐祸，这很刺激欧洲人，引起极大的反感。卡曼塔则把这种性格表现得登峰造极，甚至到了独特的自我嘲讽的境界，使得他面对挫折或疾病折磨时，依然自得其乐，就像对他人的挫折和疾病一样喜闻乐见。我在当地的基库尤老妇人身上，也发现了同样的心理特点。她们曾多次从大火中死里逃生，被厄运折磨得流血流泪。她们对命运的嘲弄欣然接受，并报以理解和同情，仿佛这种命运只是姐妹间的一个恶作剧。在农场里，我经常在星期天早晨，吩咐男仆们把鼻烟——本地人称之为烟草，分发给老妇人们，而我仍旧躺在被窝里。因为这个原因，房子外面围聚起一大群形色各异的来客，院子里俨然像一个饲养场，光秃秃、乱糟糟、干巴巴的。她们嘀嘀咕咕地低语着——原住民从不高声喧哗——声音从卧室敞开的窗子传了进来。在某个星期天早上，基库尤人在窗外原本如溪流般轻柔、活跃的说话声突然溅起了快乐的水花，进而变为一片欢声笑语的瀑布。看来屋外正在发生什么非常有趣的事情。我把法拉叫进来问个究竟，但是他并不情愿跟我直说，因为事情是这样的：他忘记了去买鼻烟，结果那些老妇人大老远赶来，白跑一趟。换她们自己的话说就是"布里"——一无所获，瞎折腾。这个意外后来成了基库尤老妇人们的笑柄。有时，当我在玉米地的小路上与她们中的某一位相遇，她会在我面前笔直地站住，向我伸出弯曲瘦削的手指，皱巴巴而黝黑的脸上笑逐颜开，此时她脸上的每条皱纹都交错在一起，仿佛被一条隐蔽的线拉扯着。她会提醒我，不要忘记那个星期日，她和老姊妹们一起走了好长一段路赶到我家来，结果呢，我居然忘了买鼻烟，连点烟末儿也没有——"哈哈，姆萨布！"

白种人经常抱怨基库尤人一点也不懂得感恩，可是卡曼塔绝不是一个忘恩负义的人，他甚至破例用言语表达自己对他人恩惠的感激之情。在我们相识后的许多岁月里，他孜孜不倦地为我效劳，而且远超出他的职责范围。当我问他这样做的原因时，他总是回答，如果没有我，他早已死了许多年。除此之外，他还会用其他方式，通过善意的关心、竭尽所能的帮助，或者说是宽容，来表达对我由衷的谢意。也许他铭记着我和他信奉着同一个宗教。在这个满是愚人的世界里，在他看来，我是其中一个比较了不起的白痴。自从他来给我当仆人，将命运与我维系在一起之后，我感到他始终在用那双富有洞察力的眼睛敏锐地端详着我，我的生活方式也由此得到了不偏不倚、清晰公正的评价。我深信，最初他就把我为了治愈他的疾病所经历的困难，视作是无可救药的偏执行为。但是他也一直对我充满好奇与同情，竭尽全力地想为盲目无知的我指引出一条道路。某些场合，我发现他并不急于表态，而是花费了时间和心思去思索这些问题，并在向我阐述前做好充分的准备，以便我能更容易地理解。卡曼塔初来我家当仆人，负责照管猎犬，接着成为我的医疗助手。这时，我对他那双其貌不扬的双手另眼相看，尽管仅凭那双手的外表，你很难想象它是如此灵巧。随后，我又把他派到厨房，给老厨师伊萨当帮手。后来，伊萨在一次意外中被杀害了，卡曼塔就接任了她的职位，在我们往后相处的岁月里，一直担任我的厨师。

原住民通常对动物漠不关心，但卡曼塔却是例外，就像他处理其他事情一样。他是一名值得信赖的养狗行家，能够和我家的狗融洽相处。他会一五一十地告诉我，那些猎狗需要什么，在惦记什么，或者通常在想什么。他还会帮猎狗去除跳蚤——这是一种在非洲肆虐的害虫。在半夜三更，不止一次，我与他被猎狗的狂吠惊醒，借着防风灯的亮光，他从猎狗身上一只又一只地摘下嗜血的非洲大蚂蚁——又叫罅蜉，它们会把所经之处的一切都啃食精光。

卡曼塔在苏格兰教会的医院治疗时，也一定在处处细心观察——即使他当时对那些事既无崇敬之心，也不带任何偏见。这使他日后成为一个善于思考、富有创造精神的医生助理。离开医务室后，有时候他还会从厨房跑来帮忙，参与治疗，给我提一些很好的建议。当卡曼塔作为厨师时，他又脱胎换骨、判若两人。造物主似乎从他身上闪现模糊了天赋与技能的界限。他好像真正的天才们那样，一切都玄妙莫测。在厨房里，在烹饪的世界中，卡曼塔具备了天才应有的所有禀赋，甚至还有天才特有的厄运——无法驾驭自己的全部才能。如果卡曼塔出生在欧洲，并且经过名师的栽培，他很有可能会闻名于世，成为一个名垂青史的怪才。而在非洲，他也使自己声名远扬，他对待厨艺的态度，已经达到了大师的境界。

我个人对烹饪很感兴趣。第一次回欧洲时，我曾到一家享誉盛名的餐馆，拜一名法国名厨为师，学习烹饪。因为我想，能够在非洲大陆做出美味佳肴，是件有趣的事情。当时，大厨师皮洛切特先生见我对学艺抱有一片热忱，特意网开一面，破例让我参与到他的餐馆经营中。如今，身边的卡曼塔也对厨艺如此痴迷，使我如遇知音，重新燃起了对烹饪的热情。与卡曼塔合作，让我重新审视了我们之间的关系。我想，没有什么比一个充满野性的人具备烹饪的天赋更令人大惑不解了。这使我对我们的文明改变了看法：也许它在某种意义上是种天意，命中注定。我觉得自己就像一个重拾对神的信仰的人，就好像一个颅相学家向我展示了神学在人类大脑中所对应的位置。我觉得，如果这个位置可以被证明存在，那么，神学本身也能借此被证明成立，这样，就可以循理证明，上帝也是存在的。

在烹饪方面，卡曼塔的双手展示出独具匠心，令人啧啧称奇。对他那双弯曲黝黑的手而言，那些厨房里需要技巧和体力的活计，只不过是儿戏。这双手仿佛自学成才，对煎鸡蛋、烙馅饼，做各种调味汁与蛋黄酱，都会得心应手。他还有点石成金的特殊天赋，好像《圣经》传说里孩提时代的耶稣，用黏土轻易捏出各种小鸟，并让它们在天空翱翔。他蔑视一切名目繁杂的炊具，似乎对工具的过分依赖会令他很不耐烦。我送给他一台打蛋机，可是他将其搁置一旁，任其渐渐生锈，反而用我曾经给草坪剪除杂草的铲刀打蛋白，而且打出来的蛋白好似一朵朵蓬松轻盈的白云。作为一名厨师，他独具慧眼，且不时迸发出灵感，他能轻而易举地从养鸡场里挑出最肥的鸡。他仅凭用手掂一掂鸡蛋，就能判断出新鲜程度。他想方设法地为我改善伙食，甚至从一位居住在远方的帮医生工作的朋友那儿，弄到了品种优良的莴苣种子，这正是我寻觅多年却未能到手的。

卡曼塔对食谱有着非凡的记忆力。他不认识字，也不会英语，所以与烹饪相关的书籍对他毫无意义。但是，他一定拥有我永远无法理解的某种记忆体系，把平时学到的菜谱牢牢地储存在了他那并不漂亮的脑袋里。他给每道菜起的名字，都与请客那天发生的事情相关联。例如有的调味汁被他称为“击中树木的闪电”，有的则叫“死掉的灰马”。而且他从不会把这些名字混淆。可是唯有一件事，我费尽心思却徒劳无获，那就是让他记住上菜顺序。所以，每次宴会前，我必须画一张示意图给我的主厨：首先是汤盆，然后是鱼，接着是鹧鸪或者鲜洋蓟。我不认为卡曼塔这个不足是由于记忆有缺陷。我相信，在他心中，肯定认定了所有事物都有一个限度，并且绝不会把时间浪费在那些无关紧要的事情上。

与一个如此有魔力的人相处，令人兴奋不已。名义上，我是这厨房的主人，但当我们共处的过程中，我深深地感觉到，不仅这厨房，还有其他的一切，都转移至卡曼塔手中。因为在这儿，他总能淋漓尽致地理解我的意图和希望，甚至不用我说出来，他就已经把我的愿望付诸实践了。不过，我始终没弄明白，他为何能如此优秀。一个人，面对一门他根本不了解真谛、甚至还怀带轻蔑的艺术，竟有如此卓尔不群的造诣，这令我百思不得其解。

卡曼塔对真正的欧洲菜应该是什么味道，肯定没有概念。尽管他已经信奉了基督教，言谈举止都与文明有了种种联系，可是在他的灵魂深处，他依然是地地道道的基库尤人，本部族的那些传统已经在他心里深深根植，他深信，这些传统，才是人类传承千载的生存之道。有时候，他也会品尝一下自己烹制的菜肴，但脸上立刻疑云密布，活像一个老巫婆，正在从大汤锅里，啜吸着魔法药水。他对于祖先流传下来的食物情有独钟，比如玉米。在这方面，有时他会一反既往，带给我基库尤的风味美食——一块烤甘薯或一块肥羊肉——活像一条与人类长期相处、已经被文明驯化的忠犬，把一块骨头放在你面前的地板上当作礼物。我能感觉到，在他内心深处，一直把我们为了烹调出精美的食物而近乎极端的讲究与重复，看作愚不可及的行为。有时，我尝试让他讲出自己对烹饪的看法，但是他每次都守口如瓶。虽然我们彼此已经可以就许多话题进行极为坦率地交谈，但在某些问题上，他又讳莫如深。就这样，在厨房我们肩并肩地合作，但是关于各自对烹调重要性的看法都避而不谈。

我曾送卡曼塔去穆萨依加俱乐部学习烹饪。每当我在内罗毕的朋友那里吃到新鲜菜品，就派卡曼塔去向他们的厨师讨教。所以在那段时间，整个殖民地，我家的餐桌总是因色味俱佳而小有名气。这使我喜出望外。我渴望自己的艺术得到欣赏，很高兴朋友们来到农场与我共进晚餐。卡曼塔却对这些赞美之词无动于衷。尽管如此，他能准确地记住每一个常来农场做客的朋友们偏爱的口味。“我想用白葡萄酒为伯克利·科尔先生做炖鱼，”他一板一眼地说，仿佛提到的是位狂人，“他送来的葡萄酒就是用来炖鱼的。”为了获得权威人士的评价，一天，我邀请了居住在内罗毕的布尔佩特先生，也是我的老朋友，来农场共进晚餐。他在旅行家里算是前辈，是菲阿斯·福格那一代的接班人。他曾经周游世界，尝遍各地的珍馐美味。他从不考虑未来，主张及时行乐。五十年前出版的一些关于体育和登山运动的书籍，刊登过他作为运动家时举世闻名的壮举，也提到了他在墨西哥和瑞士的登山探险。有一本叫作《来得容易却去得快》的书，专门讲述关于打赌的奇闻逸事，写了他为了一个赌约，穿着礼服、戴着礼帽，在泰晤士河游泳的故事。还有之后更浪漫的故事——他像林安德尔与拜伦勋爵①那样，横渡科勒斯邦海峡。他能来到农场，与我面对面共进晚餐，使我万分欣喜。为自己非常崇敬的人物亲手烹制佳肴，是多么美妙。作为答谢，他向我们介绍起他对美食以及很多见闻的看法。他告诉我，无论在哪里，他

① 林安德尔：希腊神话人物，每夜横渡科勒斯邦海峡与情人相会。拜伦勋爵：英国著名诗人，代表作品《唐璜》。——译者注

都没有吃过如此难忘的美味佳肴。

威尔士亲王的大驾光临，让我万分荣幸。他对晚宴上的坎伯兰调味汁赞不绝口。这是绝无仅有的一次，当我向卡曼塔转述亲王对席间菜肴的赞美时，他洗耳恭听，全神贯注。因为在原住民心中，国王非常伟大，他们不厌其烦地以此作为谈资。数月之后，卡曼塔甚至还想再听到亲王的赞扬，用类似法国读本里的句式问我："苏丹的儿子真的喜欢那道猪肉的酱汁吗？他把汤喝下去了吗？"

卡曼塔对我的关心，不仅限于厨房。他根据自己对人生中旦夕祸福的理解，竭力给予我各种帮助。一天晚上，已经过了午夜，他突然提着防风灯，轻手轻脚地来到我的寝室，好像在执行巡夜任务。那大约发生在他来我家不久之后，他还很瘦小，默默地站在床边，就像一只误入房间的黑蝙蝠，支棱着一双大大的耳朵，手中防风灯的光亮，又好像一缕飘荡在非洲平原上的鬼火。他神情严肃地对我说："姆萨布，我觉得，你最好现在起床。"

我疑惑不解地坐起身，带着几分惶恐地想，如果有什么严重的事情发生，应该是法拉来叫我。但是当我让卡曼塔离开时，他依旧站在那儿一动不动。

"姆萨布，"他又一次说道，"我想，你最好现在就起床。我觉得上帝来了。"

听到这里，我立刻起床，并问他为何会这么想。他庄严肃穆地带着我来到西边的厨房。透过门上的窗户，我看到了一片惊心动魄的景象。远处山上的草场，一场熊熊大火正从山顶一路蔓延到山脚下的平原。从屋里望去，仿佛有一条笔直的火龙匍匐在山上，而且这个庞然大物似乎正朝着我们的方向奔来。我驻足良久，凝望着窗外的山火，然后向站在一旁也在观望着的卡曼塔解释这山火的前因后果。我本想这样安慰他，因为我以为他肯定受到了惊吓。可是我的解释似乎对他而言是白费口舌。显然，把我叫醒之后，他认为自己的使命已经完成了。“好吧，”他说，“也许就像你说的那样。不过我想你最好还是起来，万一上帝真的来了呢？”

第三章　农场里的狂暴武士

有一年，期待中的雨季没有如约而来。

回忆起来，那真是一段至今都让人焦虑恐惧的日子，凡是经历过那场大旱的农民都终生难忘。纵然很多年过去后，他们离开了非洲，生活在气候潮湿的北欧国家，半夜里被突如其来的雨声唤醒时，也会立刻从床上跳起来，忍不住高喊：“终于盼到了！终于盼到下雨了！”

正常年份，雨季往往在三月最后一个星期开始，一直延续到六月的中旬。在雨季到来前，天气一天热过一天，而且愈发干燥，似乎大地都在发烧，犹如雷雨到来之前的欧洲的气候，但是这种情况在当年更为严重。

每当这个时节，住在对岸、与我一水之隔的马萨伊人，就会在枯黄的原野上放火烧荒，希望新雨过后，草原上会长出鲜嫩的牧草，供牲畜食用。草原上火光冲天，连空气都在颤动，长条状的、闪耀着彩虹光彩的浓云在上空弥漫。这场燎原大火散发出的热浪和焦味，仿佛像刚从火窑中喷吐出来一般，笼罩在平原上空。

极目四望，大朵大朵的云彩先聚拢在灰色的草原上方，转瞬又荡然无存。远处的地平线，被淡淡、细细的雨丝涂上了一片蓝色的斜纹。此时，全世界似乎只等待着一件事情的发生。

在日落前的黄昏，四周的一切都向你靠拢过来。群山也与你拉近了距离，山笼罩在清澈的湛蓝和翠绿色之中，似乎万物都孕育着勃勃生机，彰显着生命的寓意。几个小时后，当你走出房门，会看到星星已经隐匿了，夜晚的空气让人感到如此温柔、深邃，是大自然慷慨的馈赠。

当那急切的声响在你头顶掠过、越来越大时，那是高大树林中拂过树巅的风——不是雨；当那声响贴着大地奔窜而去时，那是灌木丛和高高的草丛间流动的风——也不是雨；当那声响在地平线簌簌呼啸，那是玉米地里的风——仍然不是雨。尽管它听起来酷似雨声，你总会一次又一次产生错觉，甚至仿佛置身雨中，感受到润泽和满足，好像在舞台上看到了望眼欲穿的演出。

但是，当大地像一张浑厚的共鸣板不断发出低沉凝重的轰鸣；当世界从四面八方一齐鸣响——那才是雨声。那情景，使你仿佛面临阔别已久的大海，那样迫切；又像重新投身爱人的怀抱，那么真切。

然而，那一年，雨季没有如期而至。那时候，似乎天地万物都已背弃了你。天气逐渐转凉，有几天甚至还有寒意，但空气里中没有丝毫湿润欲雨的征兆。一切都变得干燥坚硬，恍若天地间所有的美都杳无踪迹。天气已经无所谓好坏，而是一反往常，持续的干旱好像无限延迟的死刑。萧瑟的风，如同微弱的气流从头顶吹过，褪去了万物曾经斑斓的色彩，田野和森林里昔日芬芳的气息也随风飘逝。这时候，你会郁闷而沮丧地感到，众神都抛弃了你。南方，大火燃尽后的草原荒芜一片，黑乎乎的地面上杂乱地铺着灰色与白色混杂的灰烬。

我们一天又一天盼望着雨季的降临，从翘首而望到扫兴而归。农场的前景一片黯淡，希望日益渺茫，终成绝望。过去几个月的劳作，包括翻耕土地、修剪枝杈和栽培种植，都成了无谓的徒劳。农场上的劳作渐渐放缓，最终停滞下来。

草原和山地中的水塘都已经干涸。许多从未见过的野鸭和野鹅不得不停落在农场的池塘周围。清晨和黄昏，成群结队的斑马们排着长长的纵队，足有两三百匹，来到农场边缘的池塘。小马驹紧紧跟随着母亲，当我从它们中间骑着马穿行时，它们竟然一点也不害怕。但是，池塘的水位在不断下降，为了保证农场里的牲畜有足够的水源，我们不得不驱逐它们。尽管如此，池塘边的景色依然赏心悦目，令人惬意的是，四周的湿地上长着一丛丛的灯芯草，为褐色的大地带来一抹绿色的风景。

焦砾的天气使当地人变得异常沉默。他们对天气将如何变化闭口不谈，尽管你会认为对于气候的种种征兆，他们理应比我们懂得更多。对他们来说，这一切都性命攸关，生存前景似乎岌岌可危。他们的祖辈，就曾经在严重的干旱中，损失了九成的牲畜与收获。他们的“沙姆巴”像一张张大张着的、干渴的嘴一般裂开，残存着稀稀落落的甘薯秧和玉米苗，枯萎地低着头。

就这样持续了一段时间后，我渐渐领悟了原住民的生存态度，当着他们的面，既不能谈论也不该抱怨这场灾难，就像对一个失宠的人务必不要揭开他的伤疤一样。但我毕竟是个欧洲人，在这片土地上居住的时间还不够长，不像那些已经在非洲生活了几十年的欧洲人，已经学会了非洲人与生俱来的消极态度。我依然年轻，而且出于本能，既然我不打算让岁月悄然消逝在整日奔波于尘土飞扬的农场里或是烟雾弥漫的草原上，我就必须要把注意力集中在其他一些事情上。我开始傍晚时分写小说、童话和浪漫故事。这能使我的头脑更加开阔灵活，远远地飞向其他国度和年代。我经常把这些故事讲给一个常来农场做客的朋友。

当我起身来到户外，无情的热风扑面而来，夜空晴朗明澈，漫天冷峻的星星静悄悄地闪烁着。一切都这样干燥。

起初，我只在黄昏写作，可是后来，我也常常在清晨写——这原本应该是我在田地里的时间。可是即使在田间，我也举步维艰：我们是否应该再翻一遍玉米田，重新播种？我们是否还有必要摘下枯萎的咖啡果，以保护咖啡树？时间一拖再拖，我却拿不定主意。

我经常在餐厅里进行写作，纸张铺满了餐桌。因为在写作间隙，我要估算农场的收支、核对账目，并且随时回复农场主们略带绝望的问题。仆从们很好奇我在做的事情，当他们得知我正在努力尝试写书时，这本书在他们眼里就成为拯救农场、渡过难关的最后努力。他们都对此兴趣浓厚，时常打听我写作的进展情况。他们会蹑手蹑脚地走进餐厅，长时间地站在那里，看我奋笔疾书。在镶嵌着木头嵌板的餐厅里，他们的脑袋与嵌板的颜色几乎融为一体，以至于在夜里，他们仿佛是一群倚墙而立的浅色长袍，陪伴着我。

我的餐厅坐东朝西，三扇大而长的窗户，正对着露台、草坪与树林。再远处，是一条下坡路，一直延伸到河边，那里也就是将我与马萨伊人分隔开的小河。我从房子里看不到河流，但是可以根据两岸高大、葱郁的刺槐树林的分布，看出河流蜿蜒的走向。在河对岸，地势又逐渐升高，覆盖着一片茂密的树林。紧挨着树林的，则是绿草如茵的平原，一直绵延到恩贡山脚下。

> 若我的信念强大到足以移山，那么这就是我即将要移至面前的山峦。①

因为时常刮着东风，而餐厅恰好背风，所以总是敞着门。正是这个缘故，原住民总是更喜欢待在屋子的西侧。他们以自己喜欢的方式在房子周围不停打转，确保自己不会错过观察房间里发生的一切。出于同一目的，小牧童们也赶着他们的羊，在附近的草坪上放牧。

这些小牧童，驱赶着家里的山羊和绵羊，游荡在农场附近，在为羊群找寻嫩草的同时，将我屋里的现代文明与四周的原始景观之间，用一条别具特色的生命纽带联系在了一起。仆从们不信任这些牧童，也不允许他们进入房间。但这些孩子对文明怀有赤诚的向往与热情，文明对他们而言没有任何危险，他们可以随时逃之夭夭。在他们看来，现代文明的代表性标识，就是悬挂在我餐厅墙上的一座老式德国布谷鸟自鸣钟。在非洲大陆，钟表是个不折不扣的奢侈品。从早到晚，你都可以根据太阳的方位判断时间。再说，你既不用同铁路火车打交道，又可以随心所欲地安排农场里的生活，钟表就变成可有可无的东西。但那是一座颇为精美的自鸣钟，一只

① 典故出自《圣经·马太福音》。——译者注

小巧的布谷鸟隐藏在粉色的玫瑰花瓣掩映的小门里，每到整点，布谷鸟就会跃出小门，向前探着身子，用嘹亮而高傲的鸣叫声报时。每到这个妙不可言的时刻，总能使这些小牧童欢呼雀跃、兴奋不已。他们能够依据太阳的方位，准确地判断出正午时布谷鸟打鸣的时间。差一刻就十二点的时候，这些小牧童便从房子的四面八方赶着羊群聚拢过来，——他们可不敢冒失地把羊群留到别处。羊群和牧童们的脑袋挤在一起，在灌木丛和草丛后面摇来晃去，仿佛池塘中探出水面的青蛙脑袋一样。

他们把羊群赶到草坪上吃草，自己赤着脚，悄无声息地走进屋子。他们中年龄大的约十来岁，小的也就是两岁的样子。他们的行为很守规矩，似乎在遵循着某种自创的并且已经约定俗成的拜访仪式——只要不随便坐下，不乱碰东西，除了被提问时也不乱说话，他们就能在房子里随意走动，无论待多久都可以。当布谷鸟出现在孩子们面前时，他们会爆发出欣喜若狂的骚动，发出一阵阵努力压抑着的笑声。偶尔还会发生这样的事：一个尚未对放羊的责任感有足够意识的年幼牧童，常常会在清晨独自一人来到钟前——此时，挂钟安静地运转着，鸟儿尚未鸣叫——他会久久地站立着，缄默不语。然后，他会用基库尤人特有的轻声慢语，歌唱一般地向布谷鸟倾诉喜爱之情，之后肃穆地离开。仆从总会嘲笑这些孩子，告诉我，那些孩子居然无知的认为布谷鸟是有生命的。

而此刻，仆从们也跑来看我如何用打字机工作。卡曼塔在傍晚时分，有时会倚着墙，一站就是一小时。他一声不吭，睫毛下的两只大眼睛不停地左右转动，仿佛两滴黑色水珠在发光。这目光似乎充满了渴望，想透彻地了解这部机器在如何运转，恨不得从里到外拆开，再组装起来。

一天夜晚，我偶然抬起头，正好与卡曼塔探寻关切、耐人寻味的目光相遇。

“姆萨布，”等了片刻，他问道，“你真的相信自己能写完这本书吗？”

我实实在在地答道：“我不知道。”

与卡曼塔对话，你必须要习惯他在每一个短语之间，都有一个长时间的、耐人寻味的停顿。非洲人都很精通在谈话中如何运用停顿艺术，使他们的交谈听起来仿佛经过了一番深思熟虑。

卡曼塔此时就是这样停顿了许久，接着说：“我并不相信。”

除了卡曼塔，再也没有人和我谈论起我的书了。于是，我放下手中的稿纸，问他为何会这样想。这时，我才发现，他早已为了这次谈话做了充分准备，进行过深思熟虑。他站在那里，背在身后的手里拿着一本史诗《奥德赛》①。他把那本书放到桌上，说道：

“您瞧，姆萨布，这才是一本真正的好书。它从头到尾都结结实实地订在一起，即使你把它举在手里，使劲晃动，它也不会一页页地散开。写这本书的一定是个聪明人。可是你写的这本书，”他透露出些许轻蔑和善意的怜悯，接着说，“却这儿一张，那儿一页。万一有人忘记关门，它们就会被风吹得到处都是，还散落满地，你还会因此生气。所以，这绝对不是一本好书。”

我向他解释，在欧洲，专门有人把它们装订起来。

---

① 《奥德赛》：由诗人荷马整理的古希腊著名史诗。——译者注

“那么，装订之后，你的书也会这样沉甸甸吗?”他掂量着手里的《奥德赛》问道。

他看到我在踌躇，就干脆把那本《奥德赛》递给我，意思是让我自己通过比较判断一下。

“不，不会那么重。”我说，“可是就像你知道的，图书馆中有些书也要轻得多。”

“那么，也很坚硬吗？”他继续问。

我告诉他，如果把书装订得如此硬，需要花很多钱。

他静静地站了一段时间，然后表示其实他对我的书寄予厚望。或许是为他之前对于此书的质疑表示歉意，他从地上把散落的稿纸一张张捡起来，整齐地放回餐桌上。但他之后并没有走开，继续伫立在餐桌旁，似乎在期待什么。许久，他一板一眼地问我：“姆萨布，书里都写了些什么呢?”

我用史诗《奥德赛》中独眼巨人与英雄的故事举例，讲给他听。我告诉他，英雄奥德修斯为什么自称是“没有人”，并刺瞎了独眼巨人波吕菲摩斯的眼睛，最后把自己绑在公羊肚子底下，得以虎口脱险。

卡曼塔听得津津有味，并说出了他的见解：那只公羊肯定和埃尔门太坦的隆先生的羊是同一品种的，他曾经在内罗毕的牲畜展览会上见到过。随后，他又继续展开关于独眼巨人的讨论，问我那是否像基库尤人那样长着黑色的肌肤。我回答他不是。他又提问，英雄奥德修斯是否属于我的部族或家庭。

“他怎么会用那个词语?”他问道，“‘没有人’，是他自己部族的语言吗？说说看。”

“他说的是‘奥蒂斯’，”我告诉他，“他自称是‘奥蒂斯’，这在他部族的语言里，就是‘没有人’的意思。”

“你也会写出一样的故事吗?”他问。

“我不会的,”我说,“每个人都可以写自己想写的事情。我或许会写写你。”

刚刚敞开心扉的卡曼塔,此刻又关上了话匣子。他垂下眼帘,低声问我,会写他的什么。

“我可能写你生病时候的事,还有你如何在草原上放羊。”我说,“你怎么想呢?”

他的视线上上下下地在房间飘忽不定,最后,含糊其辞地回答:“西啾伊(赛瓦西里语,表示我不知道)。”

“当时,你觉得害怕吗?”我问。

停顿了一会儿,他直言不讳地说:“是的,在草原上,每个男孩都会有害怕的时刻。”

“你们害怕什么呢?”我问。

好一会儿,他一言不发,脸色凝重而含蓄,双目熠熠发光,然后看着我,面部扭动做出一个鬼脸,回答说:“奥蒂斯。在草原上,男孩们都害怕奥蒂斯。”

几天之后,我听到卡曼塔向其他的仆从解释我写的这本书,到欧洲以后,会被人装订起来。他还拿出《奥德赛》来展示,如果要装订得那么结实,得花费大量金钱。然而,他并不太相信我的这本书会制作成那样。

卡曼塔有一种独特的天赋,在我家被充分利用。我相信,只要有需要,他可以做到随时放声大哭。

当我严肃地责备他时,他会站得笔直,凝神注视着我,带着深深的哀伤——这样悲伤的表情,在基库尤人脸上眨眼间就会出现。然后,他的眼睛慢慢湿润起来,直到盈满了泪水,大颗大颗的泪珠,一滴一滴流出眼眶,顺着脸颊慢慢滑落。我知道,这纯属鳄鱼的眼泪,如果来自别人,这样的泪水，我只会不理不睬。可是流泪的是卡曼塔，事情就另当别论了。此时，看着他那扁平、木然的脸庞，让人觉得仿佛他重新沦陷在漆黑一片、孑然一人的世界，就像多年前他所经历的那些煎熬一样。当他年幼时，在一望无际的草原上，只有羊群的陪伴，或许也曾经暗自擦拭过这样沉重而无声的眼泪。这样的眼泪令我忐忑，使他的过失在我的内心产生了判断上的变化，变得无足轻重不足挂齿了，因而我往往会就此停止数落他。总而言之，他的眼泪让人心乱如麻。但是我相信，鉴于我们彼此存在人与人之间真正的相互了解，卡曼塔透彻地懂得，我对这些表示忏悔的泪水洞若观火，并没有被他蒙蔽——事实上，站在他的角度，与其说这眼泪是一种欺骗手段，还不如说它更像是一种礼仪，是对强势的迎合。

卡曼塔经常自称基督徒。我不知道他是如何去理解这一名称的。偶尔一两次，我试图与他探讨这个问题，可他的解释却是，他所相信的就是我相信的，还进一步说，我一定了解自己的信仰，因此我再继续谈论这个话题就没有意义了。我发现，从某个角度说，他的回答远非是种逃避，反而是卡曼塔对自己信仰的积极告白。他把自己的命运交给了白人所信仰的上帝。出于遵循上帝的旨意，他在工作中也随时准备着服从任何命令，但是无意去分辨这些工作制度是否具有合理性。而这种制度恰恰可能就像白人的时间那样，无所谓是非合理。

我的行为偶尔会与苏格兰教团的教义相左，而他恰恰就是在苏格兰教团开始信奉上帝的，他就会向我询问，究竟哪一方是正确的。

也许，你原本认为，在原始的非洲人中，存在着五花八门愚昧的禁忌，但是让人颇感意外的是，非洲人极少会带着偏见看事物。我认为，这是由于他们习惯了和各种民族与部族打交道，也习惯了生活在繁荣的非洲东部地区。这里人际交往活跃密集频繁，早先出现的是旧时代贩卖象牙与奴隶的商人，接着来到的是我们这个时代，林林总总的殖民者与专捕大型动物的猎人。几乎所有的非洲人，包括在草原上放牧的年幼儿童，都会面对面地接触到形形色色的、来自不同国家、属于不同民族的人们，包括因纽特人、西西里人、英国人、布尔人、犹太人、阿拉伯人、印度人、索马里人、塞瓦西里人、马萨伊人，以及卡维朗多人等。由于不断和外界交流，并受到各种思想的浸染，当地的非洲人比那些生活在乡下和省城的移民，以及传教士更具有世界性的眼光，因为那些移民或传教士都生活在千篇一律的社会氛围中，思想观念也随之僵化保守。白人和非洲人之间的种种误解，大都由此而生。

作为一名基督徒，用现身说法向非洲人解释你的信仰，需要冒一定的风险。

我家有个仆人，名叫基托，是位来自基库尤人聚居地的基库尤青年。他善于察言观色，勤于思考，细心周到，我非常喜欢他。在我这里工作了三个月后，忽然有一天，他请求我帮他写一封介绍信，给我在摩巴萨海岸主持当地政务的老朋友谢克·阿里·宾·萨利姆。基托曾在我家里见过这位朋友，如今，他说他想去阿里那边工作。我不愿意基托离开，尤其是他已经对我家里的日常工作有所熟悉。于是，我对他说，我可以给他增加薪水。但是我遭到了他的拒绝，他说，他离开并不是因为那边能提供更高的薪水，只是他无法继续待在我这里。他告诉我，他在基库尤聚居地的时候，就下定决心要成为一名基督教徒或是伊斯兰教徒，只是那时他还不确定哪一种信仰更适合他。为此，他来到农场干活，因为我是一名基督教徒。在我家的三个月里，他时刻留心观察基督教徒的日常的行为习惯。现在，他准备前往阿里那儿工作，再用三个月研究伊斯兰教徒的风俗习惯，最后再做出自己的选择。我相信，即便是大主教，在面对这样的情形时，也会与我不约而同地说出，或者至少是一样地产生这样的念头："我的上帝呀，基托，你大可以在刚来的时候，便告诉我一切。"

按照伊斯兰教的传统习俗，伊斯兰教徒只吃用教义规定的正统方式割断喉咙的动物的肉类。这个习俗，会在野外狩猎时带来麻烦。你携带的只能是有限的食物，狩猎获得的猎物便成为仆从们食物的主要来源。所以，每当你射中一只非洲羚羊，信仰伊斯兰教的仆人便会像箭一般飞出去，扑到猎物身上，只是为了赶在羚羊断气前，及时地亲手割开它的喉咙。而你只能在一边眼睁睁地看着他们，七上八下、心急如焚。万一你看见他们有气无力地站住，耷拉着胳膊和脑袋，那就表示在他们动刀之前，羚羊已经死了。这时，你必须再寻找新的猎物，否则，为你扛枪的人就要挨饿了。

战争初期，我坐着自己的牛车出门。出发前夜，在基贾布，我巧遇谢义夫[①]穆罕默德。我问他，当我的仆从们随我外出狩猎时，是否能网开一面，在途中免受一些宗教法规的束缚。

这位谢义夫虽然年轻却很开明聪慧。他向法拉与伊斯麦尔交谈后向他们宣告道："这位夫人是耶稣基督的信徒。当她

① 谢义夫：阿拉伯部落对守护部落成员和财产的人的尊称，意为高贵的人。——译者注

用猎枪射击时，她会说，或至少从心里默念：'以神的名义'，这将使她射出的子弹等同于正统伊斯兰教徒的刀子。所以，在狩猎途中，你们被允许食用她射杀的猎物。"

在非洲，各个基督教教会彼此之间互不宽容、狭隘而偏执，大大削弱了基督教的威望与地位。

在非洲，一到圣诞夜，我每每会驾车前往法国教会，参加午夜弥撒。那个季节通常非常炎热，当你驱车穿梭在金合欢树丛时，透过清新、暖和的空气，远处教堂阵阵悠扬悦耳的钟声回荡在你耳边。抵达教堂后，四周的空地上已经聚集了一群兴高采烈、笑逐颜开的人们。在内罗毕经商的法国和意大利老板也举家赶来，除此之外，修道院里的修女们也悉数到场。而信奉基督教的非洲人，则穿着鲜艳亮丽的衣服蜂拥而至，挨挤在一起。上百支蜡烛在金碧辉煌的大教堂里燃起，照映着神父们自制的巨幅玻璃画，平添了一层通透耀眼的光辉。

卡曼塔到我家当仆人后，在首个圣诞节那天，我告诉他，作为基督教友，他应该和我一起去参加弥撒。我还用神父的口吻，向他描绘了将会在教堂里看到的各种美好情景。卡曼塔听得全神贯注，似乎被深深打动，穿上了他最体面的衣服。但是，当汽车停到门口时，他却心神不宁地退缩了，激动地表示不能和我一起去做弥撒了。他拒绝告诉我原因，甚至回避追问。最终，他还是说出了实情。他不能去的原因，是因为直到这时他才弄明白，我将带他去法国教会参加弥撒，而在苏格兰教团的医院住院时，曾被人反复告诫过不得与法国教会来往。我向他解释，这纯粹是个误会，而且他应该立刻随同我出门。不料话刚一出口，他呆若木鸡地站在我面前仿佛快昏厥过去一般，翻起了白眼，脸上全是汗水。

“不，不，姆萨布，”他嘀咕着，声若蝇蚊，“我不能跟你去。我知道，在那个大教堂中，有个非常邪恶的女人。”

听了这话，我感到很难过，但是我觉得，我更应该带着卡曼塔，让圣母玛丽亚亲自给他以启示。教堂里，的确有一座和真人差不多大小的圣母像，那是神父们用蓝白相间的硬纸片制作的。通常来说，非洲人都更容易被雕像打动，而领悟绘画则显得比较迟钝。于是，我像卡曼塔保证，一定会保护他，他才跟我上了车。一路上他寸步不离地跟随着我，在步入教堂的一瞬，他忘却了之前的忧虑。那次，碰巧是法国教会在非洲举办过的最令人难忘的圣诞弥撒。教堂里布置了巨幅的耶稣诞生图——圣家三口居住在巴黎城外的山洞里，蓝色夜空里闪烁着繁星，用璀璨的光芒沐浴着世界。图画四周摆放着一百多个动物玩偶，有木雕的奶牛以及雪白的棉花羊羔，惟妙惟肖，动物的特点纤毫毕现，没有因为玩偶尺寸太小而粗制滥造。毫无疑问，这一切，都会让基库尤人如获至宝、陶醉其中。

卡曼塔成为一名基督教徒后，不再害怕碰触尸体。以前，他一直害怕尸体。如果有患者被用担架抬到我屋子前的露台上，并且不幸死去时，他绝不会像其他人那样施以援手，帮忙把尸体抬回去。但是他也不会像有的人那样退缩到草坪上，而是一动不动地站在过道里，好像一座小小的黑色纪念碑。我始终困惑不解，为什么对死亡几乎漠视的基库尤人如此害怕触碰尸体，而非常畏惧死亡的白人却能若无其事地搬动尸体。此时，你会再一次发现，非洲人的世界与我们截然不同。而且，所有的农场主都知道，这里有一个你永远无法去驾驭支配的世界，那就是非洲人。甚至当这样的念头一出现，你最好能立即放弃，免得自讨没趣，因为非洲人宁愿死，也不会改变他们的方式。

而现在，对尸体的恐惧已经从卡曼塔内心消失了，他还会因此嘲笑害怕尸体的族人。他甚至还带有几分炫耀，仿佛在炫耀他的上帝所拥有的神力。如果有机会，我也会偶尔考验一下他的信仰。在农场里，我和卡曼塔先后一起搬运过三次尸体。一位是年轻的基库尤姑娘，不幸在我屋子门口被牛车撞死了；第二位是基库尤小伙子，在森林里伐木时不慎被砸死了；第三位是住在农场的白人老头，曾为农场出过一份力，最后死在了这里。他是一位来自丹麦的盲眼老人，与我是同乡，名叫克努瑟。我与他相遇在内罗毕，那天，他步履蹒跚地摸索到我的汽车前，进行了自我介绍后，请求我从农场里给他提供一个栖身之所，因为他在这个世界上已经无亲无故、无依无靠。恰好之前我已经裁减了部分在咖啡种植园里工作的白人，空出来一间木屋可以借给他住。于是，他就在农场安顿下来，一住就是半年。

在农场高地上，他是一位绝无仅有的人物：他全身洋溢着浓烈的大海的气味，恍若一只年老折翼的信天翁与我们生活在一起。他受尽了生活的磨难，酗酒成性加上体弱多病，只能整日像一张弯弓般弯腰驼背，满头红发随着年龄的增长渐渐变白，呈现出古怪的颜色，仿佛是在头顶撒了一把灰烬，又像被盐腌渍过后保留着自己独有的风采。但是他的灵魂好似永远在燃烧着，任何灰烬都无法将其熄灭。他在丹麦的一个渔民家庭长大，曾经在渔船上当水手，不知道是从海上哪里吹来的季风，将他漂洋过海吹到了非洲大陆，成为早期的开拓者之一。

老克努瑟在一生中，涉足过许多行业，相对而言，他更偏好那些与水、鱼或者鸟类相关的工作，但没能在任何一个领域有所建树。他告诉过我，靠近维多利亚湖，他拥有一个出类拔萃的渔行，接连几十英里都铺设着世界上最优质的渔网，还停泊放着一艘高级的摩托艇。但是，在战争期间，他失去了所有的一切。在他描述的这些悲剧中，还有一个最令他痛苦的晦暗时刻，那是命运的捉弄或是朋友的出卖。我无法确定究竟发生了什么，因为他给我叙述了很多遍自己的故事，但是每每提及这处情节，他都血脉贲张，思绪一片混乱，每遍的情节都不尽相同。尽管如此，他的故事中肯定会有些真实发生的事情。比如，他在农场居住的这段时间，政府为了弥补他的损失，每天都支付给他一先令作为退休金。

每当他拜访我时，都会亲口向我讲述这些故事。每当他在小木屋里觉得心烦意乱时，就会来找我散散心。我派去给他当仆人的非洲小孩，总是一次次从他那里逃跑，因为他常常会吓到孩子们。由于双目失明，克努瑟不时地拄着手杖四处挥舞，还会探着头、笨手笨脚地撞到孩子们。但是在心情舒畅的时候，他时常会在我的露台上坐着，喝一杯咖啡的同时，为我高歌丹麦的一些爱国歌曲，显得神采奕奕。对我们双方而言，能用丹麦语聊聊天是一件愉快的事情。所以，哪怕是农场里发生的一些细枝末节的小事，我们也会喋喋不休地讨论很久，仅仅是为了享受用母语聊天的乐趣。但是，我对克努瑟不会总是这样不厌其烦，因为他一旦来到我家，就很难让他关上话匣子或是离开。在平日的相处中，他和人们想象的一样，保留着古代水手的风范，活像神话中的“海之老人”。

克努瑟编织渔网的手艺炉火纯青，称得上是一门艺术。他告诉我，经由他手制作的渔网是全世界最好的。在农场的小木屋里，他还用河马皮编出了奇伯扣——当地人使用的结实的皮鞭。他经常从耐瓦纱湖畔的非洲人或是农民手中购买整张的河马皮。如果走运，一张河马皮可以编成五十根奇伯扣。他送给我的马鞭精美实用，我至今依然保存着。他的这个手艺，令小木屋四周始终弥漫着令人作呕的恶臭，就像吃腐肉的老鸟的巢穴一般臭气熏天。后来有一天，我在农场附近挖了口池塘，他就常常站在那里发呆，面对着池塘沉思，倒映在水中的身影好似动物园里孤独的海鸟。

老克努瑟干瘪、孱弱而又凹陷的胸膛里，跳动着一颗小男孩特有的狂野、躁动、好斗的心，总会为了一些无谓的争斗而血液沸腾，任性又豪放就像是一个洋溢着浪漫情调的暴徒或斗士。他总是对世界怀着别出心裁的愤怒与仇恨，总是对每一个接触到的人和事物暴跳如雷，肆意发泄着怒气。他向上天祈祷，期待有大火和硫黄雨降落在仇人的头上，就像丹麦语里说的那样，以米开朗琪罗震慑人心的风格“在墙上画出魔鬼”。无论何时何地，他都对别人的争吵厮打喜闻乐见，就像小男孩热衷于挑逗起两条狗或是猫狗之间的撕咬一样。使人感慨不止却又心生敬畏的是，在度过了漫长难挨的艰辛岁月之后，老克努瑟跌宕起伏的生活汇成了波澜不惊的小湾，他原本可以收拢远航时的风帆，可他的灵魂依然如同孩童，哭喊着、呐喊着与命运和逆境抗争。这样不屈的精神，让我想起北欧神话中的狂暴武士①，不禁让我肃然起敬。

他极少使用“我”字来谈论自己，而是用第三人称“老克努瑟”，不住地吹嘘炫耀，而且讲得唾沫横飞、天花乱坠，似乎世界上没有他老克努瑟做不成的事、走不通的路，老克努瑟

① 狂暴武士：北欧神话中的挪威战士，身披兽皮，为愤怒而战。——译者注

能轻而易举地击倒任何一个拳击冠军。每当谈论起其他人，他都报以绝对的悲观主义，总会预言这些人的所作所为终将走向命中注定的灾难性结局。而对他自己，他却是怀着极其冲动的乐观主义。他去世前，在我承诺保密的前提下，向我吐露了一个庞大宏伟的计划。这个计划将最终能够使老克努瑟成为百万富豪，并让他的所有仇家都颜面扫地。这个计划是，他将把耐瓦纱湖底那自上帝七天创造了世界以来所积攒的千吨万吨海鸟粪打捞上来。他临终前还为此费尽心思，曾经亲自从农场摸索到耐瓦纱湖畔实地考察，分析和完善伟大计划里的种种细节。他就是在这一计划辉煌的光环中与世长辞的。这计划寄托了老克努瑟所热爱的一切：深水、鸟，以及隐藏的宝藏。这计划甚至还隐晦地带着些许不该同淑女们议论的气息。从这个愿望的焦点，他透过灵魂之眼，可以看到老克努瑟高举三叉戟征服汹涌浪潮的胜利情景。但是，我怎么也记不起来，他是否向我透露过，如何从湖底打捞鸟粪的细节。

每当老克努瑟向我讲述这些精彩卓绝的故事时，我聆听着老克努瑟的种种伟大功勋与杰出成就，又看着眼前这个衰老虚弱、力不从心的老人，内心总是被如此鲜明的对比震撼着。这样强烈的对比，会使你感到这是两个截然不同的人，故事中的“老克努瑟”气宇轩昂，战无不胜，是一位真正的盖世英雄；而我认识的这位老人，似乎是那位英雄的仆从，身体孱弱，佝偻着腰，行将就木，向我喋喋不休地讲述着“老克努瑟”的故事。这位卑微而渺小的老仆从，毕生的使命就是歌颂“老克努瑟”的丰功伟绩，维护他的尊严，到死方休。因为除了上帝，只有他见到过真正的“老克努瑟”，自始至终，他不允许任何人对他的这些传说说三道四。

只有一回，我听到他用了“我”这个第一人称。那是他去世前的一两个月。他的心脏病非常严重——最终，他也死于心脏病发作。那时，我已经有一个星期没有在农场见到他，便去他的小木屋打听消息。小木屋里空空荡荡的，充斥着河马皮散发的恶臭，他正躺在又脏又乱的床上。他面色惨白，双目深深凹陷，眼神呆滞。我和他说话，他不搭腔，脸上也没有任何表情。过了好久，我准备起身离开时，他突然用嘶哑而微弱的声音说：“我病得厉害。”那时，我面前的不是那位“老克努瑟”——他应该是战无不胜、百病不侵的。而躺在我面前的，是另外一个他，是那个“仆从”，他获得了一生中仅有的一次恩准，可以尽情表达自己的痛苦与哀伤。

农场的生活，时常让老克努瑟感到枯燥乏味，他经常会锁上小木屋的房门，悄悄地从我们的生活里消失。我个人觉得，每当有他过去光辉岁月里的老朋友抵达内罗毕时，这样的情况尤为频繁。他会离开一到两个星期，直到我们几乎快要忘记他时，他才会拖着疲惫不堪、病入膏肓的身躯回到农场，孱弱的双腿几乎无法支撑他回到小木屋，甚至没有力气打开木屋的门锁。然后接连几天，他足不出户。我估计，他之所以要独处，是因为他怕我对于他不羁的行为心生不快，又会趁他如此虚弱，而在争辩中占了上风。虽然老克努瑟不时会哼唱一首咏唱水手新娘的歌曲，歌中唱道水手的新娘热爱着海浪，但是在他内心深处，完全不信任女人，甚至将女人视为阻碍男人寻欢作乐、肆意冒险的敌人。

老克努瑟去世之前就无踪无影消失了两个星期，连他是什么时候回到农场里的，更无人知晓。但是这次，他一定是拿定了主意要破一回例，因为他死在从他自己的小木屋通往我房子的途中，在一条横穿咖啡种植园的小径上撒手人寰。

那天傍晚，我和卡曼塔正要去野外采蘑菇，在路边新鲜而低矮的草丛中，发现了他的尸体。当时正值四月，漫长的雨季即将到来。

准确地说，是卡曼塔最先发现了他。在农场里所有的非洲人中，只有卡曼塔对他抱以怜悯之心，甚至对他产生了好奇心，就像一个避世绝俗的异类对另一个异类感兴趣一样。卡曼塔时不时主动送一些鸡蛋给老克努瑟，并且留意着他的那些小仆从们，免得他们一股脑全都溜走。

老人仰面躺着，跌倒时帽子滚到了一边，双眼还没有完全阖上。死神带走了他的生命，却也给予了他体面和安宁。我心想，啊，老克努瑟，你最后终于是“老克努瑟”了。

我想把老克努瑟抬回小木屋，可是我知道，叫附近正在沙姆巴里劳作的基库尤人过来帮忙是指望不上的，一旦他们知道我叫他们的原因，就会马上溜之大吉。于是我只好吩咐卡曼塔跑回家去叫法拉来帮我。岂料，卡曼塔一动不动。

“你为什么叫我跑开?”

“嗯，你也看到了,”我回答，“我一个人没有办法将老先生抬回去，可是你们基库尤人都是害怕碰尸体的傻瓜。”

卡曼塔的脸上又浮现出那种带着嘲讽的无声笑容：“姆萨布，你又忘记了，我是个基督教徒!”

话音一落，他抬着老人的脚，我抬着头部，就这样，我们把老人向他的小木屋抬去。途中，我们不得不多次放下老人喘口气。那时，卡曼塔就会站得笔直，目不转睛地盯着老克努瑟的双脚。我想，那神态，大概是他在苏格兰教团学会的，面对生命离去时采取的方式。

当我们将老人安放在床上后，卡曼塔在屋子里转来转去，想搜寻一块毛巾盖住老人的脸，随后又在厨房里找了一通，可是只找到了一张旧报纸。“在医院里，基督教徒都这样做。”他向我解释。

很长时间以后，这件事上我所表现的无知仍然令卡曼塔自鸣得意。有时我们一起在厨房做事时，他会时常被内心充盈的暗喜引得笑出声来。“姆萨布，你还记得吗?”他说，“有一次你忘记我是一名基督教徒，还以为我不敢和你一起抬那位白人老先生呢。”

卡曼塔信奉基督教后，也不再惧怕蛇了。我曾听到他向其他男孩宣称，身为基督教徒，可以随时用脚后跟踩扁一条大蛇的脑袋。我从没有见他尝试这么做过，但是有一次，当厨师的茅屋顶上出现了一条非洲蝮蛇时，他在屋子附近呆呆地站着，表情僵硬，双手背在身后。而我屋里其他的非洲小孩在屋子四周逃散成个大圆圈，个个吓得瑟瑟发抖，歇斯底里地哭叫着，像风中的麦穗般不停战栗。法拉从屋里取出我的猎枪，打死了蝮蛇。

待这一风波平息后，马夫的儿子内约尔问卡曼塔：“卡曼塔，你为什么没有用脚后跟踩住蛇头，并且把它踩成泥呢?”

“因为它高高地爬在屋顶上，”卡曼塔答道。

有一段时间，我努力练习用弓箭射猎。尽管我体格健壮，但仍然无力拉开法拉帮我找来的万德罗伯[①]弓。不过，最终经过长时间的练习，我成为一名纯熟的弓箭手。

那时卡曼塔还年幼，当我在草地上练习拉弓射箭时，他经常站在一旁观看，满脸困惑。一天，他开口问我：“你射箭的时候，还是一名基督教徒吗？我以为，基督教徒应该使用猎枪。”

---

① 万德罗伯：肯尼亚一个擅长使用弓箭狩猎的部族。——译者注

我翻开插图版的《圣经》，把夏甲[1]和他儿子发生的故事指给卡曼塔看："上帝与这个孩子同在，他长大后，游荡在广袤的旷野，成为一名弓箭手。"

"好吧，"卡曼塔说，"他和你一样。"

卡曼塔的双手极为灵巧，在治疗生病的动物时，和帮助我治疗原住民时一样表现出色。他曾经把猎犬爪子里的碎木头和玻璃碴一一取出，还救活过一只被毒蛇攻击的狗。

有一阵子，我家里收留了一只鹳，它的一只翅膀不幸折断了。这只鹳坚毅刚烈，在房间里旁若无人地四处踱步，还来到我的卧室，与自己在镜子里的倒影一次次进行激烈的决斗，虚张声势地不停拍打着翅膀，挥舞着利剑一般的尖喙。它跟随着卡曼塔在屋里来来回回地走，使人觉得，它是在拿腔做样地模仿卡曼塔呆板僵硬的步调。他们的腿看起来粗细差不多。原住民小孩天生目光敏锐，善于发现生活中的滑稽之处，见到他们一起走过时，便爆发出阵阵欢呼。卡曼塔明白这笑声的含义，但是毫不在意别人的想法。每当这时，他反而打发那些孩子们去沼泽地里，为那只鹳捕捉青蛙作为食物。

羚羊露露也是由卡曼塔负责照看的。

---

① 夏甲：出自《圣经·创世纪》。——译者注

第四章 羚羊露露

卡曼塔是从旷野来到我家的，而露露是从森林闯入我的生活的。

农场的东面，就是恩贡森林自然保护区，当时那里几乎全是原始丛林。在我看来，砍伐了古老的树木，重新种上桉树和银桦，让人感到悲伤。那片原始森林原本有可能变成内罗毕独具特色的风景胜地和狩猎场。

在非洲，原始森林里蕴藏着一个神奇的世界。你骑马进入森林，仿佛行进在一片古老厚重的织锦地毯上，有些地方已经褪色，有些地方则因为岁月久远颜色更加浓重，呈现出一片奇妙而层次丰富的绿色。在森林里，你几乎看不到天空，只有从树叶间透过的阳光洒下摇曳多姿的光斑。灰色的菌类植物从树上丝丝缕缕地垂下，仿佛胡须一般。爬山虎一类的攀缘植物也纵横交错、四处缠绕，为森林平添了一种扑朔迷离的神秘氛围。每逢星期天，如果在农场里有空闲，我和法拉常常一起来到森林里骑马，淌过蜿蜒曲折的溪流，沿着上上下下的坡地前进。林中的空气像水一般清冽凉爽，洋溢着各种植物的芳香。如果刚好是在雨季，那些攀缘植物的鲜花绽放，百花争艳，策马前行，就会置身于一团团甜美醉人的花香中。这里有一种月桂树，是非洲独有的，会开出乳白色的小花，带有黏性，散发着浓烈的甜蜜气味，就好像丁香花或是幽谷中的百合花一般沁人心脾。用皮绳吊在枝丫上的空心树桩随处可见，这是基库尤人为了引诱蜜蜂筑巢酿蜜而设置的。有一回，我们在树林里刚拐了一个弯儿，忽然看到一头花豹横卧在路中央，花纹斑斓，美丽异常。

在森林的高处，树木的上端，有一个喧嚣吵闹、而永不安分的种群，那就是小灰猴。只要有猴群从林间穿行，它们的气味就会长久地弥散在空气中，干燥、陈腐，很像老鼠身上的臊气。如果继续前行，就会听到刹那间快速掠过头顶的嗖嗖声，仿佛一支移民队伍正在奔窜迁移。你如果待在原地静候片刻，视线也许就会捕捉到一只端坐在树上的猴子，纹丝不动。但是不用多长时间，整个森林都会因为它和它的家族而活跃起来。它们就像结在枝头的果实，身后却拖着来回摇摆的长尾巴。或明或暗的阳光洒在它们身上，让它们呈现出灰色、黑色或是其他无法形容的颜色。它们的叫声奇特，就像在清脆响亮的接吻声后，又紧接着是一声咳嗽。如果你从地面模仿这种叫声，便会引起猴子的注意，使它们不停地左右摇摆脑袋。可此时如果你做出一个突然的动作，瞬间它们就会四下逃散，消失不见，就好像鱼群沉入水底般迅捷。你只能循着越来越弱的窸窣声，追踪他们离去的方向。

在一个非常炎热的中午，在恩贡森林里，我走在狭窄的林间小道上时，也曾透过繁茂的树林，看到了巨大的森林野猪。这可是森林里难得一见的稀客，它快速从我眼前掠过，身后还跟着一头母猪与三头年幼的小猪。全家族急速奔跑着，映衬着身后阳光普照的绿色，就像几个或大或小、形状如出一辙的黑色剪影。这样的景致不可思议，仿佛投射在森林池塘水面的倒影那般明丽，又像一幅历经千年的画卷虚幻缥缈。

露露是一只羚羊幼崽，它的家族是南非小型薮角羚羊，是整个非洲羚羊群中最美丽的一种。它们的体型略大于欧洲黇鹿，生活在森林或灌木丛间，生性胆小、腼腆，稍有动静便逃之夭夭，因而不像草原上的其他羚羊那样常见。然而，恩贡山区和周围的平原上，非常适合这种薮羚生存，经常可以见到它们。如果你去山里宿营，在清晨或傍晚外出狩猎，你就可能会幸运地看到它们的倩影，从树丛中的藏身之地走出来，在林间空地上漫步。朝晖或夕阳映照着它们，皮毛泛着美丽的红铜色光泽。雄性的薮羚还长着一对弯曲螺旋、精美别致的犄角。

露露是这么成为我的家庭成员的。

某天早晨，我驱车从农场前往内罗毕。不久之前，农场的磨坊烧毁了，我不得不一次次前往内罗毕去处理保险的结算事宜，并索取赔款。因而，在那个清晨，我的脑袋中装满了各种预算与数字。当我开着车行驶在恩贡公路时，一群基库尤的孩子在路边冲我叫嚷，并且有个孩子双手高举着一只非常幼小的薮羚。我想，他们是在丛林中发现了这只幼小的薮羚，而现在他们想把它出售给我。可我在内罗毕的约会快要迟到了，我无暇顾及这类事，只得从他们面前开车走了，继续赶路。

傍晚，我从内罗毕归来时，经过了同一个地方，路边又传来那些孩子的大声吆喝，声音听起来有些疲乏和失望。也许一整天，他们都在尝试着把这只小羚羊卖给过路的人，可是都未能如愿。此刻，他们更加热切地希望，能够在太阳落山前达成这笔交易，因此，他们高高地举起那只小羚羊，以引起我的注意。但是，那天对于我来说格外漫长，我一直待在城里，关于保险金的事情又处理得不太顺利，所以我没有心情停车与他们搭话，再一次驱车扬长而去。甚至到家以后，我也没有将这些事情放在心上，吃过晚饭便上床休息了。

可是，在我即将入睡的那一刻，一种突如而来的恐怖感使我蓦然惊醒。那些孩子们抱着小羚羊的画面，越来越清晰地出现在我眼前，像一幅画一般鲜明。我惊恐万状地坐起身，好像有什么人正掐住我的喉咙。我忧心忡忡，小羚羊在捕捉者——那些基库尤小孩子手里，现在怎么样了呢？那些孩子顶着炎炎烈日抱着它站在路边一整天，还捆起它的四条腿高高举起。它一定还是太过年幼无法自己觅食的幼崽。一天之内，我两次路过它身旁，却像祭司和利未人[①]的混合体一般，不闻不问，漠不关心。此时此刻，它会在哪里呢？我忐忑不安地起床，叫醒了仆从们。我吩咐他们，必须在第二天天亮之前，找到那只小羚羊并带给我。他们听后，立刻有了对策。仆从中有两个男孩白天一直坐在我车里，当时对车外的孩子和小羚羊也没有什么兴趣。而此刻，他们挺身而出，给其他仆从尽可能详细地叙述白天看到小羚羊的时间、地点，以及那些出售羚羊的孩子的家庭线索等。那个夜晚，月明风清，我所有的仆从们纷纷出发前往草原。我听见他们彼此之间都在激烈地反复讨论着，万一找不到那只动物，他们都会丢了

① 利未人：《圣经》中利未的后裔，被神指派从事祭司工作。这里形容身份特殊，对普通事物漠不关心的人。——译者注

饭碗。

第二天清晨，当法拉为我端来早茶时，贾马抱着小羚羊跟随他走进了卧室。那是一只雌性的薮羚，我们给它取名“露露”，据说是赛瓦西里语中“珍珠”的意思。

那时候，露露和一只猫咪的大小差不多，长着一双恬静的紫色大眼睛。它的腿是如此纤细，当它蹲下再站起时，你唯恐它无法经受那一屈一伸的动作而受伤。它的耳朵像绸缎一样光滑，而且富有表现力；它的鼻子像松露一样，黑得发亮；而它那四个娇小玲珑的蹄子，使它走起路来极具风韵，活像旧时代私塾里缠足的传统中国淑女。将一个如此尽善尽美的生命揽在怀中，是前所未有的体验。

露露很快就适应了这个屋子和屋里的居民，无拘无束、如归故里。最初几个星期，房间里打蜡后过于光滑的地板给它的生活带来了麻烦。每当它踩上地毯以外的地板，四条细腿就会前后岔开，摔倒在地板上。那样的场景，不禁让人觉得地板对露露来说是个灾难，它却看起来毫不在乎。最终，它能够在光滑的地板上行走自如，伴随着一连串轻微的嗒嗒声，像是有人正在生气地用指节叩击桌子。露露总是习惯于保持非同寻常的整洁和规律。它有着孩童般的任性。可是每当我试图阻止它的行为时，它又会表现出好像在说：怎样都可以。

卡曼塔用奶瓶喂养它，还负责在夜晚把它关起来，因为我们不得不这样小心翼翼，当天幕降临后，豹子经常会在我房子四周游荡。露露与卡曼塔形影不离，总是跟着他。有时，当卡曼塔没有满足它的要求时，它就会用稚嫩的脑袋用力撞击卡曼塔孱弱的双腿。它是如此美丽，以致当它与卡曼塔在一起的时候，你会不由自主地觉得，眼前是一副新版《美女与野兽》的插图，带着几分滑稽和诡异。露露鹤立鸡群的美丽与优雅，为它在家中赢得了至高的地位，所有的人都非常尊重它。

在非洲，我只养苏格兰猎鹿犬，没有养过其他品种的狗。没有任何狗比苏格兰猎鹿犬更加高贵和通人性了。它们一定是和人类一起生活过数个世纪，深入地理解和融入了我们的生活，必要的时候，还会做出适当的妥协。至今，你依然能在古老的绘画和挂毯中看到它们的身影。虽然它们的外貌和举止在今天有所变化，但它们给这些绘画和挂毯以及周边的环境渲染出了一种十七世纪前后特有的封建氛围。

我养的第一只苏格兰猎鹿犬，我给它起名叫达思科，寓意黄昏，是别人送给我的结婚礼物。从我开始我的非洲生涯起，它就一直伴随在我身边，可以这样说，它也是非洲殖民历程中"五月花号"[①]的乘客之一。它生性勇猛而宽厚，在战争开始的那几个月，它陪伴着我，在马萨伊保护区用牛车为政府运输物资。遗憾的是，一两年后，它死于一匹斑马蹄下。当露露来到我家时，我屋里还有两只猎鹿犬——达思科的儿子。

苏格兰猎鹿犬很好地融入了非洲大地，和非洲人也相处融洽，这或许要归功于三者都处于高海拔地区，仿佛在共同合奏一首悠扬的高地之歌。而在蒙巴萨平原，苏格兰猎鹿犬就不会表现得如此如鱼得水。伟大的非洲大陆如此广袤壮观，拥有着草原、丘陵、江河等诸多地貌，可是倘若缺少了猎鹿犬，似乎仍然不够完美。所有的猎鹿犬都是了不起的猎人，

---

① 五月花号：1620年9月6日，这艘英国轮船载着百余名乘客从英国的普利茅斯驶往美国的马萨诸州。这里作者喻指她和达思科是最早抵达非洲大陆的殖民者。——译者注

虽然他们有着比灵缇犬[①]更敏锐的嗅觉，但是它们主要依靠视觉追捕猎物，所以，两只苏格兰猎鹿犬一起合作捕猎，场面极为精彩，引人入胜。我有时会带着它们骑马去禁猎区，尽管按规定这是不允许的。在那里，它们把草原上成群的斑马和角马驱散得四处逃窜，仿佛天上飞奔疾窜的流星一般。我在马萨伊人聚居区狩猎时，只要带着猎鹿犬，就从未丢失过一只射中的猎物。

猎鹿犬在原始森林中也显得非常漂亮，深沉的灰色皮毛点缀在层次分明的幽暗绿荫中。它们中的一条，曾经单打独斗，咬死了一只休格壮硕的雄性狒狒。在那场格斗中，它的鼻子不幸被咬穿了，破坏了它高贵雍容的仪态。但是，农场里所有的人都认为这个伤疤象征着荣耀，因为狒狒是一种破坏成性的野兽，非洲人对它们深恶痛绝。

猎鹿犬非常聪明，它们知道我的仆从中有伊斯兰教徒，而且懂得他们不能碰触犬类。在非洲的最初几年，我有一个名叫伊斯麦尔的扛枪仆从，来自索马里伊斯麦尔，他去世时，我还没有离开非洲。他是旧时代的扛枪人，如今这种职业已经消失了。他深受世纪初那些专猎巨兽、卓尔不群的老猎人们培养。当时的非洲是当之无愧的鹿群王国。伊斯麦尔对文明的认知完全局限于狩猎场，他所讲的英语完全是猎人们的英语，因此，他会和我谈论诸如我的“大枪”以及“年轻的步枪”之类的话题。他回到索马里兰以后，曾经给我写过一封信，信封上写着的收信人是“雌狮布里克森(作者名)”，信也是这样开头的：“尊敬的雌狮”。伊斯麦尔是一个虔诚的伊斯兰教徒，一生中绝不碰触狗，这为他的狩猎工作带来了困扰。

① 灵缇犬：又叫格力犬，一种身细腿长的猎犬。——译者注

但达思科对他来说却是个例外，他从不介意我带着达思科搭乘他的骡车，甚至还允许达思科睡在他的帐篷里。他说，达思科能够一眼就辨认出伊斯兰教徒，而且绝不会去碰触他们。事实上，伊斯麦尔也向我证实了，毋庸置疑达思科能准确地区分出谁是虔诚的伊斯兰教徒穆斯林。他曾这样对我说："现在我知道了，达思科和你属于同一个部落。它也会对人笑。"

现在，我的猎犬们都深深知晓露露在我家屋子里的权利与地位。在露露面前，这两位伟大猎人的所有嚣张气焰都化为乌有。露露抢夺它们最喜爱的装着牛奶的餐盆，把它们从火炉前最舒适的位置撵走。我曾经在露露的脖子上拴了一个小巧的铃铛，因而有一阵子，猎犬们只要一听到"叮铃叮铃"的铃铛声穿过其他房间越来越近时，就会温顺地站起来，无奈地离开壁炉前它们温暖的卧处，在房间里的其他位置躺下。当然，露露温婉优雅的举止，也着实无人能及。它走过来的步态和躺下的样子，仿佛一位出水芙蓉般的淑女，在坐下时落落大方地收拢自己的裙摆，确保不会妨碍到他人。它喝牛奶时的神态彬彬有礼却又略带挑剔，仿佛是迫于女主人的过分热情而勉强为之。它喜欢别人搔挠它的耳后，而且表现出一种宽厚忍耐的神态，就像一位娇妻在丈夫的爱抚中傲慢地撒娇。

露露渐渐长大后，浑身上下的朝气与可爱如花绽放，变成了一只身段苗条、曲线优美、婀娜多姿的母羚羊，从鼻端到脚尖，美丽得令人难以置信。它看起来就像是从海涅[①]诗歌的精美插图中走下来的——"那恒河水畔，聪敏而温婉的羚羊"。

---

① 海涅：德国诗人。他的诗篇《乘着歌声的翅膀》由门德尔松谱曲而家喻户晓，其中就有一段歌词："是善良聪敏的羚羊，在遥远的地方……"——译者注

但是露露的温柔娴静并非是发自内心，它的身体里，居住着一个人们常说的“魔鬼”。每当受到冒犯，它会把女性凌然不可侵犯的特质发挥到极致，不遗余力地进行防卫，全力以赴地维护自己的安全。它在用这样的防御姿态对抗谁呢?整个世界都有可能成为它的进攻对象。当它的情绪失去控制的时候，假如我的马令它不愉快，它甚至会和马一决高下。这让我想起了汉堡的哈根贝卡①老人说过的话：世界上的各类动物中，甚至包括食肉动物在内，鹿是最不值得信赖的动物。你可以信赖豹子，但倘若你信任一头年轻的牡鹿，那它迟早会在你的背后袭击你。

我们深深以露露为骄傲，即使它有时的表现如同一个不顾颜面、卖弄风情的年轻女郎。我们从未真正取悦过它。有时，它会离开家几个小时，甚至整个下午。有时，她对周遭环境的厌恶情绪达到了巅峰时，就会像着了魔一般，跑到屋前的草坪上，似乎是为了寻求什么乐子，跳起一段战舞，就好像一个步履蹒跚的人在用简洁的舞蹈向撒旦祈祷。

“是的，露露，”我暗自想，“我明白你有惊人的强健体魄，能够弹跳到超越自身的高度。此刻你对我们暴跳如雷，希望我们统统死去。事实上，只要你肯屈尊下顾，我们也一定会死去。但是你的烦恼并非如你所想象：我们已经垒好了使你无法逾越的障碍。再说，我们又如何能做到呢，你不是了不起的跳高专家吗? 事实上，我们没有为你设置任何障碍。你的体内，蕴藏着非凡的力量，露露，同样，这些障碍也都源于你自身，问题只是时机尚未成熟而已。”

有一天，露露直到傍晚也没有回家。我们四处寻找了一

① 哈根贝卡：现代动物园之父。——译者注

个星期，都只是白费力气。这对我们大家来说，都是异常痛心的。一张张寻找露露的布告传遍了家家户户，但是也没有碰到更好的运气，露露依然杳无音信。我不禁怀疑起在河边徘徊的豹子。一个晚上，我忍不住向卡曼塔聊起了自己的担忧。

他照例没有立即给我答复，似乎想要淡化我的短视和无知。过了几天，他才来到我面前，和我谈起这件事："你真的相信露露死了吗，姆萨布？"

我不愿意如此直白地承认这个残酷的想法，于是，我告诉他，我只是很奇怪露露为何一直没有回来。

"露露，"卡曼塔说，"它还活着，它结婚了。"

这真是个令人喜出望外的好消息，我忙问他如何知道。

"嗯，是这样的。"他说，"露露结婚了，它与它的伯瓦那①一起生活在森林里。可是，它并没有将我们忘记，常常会在清晨回来。我把玉米碾碎了，撒在厨房后面的草坪上。在日出之前，它会从树林里走过来吃那些碎玉米。它的伯瓦那会跟在它的后面，但是这位伯瓦那怕见人，不熟悉人类。所以，它通常就站在草坪那一边的白色大树底下，从来不敢走近这栋房子。"

我叮嘱卡曼塔，下次再见到露露回来时，务必要告诉我。于是，几天之后，在一次日出之前，卡曼塔来叫我了。

那是个激动人心的清晨，随着我们的等待，最后的一批星星渐渐隐去。天空清澈而明净，我们四周的万物依然笼罩在一片昏暗中，鸦雀无声。树林边的坡地上草地湿漉漉的，草叶上的露珠闪烁着微弱的光芒，犹如银器一般。拂晓的空

---

① 伯瓦那：赛瓦西里语，丈夫。——译者注

气寒意逼人，使脸上一阵阵刺痛，如果这是在北国，便意味着离霜冻的日子不远了。可是，无论你经历过多少回这样的情景，对我来说，依然难以置信：这个凉爽、幽绿的世界，几个小时之后，就会被炽热的艳阳和炫目的天空所覆盖，令人难以忍受。群山都弥漫着灰蒙蒙的雾气，呈现出各种怪异的形状。此时此刻，如果水牛群在山坡吃草，就会像漫步在云里雾里一样，而且，那里肯定十分寒冷。

终于，头顶寥廓的天穹渐渐通透明朗，宛如盛着美酒后晶莹的玻璃杯。突然，第一缕晨曦出现在远处巍峨的山顶上，将一切都染成红色。渐渐地，随着地球的自转，太阳似乎向我们倾斜过来，原本碧草连天的山脚镀上了一层绮丽的金黄色，马萨伊的树林显得矮了下去。我们这一边的河岸，挺拔高大的树木顶端泛着古铜色的紫光。这个季节，正是栖息在河对岸树林里的紫红色大野鸽飞来岸这边的时候。它们在林间的好望角栗子树上觅食，只在这里逗留很短的一段时间。它们的飞行速度惊人得迅捷，简直像一队正在发动攻击的空中轻骑兵。为此，我在内罗毕的那些朋友们，常常在清晨来到农场，射猎鸽子。为了赶在太阳升起前赶到我家门口，他们总是很早就出发，甚至当他们的车在我家门前排成一个圈时，还依然亮着车灯。

伫立在如此清澈幽静的晨曦中，仰望着金色的峰峦和晴朗的天空，你会自然而然产生一种感觉：仿佛你正在海底漫游，水流从你身边涌过，而你正昂首眺望着海面。

鸟儿开始啼叫，然后，我听到在树林里离我们不远的地方，传来“叮当叮当”的铃声。是的，这真令人大喜过望，露露回来了，回到这个老地方了！铃声越来越近，我可以从铃声的节奏中，追逐露露的步伐，它反复地走走停停。绕过一所仆从居住的小木屋，它就来到了我们面前。看到一只非洲羚羊距离我的房子如此之近，让我感到既不可思议又别有风趣。而现在，露露纹丝不动地站着，似乎它预料到会见到卡曼塔，但我的出现却让它感到十分意外。但是它并没有离开，只是毫无畏惧地望着我，仿佛它既没有忆起我们过去发生过的任何小小摩擦，也没有意识到自己离家出走是一种忘恩负义的行为。

在树林里，露露高傲而独立。它的心绪早已不同，现在的它镇定自若，主导着自己的生命。我与露露的重逢，就好像我曾经有幸与一位流亡中的妙龄公主相遇，那时她只能觊觎着王位，而多年后，在她成了名副其实的女王、获得一切权利后，我又在她的王国里觐见她。正如当年，路易·菲利普国王殿下曾经宣布，法国国王不会记恨与奥尔良公爵[①]的一切旧恩怨，显然，露露的所作所为并不比路易更缺少人情味，它现在已经化茧成蝶，成熟老练。攻击性已经从它身上消逝，它还需要进攻谁？又为了什么要进攻呢？它只需要坦然安静地站着，就维护了自己天赐的权利。对我的记忆，使它明白并不需要戒备我。它用绛红色略带迷离的双眼打量着我足足有一分钟，面无表情，甚至连眼睛都不眨。而我想起来，神灵都是从不眨眼的。我感到站在面前与我四目相对的，是拥有牛瞳的赫拉女神[②]。从我身旁经过的时候，它轻轻咬下一片草叶，又轻盈优美地向前腾跃了一步，径直向厨房后面的草坪走去，那里有卡曼塔为它铺撒的碎玉米。

---

① 奥尔良公爵是法国国王路易十三的弟弟，多次参加反对首相的阴谋活动，但每次都得到路易十三的宽恕。——译者注

② 赫拉女神：古希腊神话中宙斯的妻子。主管家庭和婚姻。——译者注

卡曼塔用手指碰碰我的胳膊，然后指向树林。我顺着那个方向望去，看见在一棵高大的好望角栗子树下，站着一只雄性薮羚羊，仿佛森林边缘一个黄褐色的剪影。它长着一对美丽的犄角，一动不动，静止的侧影好似树干一般。卡曼塔凝神看了它一会儿，然后笑了起来。

“你看这里，”他说，“露露在向它的伯瓦那解释，这房子附近没有什么值得害怕的，可是雄羚羊始终不敢过来。每天早晨，雄羚羊都会想，今天它一定要走过来，但是它只要一见到这栋房子和人群，它就又停在了树下，仿佛肚子里装了一块冷冰冰的石头。①”

在相当长的一段时间里，露露每天清晨来到我屋子跟前，用清脆悦耳的铃声告诉所有人，太阳已经在山顶升起。我常躺在床上等待倾听这铃声。有时候，它会一两个星期都不露面，我们都会很挂念它，并开始议论最近有哪个猎人进山打过猎。可是，不久之后，就会有仆从通报：“露露在这里。”好像出嫁后的女儿又回来走娘家一样。好几次，我在树丛中看到雄羚羊的侧影，但是正如卡曼塔所言，它始终没能鼓足勇气走到房子这里来。

一天我由内罗毕回到农场，卡曼塔正在厨房门口四处张望。一看到我，他就跑上前，激动万分地告诉我，露露回来了，并且带着它的幼崽。几天后，我有幸在仆从居住的小木屋之间亲眼见到了露露。它愈发警觉，带着几分攻击性。它身后跟着一只年幼的雄性小羚羊，步态迟缓娇憨，恰似我们初识露露时，露露走路的模样。这时漫长的雨季刚刚结束，

---

① 这是非洲人的一句俚语，形容农场里的活很棘手，而且司空见惯。——译者注

在随之而来的夏季，不仅仅是拂晓，有时在下午，人们总能看到露露在房子附近。甚至在中午时分，它也会来到木屋之间，在阴影里乘凉休憩。

露露的幼崽并不害怕我的猎犬，甚至任由它们在自己身上嗅闻。但它始终还是无法接纳非洲人和我。如果我们尝试捉住它，母子俩就会一起扭头跑走。

从露露最后一次长时间的不辞而别起，它再也不会和我们那么亲近，也不让我们触碰它。但是除此之外，它依然保持着友好的态度。它懂得我们希望看看羚羊幼崽的心情，也会从我们伸出的手中衔走一节甘蔗。有时，它来到餐厅敞着的门前，凝视着房间里透出的朦胧昏黄的灯光，若有所思。但是她再也没有跨进那门槛一步。那时，它脖颈上的小铃铛已经不见了，因此来去都悄然无声。

我的仆从们建议，我应该允许他们捕捉露露的幼崽，并像我们当初收养露露那样饲养它。但我觉得，这样粗暴的行为，实在辜负了露露给予我们的君子般的珍贵信任。

相反的，我为我家和羚羊之间保持的这种自由自在的联系感到荣幸骄傲。这的确弥足珍贵，露露从原始森林姗姗而来，本身就表明我们与它，与野性世界能够融洽相处。露露使我们的屋子与非洲广袤的大地融为一体，任何人都无法分辨：何处是一个世界的终极，何处又是另一个世界的开始。露露知道森林中大型野猪的巢穴所在，也窥探过犀牛们的罗曼史。非洲的森林深处，有一种独特的杜鹃鸟会在夏季的正午鸣唱，仿佛世界铿锵有力的心跳声。我从未有幸见过这种杜鹃鸟，我认识的所有人也都没有这种缘分，谁都无法告诉我它长什么模样。但是，也许某天，当露露经过某条狭长的绿色小径时，那杜鹃鸟正站在它头顶的枝头上。那时，我正在阅读一本有关中国王朝的书，叙述了中国古代一位显赫皇后的故事。书中说到，年轻的皇后叶赫那拉氏在诞下太子之后，乘坐着鎏金飘绿的轿子从紫禁城中出发，荣归故里。我想，我的农场，现在就恰似那位年轻皇后的娘家。

整个夏天，一大一小的两只羚羊，成为我家附近的常客，偶尔它们会持续两三个礼拜不露面，但是大多数时候，我们天天都能见到它们。第二年雨季伊始，仆从们跑来告诉我，露露带了一只新生的幼崽回来了。这次，我没有亲眼见到那只小羚羊，因为它们没有像以往回来时那样走近我家的屋子。但是，后来我从森林里见到了薮羚羊母子二个的身影。

露露与其家庭成员与我家的这种情谊维持了数年。羚羊们经常出没在我房子的四周。它们走出大森林，然后又返回去，似乎我的农场是原始森林国度的一片领土。它们通常在日落之前到来。一开始，它们在幽暗的树丛中来回移动，映衬着墨绿色的背景，宛若一个个精巧的剪影。而当它们走出森林来到草坪，午后的阳光照在它们的皮毛上，泛着熠熠发光的红铜色。露露也是其中之一，它会来到离房子很近的地方，安详悠闲地四处溜达，当有汽车喇叭声响过，或我们打开窗户，它都会机警地竖起耳朵，凝神倾听。我的猎犬都认识它。随着年龄的增长，露露的皮毛颜色逐渐变深。有一次，我与朋友驱车回来，见到门前的露台上有三只羚羊，正围在一起吃盐巴——那是我撒在地上供奶牛食用的。

令人百思不得其解的是，除了第一只昂首站在好望角栗子树下的成年雄性羚羊——露露的伯瓦那以外，再也没有其他雄性羚羊走近过我的房子，仿佛在这片森林里与我们打交道的，只能是某个母系氏族。

殖民地的猎人和博物学家们，都对我家的羚羊产生了浓厚兴趣。狩猎监督官[1]专程开车来农场看它们，而且他还真的有幸目睹了它们的风采。一位记者还撰写了关于它们的报道，刊登在《东非旗帜报》[2]上。

露露及其家庭成员光顾我屋子四周的那段岁月，是我生活在非洲时最幸福的时光。因此，我将自己与这些森林中羚羊的缘分，视为上天莫大的恩赐与来自非洲的友谊的象征。整个大地都是这种恩赐和象征的一部分，那些吉祥的预兆与古老的承诺，或许是一首歌：

心爱的人啊
你快来，
如同那
羚羊和小鹿
在那芬芳四溢的山坡上。[3]

我在非洲生活的最后那几年，越来越少见到露露和其他羚羊们。离开非洲前一年，我甚至觉得，它们根本就没有出现过。因为世界已经翻天覆地了。农场南部的土地已经分给了新的农场主和农民们，森林被砍伐得一干二净，建起了一幢幢房屋。拖拉机在往昔宁静的坡地上轰鸣忙碌、翻土耕地。新移民中的许多人都热衷运动，爱好狩猎，步枪声在原野里四处回荡。我想，野生动物们大概都离开了这里，向西迁徙，

---

① 狩猎监督官：指肩负保护野生动物责任的政府雇员。——译者注

② 《东非旗帜报》：创刊于 1902 年。时至今日，依然是肯尼亚最大的综合类报纸。——译者注

③ 来自《圣经·雅歌》。——译者注

躲进了马萨伊人聚居地的树林里。

我不知道羚羊的寿命有多久，也许，露露早已死了。

数不清多少次，在拂晓前的静谧中，我在梦中听到露露清脆悦耳的铃声。在睡梦里，我的内心常常被喜悦充满。当我醒来后，依然热切地期望着会有甜蜜美妙的惊喜到来，而且就在那顷刻间能马上到来。

每当我躺在床上思念着露露时，我猜想着，露露回到了原始森林里，它一生中可曾梦见过伴它长大的铃铛？在它的脑海里，是否曾如水中的倒影一般，掠过人类与猎犬们的影子？

如果，我记得一首非洲大地的歌谣——我想我一定会记得——记得长颈鹿，和挂在它背脊上的非洲新月；记得农田里的耕耘；记得咖啡采摘工人大汗淋漓的脸庞。那么，非洲，是否也会记得一首关于我的歌？原野里的空气是否会闪现着我昔日衣服的色彩？孩子们是否会用我的名字去命名一种游戏？满月的光，是否会在小路的鹅卵石上，投下如我身形一般的影子？还有，恩贡山脉里翱翔的苍鹰，是否会从高空四处寻觅我的身影？

离开非洲以后，我便没有再听说过关于露露的半点音讯，但是我收到了卡曼塔和其他仆从的来信。此时，距离我接到卡曼塔最后一封信还没到一个月。这些从非洲漂洋过海而来的信件抵达我手里，对我而言是如此不真实，恍如海市蜃楼般的梦幻。

卡曼塔不会写字，他也不会英语。所以，当他或者其他仆从想要给我写信介绍近况时，便会步行去邮局，找专职代笔写信的非洲人或印度人，口述他们想写的内容。这些专职代笔的人坐在邮局外面，面前摆着写字桌，桌上放着他们的纸、钢笔以及墨水。他们其实对英语也仅仅是一知半解，甚至都称不上能用英语写作，但是他们相当自信。为了炫耀自己的技巧，他们在信中通篇使用半通不通的华丽辞藻，使得信件晦涩难懂。他们写信时，还习惯使用三到四种不同颜色的墨水。不管这样做的动机是什么，他们给人留下的深刻印象就是，他们的墨水极度短缺，不得不把每瓶墨水的瓶底都挤干。而以上种种努力的结果就是，寄给你的信件似是而非，就像来自特斐尔阿波罗神殿的神谕。这些寄给我的信件都很厚，你会觉得，这一定有一些至关重要的事情积压在写信人的心头，所以他才会不顾路途遥远，徒步从基库尤保护区赶到邮局。但是，所有这些丰富的内容，却被一片混沌晦涩的黑暗包裹。当那些低廉而粘满污迹的小纸片飞越了万水千山，抵达终点时，似乎正在不停地对你倾诉，甚至大声呐喊，可是读罢，你却一片茫然。

但是，和其他所有事情一样，卡曼塔在这方面，依然独树一帜。作为一个寄信人，他有独特的方式。他把三四封信都装进一个大信封，并且分别在每封信上注明：第一封，第二封……以此类推。每封信的内容都几乎相同，只不过是一遍遍重复而已。也许他是希望通过这样的重复，给我留下更加深刻的印象。以往在我们交谈时，如果他特别希望我去了解或者记住某件事情时，他也会这样不厌其烦地重复。更何况，对于他而言，要与一位相隔万里的朋友通信时，让他保持缄默是无法忍受的事情。

卡曼塔在来信中说，他已经失业很久了。看到这一消息，我并不意外，因为他在身边的人群中确实已是鹤立鸡群。我培养出一位皇家厨师，却把他留在新殖民地。这就如同《一千零一夜》中“芝麻开门”的故事，如今开门的咒语已经被遗忘，掩藏着宝藏的石头门也永远地关上了。无论这位满腹学识、思想深刻的伟大厨师走到哪里，人们看到的只是一个罗圈腿的小基库尤人，面孔扁平，表情呆板，身材矮小。

当卡曼塔徒步走进内罗毕，站在贪婪而目空一切的印度代笔人面前时，他该如何去倾吐他那封将要周游半个地球的信呢？信里的文字歪斜扭曲，前言不搭后语。但是，了解卡曼塔的人，仍然能从这语无伦次的信中窥到他不凡的灵魂，就像从支离破碎、千头万绪的乐曲中听出某个动人的音符，甚至听出牧童大卫手中竖琴的优美旋律。

这是“第二封信”：

> 我不会忘记你的，姆萨布，尊贵的姆萨布。现在，你的仆从们都很不快乐，因为你去了别处。如果我们像鸟一样会飞，我们一定会飞去看你，然后再回来。从前，你的农场是牛和小牛和黑人们的好地方。而现在，没有牛也没有山羊、绵羊，什么都没有了。所有的坏人，现在心里都很高兴，因为你从前的仆从们都变成了穷光蛋。如果上帝知道了这一切，他迟早会来帮助我们。①

在“第三封信”中，卡曼塔展示了一个非洲人表示赞美的独特方式。他写道：

> 如果你要回来，请一定写信，让我们知道。我们觉得你会回来的。为什么？因为我们相信你永远都不会把

① 原文在此处仿照了前文中印度人的拙劣英文，语句不通，译者在这里稍作调整，使语句通顺。——译者注

我们忘记。为什么呢？因为我们觉得，你一定还牢记着我们所有人的脸和我们的母亲们的名字。

一个白人，如果想给你写信倾诉衷肠，他会写：“我永远无法忘记你。”而非洲人说：“我并不会想念你，但我相信你永远不会忘记我。”

Out of Africa

第二卷　农场里的枪声

第一章　意外的枪击事件

那是十二月十九日晚上，临睡前，我再次走到户外，想去看看是否有要下雨的征兆。此时此刻，我相信，高原上一定有许多人和我一样，焦急虔诚地仰望着星空。有时候，遇到幸运的年景，会在圣诞节左右下几场大雨。这雨水，在十月短暂雨季中，对于开花结果的幼嫩咖啡果而言，至关重要。今晚依然没有大雨将至的迹象，天空晴朗清澈，繁星璀璨，一派明快的景象。

赤道上方的星空比北欧的夜空更加绚烂多姿。你在夜间出门的机会更多，因而观察星空的时间也更多。在北欧，寒意逼人的冬夜，使人无心出门欣赏星空。而夏天，晴朗的星空又如紫丁香一般泛着暗淡朦胧的光，你很难从中辨认出点点繁星。

赤道地区的夜晚，相比于北方只允许教徒进入的新教教堂，更像是罗马天主教堂那样友善而包容，允许人们自由进出，忙忙碌碌，而且总有各种事情发生，热热闹闹。在阿拉伯半岛以及非洲，正午太阳的炽热足以致命，而夜间才是适宜旅行、做事的好时候。在非洲，星星早已被命名，许多个世纪来，它们一直为人类指引着方向，引导着人们排成一列列长队，跨越无边的沙漠和大海，向远方的东西南北行进。在夜间驱车行驶更是一种享受，头顶星光灿烂，一路疾驰令人心情愉悦。在非洲，你会养成在月圆之日拜访朋友的习惯，也会在新月如钩时，外出狩猎。此外，陪伴你的，将是许多个夜晚妩媚皎洁的月光。于是，等你回到欧洲时，你会惊讶地发现：那些居住在城市里的朋友，居然毫不了解月亮的运行与盈亏，他们的行为也与它毫无关联。一弯新月是卡迪加[①]骆驼夫的行动指南，一旦新月在天空中出现，骆驼商队就要马上开始新的征程。他们一路昂首仰望月亮，成为"用宇宙的月光编制故事的哲人"。或许正是因为如此长久的对月亮的守望，月亮才变成了见证他们战胜艰难险阻的象征。

我在非洲人中间名声响亮。因为有许多次，我碰巧都是农场第一个在落日的余晖中，发现天边那一弯如银弓般新月的人。特别是曾经连续两三年，我都在伊斯兰教的斋月期间，第一个看到了穆斯林的圣月。

农民们环顾四周的地平线，缓慢地移动视线。他先看向东方，因为倘若有雨，通常都来自东方，此刻的室女座成为东方天际中最明亮的星宿，它的阿尔法星光芒耀眼。接着，他会转身望向南方，凝望南十字星座，那是深邃宇宙的门卫，因为对旅行者们的忠诚而深受爱戴。比它稍高一点的地方，辉煌夺目的银河下方，高悬着半人马星座的阿尔法星和贝塔

---

① 卡迪加：伊斯兰教先知穆罕默德的第一任妻子。——译者注

星。西南方的夜空里，天狼星正在熠熠闪光，与船底星座睿智的智神星交相辉映，似焰火般壮丽闪耀。西面，恩贡山的轮廓若隐若现，天空厚重地凝结在一起，猎户星座的利赫尔星、贝拉垂科星和托杰斯星，犹如未经雕琢的钻石般光彩夺目。最后，农民把视线停留在北方，这意味着最终的回归。此时，他一眼就能认出大熊星座，静静地仰望着它带有滑稽趣味的憨态，期盼着如此浩渺的上苍，能够带来恩赐，使北方的游牧民们感到由衷的愉悦。

夜晚酣睡中的人，能够在梦境中感受到与白昼世界迥然不同的乐趣，那是一种静谧的喜悦和心灵的恬淡，宛如舌尖的蜂蜜般甘甜怡人。做梦的人懂得，梦境真正的美妙之处在于天马行空般的无限自由。这绝非独裁者将自己的意愿强加于世的自由，而是一种艺术家特有的自由，超脱了一切尘世俗念，放弃名利追逐，获得彻底解脱。寻梦人的乐趣，不在梦本身，而在于梦中所发生的一切都不受任何人的干扰，彻底摆脱了羁绊。波澜壮阔的景观在梦里自行出现，那些旖旎绚丽的美景层见叠出，细腻丰富的色彩、道路和房屋，都是做梦者闻所未闻、见所未见的。梦中还会出现形形色色的陌生人，敌友难以分辨，尽管做梦人与他们素未谋面。翱翔与追逐的场景也常常在梦中出现，令人热血沸腾。在梦中，人们个个都出口成章，才华横溢。这些梦境，倘若在白天忆起，会黯然失色、索然无味，因为它们属于另一个世界。但是，到了晚上，只要做梦人静卧下来，现实世界便再次关上大门，意识又接通到梦境的世界，于是，他可以重温梦里种种超凡脱俗的美妙。无限的自由将他包围，就像光和空气一般，在他四周流淌，这是远离尘世的幸福。梦中的人享有特权，他可以什么都不做，可万物都要为了取悦他而不断忙碌，给以他无尽的财富和享乐。在梦里，就连塔施[①]国王也要进贡丰厚的礼物。当他置身于一场宏大的战役或是华丽的舞会时，他也拥有随时自由来去或是躺下休憩的特权。而一旦做梦的人失去自由意识，诸如“必须”之类的意念闯入梦境时，一切就变得紧迫不安——一封待回复的信、一班要赶上的火车、一项必须要完成的工作、一匹疲于奔命的骏马，或是即将要扣下扳机的步枪。这时候，美好的梦境杳无踪影，变成了最贫乏、庸俗的噩梦。

在清醒的世界里，最接近梦镜的是醉生梦死的都市之夜。在都市里，人们互不相识，也无人知道非洲之夜。这里同样蕴藏着无限的可能，各种事件层出不穷地发生，命运紧紧围绕着你运转，四周的一切都生机勃勃，而这一切都不由你主宰。

在非洲，此时此刻，每当薄暮之时，天空中就飞满了蝙蝠。它们悄无声息地四处漫游，仿佛公路上安静驶过的汽车。夜鹰也扇动着翅膀从身边掠过。这些鸟儿停歇在公路上，在它从你车前惊飞的刹那，眼睛被车灯照射成红色。春天，小野兔也在公路上，带着奇特的韵律活蹦乱跳，忽而蹲下，又忽而猛地跳起，活似一群迷你袋鼠。蟋蟀在草丛中一刻不停地吟唱着，各种来自田野的清香，贴着地面流淌一般地扩散着，流星从天际划过，仿佛自面颊滚下的泪珠。你无忧无虑地享受着特权，拥有这美好的一切。塔施国王也将献上丰厚的礼品。

在几英里外马萨伊人的聚居地，斑马正在迁徙，寻找更适合的牧场。一群群斑马漫步在灰色的平原上，看起来就像

① 塔施：圣经中的森林国度。——译者注

一道道流动的斑纹装点在狂野中。水牛们也在绵延不绝的山坡上吃草。我农场里的青年们，三两一群地从我屋前路过，他们一个个接踵而至，仿佛投在草坪上的狭长阴影。他们步履匆匆，径直寻找着各自的目标，他们并非在为我工作，所以我也并不会格外留意。或许是为了强调自己有要务在身，当他们看到我扔在屋外的即将燃尽的烟蒂时，他们会放缓了脚步，边走边向我打招呼：

> “晚上好，姆萨布！”
>
> “晚上好，年轻的武士们，你们这是要去哪里？”
>
> “我们要去卡瑟古的曼亚塔区①，今晚那里将举行盛大的恩贡马舞会②。晚安，姆萨布。”

如果组织了很多人去参加舞会，人们就会都携带自己的非洲鼓。这时，即使从很远的地方，你也能听到依稀传来的鼓声，犹如万籁俱寂的夜晚，从指尖传来的细微脉动。在不经意间，那些没有留神倾听的人的耳中，则可能听到一阵有如空气强烈振荡发出的声响，那是远处原野里的狮子发出的短促低吼。狮子正在四处踱步，寻找猎物，它身边照旧上演着一幕幕的追捕和杀戮。那虽然只是一次短促的吼声，却随着广阔的地平线越传越远，同时也拓宽着你的视野，似乎连沟渠和水塘都呈现在了眼前。

我正站在房前，忽然不远处传来一声枪响，仅仅一声。接着，天地间又充满了夜的幽静。草丛里的蟋蟀们仿佛在凝

---

① 肯尼亚东部一个省份的一个区。——译者注

② 由鼓作伴奏的土风舞会。——译者注

神倾听了一阵四周的动静后，又重整旗鼓，继续唱起它们单调乏味的小夜曲。

夜阑人静，一声突如其来的枪响，一定关联着某件惊心动魄、至关重要、甚至是性命攸关的事情。俨然有人向你高声疾呼了一个字，就不再重复，默不作声了。我久久站在原地不动，思索着这枪声的含义。在这样的深夜，谁也无法瞄准猎物，若是为了恐吓什么东西，那也应该会放两三枪。

有可能是农场磨坊里那位年老的印度木匠普兰·辛格，在开枪射击那些溜进院里的鬣狗。鬣狗们前来偷吃挂在院子里的牛皮，每根长条状的牛皮下面都坠着石块，将被制成拖车的缰绳。普兰·辛格并不是什么英雄人物，但是为了保护他的缰绳，他很可能会虚掩着小木屋的门，扣动他那把老猎枪的扳机。然而，他一旦尝到充当英雄的滋味，一定会放下枪管，填上火药，再次射击。可是，现在仅仅有一声枪响，然后一切又归于沉寂。

我等了一会儿，听听是否有第二声枪响，却始终什么动静也没有。我再次仰望星空，依然没有大雨将至的迹象。于是，我拿着一本书上床了，让屋里的灯光继续亮着。在非洲，一本值得一读的书着实来之不易，它跟随着那些乏味无趣的大宗货物，乘着大型邮轮自欧洲而来漂洋过海。此刻，你的心情应该和作者一样，期盼着有人去认真地阅读，并向上帝祈祷，随着故事情节的展开，之后的章节会像开头几行一样耐人寻味。你的思绪好似在一条清新、幽绿的小径上，信步徜徉。

两分钟后，一辆摩托飞速绕着车道兜了个圈，停在我屋前。接着，有人用力敲打着起居室长长的落地窗。我穿上裙子、外套和鞋子，提着灯走了出去。门口站着我农场磨坊的经理，透过灯光，他目瞪口呆，满头大汗。他叫贝克纳普，来自美国，是位技术超群、心灵手巧的机械师，但是他的内心时常焦躁不安，情绪很不稳定。对他而言，世界要么是如千禧年[①]一般的太平盛世，要么如同黯淡的黑夜，毫无希望之光。他刚来农场做工的时候，对农场的现状与前景的种种荒诞见解，曾一度令我心绪不宁，好像被他置于振幅巨大的情绪秋千之上。后来，我慢慢司空见惯了。这些大起大落的情绪，只是他每日必需的情感波澜而已，似乎是为了在农场单调平淡的生活中，竭力保持自己生机勃勃、充满活力的个性。这种现象，在生活于非洲的那些精力充沛的白人青年中非常普遍，特别是那些在城市里度过了少年时光的人。然而，现在悲剧将他攥入掌中，他拿不定主意下一步该如何行动，是通过绘声绘色的夸张渲染事件来满足自己饥饿难耐的灵魂呢，还是轻描淡写，掩盖事件的残酷无情。这种左右为难的困境，使他看起来好像一个年幼的男孩，正在试图逃离一场命运的灾难，却又不得不来宣告大难临头。他起初结结巴巴地叙述着，但是最终只是简单地讲了讲，毕竟他在这个事件中，扮演的角色并不重要，命运再次让他失望了。

而这时，法拉也从家里赶了过来，和我一起听着他的讲述。贝克纳普告诉我，这场悲剧是以一种平静而愉快的方式开始的：他的厨师放了一天假，不在厨房，于是七岁的帮厨男孩科贝罗开了一场派对，把一群小孩带进了厨房。科贝罗的父亲是农场里的老佃农科尼奴，我们都叫他“老狐狸”，是我们的近邻。夜色渐浓，派对也愈发尽兴，孩子们情绪高涨。

---

① 此处是宗教意义上的千禧年，指全人类的幸福时代。——译者注

科贝罗拿来了主人的猎枪，向他那群整日出没在旷野和沙姆巴间的朋友们，表演白人的做派。贝克纳普热衷且精通于饲养家禽，他在自己的养鸡场饲养着阉鸡和母鸡，还从内罗毕的展销会上收购了一些种鸡。所以，他在走廊里放了一把猎枪，用来吓跑猎鹰和山猫。后来，当我们再次谈及此事时，贝克纳普坚信那猎枪并没有子弹上膛，是那些孩子们自己找到了子弹并装进枪膛里。但是，我认为他的记忆有误，即使孩子们想那样做，也非常困难。更有可能的是，当时放在走廊里的是一把子弹已经上了膛的猎枪。无论如何，子弹就在枪膛里，年幼的科贝罗在虚荣心的驱使下，大出风头，忘乎所以，对着他的朋友们瞄准并扣动扳机。猎枪里射出来的子弹炸开来，震撼了整座房屋。三个伤势较轻的孩子，惊慌失措地从厨房里跑出来。另外两个孩子，受了重伤，大概已经死亡。在狠狠地把非洲大陆和这里所发生的事情诅咒了一通后，贝克纳普结束了他的讲述。

在贝克纳普讲述时，仆从们都蹑手蹑脚地聚拢了过来，全都一言不发。然后，他们回屋拿来了防风灯。我们又拿出了绷带和消毒剂。费时费力地发动汽车只是浪费时间，我们尽可能快地穿过森林，飞奔向贝克纳普家。手中防风灯摇曳的灯光，把我们一行人的影子从狭窄小路的一侧投向另一侧。奔跑的途中，耳边不时传来短促而撕心裂肺的尖叫，那是孩子们发出的死亡前的哀号。

厨房门被粗暴地踹开，里面呈现的情景，仿佛是死神横冲直撞地扑进了屋子又步履匆匆地转眼消逝，在厨房里留下了一场凄惨恐怖的灾难，犹如野獾蹂躏过的鸡舍。厨房的桌子上燃着一盏灯，灰色的煤烟缭绕着，盘旋而上。狭小的屋子里，依然弥散着火药味，猎枪就扔在桌上的灯旁。厨房里到处都是血迹，我不小心滑了一跤，摔倒在地板上。防风灯昏暗的灯光很难照得明亮清晰，但是依然让我们清楚地对房间里的情景留下了深刻印象。在我的回忆中，借着防风灯的照明，所见到的景物，历历在目，没有因为岁月的流逝而模糊。

我是在农场的草场里认识的那几个受伤的孩子，他们在那里为家里放牧羊群。其中一个男孩叫瓦莫伊，他是乔格奈的儿子，开朗活泼伶俐，有一段时间曾来农场办的学校学习。此刻，他躺在门和桌子之间的地板上，还没有死，但是已经距离死亡不远了，在昏迷中偶尔发出痛苦的呻吟声。我们把他抬至一旁，方便人们走动。发出尖叫的孩子是瓦扬格瑞，他是参加这次派对的孩子中年龄最小的。他直挺挺地坐着，面向灯光，身体前倾。鲜血像高压水柱一般，从他的脸上涌出——如果人们还能够称其为脸。显而易见，猎枪走火的时候，他正好就站在枪筒正前方，那枚子弹如此干净利落地打掉了他的整个下巴。他的胳膊在身体两侧不停挥舞着，就像气泵的手柄，又好像被砍去脑袋的小鸡，正在拼命地胡乱拍打着翅膀。

当你忽然置身于这样的灾难中，脑袋里会冒出一个想法，似乎也是对于这场枪击和整个农场唯一的补救方式：真想不惜一切后果，尽早终结那还在垂死挣扎的痛苦生命。但是，你知道自己无法杀死他们，你的意识已经被恐惧笼罩，恍恍惚惚。绝望中，我用双手按压着那孩子的头颅。与此同时，仿佛是我真的杀死了他，他立刻停止了哭嚎，垂下胳膊，笔直地坐着，像个木头人一般。这时，我终于明白，在接受强制性治疗时，是怎样的感受了。

为一个半张脸都被猎枪打掉的伤员包扎，是非常困难的事情。当你想方设法去止血，却可能弄巧成拙，令他窒息。我不得不把小男孩轻放于法拉的膝头，让法拉帮忙固定他的头部保持一个适当的姿势。因为，如果他的头往前倾，我无法缠紧绷带，而如果他的头往后仰，流出的血液又会呛入他的喉咙和胸腔。有一刻，那男孩安静地坐着，我趁机为他缠好了绷带。

接着，我们把瓦莫伊挪到桌子上，举起防风灯观察他的伤势。他从喉咙到胸腹都被子弹射中。他身上流血不多，只有嘴角有一道细细的血，沿着脸颊流下。看着昔日如小鹿一般生命力旺盛的土著孩子，悄无声息地躺在那里，令人莫名惊诧。当我们注视着他的时候，他的表情发生了变化，满脸愕然失色。我叫法拉赶紧回家取车，赶紧送这些孩子们去医院，容不得我们浪费时间。

在等待法拉的时候，我问起了科贝罗的情况，那个开枪造成流血事件的孩子。贝克纳普给我讲述了一件关于他的怪事。就在前几天，科贝罗从他主人那儿买了条旧短裤，提出从他的薪水里扣除那一卢比。当枪声响起时，贝克纳普冲进厨房，看到科贝罗正端着那只还在冒烟的枪，站在屋子正中央。他盯着贝克纳普看了片刻，先是将左手伸进他新买的、为了这次派对特意穿上的短裤兜里，拿出了一卢比放在桌子上，然后把右手里的猎枪也扔在桌上。在完成了以上对世间的交代后，科贝罗就这么离开了。尽管当时我们并没有意识到，科贝罗做出了如此潇洒的姿态后，便从地球上消失了。对与非洲原住民而言，科贝罗的种种举动非同寻常，因为他们普遍的做法是想方设法拖欠债务，特别是对白人所欠下的债，这些债务仿佛被他们置之脑外，无关紧要。也许当时，那一天对科贝罗而言，就像是最终的审判日，他觉得自己必须偿还这债务；或者他这么做，是为了寻求一切可能的帮助，拯救处于危难中的朋友；再或者，这突如其来的枪声，以及随之带来的震惊、慌乱和朋友的死亡，使他的大脑一片混乱，以至于原本处于意识边缘的债务问题，全部都被震荡至他思维意识的核心区域。

那时，我有一辆老旧的越野车。这辆车恪尽职守地为我服务了许多年，所以我实在无法对它进行任何不利的描述。但它若是能起动两个以上汽缸行驶，实属罕见。它的车灯也出了故障。所以，当我驾驶着它参加穆塞加俱乐部里举行的舞会时，会在车后挂上一盏裹着红色丝绸手帕的防风灯，充当后车灯。这辆车在发动时，必须有人推一把。这天晚上，我们就推了很久才发动它。

来农场做客的人，总是向我抱怨前来的道路不好走。那个晚上，当我们驱车与死神对抗的时候，我终于意识到他们的正确。一开始，我让法拉驾驶汽车，可他仿佛故意把车开进深坑或者旧辙里。于是，我干脆自己开车掌握方向盘。为此，我不得不在池塘边停车，在黑暗的池塘水中洗去手上的血水。通向内罗毕的道路仿佛漫长得没有尽头，以至于让我觉得，这么长的时间，我都足可以开车回丹麦老家了。

内罗毕的原住民医院修建在山坡上，刚好位于城镇入口前方。那一刻，它淹没在宁静的黑夜中，万籁俱寂。我们花了不少力气，才把医院里的人叫醒。出现在我们面前的，是一个看起来像是医生或是助理医生的果阿①人。他衣着古怪，穿着类似睡衣的长袍，体型臃肿肥胖，看起来脾气还不错，两只手不断交替重复着同一个奇怪的手势。当我帮忙把瓦莫

① 果阿：位于印度西岸，曾经是葡萄牙属殖民地。——译者注

伊从汽车里搬出来时，那孩子轻微抖动了一下，尝试着舒展身体。可是当我们把他带到灯火通明的诊疗室时，他却停止了呼吸。老果阿医生不停地在那孩子脸的上方挥舞着手，说：“他已经死了。”他又看了看瓦扬格瑞，挥挥手说：“他仍然活着。”那晚以后，我再也没见过这个果阿老头儿，因为他大概是专值夜班，而我再也没有在半夜去过原住民医院。当时，我觉得他的态度非常令人憎恶，但是事后，我领悟到，那夜我们碰到的穿着白大褂的身影，就是命运之神的化身，站在生死之门等候着我们，冷心冷面地宣判着生与死。

我们把瓦扬格瑞抬进诊疗室后，他从昏厥中恢复了意识，立即陷入了极度的恐慌之中。他紧紧抓住我以及任何接近他的人，痛不欲生地大声哭喊着。最后，果阿医生为他注射了一针镇静剂，使他平静下来。医生翻着眼睛从眼镜上方看着我，说道：“他还活着。”我离开了医院，把两个孩子留在那里。一个死去了，一个还活着，都躺在各自的担架上，等待着自己的归宿。

贝克纳普骑着自己的摩托车，一路陪同我们抵达医院，这多半是为了当越野车抛锚时，他能够助我们一臂之力，重新发动马达。而现在，他忽然想起，我们应该把这起枪击事件报告给警察局。于是我们驱车直奔渡河街的警察局，就这样闯入了内罗毕的夜生活。抵达警察局后，那里没有白人警官在值班，当他们派人去找时，我们回到外面的汽车上等他回来。和高原上早期的城镇一样，内罗毕街道两旁种植着魁伟的桉树，在路灯的照射下，显得奇形怪状。细长的树叶，散发出奇异而迷人的清香。一个丰满健壮的赛瓦西里女人，被一群原住民警察推搡进警察局。她奋力挣扎，用指甲抓挠他们的脸，杀猪一般号叫着。一伙寻衅滋事的人也被带进警察局，站在警察局台阶上他们仍然吵闹不止、群情激昂，似乎想发起新一轮的斗殴。还有一个人，我猜想那是一个小偷，刚刚被抓获被带过来，身后尾随着一大群午夜狂欢者，有的支持小偷，有的支持警察，大声争论着案情。最后，终于赶来了一位警官，非常年轻。显而易见，他直接从一个狂欢的派对上赶回来，他使贝克纳普失望透顶。起先，他带着浓厚的兴趣，飞速地写着案情记录，然后埋头沉思，在纸上毫无目的地移动着铅笔。最后，他放下了手中的报告，并把铅笔放回口袋。夜晚寒意袭人，感谢上帝，我们终于能开车回家了。

第二天早上，虽然我仍然躺在床上，但是从屋外凝重的寂静中我感受到，有许多人正聚集在房屋四周。我能猜出，那是农场里的老佃农们，正蹲在石块上，一边咀嚼、嗅吸着的鼻烟并将渣滓吐在地上，一边低声密语。我也知道他们来的目的，是为了告诉我，他们想为头天晚上在枪击事件中死去的孩子，召集“科亚马”。

“科亚马”是经政府机构批准，解决农场里原住民纠纷的大长老会。“科亚马”的成员们，将会为了一桩犯罪事件或者事故端坐在一起讨论几个星期。他们一边大口吃羊肉，一边滔滔不绝地讨论着刚刚过去的灾祸。我知道，这些大长老想让我也参与其中，好好谈谈这件事，甚至如果有可能，他们希望由我来做最终的裁决。可是我不想没完没了地讨论昨晚的悲剧，所以我让仆从为我备马准备外出，以远远地躲开他们。

正如我料想的那样，我出屋门就看到那些古板的大长老们，围绕在屋子左侧供仆从们居住的木屋旁。为了维护会议期间他们的尊严，他们都装作没看见我，直到意识到我正打算离开农场时，他们才手忙脚乱地站起来，迈开年迈的双腿，跌跌撞撞地向我追来，并不停地挥舞着手臂。我也对他们挥手致意，策马扬长而去。

第二章 骑马漫步在狩猎保护区

我骑马前往马萨伊保护区，先趟过了一条河，又策马前行了一刻钟，便进入了狩猎保护区。我曾经花费很多功夫，一心想在农场里找寻一个能够骑马过河的区域，颇费周折后，发现了这处河滩。这里布满了石子，崎岖不平，而且对岸坡度陡峭，但是，“一旦置身其中，那种欢愉和快乐令人不禁为之心旌荡漾。”①

映入眼帘的是足有一百英里的草原，可以纵马驰骋；还有无边无际、起伏开阔的土地。这里没有围栏，没有沟渠，更没有铺好的路。除了零零星星马萨伊人的村庄外，甚至没有其他人迹出没的痕迹。而马萨伊人是伟大的流浪者，一年中有一半的时间离开他们的村落，赶着牲畜奔赴别的牧场放牧。在草坪上，有规律地散布着低矮的荆棘丛。干涸的河床

① 出自英国诗人雪莱的作品《情契》。——译者注

底部，布满了一块块大而扁平的石头，形成狭长的峡谷。你必须仔细寻找一条鹿群踩出的小径，才能循着它穿过峡谷。片刻之后，你会从心里体会到这里的宁静。我曾触景生情，写下这样的诗歌：青草遍布旷野，风儿吹出千层浪，在幽静和孤独之中，风儿与我的心一起嬉戏。

直到今天，每当我回顾在非洲的生活，我始终会这样描述：一个生活在繁忙喧嚣世界中的人，步入了另一个宁静祥和的世界。

在雨季即将来临之时，马萨伊人会点燃草原上的枯草，此时的平原四野黑乎乎的，一片荒芜破败的景象，在这里骑行绝非是心旷神怡的经历。焦黑的灰烬粉末随着飞奔的马蹄高高扬起，溅得你全身都是，甚至迷了双眼。而烧焦后的草杆儿，像玻璃碴一样坚硬锋利，很轻易就能割伤猎犬的脚掌。但是，待雨季来临，草原上便又长出新鲜幼嫩的青草，此时骑马经过草原就好像走在弹簧垫上，马匹也沉浸在近乎癫狂的欢乐中。形形色色的羚羊在绿油油的草地上吃草，远远望去，仿佛一只只摆在台球桌上的动物玩具。骑行中，你或许会遇到非洲大角羚羊群。这些体格健壮、看似威武雄壮的动物，个性却十分温和，一直到你异常接近它们时，才不慌不忙地抬脚离去。它们巨大的犄角向着隆起的脖颈后面盘曲伸展出去，胸脯的皮肤松弛下垂，形成巨大的皮褶，奔跑时这些皮褶会随着身体的起伏晃来荡去，使它们看起来格外魁梧。它们仿佛从古老的埃及墓碑上走出来，复又经过了这草原水土的滋养，便与非洲大地血脉相连、融为一体。在保护区的深处，生活着长颈鹿。

有时，在雨季的第一个月，草原上会大片大片地盛开一种野生的白色花朵，芬芳扑鼻。纵目四望，草原上竟像覆盖着茫茫白雪一般。

虽然我远离人群，进入了野生动物世界，昨晚发生的悲剧仍然令我心情沉重。而那些围坐在我家附近的老人，更使我无比压抑。这种不安的心情，就像是古时候，人们觉得临近的女巫在打他们的主意，或是这女巫正怀揣着一个以他们的名字命名的小蜡玩偶，在以他们的名义进行洗礼。

在处理农场的有关法律事务的争端时，我与土著之间维持着奇特的关系。因为在我眼中，最首要的事情就是保证农场的和平与安宁。所以，当农场里的佃农们产生了纠纷，我无法袖手旁观，而不得不卷入其中，直到把事情彻底解决才作罢。否则，这些争端就会发展成为你在非洲大陆感染过的那种脓疮——当地人称其为“草原脓疮”。它也许表面看起来已经愈合，实际上却在表皮下继续蔓延成溃疡，除非你将皮肤割开，彻底将这溃烂连根剜除，否则它将无法真正痊愈。非洲人也了解这一点，所以，每当他们想要从根源上解决某个争端时，便会找我出面裁决。

我对非洲人的法规一窍不通，所以，在他们那神圣崇高的法庭上，我扮演的角色，更像是一个连半句台词都记不住的女主角，总得依赖别人不断提醒台词，才能撑下来整场戏。对于这个任务，大长老会的成员们表现得恪尽职守、机智老练。有时，我的演出也会变成这样一种情景，女演员受到冒犯，为她此次需要扮演的角色感到愤慨，进而拒绝演出，就此走下舞台。碰到这种情况，我台下的观众们会把这当作一次命运的转折，超出了他们的理解范畴，似乎是上帝应有的举动。他们静观事态的发展，沉默着或者低声争辩着。

欧洲与非洲对于“公正”有着完全不同的理解，而且这两个世界的观点大相径庭。在非洲，抵消已经发生的灾祸和不幸，只有一种处理方式，那就是补偿损失，至于案情背后的动机，他们从来不去深究。无论你是早已在黑暗中埋伏，伺机割开了敌人的喉咙，还是在砍树时，不慎砸死了一位陌生的过路人，若论惩罚，在非洲人眼中，这两者是没有什么区别的。反正对他人的损害已经造成，无论如何，要有人做出相应的补偿。非洲人绝不会浪费时间，去追究犯罪动机或衡量犯罪程度，也许担心这样的考虑会使他们离题太远，也许他们觉得这些都与他们毫不相干。但是，他们会一门心思地把时间耗费在推理和测算上。用老式的算法计算着已经犯下的罪过或发生的灾祸应该折算为多少绵羊或山羊，在这个问题上，时间对他们来说全然不成问题，他们也热衷于带你卷入奥妙的诡辩迷宫之中。在当时，这种做法，与我心中固有的“公正”概念南辕北辙。

事实上，所有的非洲人在这类事情上有相同的习俗。一般而言，索马里人的观念与基库尤人截然不同，而且非常鄙视基库尤人。可是，索马里人也会一本正经地坐下来，用同样的方式评判谋杀、强奸等罪行，评判对他们家乡的牲畜，包括珍爱的马匹与骆驼的诈骗行为。这些牲畜的名字与谱系，他们都早已了然于心。

法拉的弟弟十岁那年，在一个叫布拉姆拉的地方，用石头击打另一个部族的小男孩，打掉了对方的两颗牙齿。这个消息传到内罗毕后，双方部族的代表在农场进行了谈判，他们坐在法拉居住的小木屋的地板上，就这件事，一整夜翻过来覆过去地讨论。那里面一些瘦削的、曾经去过圣城麦加①

---

① 麦加：位于沙特阿拉伯西部，是伊斯兰教的朝圣圣地。伊斯兰教创始人穆罕默德诞生于此。——译者注

朝圣的老人，统统裹着绿色的伊斯兰教徒的头巾①；有未曾经历过什么重大场合却自命不凡的索马里年轻人，他们平日里为欧洲游客和猎人们充当扛枪夫；还有代表了他们各自家族的男孩们，长着乌黑的眼睛和圆圆的脸盘，腼腆地坐在那里，默不作声，表情虔诚地聆听和学习着。法拉告诉我，这件事很严重，因为被石头击中的那个男孩因此被毁了容，待他长大成人，他的婚姻会因此困难重重，甚至不得不牺牲一部分对姑娘美貌程度和生育能力的种种要求。最终，裁决判定赔偿是五十头骆驼——这刚好是当地人聘礼的一半，通常全额的聘礼是一百头骆驼。于是，在遥远的索马里，当下购买了五十头骆驼，十年之后，这些骆驼将会成为一名索马里少女的财产，好让她不必介意新郎缺失了两颗牙齿。这样做，也许会引起另一场悲剧。但是，法拉本人认为，这样的判罚，对他已经是网开一面了。

农场里的非洲人压根不理解我对他们的法律制度如何看待，而每当祸事临头，牵涉到赔偿时，他们总是先来找我。

有一次，在咖啡豆的采摘季节，一名叫瓦波伊的基库尤女孩在我屋外被牛车碾压致死。当时，牛车承担将摘下来的咖啡豆从农田运往咖啡加工厂的工作，我一贯严禁任何人搭乘牛车，要不然，无时无刻都会见到一群采摘咖啡的少女和男孩们抢着坐上牛车在农场里兜风——他们都跑得比拉车的公牛还快。但是对于拉车的公牛来说，这些开心快活的乘客无疑是过于沉重的负担。可是，那些驾车的年轻人无法拒绝那些眼睛如梦幻般朦胧的女孩子们，她们会追随着牛车苦苦

① 绿色头巾是伊斯兰教一种特殊的标识，表明其主人去过圣城麦加朝圣。——译者注

哀求搭车。车夫们只好在车子快进入我家的视线范围时，催促她们赶快下车。可是瓦波伊跳下车时摔倒了，更不幸的是，牛车的车轮无情地压过她黑色的小脑袋，碾碎了她的头骨，并在车轮后面留下一条细长的血痕。

我从咖啡种植园里找来她年老的父母，他们扑在女儿的尸体上放声痛哭。我知道，对于他们，除了感情上的悲痛，这也意味着巨大的损失，因为这女孩已到了适婚年纪，将为他们换来一大笔聘礼，包括绵羊、山羊等，甚至一到两头小母牛。而这都是打从这个女孩出生之日起，他们就朝思暮想的。所以，当我正在思索应该如何帮助他们时，他们先声夺人，向我提出了索赔要求——我要为他们精神和物质方面的双重悲痛负责，赔偿他们的一切损失。

我告诉他们，这样不行，我不应该赔偿。我早就明令禁止农场里所有的女孩搭乘牛车，这是妇孺皆知的。两位老人点头表示同意，他们对此毫无异议，但是依然寸步不让，固执地要求赔偿。他们坚持，无论谁来支付，他们总该得到赔偿。在他们看来，这样的做法与他们历来信奉的原则相吻合，至少与他们那根深蒂固的万事相互依存的观念不冲突。我断然拒绝之后，转身回屋，他们紧随在我身后，驱使他们的并非是贪婪或是愤恨，而是遵循着一种规律或习惯，仿佛我真的有某种吸引力似的。

他们坐在我屋外僵持着。由于贫穷，他们营养不良，又瘦又小，看起来就像是草坪上的两只小獾。直到日薄西山，他们依然一动不动地坐在原地，我几乎无法从暮色中分辨他们的身影。他们沉浸在深深的悲哀中，丧女之痛和经济损失给他们带来双重打击，使他们感到无比绝望。法拉那天不在农场，当屋子里点亮了灯时，我派人送了些钱，让他们去买一只羊吃。这实在是个不明智的举动，他们将此视为长时间被围困的城市即将弹尽粮绝的苗头，于是他们继续坐在原地，全然不顾黑夜已经降临。我猜不透他们是否是出于自愿而离开，还是夜深以后他们萌生了新的念头，去找那个年轻的车夫索要赔偿了。不管怎样，他们忽然站起身，悄无声息地离开了。后来我知道，第二天天刚亮，他们就赶往达格勒提，去找地区助理长官。

这给农场带来了一个冗长的谋杀案件诉讼，许多耀武扬威的年轻非洲警察也因此来到农场。可是，助理长官唯一能做的，就是将年轻的车夫以谋杀的罪名处以绞刑。但是当他听完了所有关于案件的证词以后，又不得不放弃了这一判决。大长老会的长老们也不会在我和助理长官都拒绝出席的情况下，召开“科亚马”。最后，那对失去女儿的夫妇也只好像其他人那样，接受法律对此事的判决，虽然他们对这一法律裁定难以理解。

时间长了，我对大长老会的老头子和他们的“科亚马”非常厌烦，并向他们直言不讳地表明自己的看法：“你们这些大长老们，”我说，“只会要年轻人赔偿，让他们没有一点积蓄，难以与你们竞争，然后你们就自己买下所有的年轻姑娘！”大长老们全神贯注地听着，脸上皮肤干燥，布满了沟沟壑壑的皱纹，一对黑色的小眼睛神采奕奕，嗫嚅着单薄的嘴唇重复着我说过的话。他们置身事外，似乎听得津津有味，为能听到这样一场颇具原则性、意蕴精妙的演讲，而回味无穷。

尽管我们的意见存在着诸多分歧，但是在基库尤人心目中，我作为法官依然极富潜力，我也很重视自己这个全新的角色。那时我还很年轻，我多半站在被告的角度，来思考判决是否合乎正义与非正义的定义，而没有站在依法办事的法官的立场上。我尽力使裁定公平合理，同时为了维护农场的安定祥和，付出了巨大的努力，这常常需要大费周章。有时候，遇到难以解决的问题，我会从案件中抽身出来，独自面壁苦想，将自己的心境与他人隔离开来，拒绝和任何人谈论案情。这个办法对于农场里的人们而言，居然行之有效。很久以后，我还能听到他们满怀崇敬地提起某起案件是如此复杂，以至于无人能在一星期之内做出裁决。要想给非洲人留下深刻的印象，你只需要在某件事情上耗费远远超出原本所需要的时间就可以了——但是这本身很难做到。

我想，非洲人之所以希望我担任法官，并且认可我在裁决中起的作用，是源于非洲人神话主义或是宗教主义的思维方式。欧洲人缺乏创造神话和信仰的禀赋，因为对于这两方面，我们太过于依赖往昔现实的生活体验。而非洲人则完全不同，他们的心灵仿佛一直在幽深清净的小径上自然、轻松地徜徉，能够在这两个超现实的领域无拘无束地游弋。当他们与白人相处时，这种天赋尤为明显。

非洲人的这种天赋，你可以从他们给交往的欧洲人，即使是萍水相逢的陌生人，所起的绰号中就能看出来。当你派人送信给朋友，或在开车去朋友家的途中问路时，你必须熟知这些绰号，因为对非洲人而言，白人只有这样的“名字”。我有一个深居简出的邻居，从不在家里招待客人，他的绰号就是“夏安尼·蒙加”——意思是“一套餐具”。我来自瑞典的朋友埃里克·奥德，他的绰号叫“瑞赛西·蒙加”——意思是“一个弹匣”。这个绰号是称赞他是个神枪手，百发百中，只需一个弹匣就可以成功猎杀动物。我还有个朋友，是个狂热的赛车爱好者，因此，他得到了“半人半车”的诨号。非洲人也用动物的名称给白人起外号，例如鱼、长颈鹿、肥胖的公牛等等，非洲人的想象力习惯于沿着神话语言的脉络天马行空般地飞驰。而且，我相信，这些白人，在非洲人的潜意识中，人类与动物的模样兼而有之。

而语言的神奇魔力之一就在于，当一个人多年来都被周围的人以某种动物的名字来称呼时，渐渐地，他就会对那种动物产生亲切感和认同感，感受到与其有某种特殊的联系，能从它身上寻找到自己的影子。有趣的是，等他返回欧洲，没有人再将他与那种动物联系在一起，反而令他感到不对劲。

有一次，在伦敦的动物园，我遇到一位已经退休的年迈官员。他在非洲的绰号是“伯瓦那塔姆”——“大象先生”。他久久地伫立在大象馆外，看着大象陷入了沉思。也许他常常去那里，他的非洲仆人也会认为这在情理之中。可是在伦敦，除了非洲人，大概只有我这个短暂停留的过客能够真正理解他。

非洲人的思维方式极为奇特，可以与传说中的古代人物气息相通。他们不假思索地认为，奥丁①甘愿失去一只眼睛，是为了更好地洞悉这个世界，而爱神则是一个懵懂无知、不了解爱情的孩子。相类似的是，农场里的基库尤人深信我是一个了不起的法官，但是事实上我对他们的法律一无所知。

正是由于非洲人在神话方面特有的天赋，他们会对你做出一些难以预料又防不胜防的事情。他们会将你变成一个符号或是一种象征。我对这种做法了如指掌，在我心中，有一个专用词描述它：“黄铜蛇②化”，也就是说让我承担罪责，

① 奥丁：北欧神话中的众神之王，是世界的统治者。——译者注

② 黄铜蛇：《圣经故事》中，摩西在神的旨意下制造出的铜蛇，能够复活被火蛇咬死的苍生。——译者注

或者说接我来祛灾避祸。与非洲人长期生活在一起的欧洲人都能领会我的意思，尽管和《圣经》里的原意相比，这样说可能词不达意。我相信，无论欧洲人在这片土地有着何等作为，有着进步的科学技术和先进的机械，有着不列颠统治下的百年和平①，都不如“黄铜蛇化”对非洲人有实际用途。

并非所有的白人都能被加以利用变成“黄铜蛇”，而且每一个人的情况也都不尽相同。在非洲人的圈子里，是按照把我们白人变成“黄铜蛇”并赋予责任后所发挥作用的大小，给我们进行了先后排名。我的多位朋友，例如丹尼斯·芬奇·汉顿②、加尔布雷斯、伯克利·科尔和诺斯拉普·麦克米兰爵士等人，都在非洲人心目中名列前茅。

德拉密尔勋爵是坐头把交椅的“黄铜蛇”。我记得有一次，当我前往高原时，严重的蝗灾正侵袭着田野。头一年这里就曾经闹过蝗灾，现在那些上一年蝗虫留下的虫卵已经孵化出了无数黑色的后裔，吞没了草原上残存的一切植物，过境之处，片草无存。这对非洲人是一个沉重的打击，在经历了上一年的磨难后，他们已经无力再次承受这样的浩劫。他们的心都碎了，痛苦地喘息着，发出濒死的狗一般的嚎叫，甚至用头狠狠撞击着空气中无形的墙。我偶然间告诉他们，我开车经过德拉密尔的农场时，也看到了漫天的蝗虫在田野和草场上无处不在。我还告诉他们，德拉密尔对此大发雷霆，万分绝望。此言一出，所有的听众都迅速安静了下来，看起来变得轻松平静。他们继续追问德拉密尔对自己遭遇不幸的感

---

① 指1815～1914年，英国在非洲的百年霸权全盛时期。——译者注

② 丹尼斯·芬奇·汉顿(1887～1931)，1910年来到东非，著名猎人，并与本书作者有过一段恋情。——译者注

受，并一而再、再而三地要求我重复，之后他们就不吭声了。

作为“黄铜蛇”，我虽然不及德拉密尔勋爵那样至关重要，但是在有些场合，我对非洲人还是很有用的。

在战争期间，运送兵团的繁重任务落在了非洲人肩上。我农场里的佃农们，时常在我的房屋四周围坐着。他们闷声不响，甚至彼此之间也不交谈，全部把注意力放在我身上，把我视作“黄铜蛇”。我不忍心直接撵走他们，因为他们并没有妨碍我，而且，即使我将他们撵走了，他们也会继续挪个地方坐下来，这将令人更加难堪。最后，我弟弟的兵团被派往位于维米山岭最前线的阵地，我才得以渡过这个难关：我把心思转移到他身上，把他当作了我的“黄铜蛇”。每当有大灾大难降临到农场时，基库尤人将我视作最重要的哀悼者，或是掌控悲伤的女人。对待这次枪击事件，亦是如此。由于我亲眼看见了孩子们的悲惨遭遇，心中的悲伤难以忘怀，农场里的人们便仿佛得到安慰，决定暂时把此事搁置一边。在这个不幸的事件中，他们把我视为代表全体教徒的祭司，以所有人的名义，将整杯苦酒由我独自一饮而尽。

巫术的魔力，就在于一旦施加于你，你便永远无法挣脱它。这种体验带给我的苦恼，而且是极端的苦恼，就好像被悬挂在杆子上，而我是多么希望能够从中脱身。但是，多年以后，你或许会产生这样的念头：“我曾经竟然受过这种待遇——成为一个‘黄铜蛇’!”

在我返回农场的途中，我正骑马涉过一条河流，遇到了科尼奴的儿子们，三个年轻人和一个小男孩。他们手握长矛，疾速向我奔来。我勒住马，向他们打听是否有他们兄弟科贝罗的消息。他们都停下脚步，站在及膝的水中，面无表情地望着水面，轻声慢语地告诉我科贝罗还没回来，自从昨天晚上他逃走后就杳无音信。现在他们都觉得科贝罗已经死了，他要么在绝望中自杀了——对于非洲人而言，自杀是一个很容易接受的概念，甚至连儿童也不例外；要么他在丛林里迷了路，被猛兽吃掉了。他的几个兄弟正在四处寻找他的下落，此刻正打算去保护区碰碰运气。

渡过河以后，我回到了自己农场的土地上，回首眺望那片原野。农场的地势比保护区略高，除了在很远的地方吃草的斑马外，旷野里没有其他生命的气息。不一会儿，那几个正在搜寻中的年轻人出现在了河对岸的树丛里，他们一个紧跟一个，步履匆匆，像是一条小毛毛虫在草地上快速蠕动前进。他们手中的长矛尖在阳光下闪闪发光，显示出他们似乎对于前景信心满满。但是究竟是怎样的前景在等待着他们呢？他们在竭力寻找下落不明的孩子，唯一的指引就是翱翔在草原上空的秃鹫。它们总是在尸体上方盘旋，指明被狮子捕杀的猎物的确切位置。

但那是一具非常瘦小的身体，对于这些空中掠食者来说，远远不够果腹。它们中的大多数也许不会发现孩子，即使发现了，肯定也不会逗留得太久。

这种想法都让人痛心不已，我骑着马朝家的方向踽踽而去。

第三章 瓦莫伊

在法拉的陪同下，我前去参加“科亚马”大长老会议。在同基库尤人来往时，我都会带着法拉。因为虽然法拉在面对触犯自己利益的纷争时，他会同其他索马里人一样，在部族感情和宿仇的驱使下，丧失理智。但是，对于旁人的纠葛，他却保持着清醒的头脑和理智的判断力。而且，他的塞瓦西里语说得很流利，可以当我的翻译。

我预想，在我抵达大长老会之前，此次会议的目的就是商量如何能狠狠地从科尼奴身上多刮点油水下来。他只能眼睁睁地看着自家的羊被一只只赶走，一部分用来赔偿那些死伤孩子的家庭，另一部分则供“科亚马”的大长老们享用。这样的做法，与我的观念南辕北辙，因为我觉得，科尼奴也失去了自己的儿子，与其他父亲并无两样，而且他儿子的命运在这场不幸中，显得更加具有悲剧色彩。瓦莫伊离开了人世，瓦扬格瑞还在医院里，会有人照料他，只有科贝罗已经被大家遗忘了，没有人知道他的尸骨究竟在哪个角落。

现在，科尼奴在卖力地扮演着一头公牛的角色——为了盛宴而被养肥了的公牛。他在我的农场里，是数一数二富有的佃农。在我的佃农财产清单中，记录着他名下拥有六十只山羊、三十五头牛和五位妻子。他的村子离我的树林很近，所以我时常会见到他的孩子和羊群，还巧遇过他的妻子，正在砍伐我林中的树木。基库尤人对奢侈的生活没有概念，他们中最富裕的人，也像贫民一样生活得粗陋简朴。在科尼奴的小木屋中，除了几个可以勉强坐坐的小板凳，再无其他家具。但是，在科尼奴的村落里，有很多大大小小的木屋，木屋的四周有老年妇女、青年人和孩子们熙熙攘攘地聚在一起。每当晚霞满天时，就到了挤牛奶的时间，牛群排成一列长长的队伍，从草原走向村落，它们投在草地上的蓝色影子也随着它们徐徐的步伐缓慢前行。所有这一切，都令那位披着皮革斗篷、瘦骨嶙峋的老人，在他那满是皱纹和尘土的黝黑面庞上，焕发出专属于真正的农场富翁的光芒。

因为科尼奴做过的某些勾当，我曾与他发生过多次激烈的争执，并一再警告他，要把他从农场里赶走。科尼奴一直与附近的马萨伊部落和睦相处，并将自己的四五个女儿嫁到了那里。基库尤人曾言之凿凿地告诉我，以前马萨伊人将与基库尤人通婚视为自降身价。但是，到了现在这个时代，为了防止种族的灭亡，岌岌可危的马萨伊部族不得不舍弃了这种尊严。马萨伊妇女没有孕育后代，所以部族格外欢迎生育能力旺盛、年轻有活力的基库尤女子。科尼奴的儿女们都样貌漂亮端正，他用年轻貌美的女儿，从毗邻的马萨伊部落那里换来了不少健壮活泼的小母牛。在当时的基库尤人中，这种发财致富的方式在许多非天主教家庭中流行。我听说，基库尤的大酋长基南株，就把他的二十余名女儿全嫁给了马萨伊人，并且换回了一百头牛。

但是，一年前，当马萨伊聚居地因为口蹄疫被隔离起来时，任何货物都禁止进出。这使科尼奴陷入了困境。马萨伊人是游牧民族，会随着季节更迭以及雨水、牧草的情况不断迁徙。所以，在他们的牲口群里，也有一些在法律上已经属于科尼奴的奶牛，被赶往远方的草原。那段时间，那些奶牛就被赶往一百英里开外的旷野，谁也不知晓那里会发生什么事情。马萨伊人在贩卖牲口时一向不择手段，特别当对方是他们瞧不起的基库儿人时。另一方面，他们是勇武的战士，传说还是魅力无穷的恋人，将科尼奴女儿们的心玩弄于股掌之上，使她们像古罗马时代的萨宾妇女①一样，为他们倾心。最终连科尼奴都再也无法信赖她们。所以，当夜深人静时，科尼奴这个老谋深算的基库尤，趁着区域长官和兽医们都熟睡了，偷偷将他的牛群涉水赶入我的农场。这是彻底的无赖行径，因为非洲人理解关于隔离的种种规定，一旦这些奶牛在我的农场被人发现，就意味着我的农场也会被隔离起来。因此，我派出很多仆从在河边巡视，防范科尼奴的家丁们。在那些明月高悬的夜晚，在泛着银光的河流两岸，发生过多次伏击，在战斗仓促结束后，小母牛们被吓得四处逃窜。

另一方面，死去的瓦莫伊的父亲乔格奈是个穷人，只有一个上了年纪的妻子，还有三只山羊，就是他的全部财产。而且似乎他以后也不可能再获得更多的财产，因为他是个思

---

① 萨宾妇女：古意大利部落。古罗马早期，萨宾人禁止本族妇女与罗马人通婚。后来，罗马人抢走了许多貌美的萨宾女子，而这些女子很快接受了被迫嫁给罗马人的命运。——译者注

维简单的人。我对乔格奈有一些了解，那是因为在发生枪击事件并召开这次大长老会议一年之前，农场里曾发生了一件令人胆战心惊的谋杀案。那时，两名印度人在河流上游处租借了我的磨坊，为基库尤人研磨加工玉米。一天夜里，他俩都被杀害了，所有的财物也被洗劫一空，而凶手也逃得无影无踪。这起谋杀案，把这一带所有的印度商人都吓跑了，仿佛暴风骤雨过后般一个不剩。我只好给普兰西格一把旧猎枪，并且费了一番口舌，才让他继续留在了磨坊。在谋杀案发生后的前几个晚上，我似乎总能听见屋子附近有脚步声，所以我又额外安排了一名守夜人，也就是乔格奈。乔格奈温和老实，看起来根本不可能对付得了杀人凶手，但他同时也是个和蔼的老人，与他交谈非常轻松愉快。他总是像孩童一般活泼愉悦，宽大的面庞上总是带着热切而积极的表情。每当他看到我，都会笑容满面。此刻，能在"科亚马"见到我，似乎令他非常高兴。

然而，那段时间我正好在钻研《古兰经》，里面有这样一句劝诫："不要为了维护穷人的利益，而危害法律的公正性。"

在今天的"科亚马"上，除了我以外，至少还有一个人透彻地明白，这次会议的内容就是尽可能地剥削科尼奴——那就是科尼奴自己。其他诸位大长老都围坐在屋里，绞尽脑汁，搜肠刮肚地进行着这场控诉。科尼奴颓然地坐在地上，头上蒙着他的羊皮斗篷，不时地发出一声悲哀的呜咽，仿佛一只已经狂吠得心力交瘁的狗，然而这并不能减轻他的丝毫痛苦。

长老们希望先讨论受伤的孩子瓦扬格瑞的案情，这样他们就可以无尽无休、翻来覆去地讨论，如果瓦扬格瑞死了，那应该怎样去赔偿？如果他毁容了或从此不能说话了，又该如何赔偿呢？我让法拉以我的名义告诉他们，在我去内罗毕拜访医院的医生之前，我是不会去讨论这件案子的。这让那些大长老们百般无奈地吞下失望的情绪，开始讨论关于死去的瓦莫伊的赔偿事宜。

法拉还代表我告诉他们，“科亚马”应该尽快给这个案子一个定论，而不是浪费大量的时间，坐在这里无休无止地讨论。因为很明显，这并不是一起谋杀案，而是一个不幸的意外。

我发言时，“科亚马”的大长老们都很尊敬我，认真地坐在那里倾耳细听。可是我的话音刚落，他们就开始发表反对意见。

“姆萨布，我们的确孤陋寡闻，”他们说，“但是，我们认为，你也并不是完全了解这个案件的情况，而且我们对您刚才说的话，也不是特别明白。是科尼奴的儿子开枪，否则他为何是现场唯一一个没有受伤的人呢？如果你想听听关于这件事情更详尽的细节，你可以去听听茂葛的叙述。他三岁的儿子当时也在现场，还被打掉了一只耳朵。”

茂葛也是农场里最富有的佃农之一，而且在某些方面，是科尼奴强有力的竞争对手。茂葛看起来威严庄重，虽然他在说话时，会不时地停顿一下似乎在思考着什么，但他说的话颇有分量。“姆萨布，”他说，“我的儿子告诉我，那天晚上，孩子们都挨个端起枪瞄准科贝罗，但是科贝罗没有告诉他们该如何开枪，是的，他压根儿没有说。最后，科贝罗端起了枪，就在那一瞬间，子弹就射了出来，在场的其他孩子都被打伤了，而乔格奈的儿子瓦莫伊死去了。这就是意外的详细经过。”

“这一切我都知道了。”我说，“我们管这种事情叫作厄运，是一场意外。我也有可能在家里开过这么一枪，或者你，茂葛，或许你也曾经在家里不小心开过枪。”

我的话，在大长老中间，引起了轩然大波，他们都看着非常不安的茂葛。接着，他们彼此之间轻声嘀咕了一会儿，最后，才重新和我就这个话题展开了辩论。他们说：“姆萨布，你刚才说的话我们一个字都没听明白。我们想，你刚才所说的应该是步枪，因为你擅长使用步枪射击，但是你用猎枪时的枪法就没有这么好了。如果这件案子里，使用的是一支步枪，那你的话完全正确。但是，没有人会在你家里，或是茂葛家中，用一支猎枪射击，并杀死了屋子里的人。”

我略停顿了一会儿，说道：“现在大家都知道开枪的人是科尼奴的儿子。科尼奴也会给乔格奈一些羊，补偿他的损失。但是，众所周知，科尼奴的儿子并不是一个顽劣的孩子，他并不是预谋要打死瓦莫伊的。所以，科尼奴的赔偿，不应该像谋杀案的赔偿那么多。”

这时，一位叫作阿乌鲁的老人说话了。相对于其他人，他和文明世界有着更密切的接触，因为他曾经坐过七年牢。

他说：“姆萨布，你刚才说，科尼奴的儿子不是坏人，所以科尼奴不用赔偿那么多的羊。但是，如果他的儿子当时是预谋要杀死瓦莫伊，那他就是个非常坏的孩子。那这样来说，对科尼奴难道是一件好事吗？难道科尼奴会因此而非常高兴，然后乐意拿出更多羊来赔偿吗？”

“阿乌鲁，”我说道，“你知道的，科尼奴已经失去了自己的儿子。而你之前也去过学校，知道那孩子不仅在学习方面天资聪颖，其他各方面也表现出众。对于科尼奴来说，失去这样的孩子是非常不幸的。”

然后，房间里保持着长时间的静默。最后，科尼奴似乎突然想起他自己已经遗忘的悲伤和责任，发出一声长长的悲叹。

“夫人，”法拉打破了沉默，“现在，就让这些基库尤人说出他们心中所想的数字吧。”法拉用塞瓦西语对我说了这番话，为了让那些大长老们也能听明白。他的话非常奏效，成功地令大长老们忐忑不安起来，因为数字是确切的东西，而非洲人不喜欢直率地说出确切的数字。法拉四周环视了一下，然后语出惊人地说：“一百。”一百只羊可是个天文数字，没有人会认真考虑这么大的赔偿数额。“科亚马”寂静无声。那些大长老们虽然明知成了索马里人的笑柄，但是依然表现出应有的仁慈宽容。一位大长老低声说：“五十。”可是这声嘀咕似乎在法拉的嘲讽面前，没有任何分量，轻易地消散在空气中。

片刻停顿之后，法拉又语气尖锐地说：“四十。”他的神态，酷似一位经验老到、家财万贯的牲口贩子。这在大长老中间引起一阵骚动，长老们开始纷纷议论内心潜在的想法，气氛活跃起来。看来，他们需要更多时间，用来思考和喋喋不休地闲聊。但是至少，谈判的基础已经奠定了。当我们回到家时，法拉胸有成竹地告诉我：“我想，这些大长老会从科尼奴那里赶走四十只羊。”

而在“科亚马”大长老会议上，科尼奴还要经受另一番严峻的折磨，那便是来自大腹便便的卡塞古。卡塞古也是农场里显达的佃农之一，拥有庞大的家族，儿孙满堂。卡塞古此刻站了出来，提出要一只一只地指定科尼奴赔偿哪些绵羊和山羊。这与“科亚马”以往的通例不同。我相信，这一定不是乔格奈琢磨出来的，而是卡塞古与乔格奈事先达成的协议，因为这样做的话，卡塞古也是最终的受益者。我没有发表意见，耐心等待事情的结果。

最初，科尼奴似乎放弃了挣扎，对自己即将面对的损失逆来顺受。他低着头，每当点出一只羊，他就晃动着脑袋倒吸一口凉气，似乎被拔掉一颗牙齿。但是最后，当卡塞古本人迟疑着指向那头长着大犄角的黄色山羊时，科尼奴崩溃了，情绪完全失控。他从自己的皮革斗篷中一跃而起，奋力冲向前，疯狂地挥舞双手，向我发出公牛般的咆哮，那是发自心底的痛苦嘶吼，是在向我求救。然而，当他瞥了我一眼后，发现我是站在他那一边，并且他也不会失去那头黄色的山羊时，他立刻停止了呼喊，安静地坐下，并满眼嘲讽地扫了卡塞古一眼。

在持续了一周的各种正式和附加的会议之后，“科亚马”的大长老们最终确定了赔偿数额为四十只羊，但是不用指定赔偿哪些羊。

两周后，我正在用晚餐，法拉向我讲述了关于这个案件的最新消息。

他告诉我，前天有三名基库尤老人，在涅叶里的家中听说了此事，徒步赶到农场。他们一到这里，就宣称瓦莫伊并非乔格奈的儿子，而是他们已故的兄弟的儿子，所以对瓦莫伊之死的赔偿，理应属于他们。

我对这种恬不知耻的行为嗤之以鼻，并对法拉说，这的确看起来像涅叶里的基库尤的所作所为。但是法拉若有所思地反驳说，他认为他们说的是实话。乔格奈确实是六年前才从涅叶里搬到农场的，而且据法拉了解，瓦莫伊也并不是乔格奈的儿子。法拉斩钉截铁地说：“从来都不是!”他继续说道。乔格奈确实非常走运，因为前两天，他所获赔偿的四十只羊中，已有二十五只交给了他，否则，乔格奈很可能宁愿让人把羊直接赶到涅叶里去，以减轻自己的痛苦。因为当他日后再从农场里见到这些羊时，羊已经属于别人了。但是乔格奈一定不能掉以轻心，因为那些来自涅叶里的基库尤人非常难缠，已经在农场住了下来，并威胁要将此事上报给区域长官。

所以，几天之后，当这儿个涅叶里人出现在我家门口时，我并不意外。涅叶里人属于基库尤人中比较低等的种姓，看起来就像三条邋遢肮脏的老鬣狗，一路嗅着瓦莫伊的血迹，偷偷摸摸来到离家一百五十英里的农场。乔格奈和他们一同前来，看起来异常烦闷和焦虑。双方的态度差异如此之大，可能是因为面临的境遇不同：涅叶里的基库尤人在此事上不会有丝毫损失，而乔格奈已经拥有二十五只羊。这三名异乡人蹲坐在石头上，比羊身上寄生的三只扁虱还死气沉沉。我对于他们不抱有任何同情，因为当瓦莫伊还在世的时候，他们对那孩子漠不关心。与此相反的是，科尼奴在“科亚马”大长老会议上表现出来的礼貌与自制，令我相信，他是真的为瓦莫伊的死而难过万分。当我询问乔格奈时，他呜咽着，声音颤抖地回答，使我根本听不明白他的意思。所以，事情又这样被搁置了下来。

但是两天以后的清晨，乔格奈又来找我。当时我恰巧在打字，他请求我帮他写一份报告书，由他来口述，记录下他与那死去的孩子以及他的家庭之间的关系。他准备带着这份报告去向达格雷提的区域长官汇报此事。乔格奈简单天真的做事方式使人印象深刻，一提起那些往事就激动万分，完全没有扭捏造作。现在的他，显然已经把这份报告看作是能够帮他脱离困境的救命稻草，虽然明知要冒风险，但依然满怀敬畏之心，大张旗鼓地干了起来。

我花了很长时间，为乔格奈写这份报告，这是过去六年往事冗长的回忆，而且事情之间的关联极其繁杂。乔格奈也要不时中断口述，反复思考，重新构思他的叙述。在这一过程中，他大多数时候双手抱头，还不时用力拍打自己的脑袋，似乎想把细节敲打出来。甚至有一次，他还面向墙壁，将头靠在上面，这是基库尤妇女分娩时的姿势。

我保留了那份报告的副本，至今仍然收藏着。

跟随乔格奈的口述和回忆记录这份报告，绝非易事，因为其中牵涉了太多错综复杂的情况和没有关联的细节。乔格奈无法将事情的整个来龙去脉叙述完整，这并不奇怪。但是令我惊讶的是，他竟然能将这些细节一一回忆出来。报告是这么开头的：

> 涅叶里的瓦维如·瓦莫伊在临死前——其实用塞瓦西里语，这句话应该这样说："他想要死的时候"，他有两名妻子。其中一名妻子生了三个女儿，在瓦维如死后，她便改嫁了。另外一名妻子的聘礼，瓦维如尚未完全付清，还欠她父亲两只羊。而他的这名妻子，还曾在搬运木柴时，过度用力而造成了流产，没人知道她是否还能生育……

报告就这样继续下去，将读者卷入基库尤人复杂的人际关系迷宫之中。"后来，在瓦维如生病期间，他的那名妻子生下一个男孩，取名为瓦莫伊。当时人们都相信瓦维如染上了天花。瓦维如对他的这名妻子和儿子疼爱有加，他一想到万一自己死去，妻儿的命运将无所托付，就忧心忡忡。所以，他派人去找来了住在不远处的朋友乔格奈·卡尼亚加。当时，乔格奈欠着瓦维如三个先令，是一双鞋子的鞋款。于是，瓦维如提出，他俩可以达成一项协议……"

这项协议的内容，就是乔格奈接纳他已经病入膏肓的朋友的妻儿，并且支付给那位妻子的父亲当初所欠的聘礼——两只羊。之后的报告，就变成了一份详细的流水账，一一列出了乔格奈在这个孩子身上的每一笔花销。乔格奈还说，在收养了那孩子后，他还花了一大笔钱为他买药治病。他还会经常从印度人杜克那里购买大米，因为只吃玉米，不利于那孩子的成长发育。有一回，他还被迫付给临近的一位白人农场主五个卢比，因为那位农场主非要说瓦莫伊把他的一只火鸡赶进了池塘。乔格奈一定是花了不少工夫才筹齐了这最后一笔现金，所以这笔花销一直深深地印记在乔格奈的脑海中，以至于他多次提到它。从乔格奈的语气和神色来看，他似乎已经全然忘记了死去的这个男孩并非自己的亲生儿子，从任何角度而言，那三名涅叶里人的到访和提出的索赔要求，都令他非常意外并深受其扰。简单质朴的人，似乎生来就乐于收养并接纳他人的孩子，并且视若己出。善良敦厚的欧洲农民也能够毫不费力地做出同样的事情。

最后，乔格奈终于讲完了他的故事，我也都一一记录下来。我告诉他，现在我将要把报告念一遍给他听。他扭过头去，背对着我，似乎唯恐有什么事情干扰他的注意力。

但是，当我第一次念到他的名字时——“他派人去找来了住在不远处的朋友乔格奈·卡尼亚加”，他旋即转过身来，双目如炬地看了我一眼，眼神中满是灼热的激情。他脸上的欢天喜地，使他看起来变得年轻，如果再加上几声开怀的笑声，似乎就会使一个已近暮年的老人，变回天真烂漫的孩童。当我念完整篇报告，在结尾处再次念出他的名字时——那名字写在乔格奈的指纹印下方，作为鉴定，他再次把炯炯的目光投向我，但是这一次的眼神中，多了几分庄严和平静。

在上帝用泥创造了亚当，并给他的口鼻吹入生命气息，赋予他魂魄和灵气时，亚当也给予了上帝这样的眼神，因为从此亚当就成为一个活生生的人。现在，我也用文字创造了乔格奈永恒的人生，并展示给了他。我把报告递给他，他毕恭毕敬地接过去，虔诚地折叠整齐后，收到斗篷的某个角落里，并把手按在上面。他无论如何都不能丢失这份报告，因为那是他的魂魄，证明他存在于这个世界。这份报告的内容，浓缩并具象化了乔格奈的一生，使乔格奈这个名字永远流传，而血肉之躯化成文字得以保留，在我们之间传递着真善美。

当我居住在非洲时，文字世界开始渐渐向非洲人敞开大门。我想，在当时，我是有机会捕捉这段转瞬即逝的时光，见证属于我们的这一段历史的。在欧洲大陆上，人们也曾经以同样的方式，进入文字世界。当我还是孩童时，老人们曾和我讲述过当时的情景，那是发生在百余年以前的丹麦。我相信，虽然时隔百年，天各一方，但是两个大陆的人们却有着几乎相同的反应，人类虽然可以，但是非常难得，会对艺术和艺术原理投入如此谦逊和痴迷的热情。

通常情况下，年轻非洲人之间的书信往来，仍然靠专职代笔人来完成。而上岁数的基库尤人中，尽管有少部分人受到了时代发展的冲击，到我农场里的学校来上课，不辞辛苦地从字母 ABC 开始学习，但是大多数老一辈的非洲人依然难以接受新鲜事物，对这种新现象深表怀疑，敬而远之。识字的非洲人数量很少，因此在农场里，仆从、佃农和工人们，都会请我念信给他们听。我一封封地打开这些信件，从头读到尾之后，禁不住为它们的如出一辙而惊异，甚至怀疑其内容并没有那么重要。这是对文明教化抱有偏见的人常会犯的错误。你或许会采集诺亚的鸽子带回的小小橄榄枝，无论它看起来多么渺小，它所承载的重量却远远大于诺亚方舟上满载的所有生物，因为那蕴藏着一个绿色的新世界。

非洲人的书信都千篇一律，保持着一种神圣的、公式化的形式。这些信件都或多或少地这样开头：“我亲爱的朋友马卡武·茂尔福，我正在提笔给你写信。”——但是这并非事实，因为手持钢笔的人其实是职业代笔人。“很久以来，我一直都想写信给你。我一切都好，愿上帝保佑你也非常好。我的母亲状况很好，而我的妻子不怎么好，但我希望上帝保佑你的妻子一切都很好。”接下来便会罗列一长串人名，每个人名后，附上一小段他们的现状，虽然偶尔会有精彩的描写，但是绝大部分索然无味，可有可无。最后，信件会这样结尾：“我亲爱的朋友，马卡武，这封信到这里就要结束了，因为我实在抽不出更多的时间给你写信。你的朋友恩德维·罗瑞。”

一百多年以前，在热忱的欧洲年轻人之间，也传递过类似的信件。骑士们飞身上马，快马加鞭，邮站号角嘹亮，而装饰着叶舌状金色花边的信纸也被批量生产出来。这些信件很受欢迎，被人们珍藏着，我也曾见过一些这样的信。

在我学会赛瓦西里语以前，我与非洲人的书信之间，维持着一种奇特有趣的关系：我能在完全不理解文字意思的情况下，读出信件。在白人为赛瓦西里创造出文字之前，这种语言是没有书面文字的，现在的赛瓦西里文字，是完全按照其发音，一一对照，精心将单词拼写出来的，不带任何陈旧的拼写方法来迷惑读者。那时候，我经常坐在屋里，小心翼翼、规范准确地一个字一个字念出那些信件。而那些收信人，都会屏住呼吸，围绕在我四周。尽管我对自己念出来的内容一字不懂，但是他们却能轻易地明白信件的内容。随着我的朗读，有时候他们会泪如泉涌，或者把手指拧绞在一起，有时候他们又会爆发出兴高采烈的欢呼，但是最常见的反应还是笑。随着我的朗读，他们会笑得前仰后合甚至抽搐。

后来，当我逐渐理解这些信件的内容时，我发现，一旦信息以书面形式表达和传播，影响力会扩大很多倍。某些消息，如果仅仅是口口相传，就可能被鄙夷和怀疑，因为所有的非洲人都是彻头彻尾的怀疑论者。但是一旦这消息用文字表达出来，就像福音真理般千真万确。同样，非洲人对言谈中词语的混淆错误也非常敏感，这样的错误，能够使他们获得一种带有恶意的快乐。而且他们永远会记得这个错误，甚至会因为一次偶然的口误，给一个白人起一个终身的外号。但是如果在写作时出现了这样的错误——这是很常见的情景，因为那些代笔人大多都是滥竽充数——非洲人常常会刻意去解读出这种错误的含义。他们会为书面上的错误而惊讶，并进行讨论，甚至相信最荒唐愚蠢的解释，而不觉得这是个错误。

在我读给农场里的一位小伙子的信里，写信人在其他内容之间，插入了一句简洁的话："我烹煮了一只狒狒。"我解释说，他的原意应该是"他抓住了一只狒狒"，因为"煮"和"抓"这两个字，在塞瓦西里语中有些相似。但是收信的小伙子无论如何也不相信我的解释。

"不是的，姆萨布，不，"他说，"我的信里是怎么写的？他到底是怎么写在信里的？"

我回答说："他写的是，他烹煮了一只狒狒，但是他怎么可能去煮狒狒呢？如果他果真那样做，他一定会详细写在信里，告诉你他这样做的原因以及他是如何去做的。"

听到我如此尖刻地否定神圣的文字，年轻的基库尤人非常不安，他拿回那封信，仔仔细细地叠好，离开了。

我为乔格奈写的那份报告在日后发挥了不小的作用，区域长官读过报告后，驳回了涅叶里人的指控。那三个涅叶里人愁容满面地无功而返。

这份文件成了乔格奈最重要的财富。从那以后，我又多次见过它。乔格奈专门把它装在一个小皮包里挂在脖子上，皮包上还缀满了小珠子和刺绣花纹。有时候，通常是在星期天早晨，他会突然来到我家，摘下小皮包，拿出文件让我念给他听。有一段时间我一直在生病，待病愈后第一次骑马出门时，他在远处看到我，紧紧追着我跑了很长一段距离，站在我的马旁，气喘如牛地把那份文件递给我。当那些语句从我口中念出时，他一直满脸虔诚和喜悦，似乎取得了一场胜利。等我读完后，他立即悉心地将文件抚平，折好，再收进小皮包里。随着时间的流逝，这份文件的重要性并没有削弱，反而愈发重要。对于乔格奈而言，永恒不变就是这份文件蕴含的最大的奇迹。往昔的时光总是令人难以牢牢记住，回忆会随着时间的推移而发生变化。可是在这份报告中，它们都被征服了，在他眼前定格，成为历史，天长地久，永恒不变。

第四章 瓦扬格瑞

枪击意外发生后，当我再次去往内罗毕时，我去医院探望了瓦扬格瑞。

我农场里佃农众多，所以医院里几乎每天都有来自我农场里的病人。我就好像是大家族的一个家长，与医院的护士长和看护员们都和睦相处。我从来没有见过像护士长那样把胭脂和粉底涂抹得如此之厚的人，她那宽大的脸庞，在白色的护士帽底下，看起来就像是俄罗斯套娃，你可以拧开它，里面还套着一个略小一点儿的木娃娃，再拧开，里面还有更小的一个木娃娃，就是商店里出售的那种凯廷凯娃娃。护士长和善而能干，就像你对凯廷凯所期待的那样。每周四，医院会将病床都搬到与病房相连的露天院子里，并且为病房打扫卫生和通风。那是医院里最愉快的一天，从院子里就能看到壮丽雄浑的风景，面前是干燥的阿希平原，而远处则是泛着蓝色的多尤赛博科山和绵亘千里的穆雅山。院子里的基库尤老妇人，使人看起来哭笑不得，他们裹着白色的床单躺在床上，仿佛一头头年迈而心力交瘁的骡子，或是其他生病了的长年负重的动物。这时候，她们也会望着我露出笑容，却带着几分酸楚，表情更加像一头无助的老骡子，因为非洲人都对医院感到非常恐惧。

我初次在医院见到瓦扬格瑞时，他显得惊恐万状，脆弱不堪，以至于我暗自思忖，也许死亡对他而言才是最好的结果。那时，他一直在哭泣，什么都令他害怕，缠满绷带的身体不停颤抖着。

当我再次去医院，已经是一星期之后。他看起来已经镇定自若，见到我时满脸自豪。我的到来令他喜出望外，看护员告诉我，他一直迫不及待地想见到我。因为那天他已经可以通过一根插在嘴里的管子，自信满满地告诉我，他在前几天已经死过一回。但是几天之后，他将再次死去。

瓦扬格瑞的主治医生曾经去过法国战场，并且为很多人修补过受伤的面容。他颇费功夫地为瓦扬格瑞进行治疗和整容，而且大为成功。他将一个金属条固定在瓦扬格瑞脸上剩余的骨头上，取代颚骨。他还把绽裂的皮肉逐一缝合起来，拼成下巴。瓦扬格瑞告诉我，医生甚至还从他的肩部取下一小块皮肤，使他的杰作更为完整。当瓦扬格瑞的脸部治疗结束，拆下绷带时，他的面容看起来发生了奇怪的变化，因为缺失了下巴，酷似蜥蜴的脑袋。不过，他总算可以正常地吃饭和说话了，尽管说起话来吐字含混不清，常会咬到舌头。治疗前后耗时几个月，每当我去看望瓦扬格瑞时，他都对我说想吃糖，于是我每次都用纸片包上几汤匙糖带给他。

如果没有因为对陌生事物的恐惧而瘫痪或昏厥过去，非洲人在医院里总是吵吵嚷嚷，喋喋不休地抱怨着，甚至想方设法地逃走。死亡也是一种逃离医院的办法，所以非洲人对死亡毫不畏惧。欧洲人在非洲建立起医院，并配置了医疗仪器和设备，任劳任怨地工作着，却很难把非洲人带入医院里。很多在医院工作的人都抱怨说，无论你如何对待他们，非洲人都不懂得什么是感恩。

对于白种人来说，非洲人的这种态度令人愤怒和心痛，你的任何所作所为，从他们那里都只能得到一样的结果，那就是没有一点回应，悄然离去，而你也无能为力。但是他们对你也毫无恶意，使你也无法对他们怀恨在心。这样的性格令人忌惮，它似乎是否定你身为一个独立个体的存在，而是强加给你一个并非你所情愿扮演的角色，就好像你只是自然界的一部分，比如空气。

在这一点上，索马里的移民又和非洲原住民不同，你对他们有着巨大的影响力，你的一言一行几乎都会对这些来自大沙漠，脾气火爆，生性好斗的人们产生影响。很多时候，你都觉得非常为难，因为会深深地伤害他们。他们知恩图报，但是心中也存有强烈的恨意。恩惠、冒犯和轻慢都会被他们铭记在心。他们都是做事缜密的伊斯兰教徒，和其他所有伊斯兰教徒一样，有着严格的道德准则，而且会依照那个准则来衡量和评判你的一切。与索马里人打交道，树立或是摧毁自己的威信，都是须臾之间的事情。

而马赛人在这方面的态度，则在非洲各部落中独树一帜。他们将你的恩惠铭记在心，并且感恩戴德，但是他们同时也会对你心怀芥蒂。事实上，他们嫉恨我们所有人，而且这种嫉恨，只有当整个马赛族部落都消亡后，才会消逝。

但是，基库尤人、瓦坎巴人和卡卫隆人都不抱任何偏见，也没有什么所谓的准则。他们觉得，几乎任何人都能做任何事情，没有什么会令他们惊讶不已。可以说，对于贫穷而心态反常的基库尤人，无论你怎样对待他们，都毫无差别。他们坚守着自己的天性和民族传统，用观察大自然的眼光来观察我们的一举一动。他们不会主观地评判你，而是敏感犀利的观察者。他们的观察结果汇总在一起，就决定你在基库尤人中，是否拥有好名声。

欧洲的穷人们在这点上与基库尤人类似，他们不评判你，而是对你的言行进行总结。如果他们打心里尊敬和喜欢你，便会用世人爱戴上帝的方式对待你，全然不因为你为他们付出了什么，只取决于你的人品。

一天，当我在医院里闲逛的时候，看到三个新入院的患者，分别是一个男人和两个男孩，都皮肤黝黑，脑袋硕大，脖子上缠着绷带。病房里的看护员是一位弯腰驼背、罗里罗唆的老人，一直热心地向我讲述病房里那些最令人感兴趣的病例。当他看到我站在新患者的床前时，他走过来，告诉我他们的故事。

他们三个都来自努比亚，是肯尼亚的黑人士兵，在非洲国王步枪队的乐队里服役。那两个男孩是鼓手，那个男人是号手。号手遭遇了剧烈的争斗，而且像所有的非洲原住民那样，失去了理智。他先是对着四周的营房射击，等步枪的弹匣打空了以后，他就跑到自己的瓦楞铁小屋中，把自己和那两个男孩锁在里面，并疯狂地尝试用刀割断自己和男孩们的喉咙。那位看护员为我没有看到他们上周被送进医院时的情景而深感遗憾。那时他们全身血流如注，所有在场的人都认为他们绝无活下去的可能。而现在他们都已经没有生命危险，差点成为杀人凶手的人也重拾理智。

看护员在讲故事的时候，床上的三名患者都全神贯注地听着，还不时地插嘴补充和纠正一些细节。说话仍有困难的两个男孩，转向躺在他们中间病床上的男人，求助他来为自己所说的话作证。这两个孩子努力地试图让我了解最接近事实真相的过程。

“你是不是一边大喊大叫还口吐白沫?”孩子们问那个男人，“你是不是说要把我们切得像蚂蚱一样，一小块一小块的?”

行凶者痛心疾首地回答：“是的，是的。”

有时候我会在内罗毕停留半天，等待参加一个商务会议，或是等等从沿海地带开来的、已经晚点的火车载来的欧洲邮件。这时候，我往往无事可做，就会驱车带着医院里即将康复的患者们四处兜风。瓦扬格瑞住院期间，总督爱德华·诺森爵士曾把一对幼狮关在大笼子里，放在政府大楼的院子里，打算送往伦敦动物园。医院里的患者都非常渴望去看看那对狮子。我曾允诺 K. A. R① 的患者们，当他们恢复到一定程度、能够承受得起坐车时，就带他们去，但是必须他们三人同时去。可是号手的康复速度很慢，甚至在他恢复得能坐车兜风之前，有个男孩已经痊愈出院了。那个男孩每天都会回到医院，询问号手的病情进展，以确保他不会在兜风时被遗忘。有天下午，我在医院外碰见那个男孩，他告诉我，号手的头依然很痛，但是他并不觉得奇怪，毕竟号手的大脑曾经被魔鬼占据。

最终，他们三个人一起来到了政府大楼的院子里，伫立在狮笼前，凝神沉思。其中一头幼狮，因为长时间被注视忽然发怒，猛地站起身来舒展了一下背部，发出了一声短促的

① 即前文提到的非洲国王步枪队的乐队。——译者注

怒吼，把四周的观众都吓了一跳。最小的男孩躲到了号手背后。在返回医院的路上，男孩对号手说：“那头狮子，和你一样，坏透了。”

那段时间，瓦扬格瑞的情况进展没有被农场遗忘，人们会来向我询问他的近况。可是，除了他最年幼的弟弟，其他人都惧怕去医院看望他。科尼奴也会在黄昏过后来到我家，向我打听他儿子的消息，酷似一只夜间外出梭巡的老獾。我和法拉私下多次讨论他的不幸，并用羊的数量来衡量他的损失。

枪击意外事件发生几个月后，法拉又跑来向我汇报了事情的最新进展。

他通常会在我吃晚餐时跑来，直挺挺地站在餐桌另一头，等待我的注意。法拉可以流利地说英语和法语，但是有几个顽固的词汇错误始终不予纠正。比如，他会在应该说“except”(除了)时，使用“exactly”(精确地)这个词汇。例如，他会说出这样的句子：“所有的牛都回来了，精确地那头灰色的牛。”但我并不会纠正他，而是延用他的方式继续谈话。平时，他的表情自信而庄重，但是只要开口说话，就变得不置可否。他会这样开头：“夫人，科贝罗。”这几乎是一种惯例，我只能等待他开始说正文。

片刻停顿后，法拉继续之前的话题。“夫人，您一定觉得科贝罗已经死了吧？您认为他被鬣狗吃了。但是他还活着，在马萨伊人那里。”

我心不在焉地问他，是如何知道这个消息的。“哦，我就是知道。”他说，“科尼奴把那么多个女儿嫁去马萨伊人那里。

当科贝罗不知道‘除了’[1]马赛人，还能向谁求助时，就会去投奔他的姐夫。确实，他曾经处于几乎绝望的境地，他在一棵大树上躲了整整一夜，树下围着一群贪婪的鬣狗，凶相毕露。现在，他就生活在马萨伊聚居地。那里还有一位有钱的马萨伊老人，拥有数百头奶牛，却膝下无子，他想要收养科贝罗。这些事情科尼奴都知道得一清二楚，他还多次为此事前往马萨伊聚居地。但是他不敢和您讲，他相信如果这件事传到了白人耳朵里，科贝罗一定会在内罗毕被处以绞刑。”

法拉谈及基库尤人时，总会语气傲慢。他接着说：“马萨伊妇女不能生孩子，都非常乐意收养基库尤小孩。他们已经从基库尤人这里偷走了不少孩童。但是，这个科贝罗长大以后，肯定会回到农场来的。因为基库尤人非常懒惰，无法适应也不愿意过马萨伊人那种不断迁徙的生活。”

年复一年，我们在农场里目睹了与我们隔河相望的马萨伊部族，逐步走向衰落的悲惨命运。他们是被禁止征战的勇士，被砍去利爪的雄狮，被阉割的民族。他们的长矛和厚重华丽的盾牌也被收缴。然而在野生动物保护区里，狮子总会尾随他们的牛群。曾经我的农场里有三头小公牛被阉割，为了使他们变得温顺，可以为我们耕地和拉车。夜里，我将他们锁在加工厂的后院里，却被鬣狗闻到了血腥气，跑来咬死了它们。我暗暗想，马萨伊人的命运不也如此吗？

法拉说：“科尼奴的妻子，一直在为失去儿子而万分难过。”

我没有去找科尼奴，因为我不知道法拉的话是否可信。

---

① 原文这里用的是“精确地”，译文是为了呼应前文中法拉的说话习惯。为了文章意思通常，下文都做了这种调整。——译者注

但是当科尼奴再次来到我家门口时，我走出去问他："科尼奴，科贝罗还活着对吧？他是在马萨伊人那里吗?"非洲人对你的行为永远都应对自如，你绝不可能看到他们措手不及。科尼奴马上为了他那失踪不见的儿子涕泗横流。我看着他，听了一会儿他的哭泣，继续和他说："科尼奴，把科贝罗带回来吧。他不会被绞死的。他可以和他妈妈一起生活在农场。"科尼奴并没有停下哭泣，听我说的话，但是他一定听到了"绞死"这个词汇，因而陷入了更加痛不欲生的哭泣中，并且开始絮絮叨叨地说起他对科贝罗的期许和偏爱。

科尼奴已经儿孙满堂，由于他的村庄离我家很近，所以孩子们总会在我家附近玩耍。其中有一个非常年幼的孩子是科尼奴的外孙，名叫斯兰加，是科尼奴嫁到马萨伊人那里的一个女儿所生的，后来那个女儿回到娘家，也带回了斯兰加。这个混血儿具有离奇充沛的活力，以及人类不可能拥有的怪诞的创造力。他好似一小团火焰，抑或是深夜里的飞鸟，农场里袖珍的小精灵。可惜的是，他先天患有癫痫病，其他孩子都害怕他，排斥他，并叫他山泰尼——塞瓦西里语中"魔鬼"的意思。所以我收留了他在家中。因为患病，他几乎无法承担什么工作，但是他却在身边，很好地扮演了一个小丑的角色。他寸步不离地跟着我，仿佛一个不安分的黑色小影子。科尼奴深知我对这孩子的喜爱，而且一直对此回应着祖父那慈爱的微笑。可是现在，他紧紧抓住这点，并加以充分利用。他口口声声地宣称，他宁愿斯兰加被豹子吃掉十次，也不想失去科贝罗。而现在，科贝罗已经下落不明，那就让斯兰加一起消失吧，因为这已经对他没有意义了——科贝罗，只有科贝罗，才是他生命中的珍宝和维持心跳的血液。

如果科贝罗确实已经死去，那现在这就是大卫在为他的儿子押沙龙哀悼①，是一场真正的悲剧。但是，假如科贝罗还活着并且栖身在马萨伊人那里，那眼前的这场斗争更具有悲剧性，这是一个父亲，为了自己孩子的生存，在斗争、拼搏。

在草原上，我也见过羚羊上演过类似的一幕。当你一不留神靠近羚羊隐藏初生幼崽的地方时，成年羚羊会在你面前跳跃、舞动，或者假装瘸腿而无法逃跑。他们所做的一切努力，只是为了把你的注意力从幼崽身上吸引开。突然间，你就会发现，在你的马蹄下面，羚羊幼崽一动不动地躺在那里，小小的脑袋躲在草丛中，身体也低低地卧倒在地上。它们的母亲，正在为了它们的生存而翩然起舞。鸟类也会用同样的把戏来保护自己的孩子，它们拍打翅膀，甚至狡黠地假装受伤，并且把假装折断的翅膀拖在地上，艰难地匍匐。

而现在，科尼奴正在我的眼前表演。当意识到这关乎自己儿子的生死时，这个基库尤老人心中也充满了浓厚的温情和雀跃的活力。随着他卖力的表演，他全身的筋骨都嘎吱作响。他甚至转换了性别，使用着女性特有的种种伎俩，以一种老妇人、母鸡或是母狮的形象，尽情舞蹈着。这样的表演如此荒诞怪异，但同时令人肃然起敬，仿佛代替雌鸵鸟轮班的雄鸵鸟一般。没有哪个女人面对这样的情景，能够不为所动。

我对他说："科尼奴，科贝罗可以回到农场，没人会伤害到他。但是，如果他回来了，我希望由你亲自把他带来。"科尼奴平静下来，缄默不语。然后他向我欠了一下身子，低着

---

① 典故来自《圣经》，押沙龙是大卫的第三个儿子，在叛乱失败后被杀害，大卫闻讯痛哭不止。——译者注

头黯然离开，仿佛失去了自己在这世界上的最后一个朋友。

我知道，科尼奴记得我说过的那些话，而且一一照办。意外发生五年之后，我几乎忘记了整件事情，他却通过法拉，请求与我见面。我看到他面色凝重地站在屋外，身体的重心都放在一条腿上，内心一定焦虑不安。他语气温顺地对我说："科贝罗回来了。"那时候，我已经学会了非洲人擅长的谈话中的停顿艺术，什么也没说。这位基库尤老人感受到了我沉默中蕴含的分量，把身体重心转移到另一条腿上，眼皮上下颤动着。他重复了一遍："我的儿子科贝罗回到农场了。"我问："他是从马萨伊人那里回来的吗?"我开口说话，立刻使科尼奴觉得我们已经冰释前嫌了，虽然他并未露出笑容，但是脸上那些细碎皱纹里藏着的狡黠，汇成了一个微笑。"没错，姆萨布。"他急忙回答，"他从马萨伊人那里回来了。他回来为你效力。"在过去的五年期间，政府已经推行了户籍登记制度，为这个国家的每个非洲人做人口注册登记。于是，我和内罗毕的警察局联系，找来一名警察为科贝罗登记，使他能够合法在农场居住。科尼奴和我约定了登记日期。

那天，科尼奴带着儿子比警察早到了许多。科尼奴兴高采烈地向我介绍科贝罗，但是我感觉到，他在内心深处，对这个失而复得的儿子，怀有些许畏惧。这也是情理之中的，因为当年马萨伊人从农场带走的是一只弱小的羔羊，而现在归还给我们的是一头壮年的猎豹。科贝罗的身体中，一定也流淌着马萨伊人的血液，因为他接纳了马萨伊人的生活方式和清规戒律，改变了自己。他站在我们面前，看起来就是一个不折不扣的马萨伊人。

马萨伊族的勇士们个个都有着英姿勃发的气势和别具一格的智慧，也就是被我们称为别致潇洒的个性，在年轻的马萨伊人身上，更是体现得入木三分。他们骁勇善战，脑袋中满是疯狂的想象，但同时又固守自己的天性，生来就是理想主义者。他们的这种气质绝非伪装出来的，也不是对外在礼仪的模仿，而是发自内心的，代表着他们的民族与历史。华丽的武器和服饰是他们身体不可分割的重要组成部分，就好像雄鹿头顶的鹿角。

科贝罗留着马萨伊人的发型，头发很长，编成一根粗大的辫子，再用细绳扎住，并在眉毛上方围绕额头扎了一圈皮带。他的头部摆出和马萨伊人一样的姿势，下颚往前探出，仿佛把脑袋放在托盘上，满脸的傲慢与不快。他还有着同其他武士一样的冷漠、浩然和桀骜不驯，这些气质都使他引人注目，仿佛一座供人观瞻的雕像，自己却看不见自己。

年轻的马萨伊族勇士们都以牛奶和鲜血为食，这使他们的肌肤如同绸缎般完美，平滑而有光泽。他们脸上的颧骨高耸，宽大的颚骨不停上下开合地动着，光滑饱满的脸庞没有一丝皱纹或沟壑，仿佛充满了气一般。他们那黯淡神秘的双眸仿佛两颗黑色的宝石，镶嵌在马赛克工艺品上。事实上，所有马萨伊族的年轻勇士们都宛若马赛克工艺品。他们脖子后面的肌肉隆起，看起来极具攻击性，就像是发怒的眼镜蛇、猎豹或斗牛的脖颈。显然，敦厚的肌肉象征着雄性的威严，仿佛正在向除了女性以外的整个世界宣战。他们那饱满平滑的面庞，粗壮的颈部和宽阔厚实的肩膀，与他们那苗条的细腰和窄胯，瘦削的大腿和膝盖，修长而肌肉发达的小腿，都形成了鲜明的对比，让他们看起来像是经受过严酷训练，常年生活在暴食与贪婪中的动物。

马萨伊人走路时身体僵硬地挺着，总会笔直地将一只瘦长的脚落在另一只脚前方，但是他们的手臂、手腕和手指的动作却异常轻巧柔软。当一个年轻的马萨伊男子在使用弓箭时，当他松开弦的一瞬间，你似乎能听到他手腕处细长的肌腱和飞出的箭矢发出了悦耳的共鸣。

从内罗毕来到农场的警察，是一位最近刚从欧洲来到非洲的年轻人。虽然他满腔热血，但是赛瓦西里语说得并不标准，所以我和科尼奴完全听不懂他在说什么。他对多年前的那起枪击意外产生了兴趣，反复盘问科尼奴当年的情形，而科尼奴像木雕一样待在那里。当他的盘问结束后，他告诉我，他认为科尼奴在这件案子中，遭到了荒唐无情的处罚，整个案件应该重新提交到内罗毕去审理。我听后对他说："那么这将意味着你我都将在此事上耗费几年时间。"然后，他声明，他并不是要对案情进行再次审议，并客气地向我提出想要将本案记录在案的要求，以便履行必要的司法程序。科尼奴一直望着我，满脸被人陷害后的表情。最后，大家一致认为，这个案件已经过去太久了，没有再次提交审理的必要，因此在为科贝罗进行农场常住人口登记后，那位警察也放弃了自己的想法。

但是，所有这些事情都发生在很久以后，过去的五年间，对于农场来说，科贝罗已经死了。他跟随着马萨伊人四处漂泊，而科尼奴也经历了重重困境。在这个案件尘埃落定之前，各种势力不断向科尼奴施压，把他压榨得越来越渺小。

对于以上种种，我无法多说什么。首先，他们都极为内向，沉默寡言；其次，那段时间我也正在处理一些麻烦，因而将科尼奴的命运搁置脑后了。那时，农场里的各项事务对我而言，就好像远方若隐若现的乞力马扎罗山，在农场中眺望它，时而清晰可见，时而虚无缥缈。当我如此心烦意乱时，非洲人总是温和地默默忍受着，也许在他们心中，那段时间我就好像离开了他们，飞到了其他星球。日后每当提及那段时光，他们都好像当作我当时不在场。比如，他们会说："那棵大树倒下了，我的孩子死去了，当您和白人们在一起的时候。"

当瓦扬格瑞痊愈出院时，我驱车将他接回了农场，但是从那以后我很少能见到他，只有在节日、恩贡马舞会或是草原中，偶尔瞥见他的身影。

他回到农场后没过几天，他的父亲瓦奈和他的祖母来到我家。瓦奈有着基库尤人中罕见的矮胖体型，大部分基库尤人都很瘦削。他脸上胡子稀疏，而且从不直视你的面庞，仿佛一个在精神世界离群索居的人。陪他一起来到我家的是他的母亲，一位上年纪的基库尤老妇人。

非洲妇女都会把头发剃光，而且奇怪的是，你很快会觉得，这些像黑色坚果一样、整齐小巧的圆形脑袋才是女性的标志，而如果一个女人头上出现了头发则看起来欠缺女人味。瓦奈母亲干燥而满是皱褶的头皮上残存着几簇白发，看起来就像是一个胡子拉碴的男人，放荡不羁或者说不顾体面。她让瓦奈来说话，自己拄着拐杖一言不发，但是这种沉默也爆发着触目的火花。她本人就像是由邪恶的生命力量汇聚而成，但是并没有传承给他儿子。直到事后我才知道，他们母子俩，其实就是活脱脱的由拉卡与拉斯卡若①。

他们为了商量某件事，兴冲冲地来到我家。瓦扬格瑞的父亲告诉我，瓦扬格瑞现在无法咀嚼玉米，而身为穷人的他们买不起面粉和牛奶。他向我请求，在瓦扬格瑞这个案子结

---

① 出自德国诗人海涅的作品《仲夏夜的梦》。由拉卡是拉斯卡若的母亲，也是一个巫婆。——译者注

案之前，能否提供一些帮助，允许他们从农场的奶牛那里挤一点儿牛奶，否则他们无力在赔偿支付前养活这个孩子。当时，法拉恰巧因为他的私人诉讼去了内罗毕，于是在他不知情的情况下，我允许瓦扬格瑞每天从农场的奶牛群那里挤一瓶牛奶。可奇怪的是，仆从们似乎对这一安排显得很不安，于是我就让仆从们每天早上拿一瓶牛奶给瓦扬格瑞的家人。

几个星期以后，科尼奴突然在一个夜晚来到我家，当时我已用过晚餐，正坐在炉火旁看书。由于非洲人一般习惯于在屋子外面谈事，所以科尼奴进门后随手关上房门的举动，使我预感到我们之间将会展开一场非同寻常的谈话。但是，令我吃惊的是科尼奴几乎变成了哑巴，他那能言善辩、总能轻易吐出花言巧语的舌头仿佛失去了生命力，被硬生生从嘴里拔去了，整个房间都随着他的沉默而鸦雀无声。这个高大伟岸的基库尤人，看起来脆弱不安，全身的重量都倚靠在拐杖上，宽大的斗篷在他身上显得空空荡荡，双眼如死尸般黯淡无光，他不停地用舌头舔着干裂的嘴唇。

许久之后，他终于语调沉闷而迟缓地开口讲话，他觉得事情糟糕透顶。随后，他又开始模棱两可地补充，似乎有些事情已经完全被忽略了，他已经赔偿给瓦奈十只羊了，而现在，瓦奈又希望额外再从他这里获得一头母牛和一头牛犊，而他也会如数给瓦奈。我问他，为什么要这样做，毕竟最终判决还未裁定。科尼奴并不回答，甚至都不看我一眼，仿佛今晚他只是一名漫无目的的游客或是朝圣者，来到我家向我汇报只是在旅途中稍作停留，很快又会再次出发。我不禁认为他生病了，停顿片刻，我对他说，明天会带他去医院检查一下。他立刻痛苦地瞥了我一眼，就好像一个经常对他人冷嘲热讽的人，被狠狠嘲讽了一般。他在离开之前，做了个奇怪的动作，举起一只手放在脸上，仿佛在擦拭眼泪。科尼奴会流泪，就像朝圣者的手杖开出花朵一样稀罕，更稀罕的是，他会这样白白流泪。我很困惑，农场里究竟在我心不在焉的那段时光发生了什么事情。科尼奴离开后，我派法拉去找他问个明白。

大多时候，法拉不愿意讨论非洲人的事情，仿佛那些事情不值一提，谈论起来对我们都是有失身份的事情。最后，他还是勉为其难地告诉了我实情，但是从头到尾都盯着窗外的星星，不看我一眼。事实上，科尼奴之所以如此心慌意乱，是因为他在内心深处对瓦奈怀有深深的恐惧——她是一个巫婆，并给科尼奴下了诅咒。

我说："可是法拉，科尼奴如此年迈和精明，绝不会相信什么诅咒和巫术了。"

"不是这样的，夫人。"法拉说，"我觉得那个老妇人真是个巫婆。"

那位老妇人告诉科尼奴，他的奶牛群将是活生生的证明，如果他一开始就把奶牛交给瓦奈，它们的日子会过得好很多。可是现在，科尼奴的奶牛接二连三地瞎了，这种折磨使科尼奴痛不欲生，就像旧时代那些受到酷刑折磨的人们，身上被不断地压放重物，直到筋骨被碾碎。

法拉谈论基库尤的巫术时，语言索然无味，态度却诚惶诚恐，就好像在谈论农场里爆发的口蹄疫——虽然有可能失去牲畜，但是我们无能为力。

那天晚上，我在农场独自坐到很晚，思索着关于巫术和巫婆的种种。起初，这一切看起来非常丑陋，好似一个来自古墓的幽灵，正把脸紧紧地贴在我家窗户玻璃上往里窥视，以至于把自己的脖子压得扁平。我听到远处河流下游传来鬣狗的号叫声，不由得想起在基库尤人中流传的狼人故事——一些老妇人会在深夜变成鬣狗。也许瓦奈的母亲此时正沿着河边疾步前行，在夜风中呲着獠牙。于是，我也开始接受关于巫术的种种思想了，因为它看起来合情合理，非洲的夜晚任何事情都有可能发生。

“这个老太婆真无耻，”我用塞瓦西里语思考着，“她利用巫术弄瞎了科尼奴的奶牛，却还每天从我这里取走一瓶牛奶，去养活她的孙子。”

我心想，枪击意外和由此衍生出的所有事件，已经渗入了农场的血液中，这都是我的错。现在，我必须让一些新的力量介入，不然这一切将变成农场的噩梦。我知道自己该怎么做，我要把基南株请来。

第五章 基库尤的大酋长

基南株大酋长的家在农场东北约九英里的基库尤聚居地，临近法国教会，管辖着十万多名基库尤人。他是一位风度翩翩的老人，才华横溢，而且为人正直。他并非通过世袭成为基库尤人的酋长，而是几年前，当英国人与当地基库尤人关系闹僵，即将失去合法统治权时，任命他成为酋长。

基南株与我是朋友，给予我很多帮助。我曾经驱车去过几次他的村落，看起来与其他基库尤人的住处并无两样，肮脏杂乱，到处都是嗡嗡飞的苍蝇，不过要比我见过的任何一个基库尤村落大许多，因为身为酋长，他就可以充分地享受婚姻的乐趣。他的村落里，到处都有他的老婆，年龄各不相同，熙熙攘攘。她们中，既有掉光了牙齿、骨瘦如柴、拄着拐杖的老妇人，也有身材曼妙、长着满月般圆润的脸庞和羚羊般梦幻的眼睛的妙龄女郎。她们修长苗条的手臂和腿上，都戴满了闪闪发光的铜镯。基南株的孩子更是无处不在，像苍蝇一样成群结队。他的儿子们——那些趾高气扬的年轻小伙子们，一个个昂首阔步，带着满满当当的头饰，四处闲逛招惹麻烦。有一次，基南株告诉我，他有五十五个儿子都身为武士。

有时候，这位老酋长会身披华丽的皮草斗篷，步行来到我的农场，身后有三两位须发皆白的参议和几位身为武士的儿子陪同，或者来进行友好拜访，或者作为他政务告一段落后的休憩。每次当他抵达农场之后，我就会特意为他在草坪上准备一把椅子，而他就坐在那里，抽着我命人送给他的雪茄，悠闲地打发下午的时光。而他的参议院和卫兵们则围坐在他四周的草坪上。当农场里的佃农和我的仆从们知道酋长要来的消息时，都结队而来，自发地聚集在草坪上，抢着告诉他农场里最近发生的事情，来取悦他。在庭院里高大的树木下，就好像某个与众不同的政治社团在集会。此时此刻，基南株会保持着他独特的个人风格，当他觉得某个话题持续太久，过于冗长拖沓时，便斜靠在椅子上，手中的雪茄继续燃着，轻闭双眼，并发出缓慢均匀而又深沉的鼾声，专业地表演出在打瞌睡的样子。我估计，这种派头一定是他为了州立会议而精心反复排演过的。有时候，我也会让仆从搬来椅子坐在他旁边，与他交谈。这种时候，基南株就会支使开其他人，似乎在表明，他要精心地支配接下来的时间。他比我们刚认识时候的样子，苍老了许多，生活的风霜在他身上留下了诸多印记。但是当他私下里与我坐在一起交谈时，特别是谈到自由与独立时，他表现出了丰富的想象力和大胆的想法，关于生活这个话题，他已经通过深思熟虑，总结出了自己独特的看法。

我和基南株友情的加深，源于几年前发生的一件事情。

一天中午，他来到农场，当时我正与一位途经农场即将前往内地的朋友共进午餐。在朋友离开之前，我都没有时间与这位基库尤打招呼。我猜想，在他等待的时候，尤其是经过了烈日下的漫长步行之后，他应该会想要喝上一杯。可是当时我并没有一种酒足以倒满一杯，于是我便把家里剩下的各种烈酒混合在一起，凑成了一大杯。我觉得这杯掺起来的酒太过浓烈了，应该足够基南株喝上好一会儿，我亲自将酒端给他。基南株微微一笑，品尝了一口以后，深情地注视了我一眼——这是我从男人那里得到过的最有深意的目光，然后他仰起了头，将杯子里的酒一饮而尽。

大约半个小时之后，我的朋友刚刚驾车离开，仆从就匆匆跑来说："基南株死了。"那一刻，我觉得自己笼罩在了丑闻和悲剧的巨大阴影中，我急忙跑出屋外去看看到底发生了什么。他躺在草地上厨房投下的阴影中，面无表情，嘴唇和手指都泛着青色，如同尸体一般冰凉。这就好像你猎杀了一头大象，因为你的这种行为，使这个曾经行走在地球上，对一切事物都拥有自己的观点，威风凛凛的庞大生物倒下来，再也无法站起来行走了。他看起来甚至遭到了贬损，因为基库尤人一直在往他身上洒水，他的厚皮斗篷也被脱下，赤裸裸地躺在那里，活像一只被开膛破肚的猎物，在彰显着捕猎者的胜利。

我急忙让法拉去找医生，但是我们无论如何也发动不起来汽车，而且基南株的随从也不断向我们恳求，在采取行动前，再稍等一会儿。

过了一小时，当我怀着沉痛的心情再次出门准备与他们交谈时，我的仆从却向我汇报说："基南株已经回去了。"事情就是这样，他突然从地上爬起来，随意地披上斗篷，在随从们的前呼后拥下，没有一声道别，默默地步行了九英里，回到他的村落。

有了这次经历，我想基南株一定在心里认为，为了取悦他，我宁愿冒着巨大的风险，担起沉重的责任，因为当时为非洲人提供含酒精的饮料是违法的。之后，他仍然经常来到农场，抽上一根雪茄，但是只字不提想要喝一杯的事情。尽管他开口，我一定会满足他，但我明白他是不会提出这种要求的。

现在，我派人送信给基南株，把这次枪击意外的始末解释给他，并要求他亲自来到农场了解这件事情。我向他提议，就让科尼奴把他之前说过的那头母牛和小牛交给瓦奈，然后就让整个事情彻底结束。我期待着基南株的到来，因为他雷厉风行的做事风格，很令朋友们折服。

正是因为我的这封信，曾经一度冷却的事件，似乎又像一阵风刮过，并最终戏剧化地收场了。

一天下午，我正骑着马走在回家的路上，看到一辆汽车风驰电掣地冲向我房屋前的车道，以至于在转弯时只有一侧轮子着地，车身向另一侧倾斜过去。这是一辆猩红色的汽车，车身上镀着镍，我认出这是美国驻内罗毕领事馆的车。我不由心生疑问，究竟是怎样的紧急公务，会让美国领事以如此惊人的速度疾驰到我的农场。当我在屋后从马上下来时，法拉跑来告诉我，大酋长基南株抵达农场了。他是开着自己前天刚从美国领事馆那里买的新车来的，而且在我没有看到他坐在车里的意气风发之前，他是不会下车的。

我看见基南株挺直上身坐在车里，仿佛一个威严不动的木偶。他裹着蓝色的猴皮斗篷，头戴基库尤人用羊胃制成的帽子。无论何时何地，基南株总是引人注目的人物，他身材高大伟岸，仪表堂堂，全身肌肉发达，没有多余的脂肪，脸部的骨骼呈长方形，长着印第安人一般后倾的前额，露出骄傲的神情。他的鼻子尤为宽大，看起来就好像是整个人的中心，仿佛他那魁梧的身躯就是为了承载这般宽大的鼻子。他就仿佛一头身体庞大的大象，既勇敢好奇又敏感谨慎，可以猛烈地进攻，也可以稳固地防守。而且，大象也像基南株一样，即使看上去没有那么聪明，也顶着一颗伟大尊贵的头颅。

当我对他的新车表示赞美时，基南株默不作声，端端正正地坐着，双眼凝视前方，把自己的侧脸展现给我，如同勋章上的头像般威严让我敬仰。等我走到车头处时，他转过头，依然将侧脸对着我，也许在那一瞬间，他的脑海中正浮现出一卢布硬币上的国王头像。开车的司机是他一名年轻的儿子，而汽车前盖下的发动机，正热得发烫。当这个见面的仪式结束后，我邀请基南株下车，他颇有派头地抖了抖他的斗篷，仪态高贵地走下车。就这样一步，使他踏回了两千年前，踏入了代表基库尤人正义的领域之中。

正对着我家西面的墙，有一把石椅和一张磨盘做成的小桌。这块磨石背后，有一段悲惨的故事，原本是放在那两名被杀害的印度人的磨坊里的。凶杀案发生后，磨坊一直闲置着，没有人接管。后来，我找人将那块磨石搬回家，做成了桌面，寄托我对丹麦的思念之情。租磨坊的印度人曾经告诉我，这块磨石是他们专程从孟买走海运带来的，因为非洲的石头达不到做成磨石的硬度。有一些图案雕刻在磨石的表面，还有几个大大的褐色斑点，我的仆从们告诉我，那是两位印度人被杀害时留下的血迹，反复清洗依然无法完全消除。这块磨石制成的桌子从某种角度而言，成为农场的焦点，因为我在与非洲人打交道，处理各种事务时，总会坐在这桌子后面。在某一个新年之夜，我曾经与丹尼斯·芬奇·汉顿坐在这张石桌后面，幸运地看到了月亮、金星和木星在空中聚拢时，形成壮观璀璨的景象。那样的情景是如此摄人心魄，令人难以置信。而那样的景象，我此后再也未能有幸目睹过。

我在石桌后面的石凳上坐了下来，基南株在我左边的长凳上坐定。法拉则站在我的右手边，那是一个有利的位置，可以随时监视那些听到基南株来到农场的消息后，不断涌来并聚集在房子周围的基库尤人。

法拉对待非洲当地原住民的态度是耐人寻味的，就好似马萨伊战士的装束或是容貌，不是仅仅一大或是几天就能铸就的，而是历经了多个世纪的结果。同样的力量也曾经造就了那些用石头修筑的宏伟建筑物，但令人颇为遗憾的是，那些建筑也早已土崩瓦解了。

当你第一次乘船从蒙巴萨靠岸，踏上这个国家的领土时，你就会看到饱经风霜的浅灰色猴面包树看起来并不像生长在这地表之上的有生命的植物，反倒更像是多孔的化石或是巨型的箭石。而散布在那些树木之间的是往昔的房屋、水井和尖塔荒废后留下的断壁残垣。而类似的废墟沿着海岸线随处可见，在塔卡文古、卡利甫和拉穆举目皆是。这些都是古代贩卖象牙和奴隶的阿拉伯商人们留下的城镇遗迹。

这些商人们的独桅帆船船队熟知非洲大陆沿线的所有航线，他们在蔚蓝的大海中乘风破浪，沿着航道前往桑格巴尔中央市场。他们从那个年代起就已经逐渐熟悉了这些航线——阿拉丁为苏丹王进贡了四百名戴满珠宝首饰的黑人奴隶；也正是苏丹女王[①]在丈夫外出狩猎时设宴与她的黑人奴隶寻欢作乐，并最终因此被处死的年代。

或许在多年前，当这些伟大的商人们积累起巨大的财富后，大多会将家眷们从故乡接到蒙巴萨和卡利甫来。而他们自己则在碧波万顷的印度洋沿岸修起别墅，终日逍遥自在地面对着由天边滚滚而来的白色浪花，花团锦簇、枝繁叶茂的树林。而与此同时，他们的探险队正向着非洲高原进发。

正是从那荒蛮而艰苦的高原旷野上，从那焦热而干燥的平原延伸出的神秘的干涸区域里，从那沿着河岸密密的荆棘林以及布满气味浓烈的矮小野花的黑土地上，搜寻着他们的财富。在这非洲的屋脊上，充满睿智的长着巨大象牙的非洲象四处徘徊，威严而笨重。它们喜好独处，完全沉浸在自己的沉思冥想中。然而，它们却总是被追逐，被那些身材矮小、肤色黝黑的非洲战士们沾满毒药的利箭射中，被阿拉伯人用装满了弹药的镶银猎枪瞄准。它们被赶进深坑中，困在陷阱里无法动弹，而这种种灾难仅仅是为了获得它们那光滑、修长、泛着浅棕色的象牙。因为那些富庶的商人们正在桑巴格尔，安逸地坐等着象牙的到来。

与此同时，也正是在这里，大地上的森林被悉数砍伐并点火烧尽，开垦成小块的农田，一个热爱和平且害羞怯懦的民族，在这里种植甘薯和玉米。他们并不擅长打仗或是发明创造，只希望能在这里自给自足，不被外界干扰。然而，事与愿违，他们与象牙一样，在市场上供不应求。那些大大小小、形形色色的鸟儿都聚集在这里歌唱着：

---

① 苏丹女王：指印度德里苏丹王国历史上唯一的一位女性苏丹拉奇娅·苏丹娜。——译者注

食人的鸟儿们阴森恐怖，
纷纷聚集到这里。
有的啄食着人们的头颅，直到光秃秃的什么也不剩；
其余的刽子手们停留在绞刑架上，擦拭着浅黄色的鸟喙；
剩下的，是黑色桅杆上飘下的黯淡羽毛。①

淡漠而感性的阿拉伯人来了，他们对死亡毫不畏惧，他们的头脑里，除了充斥着各种贸易，还有丰富的天文与数学知识，并且还带来了他们的家眷。与他们同来的，还有他们同父异母，身体内流淌着一半阿拉伯血液的兄弟们——索马里人。索马里人轻率、好斗，虽然禁欲却又贪婪，他们用对伊斯兰教的虔诚和狂热来弥补他们过低的生育率。与结婚生子相比，他们更愿意效忠于先知的戒律。紧接着，塞瓦西里人也来了，但是他们成为阿拉伯人忠诚的奴隶。他们残忍、自卑，终日做一些鬼鬼祟祟的勾当，但不失幽默风趣，体型随着年龄的增长变得越来越肥胖。

在高原的旷野深处，他们与非洲大陆本土的食肉猛禽——马萨伊人不期而遇。这些马萨伊战士们天生沉默寡言，酷似一道道修长的黑影，手持长矛与厚重的盾牌，头上涂满了红色的染料。他们从不相信任何陌生人，残酷无情，必要时可以毫不犹豫地出卖兄弟。

这些形形色色，来自不同族群的鸟类，一定曾经聚在这里攀谈过。法拉告诉我，在很久以前，这里的索马里人尚未

---

① 节选自法国作家雨果的诗集《诗集传奇》。——译者注

将自己部落的女人从索马里兰带来之前，年轻的索马里男人在全国的诸多部落中，只会选择马萨伊族的女人通婚。这样的联盟着实令人匪夷所思，因为索马里人是虔诚的教徒，而马萨伊人从未有过宗教信仰，他们甚至对一切不属于现实世界的事情都不感兴趣。索马里人很爱干净，煞费苦心地沐浴和清洁，保持自己与居住环境的整洁，而马萨伊人却是个肮脏的部族。索马里人十分重视新娘的贞洁，而年轻的马萨伊女郎在这方面的道德观念却颇为淡薄。法拉对此的解释是，马萨伊人从未做过奴隶，也永远不会成为奴隶。他们甚至无法待在监狱里，如果他们有朝一日被关进了监狱，那么他们一定会在三个月内死去。所以在这片由英联邦法律统治的土地上，对马萨伊人的刑罚不包括监禁，取而代之的是罚款。这种坚决不屈从于奴役命运的倔强性格，使马萨伊人在所有的土著部落中，获得了最高的地位，甚至跻身贵族之列，仅次于白人移民者。

猛禽们都紧紧地盯着生活在这片焦灼的土地上的温驯的啮齿动物们。索马里人在这里有属于自己的立足之地。索马里人在与本部族相处时总是一团糟，他们过于冲动，而且不管身处何地，只要没有外人干涉，他们会浪费过量的时间和鲜血，进行自己本部族所谓的道德制度的斗争。但是，一旦有了外来的人成为他们的首领，他们就会成为尽职尽责的助手，也许是由于待在蒙巴萨的阿拉伯商人们时常派遣他们去完成极富冒险精神的贸易活动和大费周折的运输任务。所以，索马里人与非洲原住民的关系，就好像牧羊犬与羊群的关系。他们露出利齿，不辞劳苦地日夜看守着羊群。他们是否会尚未抵达海岸线就死去？他们有可能逃跑吗？索马里人的金钱观和价值观非常强烈，他们可以为了报酬废寝忘食，因而每当他们结束冒险之旅返归来时，都变得骨瘦如柴。

这一天性根深蒂固地留存于他们的血液中。当流行性感冒在我们的农场肆虐时，法拉也被感染了，病得很重。尽管他由于发烧而浑身颤抖，但他依然坚持跟着我四处奔波，把药物分发给佃农们，并强迫他们吃下去。当他听说石蜡或许对这种病有特殊疗效时，就立即为农场购买了石蜡。当时，他年幼的小弟弟阿普杜拉也和我们一起住在农场里，他也染上了流感，病情很严重，法拉为此非常担心。然而，这种内心感情仅仅是一种小小的偏爱，是不重要的。在当时，占据着法拉心灵的，依然是责任、面包和农场的声誉，这只奄奄一息的“牧羊犬”坚守着岗位。法拉对非洲人圈子里发生的事情也了如指掌，尽管我一直不了解他的消息来源，因为我看到法拉除了与他们之中较为重要的人物有所往来之外，他从不和其他基库尤人打交道。

而羊群本身，他们既没有锋利的爪牙，也没有权力，在这个尘世中无法获得保护，他们如同往昔一样，以逆来顺受的天赋接受了自己艰难的命运。他们不会像马萨伊人那样死在枷锁下，也不会像索马里人那样，在觉得自己受到伤害、欺骗或者蔑视时，激烈地抗争命运。他们镣铐加身，被囚禁在异国他乡，和神明为友。他们甚至与那些曾经压榨和迫害自己的人，建立起一种特殊的情感联系。他们站在自己的角度考虑，认为那些迫害者的利益和荣誉来自于自己，他们才是在贸易链中被追逐的中心——他们是商品。一路沿着漫长的血泪铺就的道路前行，羊群们在自己黯淡的内心深处建立起一种逆来顺受的生存哲学，他们蔑视那些牧羊人和“牧羊犬”，并嘲讽地说：“你们终日不得休息，累得气喘吁吁，吐着舌头。在夜晚你们必须保持清醒，在白天双眼因疲倦而干涩刺痛，这都是为了我们。我们并非为了你们而存在，恰恰相反，你们是为了我们而存在的。”有时候，农场里的基库尤人会在法拉面前举止轻浮，油嘴滑舌，就好似羊群在牧羊犬面前卖力地活蹦乱跳，只是为了令它站起来奔跑。

于是，法拉与基南株在这里相遇了——一条牧羊犬，和一头基库尤老公羊。法拉戴着红蓝色头巾，笔挺地站着，穿着他黑色绣花的阿拉伯坎肩和丝绸长袍。他深思熟虑的表情和端庄的身影，像你在世界其他任何地方所能见到的人一样。而非洲原住民基南株随意地瘫坐在石凳上，赤裸着全身，只在肩膀上披着他的猴皮斗篷，就像非洲高原上的一块坚实的土壤。他们彼此之间以礼相待，但是如果不是在这样的场合会面，他们会出于某种特殊的礼仪对彼此视而不见。

不难想象，一百年前或者更早的时候，身为奴隶商品交易的双方，他们的情绪或许正好相反：为了那些清心寡欲的族人们，基南株必须不停地鞭策自己。而法拉那黝黑的小脑袋里始终被一个想法占据着——向肥胖而微不足道的老酋长扑过去，使他成为自己的货物。基南株会用心揣度法拉的每个念头，并且在集会期间，他从头到尾都要担负这一沉痛的局势，体会并承担他内心的恐惧和心理负担，因为他是核心人物。

解决意外枪击的集会在和平静穆的气氛中开始。农场里的人们都很高兴能够见到基南株。那些最年长的佃农们都站起来与他攀谈片刻，再回到自己在草坪上的座位坐下。几个年长的老夫人从集会座位的外围大喊着和我打招呼：“您好，杰里！”“杰里”是一个基库尤人的传统名字，农场里的老夫人和一些幼年的孩子都用它来称呼我，但是男人们无论年轻或是年长，都不会这么叫我。科尼奴也到了，坐在他的大家族中间，看起来酷似一个不知为何有了生命的稻草人，双目如炬，专注而警惕地观察着四周。瓦奈和他的母亲也来了，坐在离人群稍远一点儿的地方。

我缓慢而庄重地告诉人们，科尼奴和瓦奈之间的纷争已经解决了，并且已经清晰地将解决的办法记录在纸上。今天，基南株酋长来到这里就是为了作个见证。科尼奴将会交给瓦奈一头母牛以及一头小牛犊，而这件事情也将就此了结，因为这一切已经耗尽了所有人的耐心，之后任何人不得再为此纠缠。

科尼奴和瓦奈已经被提前告知了这一决定，并且科尼奴已被叮嘱过准备好母牛和牛犊带来。至于瓦奈，他的所作所为终归是鬼鬼祟祟、见不得光的，在白天，他酷肖一只从地底洞穴钻出地面的鼹鼠，胆小软弱，蹑手蹑脚。

当我读完协议书，示意科尼奴把牛牵过来时，科尼奴站起身来，对他那两个年轻的儿子不停地上下挥舞着胳膊，让他们将小木屋后面的牛只带过来。当母牛和小牛犊被带入集会圈子时，人群慢慢地让出一条道路，让母牛和小牛犊缓缓走到会场中央。

忽然之间，集会的氛围变了，仿佛平地上响起一声惊雷，并且迅速窜到天空中。

这世界上再没有什么东西，比一头母牛和它身后跟随着的小牛犊，更让基库尤人感兴趣了。流血、巫术、爱情、白人世界的各种奇迹，在他们对牲口的热情燃烧的熔炉面前，都蒸发消失了。他们眼里只有这呼吸着的生命，仿佛它带着石器时代的气息，就像敲击打火石时点燃的火焰。

瓦奈的母亲突然发出一声哀号，不停地用她那瘦削的胳膊和手指对着牛只挥动。瓦奈跟着她喊叫起来，但是结结巴巴，总是自己打断自己，仿佛是有什么人正在借由他的口说话。他声嘶力竭地喊叫着，他不会接受那头母牛，因为那是科尼奴牛群中最年老的一头母牛，而它无法再生育，它身后的那头小牛犊绝对是它最后一只幼崽了。

科尼奴的整个家族都大声怒吼起来打断了瓦奈关于牛只的评价，愤怒而不连贯地列举着这头牛的优点。从这喊声背后，你能感觉到忍痛割爱的苦涩和对死亡的藐视。

在关于母牛和牛犊的话题面前，农场里没有人能保持冷静。在场的每个人都要争相发表自己的看法。上了年纪的老头们攥着彼此的手臂，喘着粗气似乎马上就要哮喘发作，发表着对母牛或褒或贬的意见。老夫人刺耳的尖叫声也紧接着在耳边响起，为现有的争论又加上了迫击炮一般的声响。而年轻男子们只是满腹不屑地低声发表着一两句简短却尖锐的评论。仅仅过去了两三分钟，我房屋门前的空地就好像巫婆的大锅一般沸腾起来。

我向法拉望去，他也凑巧正在看我，但他的神情好像正沉浸在梦境里。我仿佛看到他的宝剑已经有一半拔出了剑鞘，随时会在这场争吵中上下挥舞。因为索马里本身也是牲口主和贩卖牲口的商人。科尼奴激动地瞟了我一眼，那眼神仿佛苦苦挣扎的溺水者。我仔细看了看那头母牛，那是一头牛角特别弯曲的色皮母牛，正波澜不惊地站在自己搅起的风暴中心，当所有的手指都指向它时，她居然开始舔舐小牛犊。我暗暗地想，无论如何，它的确显得老态龙钟了。

我最后将目光落在基南株身上。我不知道他是否已经认真观察过那头母牛了，当我注视着他时，他甚至连眼睛都不眨，一动不动地原地坐着，好像一个偶然路过我家，既没有头脑也没有情感的庞然大物。他侧着身转过头对着喧闹的人群，他的侧脸看起来就像一位真正的国王。这是非洲人的一种特殊的天赋，仅仅一个动作，便把自己变成一个毫无生命气息的物件。我觉得，想要在不煽动现场人们的情绪的情况下，开口说话或是采取任何行动，是一件非常困难的事情，所以基南株一直镇定地坐着，等着人们自己平静下来——这可不是任何人都能做到的。

这场骚动终于慢慢平息下来，人们停止了尖叫，开始用正常的方式交谈着，并且纷纷沉默起来。瓦奈的母亲在觉得没人注意她的时候，拄着拐杖靠近那头母牛仔细地审视了一番。法拉也逐渐回归了文明的世界，脸上浮现出一抹不屑的苦笑。

当一切归于平静，我们请案件的双方当事人来到磨盘石桌前，让他们用拇指蘸上油泥，在协议的最底部按手印。瓦奈很不情愿，当他将拇指按在协议纸上时，嘴里还发出呜咽声，好像被文件灼伤了一般。那份协议的内容如下：

> 今天是九月二十六日，瓦奈·瓦·贝姆和科尼奴·华·姆特在恩贡山区达成了以下协议。大酋长基南株见证了协议签署的全过程。
>
> 根据协议，科尼奴必须赔偿瓦奈一头母牛和一头小牛犊。这头母牛和小牛犊是给瓦奈的儿子瓦扬格瑞的补偿。瓦扬格瑞在去年十二月十九日被科尼奴的儿子科贝罗开枪误伤。这头母牛和小牛犊应当是属于瓦扬格瑞的财产。
>
> 当科尼奴交付了这头母牛和小牛犊之后，这个案件就正式了结。
>
> 从此禁止任何人再提及此事。

九月二十六日于恩贡山区。

瓦奈的手印。

科尼奴的手印。

我在现场见证了协议的签署全过程。基南株大酋长的签字。我在现场见证母牛和小牛犊已经当面移交给瓦奈。布里克森男爵夫人。

Out of Africa

第三卷　农场访客

第一章 盛大的舞会

我的农场时常有客人来访。在一个由早期的先锋们开拓的国家里生活，热情的好客之道不仅对旅行者特别重要，而且对殖民定居者而言也是生活中不可或缺的。每位到访的客人都是朋友，他们带来的或好或坏的信息都会成为那些孤身漂泊、背井离乡、生活在天涯海角的人们宝贵的精神食粮。而一个真正的挚友拜访农场，就仿佛是来自天国的使者为农场带来福音①。

当丹尼斯·芬奇·汉顿经过漫长的远途游猎归来时，他如饥似渴地需要与人交谈。他发现在农场里的我也有同样迫切的沟通愿望，于是，我们坐在餐桌旁不停地聊天，直到东方既白。我们无话不谈，但凡能说到的话题，都进行鞭辟入

① 原文是拉丁文，“天使的面包”，此处代指天主教徒诵唱的圣歌。——译者注

里的分析细节，并不时开怀大笑。与非洲人一起生活久了，白人说起话来也会变得直来直去，因为他们再无拐弯抹角、虚情假意的必要和机会。进而，当这些白人见面时，也会继续用非洲人的方式说话。所以，我们会这样揣测：在山脚下的马萨伊村落里，充满野性的马萨伊人仰视着农场里灯火通明的房屋，仿佛在遥望夜空里闪烁的星星，他们就像是翁布里亚①的农夫们，正在瞻仰圣方济各与圣克拉雷②的客厅，二位正在那里畅谈神学。

农场里最具规模的社交活动就是“恩贡马”——大型的非洲舞会。在舞会期间，农场要接待一千五百到两千名左右的客人。尽管宾客盈门，农场提供的娱乐方式却简朴寻常。我们准备了鼻烟，提供给参加舞会的小伙子、秃顶的老妇人以及她们带来的年轻姑娘们。卡曼塔为那些前来参加舞会的孩子们——允许带孩子参加的舞会上，准备了白砂糖，他会拿木勺挨个分发给他们。有时，我还会请求地方长官能够网开一面，允许我酿制“唐叶酒”——当地一种用甘蔗酿造的烈性酒。舞场上纯粹的表演者是那些不知疲倦的年轻舞者们，全身焕发着绚丽喜悦的光彩，为我们带来节日一般的盛宴。他们全然不受外界左右，陶醉在内心深处甜美的欢愉和火一般燃烧的激情之中。他们对于外界的唯一要求，只是一块可以尽情起舞的平坦空地。而我屋子附近恰好就有高大的树木环绕着的一大片平坦如砥的草坪，而且仆从小木屋之间的林中空地也相当开阔平整。因此，这个地区的非洲青年们对我的

① 翁布里亚：位于意大利中部。——译者注

② 圣方济各，是天主教圣方济会和圣方济修女会的创始人。圣客拉雷是他的第一位追随者，并建立了克拉雷安贫会。——译者注

农场推崇备至，非常珍视被邀请参加农场舞会，认为那是一种荣誉。

盛大的“恩贡马”并不限定于在白天或是夜晚举行。由于白天的“恩贡马”，观众和舞者更多，所以往往需要更为开阔的空间，通常都在大草坪举行。“恩贡马”舞会上，舞者们通常一开始围成一个大圆环，或是若干个小圆环，不停地上下腾跃，向后仰着头。接着，他们时而集中全身的力气于一条腿，随着节奏大力踏地，另一条腿抬起，向前倾斜身体，旋即换脚踩地，全身后仰，如此周而复始；时而又面向圆心，沿着圆环徐徐绕圈，表情庄严肃穆。而真正作为主角的舞者，则会离开圆弧，进入圆弧的中央跳跃或奔跑。白天的“恩贡马”舞会结束后，舞蹈的足迹总会在草坪上留下一个个大大小小、枯黑圆形的痕迹，仿佛被火焰灼烧过，而这些充满魔幻色彩的圆圈只有经过了很长时间才会渐渐消散。

白天举行的“恩贡马”，与其说是舞会，倒更像是一个盛大的集市。蜂拥而至的人们追随舞者们聚集在树下，三五成群。当要举行“恩贡马”的传闻传开后，来自内罗毕风骚轻佻的交际花们也会来到农场，当地人称她们为“马莱雅”——赛瓦西里语中“俏丽”的意思。她们盛装打扮，招摇地坐着阿里可汗王子①的骡车翩然而至。她们身上裹着色彩缤纷、印有巨大图案的花布，坐在草坪上时仿佛一朵朵绽放的鲜花，花团锦簇。农场里正经朴实的女孩子们也来了，她们衣着传统，穿着浸过油脂的皮裙和皮坎肩。她们凑到“马莱雅”旁边坐下，毫无隔阂地与她们谈论着服装和风姿。然而，来自城里的美

① 阿里可汗王子：阿贾汗三世的儿子，著名的社交人物。——译者注

人们交叉着双腿，自顾自地坐着抽她们的小雪茄，闷声不响，酷似一个个黑色的木雕玩偶，镶嵌着玻璃眼珠。孩子们成群结队地到来，痴迷于舞蹈，如痴如醉地学习模仿着，扑向一个又一个舞者的圆环中，或是被大人们驱赶到草坪边缘，围起自己的小型圆环，尽情地翻腾跳跃着。

基库尤人参加“恩贡马”时，会在身上涂抹一种奇特的粉红色石膏粉，使他们呈现出金光闪闪的奇异肤色。这种粉红色石膏粉也因此变得非常畅销，很多人便做起了这个买卖。这种颜色既不是动物界具有的色彩，也不是植物界所呈现的色泽。它令基库尤的年轻人似乎变成了岩石上的雕像或是化石。少女们穿着点缀有珠子和刺绣的鞣皮衣物，全身也涂抹着这种石膏粉，看起来倒也浑然一体，仿佛是经过一位技艺精湛的艺术家所创作的石雕，甚至连衣服上的皱褶与配饰也被生动地烘托出来。参加舞会的年轻男子们则几乎赤身裸体，但却都带着繁杂的头饰，并将粉色的石膏粉拍打在浓密的头发与长长的辫子上，走路时高高昂起石灰岩般的头颅。我在非洲生活的最后那段岁月里，政府颁布了禁令，禁止人们在头部使用石膏粉。这道禁令，导致的结果就是，无论男女都开始了更为夸张艳丽的装扮。但是，闪亮的钻石与奢华的首饰，并未给佩戴着它们的非洲人带来更多的魅力与欢乐。无论何时，每当你远远地看到，一群全身涂满粉红色石膏粉的基库尤人结伴前行，你便会感受到这才算得上是浓烈的节日气氛，因为这时连空气都在随之震颤。

缺乏范围限制，给白天的露天舞会带来了麻烦。场地实在太大，分辨不出舞台从何处开始，又从哪里结束。每一个舞者瘦小的躯体都被涂抹上了浓烈的颜色，他们的脑后，飞动着鸵鸟后背黑色的尾羽。他们像所有勇猛的骑士一样，在脚踝处套着用疣猴皮制成的鸡趾状装饰物，三三两两地站在大树下。舞会上，到处是舞者们或大或小的圆环，熙熙攘攘、四处游逛的观众，还有跑来跑去的孩子们，都会令你目不暇接，视线会不由自主地从一隅跳跃到另一隅。这样的场景，类似描绘旧时战争场面的古画：居高临下从掩体中眺望出去，只见一侧是正在向前冲锋的骑兵队，另一侧是正在寻找最佳攻击角度的炮兵们，而那些形单影只的军官们正在策马狂奔，从你的视线中斜穿而过。

白天的“恩贡马”喧闹嘈杂。由笛子和非洲鼓演奏的舞蹈音乐时常被观众们的欢呼声所淹没。当男舞者扮演的莫兰战士潇洒地一跃而起，或者英姿飒爽地在头顶挥舞着长矛的时候，女舞者们就会发出古怪刺耳的尖啸。草坪上，老人们坐在一边进行着倾心交谈，不间断的低声细语如同涓涓溪水在不停流淌着。参加舞会的基库尤老妇人，看起来令人赏心悦目，她们一边捧着装满唐叶的葫芦畅饮，一边欢快地聊天。也许她们是在追忆自己身为舞者时大红大紫的往昔。午后的太阳越来越低沉，可能唐叶里的酒精刺激了她们的神经中枢，使他们愈发神采奕奕、亢奋不已。偶尔，还会有几个老年男子凑过来，这会使其中某个老妇人沉浸于自己的青春回忆中不能自拔，以至于她忽然忘记了自己的年纪，颤颤巍巍地走出来，挥舞着胳膊，以老练的舞者方式迈出几个舞步。虽然喧闹的人群未曾注意到她，但她同龄人的小圈子则会报以热烈的掌声。

而夜间的“恩贡马”，却是一场精心打造的盛会。夜晚的“恩贡马”只会在玉米收割以后的秋季举行，而且必须是在满月那天，当皎洁的圆月如银盘似的凌空朗照的时刻，鼓乐声也随即响起。尽管我不认为这样安排舞会带有什么宗教意味，但是在很久以前，却一定如此，舞者和观众们会在某个特定时刻，营造出神秘圣洁的氛围。这些舞蹈可能已有上千年历史了，其中一些深受舞者母亲和祖母辈们青睐的舞蹈，如今却被白人殖民者认为不体面、甚至有伤风化，他们认为那些舞蹈必须借助法律的强制力明令禁止。有一回，我刚从欧洲度假归来，当时正值收获咖啡豆的农忙季节，我发现农场里二十五个身强力壮的年轻人被加工厂经理送进了监狱，因为他们在农场上夜间举办的“恩贡马”上跳了被明令禁止的舞蹈。经理还告诉我，他的妻子完全无法容忍那些舞蹈。我责备年长的佃农们不该在经理家附近举办“恩贡马”，可是他们严肃而认真地辩解说，他们是在卡特古的村庄里举办的“恩贡马”，距离经理的住处足有四五英里远。最后，我不得不前往内罗毕，与地区行政长官交涉，才化解了此事，那些跳舞的年轻人都被释放，回到农场继续去采摘咖啡豆。

夜晚的舞会一派辉煌绚丽的气象。在这里，也有着名副其实的舞台。那舞台的轮廓由篝火的火光清晰地勾勒出来，并且随着火光延伸。的确，火焰正是“恩贡马”的核心。其实，舞会并不需要火光来照明，因为在非洲高原，夜空中月亮总会发出无与伦比的皎洁月光。火焰只是为了渲染气氛，它使“恩贡马”的舞场成为第一流的舞台，把所有绚烂的色彩和优美的动作融合在一起，浑然天成。

非洲人很少会过度夸张地渲染气氛。舞会上，他们不会点起熊熊燃烧的巨大篝火堆。农场里的农妇们，会自认为是这场盛会的女主人，在舞会前一天的上午，就会将柴火搬到跳舞的场地，堆在中央。这些老妇人非常重视夜间的舞会，她们会准时出席，围坐在篝火堆旁。到了夜里，围绕着中心火堆，又会逐个点燃一个个小火堆，犹如点缀着星星。整个夜晚，都有人不断地为火堆添加木柴。舞者们在火堆旁围成圆环，在森林映衬的夜色中跳舞奔跑。舞会场地必须要足够开阔，不然篝火产生的热气与烟雾会进入观众们的眼睛。但是，再大的场地，也不过是这世界上众多的封闭空间之一，犹如一幢仅供内部人员使用的大房子。

非洲人基本上没有对比的概念，也对此不甚感兴趣。他们与自然之间的脐带还未完全割断，二者紧密相连。他们只在满月当空的时候，举办晚上的“恩贡马”。当月光毫不吝啬地赐予大地无限光华时，他们也会不遗余力地舞出最美的姿态。当非洲大地沐浴在温柔明亮的朗朗月光中，他们为这块大陆添上了自己那一小抹似火焰般炙热的光芒。

宾客们接二连三地抵达，有时候三五个一起，有时候是几十个一起，有的是相约而来的朋友，有的是在途中偶遇的舞伴。为了参加“恩贡马”，有些舞者甚至是从十五英里外步行赶来，许多人会随身携带着笛子和非洲鼓，于是，在举办盛大舞会的夜晚，整个草原上所有的乡间道路上都回荡着此起彼伏的音乐声，美妙的旋律宛如随着月光飘入森林。源源不断的宾客们在舞场入口处停下脚步张望，等待着已经聚集的人群给他们让出一条欢迎的通道。有时，附近部落酋长的儿子们也会远道而来，农场里的老佃农或者最杰出的舞者，以及舞会的守卫们便会亲自起身相迎，带领他们进入场地。

夜晚“恩贡马”的守卫，是农场里的年轻人，他们的职责是维持舞场的秩序，保证舞会顺利进行。他们个个忠于职守，兢兢业业。在舞会开始前，他们眉头紧蹙，表情凝重，趾高气扬地在舞者面前走来走去。待舞会的气氛渐至狂热的高潮时，他们就不停地来回穿梭于舞场两侧，察看舞会进行得是否顺利。他们还携带着简便实用的武器装备，手持一束点燃的树枝，不时将其顶端伸到火堆中，让它继续燃烧。他们目不转睛地盯着舞者们，一旦发现有不体面的行为，就立刻飞奔过去。他们表情凶悍，并发出可怕的咆哮，将手中燃烧的枝条投向肇事者。人们便会看到，那个可怜的罪犯常常会痛苦地蜷缩成一团，可是绝对不会声张。或许，带着这样的烫伤疤痕离开“恩贡马”，绝非是什么光彩的事情。

他们跳的有一段舞蹈是这样的片断：姑娘们温柔地站在年轻男子的脚面上，并用双手环抱他的腰，这时，年轻武士则从女孩的头两侧笔直地伸出双臂，紧握手中的长矛，一次又一次高举长矛，再用力投掷向地面。这样的舞姿，构成了动人的画面：少女为了躲避危险，藏在本部族男子的怀中，而男子为了更好地保护少女，甚至让她们站在自己的脚面上，远离毒蛇或其他来自地面的伤害。这个舞蹈往往能持续进行几个小时，舞者们的脸上，都浮现出天使一般的喜悦之情，似乎他们已经真的准备好为少女赴汤蹈火。

他们还有其他的舞蹈。比如，舞者在围成圆圈的火堆之间来回跑动，领舞的那个舞者还会不停地高高跃起，不停挥舞着他的长矛。我相信，这种舞蹈的灵感，来源于狩猎时与狮子的搏斗。

“恩贡马”舞会除了有笛子和非洲鼓演奏的音乐，还会有歌手前来演唱。应邀远道而来的，有些还是全国有名的歌星。他们的表演，与其说是演唱，不如说是更接近于一种极富节奏和韵律的吟诵。他们都善于即兴表演，张口就能编唱出自己的歌谣，而四周热情的舞者们也会全身心地跟着合唱。在凉爽轻柔的风中，聆听着一首轻柔的歌曲缓缓响起，继而有一拨年轻人的声音随着节奏和韵律一丝不苟地循环往复，令人心旌荡漾。然而，随着鼓声为了烘托效果而不断加入，彻夜听着这样单调的歌声，则会令人感到昏昏入睡，几乎难以忍受——你既无法忍受它继续下去，又不能让它戛然而止。

在当时那个年代，最有名的歌手，是从达格勒提①远道而来的。他嗓音清澈洪亮，同时还是一位杰出的舞者。当他演唱时，会用一个或急或缓的滑步进入舞者的圆环中，每一步几乎都屈膝半跪。他把一只宽大的手掌横放在嘴唇上，可能是为了聚拢歌声，但看起来却仿佛是在向听众们吐露一个天大的秘密。他似乎已经化身为非洲大陆的歌喉，能够轻而易举地左右听众的心情，时而使他们轻松愉悦，时而挑起他们澎湃的斗志，时而又令他们开怀大笑。他曾经演唱过一首激昂而略带恐怖气氛的歌曲，一支战争之歌。我能感觉到，歌手在演唱时，一定在内心想象，自己正从一个村落跑到另一个村落，传递战争的消息，动员族人们参战，并且描绘着杀戮和掠夺的场景。百年之前，这样的歌声可能会令白人移民者们不寒而栗。但是在通常情况下，歌手本人看起来并没有那么可怕。在一次晚会上，他接连唱了三首歌曲。我让卡曼塔依次翻译给我。第一首歌吟唱了一个幻想中的故事，所有的舞者们都恍若登上了一条船，正驶向沃莱雅。第二首歌，卡曼塔向我解释，从头至尾在歌颂老妇人们，是献给歌手以及舞者们的母亲与祖母的颂歌。我觉得这首歌听起来非常亲切悦耳。这首歌很长，可以想象，它是在娓娓诉说那些掉光了牙齿和头发的基库尤老妇人们的聪慧与善良。此时，她们正围坐在舞场中央的火堆旁，凝神倾听，不停地点着头。第三首歌很短，却使听众们笑得前仰后合。歌手只好提高嗓门，以盖住笑声，自己也边唱边笑。那些原本缺乏幽默感的老妇

① 达格勒提：位于内罗毕西部地区。——译者注

人们，在被尽情恭维了一番后，也兴致盎然，边听歌边拍打着自己的大腿，像鳄鱼一样张大了嘴巴。卡曼塔不肯将这首歌的歌词翻译给我，他觉得那实属无稽之谈，只是粗略地描述了一下大意。歌曲的主题非常简单，是关于最近爆发的一场鼠疫的。这场疫情结束之后，区政府曾经对人们按照上交到政府办公室的老鼠数量给予奖励。这首歌曲就是描述了人们如何到处逮老鼠的场景，以及老鼠只好逃窜到部落里老妇人与年轻女子的床上以后发生的一连串故事。歌曲中必然有一些充满趣味的细节，可惜卡曼塔不愿意说，我也无从知晓。卡曼塔本人干脆都没有为这首歌曲勉强挤出一点点笑意，哪怕是苦笑。

在一次夜晚的“恩贡马”舞会上，曾经发生过戏剧性的一幕。那是一次告别宴会，当时我就要返回欧洲旅行一段时间。那一年天遂人愿，我们收成颇丰，因而舞会规模也极为宏大，足有一千五百位基库尤人参加了舞会。当舞会不歇气地进行了几个小时以后，我走出屋子，打算临睡前再瞧一眼舞会。有人为我搬来一把椅子，背对着男仆们的小木屋摆好，几位上年纪的老佃农走过来热情地接待我。

猛然间，一阵突如其来的骚乱传遍了舞场，那是一阵伴随着怪异喊声的嘈杂，透着惊愕与恐慌，犹如飓风呼啸而至。舞者们显然放慢了舞蹈的节奏，但是并没有停下脚步。我向一位老人打听发生了什么事。他用低沉的声音急促地回答道：“马萨伊人来了。”

这个消息一定是信使跑来传达的，因为接下来的一段时间什么也没有发生，可能是基库尤人派人传话给那些客人，表示舞会不欢迎他们。法律有明文规定，马萨伊人不能参加基库尤人的“恩贡马”舞会，因为过去曾经因此引起过诸多麻烦。我的仆从们都走过来，齐聚在我的椅子边，不约而同地望着舞会入口处。当马萨伊人走进来时，所有的舞蹈一下子停了下来。

来者是十二名年轻的马萨伊武士，他们向舞场中央迈了几步后，停下了脚步，静静等候。他们并不左顾右盼，而是目不转睛地看着篝火堆的方向。除了武器和绚丽的头饰以外，他们全身赤裸，其中一人还戴上了莫兰战士上战场时才会戴上的狮皮头饰。他们自膝盖到脚背，画着一条宽宽的、直直的朱红色条纹，恰似顺着大腿流下的鲜血。他们站得笔挺，双腿僵硬地绷直，头颅高高扬起，神态凛然地保持着沉默，看起来既像征服者，又像是俘虏，让人感觉到他们并非是自愿前来参加“恩贡马”舞会的。准是砰然作响的羊皮鼓声传到了河对面马萨伊人的聚居地，那持续不断的浑厚乐曲越传越远，来回飘荡，撩拨着马萨伊武士们的心。而他们这十二人，无法按捺内心的冲动，出现在了这里。

基库尤人的情绪也异常激动，但是在客人面前依然表现得彬彬有礼。农场里的领舞者上前邀请他们走进舞场的中央，他们找到了自己在舞会中的位置，依然保持着庄重的沉默。舞会再次开始了，可是气氛迥异，空气似乎凝滞了。鼓声愈加响亮，节奏也愈发急促。如果这次“恩贡马”能继续顺利进行下去，基库尤人和马萨伊人一定会为我们献上一场精彩绝伦的演出，他们将会竭力展示自己作为舞者的高超技巧与蓬勃生机。可惜，这些并未出现，即便所有人都对此热切期待，事情也并未能如人愿。

我来不及弄清楚究竟发生了什么事情，骤然间，舞圈猛然摇晃，队形四分五裂，有人发出了尖叫。眨眼间，我面前满是奔跑四散的人群，一时挤得水泄不通，斗殴声和倒地声响成一片，场面混乱不堪。头顶上方的空气，也似乎随着拼命挥舞的长矛而战栗。我们都站了起来，甚至连舞场中心那些手脚利索的老妇人们，也纷纷爬上柴堆想看个究竟。

当人们的情绪平静之后，混乱的人群渐渐散开，我这才发现自己正站在人群中央，四周没有多少空隙。两个年长的佃农走近我，费尽口舌地向我解释事情的经过，包括马萨伊人如何违反了法律和秩序，以及目前的情形：一个马萨伊人和三个基库尤人受了重伤，用他们的话说，就是已经“被切成了碎片”。他们表情严峻地询问我，是否需要把他们缝合起来，否则政府可能会找大家、甚至是农场的麻烦。我问老佃农，伤者们到底是哪儿被切断了。“脑袋!”他不容置疑地说。这是非洲人的一种天性，喜欢极尽可能地夸张灾难。此刻卡曼塔也赶了过来，并且带来了穿好长线的针以及我的顶针。正当我犹豫不决时，老阿瓦如挺身而出，他说他在蹲监狱的七年里，学会了缝纫手艺。他一定是在等待一个实践和炫耀手艺的机会，并且还期盼了好久，此时即刻毛遂自荐，要求承担这项使命。于是，所有人的视线都转移至他那里。他果然把伤员们的伤口都缝合起来了，并且他们在日后康复了，这成为老阿瓦如炫耀的资本。但是卡曼塔确凿无疑地告诉我，那几个人的头颅从来没有被切割下来过。

由于马萨伊人前来参加“恩贡马”舞会是违法的，所以很长一段时间里，我们只能把受伤的马萨伊人藏在一间小木屋里，那原本是专为白人访客的佣人预备的。在那里，他渐渐痊愈，但是最终不辞而别，甚至没有留下对老阿瓦如表示感谢的只言片语。我猜想，这或许是对于一个马萨伊武士而言，被基库尤人打伤，又被基库尤人治愈，实在是无法面对的屈辱。

在那次“恩贡马”舞会临近尾声时，我离开屋子，想去探视伤员们的情况。在一片灰蒙蒙的晨雾中，我看到篝火依然在燃烧冒烟。一些年轻的基库尤人正围在火堆四周，在一位年迈的佃农妇人指挥下，跳跃着，并用长棍戳入那些灰烬中。那位老妇人是瓦耐那的母亲，正带领青年们对马萨伊族男子施以诅咒，让他们永远也无法获得基库尤少女的芳心。

第二章　来自亚洲的客人

“恩贡马舞”会是为了维护睦邻友好而开展的传统社交活动。起初，前来参加舞会的是那些作为首席舞者的人们以及他们年轻的兄弟姐妹们，随着时间的推移，他们的子女们也前来参加舞会。

但是农场里也有从遥远的国度漂洋过海而来的客人。从孟买吹来的季风，带来了从印度千里迢迢乘船而来的长者们，他们充满睿智，阅历丰富，到我的农场做客。

在内罗毕，有位名叫克里姆·侯赛因的印度木材商人。我在开垦农场时，与他进行过多次交易。他是一位热心的伊斯兰教徒，也是法拉的朋友。有一天，他来到农场，请求我允许他带一位从印度远道而来的大毛拉拜访农场。克里姆·侯赛因告诉我，大毛拉乘着船横渡印度洋来这里，是为了视察蒙巴萨和内罗毕的教会。同时，当地的教徒们也非常渴望能够盛情款待这位大毛拉，他们绞尽脑汁后，觉得邀请他参观我的农场是最好的选择。他问我是否愿意招待这位大毛拉，而我当然表示非常欢迎。克里姆·侯赛因又接着解释说，这位具有神圣地位的大毛拉，不吃任何用异教徒的炊具烹制出来的菜肴，但是他又很快补充说，我不必为此担心，因为内罗毕的伊斯兰教徒会为他准备好饭菜，并提前派人送到农场来。剩下的问题就是我是否愿意大毛拉住在我家里，当我对此也表示同意之后，克里姆·侯赛因又为难地向我解释此事的另一个难处，并且再三表示这是仅剩的一个难处了。由于大毛拉的高贵身份，他无论走到哪里，在礼节上他都应该受赠一份礼物，而且在像我的农场这样的地方，礼物的价值不能低于一百卢比。但是他又立刻补充道，我无须为这笔开支担心，这笔钱已经由内罗毕的教徒们筹备好了，而我要做的就是把这笔钱交给大毛拉。我问他，毛拉会相信这是我赠送的礼物吗？然而关于这个问题，克里姆·侯赛因没有给我任何答复。有些时候，有色人种遇到了性命攸关的事情，也会拒绝把自己的心思透露出来。一开始，我不想扮演赠送礼金的这个角色，但是当我看到克里姆·侯赛因和法拉原本充满希冀的面孔忽然黯淡下来，我决定放弃自己的骄傲，同意了这个要求，至于毛拉大人，任由他爱怎么想就怎么想吧！

可是到了大毛拉拜访农场的那一天，我已经将此事忘得一干二净，正在农田里试用我的新拖拉机。于是，卡曼塔年幼的小弟弟提提被派来地里叫我。拖拉机的巨大噪音使我听不清他究竟在拼命喊什么，而这拖拉机发动起来颇费周折，所以我不敢轻易停掉它。提提在刚翻过的地里跌跌撞撞地追着拖拉机，就像一只发了疯的小狗，在扬起的尘土和水花中喘息与咳嗽。直到田地的尽头我们才停了下来。

他拼命向我叫嚷着："阿訇们来了！"

我反问道："什么阿訇?"

"所有的阿訇!"他满怀骄傲地说道。他们开了四辆车抵达农场，每辆车里坐着六位阿訇。我跟着提提赶回家，在快到家门时，我看到那些身着白色长袍的身影四散在草坪上，酷似一群白色的大鸟飞临我的房前，又像是一群天使降临我的农场。印度派出了神职会来维护非洲的教会正统。当大毛拉向我走来时，我便一眼认出了他，他的左右各陪伴着两名下属，克里姆·侯赛因则毕恭毕敬、小心翼翼地跟在他身后。这位老人身材矮小，但是仪表尊贵，面容俊美，仿佛是用古老的象牙雕刻而成。当我们正式见面时，他的随从跟过来，在四周护卫着，然后又退到一边，留给我与客人单独会面的机会。

我们之间由于语言不通，无法交谈，他听不懂英语和塞瓦西里语，而我对他的语言也一窍不通。我们只能通过手势来表达对彼此的敬意。我发现，他已经在别人的带领下参观过这房屋了，家里所有的精致餐具都被拿出来摆在餐桌上，而且还有鲜花依据印度人和索马里人的品位装点在各处。我和他一起坐在西面墙根边的石凳上，然后在围观者们的屏息注目下，我将包在克里姆·侯赛因的绿色手绢中的一百卢比交给了大毛拉。

由于他过于一本正经，所以我竟一时对这位大毛拉抱有某种程度的怀疑，特别是见到他这般矮小和苍老时，我以为他会因为这样的局面而感到尴尬。可是，当我们一起友好地坐在午后和煦的阳光下时，尽管无法进行任何应酬性的交谈，却依然可以怡然自得地相处，我才明白，在这世上不会有任何事情令他感到尴尬。他表现出的无忧无虑，使他周身洋溢着一种惊人的安全感。他在待人接物时彬彬有礼，甚至有些拘谨，当我指给他看远处的山峦与高大的树木时，他面带着微笑点头，仿佛这一切都使他兴趣盎然，可是又无法令他感到意外。我暗自揣度，这或许是由于他对这世间的罪恶全然无视，或许是由于他对这世间的罪恶有着深刻的认识并且全部包容。这就好像，不管是这世界上本来就不存在毒蛇，还是你向血液里注射了足量的蛇毒，使自己产生了抗毒免疫，最终的结果必然是一样的。这位老人脸上平静的表情像一个尚未牙牙学语的婴儿，对一切都充满了好奇，但是天生不会对任何事情感到意外。也许在这个下午，当我坐在石凳上时，与我相伴的正是一位神圣高贵的婴儿——伟大的耶稣本人，而我时不时地用精神力量去摇晃一下那摇篮的摇杆。而我在此时此刻看到的表情，与那些饱经风霜、阅历丰富的老妇人相同。这不是男人们的阳刚之气，这种母亲般的表情与婴儿的襁褓、女人的罩袍以及面前年老客人身上圣洁美丽的白绒长袍，和谐地融合在一起。而在身着男装的人身上，只有从马戏团里某个伶俐的小丑脸上，我才见过类似的表情。

老人已经感到疲惫，所以他并未和其他阿訇一样，在克里姆·侯赛因的陪同下，去河流的下游参观磨坊。但是他也不能起身走开。也许由于他本人神似一只大鸟，他对鸟类有着浓厚的兴趣。那时候，农场里恰好养着一只被驯服的鹳鸟和一群鹅。我从未杀过这群鹅，饲养它们是为了给农场带来一抹丹麦风情。大毛拉对它们非常感兴趣，他指着远处的地平线，试图弄清楚鹅群们来自何方。我的猎犬们也在草坪上徘徊，使这个下午的千禧年氛围臻于完善。我原本以为，法拉和克里姆·侯赛因会将这些猎犬们关起来，因为作为一名虔诚的伊斯兰教徒，克里姆·侯赛因每次来到农场时，都非常惧怕这些猎犬。然而，它们此时在身穿白袍的阿訇们中间漫步，看起来仿佛穿梭于羊群中的雄狮。这些猎犬正是伊斯梅尔所说的，能够一眼就分辨出真正的伊斯兰教徒的狗。

临走之前，大毛拉送给我一枚宝石戒指作为礼物。于是，我就觉得，除了那份假以我名赠送的一百卢比以外，我也应该送给他一些什么。于是我让法拉去一趟库房，去拿一张前几天在农场里射杀的狮皮。当老人拿起狮皮的脚爪部位时，他睁大眼睛，目光炯炯，全神贯注地在面颊上试了试那爪子是否锋利。

大毛拉离开农场以后，我不免在心中猜想：他那精悍而高贵的头颅里，是否还会记得农场里的事情，或许他什么也不记得。而事实上，我的农场确实留存在他的记忆中。三个月后，我收到了来自印度的某位王子寄来的信。这封信由于写错了地址，在邮寄途中一再被延误。信中，印度王子写道，某位大毛拉曾向他提起我的“灰色的狗”，并问我能否卖给他一只，并且由我来出价。

第三章　索马里女人

农场里还有另外一批重要的来客，但是我不能写太多发生在她们身上的事情，因为她们并不喜欢被提及。她们就是法拉家的妇女们。

婚后，法拉将他的妻子从索马里兰接到了农场，一群活泼温柔的"灰鸽"陪同她一起到来，分别是她的母亲、妹妹和一个从小就生活在她家里的年轻表妹。法拉告诉我，这是他们特有的习俗。在索马里兰，家中的长辈们将会综合年轻人的生辰、财富和声誉等多方面条件，为他们安排婚姻大事。在一些大户人家中，新娘、新郎甚至直到婚礼当天才第一次见面。索马里族是个骁勇善战的民族，无论何时，都要庇护族中的少女。按照当地的礼节，新婚后，丈夫要在妻子娘家的村落居住半年，而在此期间，夫妻二人中更为了解当地风土人情、在村落里更有影响力的新娘，仍会扮演着女主人的权威角色。但是有时候，当新郎无法做到这些时，新娘的女性亲戚们将义不容辞地陪伴她度过新婚半年后的一段时光，也就意味着她们有可能要跟随新娘迁徙到遥远的地方。

后来，农场里索马里女人的小圈子又增添了一位新成员，她是法拉收养的一个无家可归的索马里小姑娘。我想，他收养一个即将到了出嫁年龄的女孩，难保不是为了小姑娘结婚时的聘礼，就像以斯贴带给末底改的收益[①]。那是个非常聪明活泼的女孩，在我们关注下，随着她一天天长大，在那些索马里妇女的调教下，出落成一位完全合乎礼仪、甚至堪称典范的大家闺秀。她刚到农场时只有十一岁，总是从家里跑出来，紧紧跟着我四处游逛。她骑过我的小马驹，帮我背过猎枪，还会和基库尤的托托们在池塘边捉鱼。在长满了灯芯草的河边，她撩起裙角，拿着渔网，赤足奔跑着。索马里的小姑娘们，通常都剃光了头发，只在头顶处留下一圈黑色的卷发，并在正中央留一绺竖起来的头发。这样的发型看起来娇俏可人，赋予孩子们一种天真烂漫的气息，又有点像喜欢恶作剧的年少僧侣。但是，随着岁月的流转，在那些成年的索马里姑娘们的影响下，她脱胎换骨了，经过这样的蜕变，即使她本人，也为自己的魅力和仪态而着迷。她走起路来步履缓慢，仿佛双腿被捆绑。她低垂眼帘的姿态千娇百媚，几近完美，为了维持少女的高贵，她对陌生人避而不见。她再也不剪去头发，而是经过漫长的等待后，当头发足够长时，其他的女孩会将她的头发编成一股股的小辫。这位还处于见习期的淑女，尽管从未尝试过编起头发，但依然自豪而虔诚地献身于这个神圣的仪式，并且欣然接受其中的痛苦。对她

---

① 出自希伯来《圣经·以斯贴记》，末底改收养了父母双亡的表妹以斯贴，后来以斯贴成为波斯王亚哈穗鲁的王后。——译者注

而言，遵守礼仪，是即使拼上性命，也要完成的使命。法拉告诉我，他的岳母在他们的村落以对女儿们教导有方而颇具威望。在故乡，她们姐妹三人是少女们竞相学习模仿的偶像和榜样。事实上，她们也的确是我所见过的最高雅端庄、婀娜多姿的年轻女子，有我从未见过的大家闺秀风范。她们穿着醒目的宽松长裙，服饰更为她们增添了少女的矜持和娴静。由于我经常从索马里妇女那里购买丝绸或印花棉布，所以我了解，那样的裙子至少需要十几码的布料。在那繁复厚重、花团锦簇的裙子中，她们娇小玲珑的膝盖和细长苗条的双腿，用一种神秘而纤巧的步伐行走着：

高贵的双腿，出现在扬起的裙摆下
激起却折磨着那些低入尘埃的欲望
犹如两个巫婆
在深色药罐中搅拌着黑色巫药①

法拉的岳母本人也令人念念不忘。她身材矮胖敦实，凝聚着母亲特有的那种温和与善良，并为自己的力量自信满满，我从未见过她会对什么事情着急上火。她拥有非凡的感染力，能够鼓舞人心、催人向上，教师们和教育家都应该羡慕她、嫉妒她。对她而言，教育并非赶鸭子上架，更不是苦差事，而是一项伟大而高尚的事业，能成为她的学生不失为一种荣幸。我为她们修建的小木屋位于树林中，就像是一所教授白魔法②的高级中学。那三位妙龄女子，轻盈地在木屋附近的

① 出自法国诗人夏尔．波德莱尔的诗作《美丽的船》。——译者注
② 又称白巫术，指对人有益处的魔法。——译者注

林间小道迈着纤纤细步，就像三位年轻的女巫正在刻苦钻研地学习着，所学的一切都将成为她们无与伦比的魅力和财富。她们彼此之间惺惺相惜地和平竞争着，争相展示自己的完美，就像日常生活中我们在市场上公开竞价一样，竞争反而凸显出她们的坦率和质朴。法拉的妻子已经不必再猜测自己的身价，她就像已经从巫术学校获得高等奖学金的高才生，有着非同一般的地位。她还可能有机会与大魔法师会面，而这是待嫁闺中的少女们无法企及的荣耀。

所有的姑娘们都对自身的价值分外重视。一位信奉伊斯兰教的处女是不可以下嫁的，这种婚姻会让她的家庭蒙羞。然而，索马里的年轻男子则可以迎娶地位比他低的女人为妻，而且这对他来说已经是一件幸事了，因为有时候，他们甚至要与马萨伊族的女子通婚。索马里女子可以嫁给阿拉伯人，但是阿拉伯女子却不能下嫁至索马里兰。因为人们总是认为阿拉伯人是高等种族，这或许由于他们与伊斯兰教先知在血缘上更为相近。而且，即使同为阿拉伯人，出身于先知种姓家庭的姑娘，也是禁止嫁给其他种姓家族的人。性别上的优势，带给了索马里姑娘步入上流社会的机会。索马里人单纯地将自己的婚嫁传统与纯种育马场的繁殖相提并论，因为他们同样非常重视牝马。

当我们彼此非常熟悉之后，那些姑娘们向我打听，欧洲有一些民族在嫁女儿时不收任何聘礼，这是真的吗？她们确实从人们那里听说过，但是对此无法理解，居然有一个部落会落魄到如此地步，需要付给新郎嫁妆才能把女儿嫁出去。她们对做出这种事情的父母和姑娘感到万分唾弃和鄙夷，她们的尊严何在？对女性和贞操的尊重又何在？三位姑娘义愤填膺地告诉说，如果她们不幸出生在那样的部族里，她们宁可选择终身不嫁。

在那个年代的欧洲，我们并没有机会去研究和学习淑女们应该如何拥有矜持、高雅的姿态，纵然是从古书里，我也未能体会这其中的奥秘和魅力。但是此时，我终于懂得我的祖父以及曾祖父是如何被征服而屈从的。索马里的通婚传统，同时又是一门精致的艺术，顺应了自然的法则，融合了宗教、战略和芭蕾舞戏剧艺术。人们带着满腔热忱、生活智慧和自律精神，精益求精地将其付诸实践。这种传统最微妙的地方，是它蕴藏着两种对立的力量的对抗。永恒的排斥定律后，隐藏着慷慨宽容；同理，在陈旧迂腐背后，是幽默乐观和面对死亡时的无畏。这些崇尚武力的索马里战士的女儿们，一丝不苟地遵循着古老拘谨的礼仪，仿佛在表演一出高雅优美的战舞。她们就像披着羊皮的美丽的母狼，直到饮干敌人的鲜血才会重新恢复温柔。索马里民族异常坚忍，沙漠与大海磨炼了他们的意志。繁重的生活、曲折的磨砺和漫长的岁月，将这些索马里女子锤炼成熠熠发光、坚不可摧的琥珀。

这些女主人们把法拉的房子布置得好像游牧民族居住的帐篷，似乎随时都可以离家远行。墙壁上挂满了各式各样的壁毯和刺绣帷幔。香味是他们家里的重要元素，大部分索马里熏香都芬芳甜美。农场里的妇女并不多见，所以我常常在黄昏时分去法拉家，与老妇人和女孩子们一起安静地坐上个把小时。

她们对所有的事情都兴趣浓厚，一件小事也能轻易地取悦她们。农场里发生的小意外、当地人的趣事都能使她们发出银铃一般悦耳的笑声，在屋中回荡。我教她们用毛线编织时，她们大笑，仿佛在观看一出滑稽木偶剧。

她们是如此天真无邪，却并不愚昧无知。无论是农场里有妇女分娩还是办理丧事，她们都会赶过去帮忙，并客观冷静地与她们的母亲谈论其中的细节。有时，作为消遣，她们会给我讲和《一千零一夜》里一样的神话传说。故事大多风趣幽默，对爱情的描述坦率真挚。这些故事都有一个共同点，就是无论女主人公们贞洁与否，都拥有男性优秀的那一面性格，最终拥有一个皆大欢喜的结局。每当这时，她们的母亲也会坐在一旁面带微笑地聆听着。

这是一个封闭起来、完全属于女性的世界，但是我能感受到，在这深沟固垒背后，存在着一个非凡的理想。如果没有这个理想，索马里战士们将失去他们的勇猛无畏。这个理想就是一个完全由女子统治的太平盛世。当那个时刻来临，她们的母亲将脱胎换骨、旧貌换新颜了，她将登上王座，仿佛远古时代伟大的万能女神的黑色雕像，从未在索马里人记忆里消失。但是她们终归是务实的人，首先关注的是当下的需要，随时都储备着充足的资源。

年轻的女孩们对欧洲的风土人情充满好奇，认真地聆听关于白人妇女的风度修养、言谈举止和衣着打扮的介绍，似乎要通过掌握征服异族男子的策略，充实自己已有的学识。

服饰在她们的生活中扮演着重要的角色。这并不奇怪，因为服饰对于她们来说，象征着战利品和胜利，俨然胜利者的旗帜。而索马里男子——她们的配偶，主张清心寡欲，对吃喝享乐都漠不关心，如同他们的国家一样坚强隐忍。但是女人却是例外，是他们唯一的奢侈品。他们对于女人，总是贪得无厌，女人是他们一生最重要的财富。马、骆驼和牲畜虽然也令他们朝思暮想，但无法与妻子的重要性相提并论。对于丈夫性格中的这两种倾向，索马里女子都持鼓励的态度。一方面，她们严厉地鄙夷男人的一切软弱之举；另一方面，又通过极大的牺牲，维护自身的价值。除非是丈夫买来的东西，否则她们无法通过其他方式得到哪怕是一双拖鞋。她们不是独立的存在，而是依附于某个男性，可以是父亲、兄弟，也可以是丈夫。但是这种依附本身，就是众人最高的追求。令人啧啧称奇的是，索马里女子从丈夫那里索要到越多的绸缎、黄金、琥珀和珊瑚，对于双方而言就越荣耀。在经历了漫长艰险的贸易旅途后，所有的艰难、生死和谋略统统化作给女人的精美服饰。那些暂时尚无男人可以索取的年轻姑娘们，则躲在家中的帐篷里，精心打理着美丽的秀发，等待着那一天的到来，可以去征服被征服者，勒索那些被勒索者。她们乐于彼此互借美丽的服装，并热衷于打扮家中的小妹妹，给她穿上出嫁了的姐姐的最华美的衣装，成为美人中的佼佼者。为了取乐，还给小妹妹戴上用金缕线刺绣的头饰，而按照传统习俗，待嫁闺中的少女是不可以佩戴的。

索马里人天性喜好诉讼和长时间的争执。法拉总是需要非常频繁地为了某桩案件，前往内罗毕或是出席农场中的部落会议。这时候，每当我到了法拉家，他的老岳母一见到我，就会从容而睿智地向我打听案情，可能她已经问过法拉。而法拉出于对岳母的敬重，也一定会知无不言、言无不尽。但我相信，她更希望通过其他社交渠道来获取消息，这样，她就可以保持一个女人得体的形象——对男人的事务一无所知，甚至连男人的话语也无法理解。而且，如果她会给予什么忠告，也一定会以一种女预言家的神态，给出好似神谕般鼓舞人心的启示，而且不会有人追究她的责任。

每当农场里的索马里人举办集会或隆重的宗教典礼时，妇女们就会担起筹备活动、准备食物的重担。尽管她们并不能出席这些宴会，也不能踏入清真寺，但她们依然尽心尽力，期盼着聚会能够盛大豪华，获得伟大的成功。但是她们对彼此内心的想法都避而不谈，心照不宣。每逢这个时候，索马里女子们总会令我的头脑中清晰地浮现出那些旧时期的北欧妇女们的身影。在我的印象中，她们总是挤在狭长的火车车厢里忙忙碌碌。我的母亲和祖母都是属于那个时代的，那些斯堪的纳维亚女子们，犹如文明暴君的有修养的奴隶，在那些神圣、充满阳刚之气的节日里，例如狩猎野山鸡或秋季大狩猎时，竭尽所能地增添光彩。

索马里人在几个世代以来都是奴隶主，因而索马里女子与非洲人相处融洽，和非洲人相处时始终心平气和。对于非洲人来说，服务于索马里人和阿拉伯人比服务于白人要容易几分，因为世界各地的有色人种都有类似的生活节奏。法拉的妻子在农场里的基库尤人中很受欢迎，卡曼塔也几次告诉我，她是个聪明的女人。

我有一些白人朋友经常会来农场留宿，索马里妇女们对他们也很友好，例如科伯克利·卡尔和丹尼斯·芬奇汗顿丹尼斯。她们经常谈起他们，而且对他们的了解之深令人惊异。一旦遇到伯克利或丹尼斯，这些姑娘们就会把双手插在裙子的褶皱里，用姐妹的态度和他们交谈。但是因为伯克利和丹尼斯也都有自己的索马里佣人，关系就变得复杂了。这些姑娘们一生中都不能与那些仆人们见面。因此，每当缠绕着头巾、长着乌黑眼睛的嘉马或比利亚那瘦削高挑的身影出现在农场里，这些索马里少女们便会一起消失，仿佛潜入了水底，而且连个气泡也没有。如果这时候她们需要找我，就会拉起裙摆遮住自己的脸，蹑手蹑脚溜进屋子里。两位英国绅士们说，他们对姑娘们给予自己的信任感到非常高兴。可是我想，在他们内心深处，一定会因为被认为如此无害正派，多少感到愧疚。

有时，我会带着女孩子们出门兜风或者访友，每次我都会谨慎地征求她们母亲的许可，因为我不愿意玷污那些女孩子们戴安娜[①]女神的面孔一般冰清玉洁的名声。当时，在农场的另一边，住着一位来自澳大利亚的少妇。她是一位热情迷人的邻居，也会时常邀请这些索马里女孩去她家喝茶。那可以说是一个重大的场合，女孩们都打扮得花枝招展、娇美动人。当我们开车前往那位来自澳大利亚的邻居家时，车中总是充满了叽叽喳喳的吵闹声，像鸟笼一般热闹。她们对房屋、服饰，甚至我朋友在远处骑马或者犁地的丈夫，兴趣浓厚。当茶端上桌时，只有已经嫁为人妇的姐姐们和小孩子可以享用。对于年轻的姑娘们来说，茶会使她们过于兴奋，所以不允许喝茶。她们只能以优雅端庄的姿态品尝着糕点。关于那位和我们一起前来做客的小姑娘能否喝，我们则有过一番争论：她是否已经到了那个年龄，茶对于她来说是危险品？已婚的姐姐们认为她年纪尚小，可以喝一点茶。但那个小姑娘却骄傲地向我们瞥了一眼，断然拒绝了。

这位新娘的小表妹长着一双棕色的眼睛，看起来总是若有所思。她会说阿拉伯语，熟记《古兰经》中的一些章节。她生来对神学充满了向往，因而我与她进行了很多关于宗教的讨论，也会议论发生在世界上的许多奇迹故事。她为我讲述了约瑟和波提乏妻子[②]的故事的正确释义。她接受耶稣的母亲是一位处女的说法，但是不承认耶稣是神的儿子，因为神的儿子不可能具有血肉之躯。圣母玛丽亚是全世界最光彩动

① 来自于罗马神话，月亮女神和狩猎女神。——译者注
② 来自于罗马神话，月亮女神和狩猎女神。——译者注

人的少女，她在花园里散步的时候，被天父派来的大天使用翅膀上的羽毛触碰了一下肩膀，便受孕了。有一次，在与她的争辩中，我拿出了一张明信片给她看，上面印着哥本哈根大教堂里拖瓦尔森[①]创作雕塑的基督圣像。从此，她对上帝产生了温柔而沉迷的爱慕之心。她对上帝的故事百听不厌，总会随着故事的发展唏嘘不已，表情也跟着发生变化。她对犹大的存在非常关注：他究竟是一个怎样的人？世上为何会有这种人？如果有可能，她将会非常乐于亲手剜出犹大的双眼。她拥有着如此狂热的激情，如同她们屋里芬芳四溢的熏香一般，采用在遥远山区里生长的乌木制成，虽然有点怪异但是香味甜蜜。

我曾问过法国教会的神父们，能否带农场里的这群伊斯兰教女子去他们的教堂参观。他们爽快而友好地答应了，并很期待自己的教会里将有些非同寻常的事情发生。于是，某个午后，我们开车去了那里，一个接着一个地、神情肃穆地走进凉爽的教堂。这些年轻的女人们第一次见到如此高大宏伟的建筑，她们抬头仰望时，不由自主地举起手护住自己的头部，似乎怕屋顶崩塌砸到自己。教堂里还有许多雕塑，她们平生只在明信片上见过这些事物。法国教会的教堂里，有一座和真人一样大小的圣母像，是一座由白色和浅蓝色构成的雕像，雕像手中拿着百合花。圣约瑟的雕像在圣母一旁，怀中抱着圣婴。姑娘们站在雕像面前，惊讶得目瞪口呆，由衷赞叹着圣母的美丽。对于圣约瑟的故事，她们早有所知并且予以极高的评价，因为他是一个忠诚可靠的丈夫，保护着圣母。此刻，她们满怀感激地端详着圣约瑟，因为他还为自

---

① 《圣经·创世纪》中的人物。——译者注

已妻子抱着小孩子。法拉的妻子当时已有身孕，在教堂的那段时间，她一直站在圣像附近。神父们为教堂里的窗户感到自豪，那是用彩纸糊成的，模仿出了彩色玻璃的效果，代表基督教的激情。年轻的表妹深深地被窗户吸引，她绕着教堂来回走动，眼睛总是盯着这些窗户，双手紧握，双膝微曲，似乎也背负着沉重的十字架。回家的途中，她们几乎不说话。我猜想，她们是担心自己提出的问题会暴露出她们的无知。直到几天以后，她们才向我问了一个问题，神父是否能让圣母或圣约瑟从圣像的底座上走下来。

这位年轻的表妹是从农场里出嫁的，她住进了一间漂亮的小木屋，之前那间屋子一直空闲着，我偶尔会借给前来办事的索马里人。她的婚礼可谓是一个盛大壮观的节日，前后历时七天。我参加了开始时最重要的仪式，在一队唱着歌的妇女的引导下，新娘被带向另一队同样唱着歌的男人们，那队男人们领来了新郎。至此，新娘终于见到了她那素未谋面的丈夫。我很好奇，她是否会将新郎想象成拖瓦尔森雕塑的基督的模样，更好奇她是否像传奇小说里的浪漫骑士一样，拥有两个理想中的爱侣，一个在天堂，一个在人间。婚礼那七天，我多次开车去她家。无论我何时抵达，屋子里都满是节日的气息，缭绕着喜庆的熏香。男人的短剑舞和女人的柔美舞蹈交替上演；老人们也相继达成了一笔又一笔牲口买卖；礼炮声不绝于耳，骡车从城里来回往返。入夜后，走廊里的防风灯发出明亮的灯光，映衬着阿拉伯和索马里兰的各种光彩夺目的颜色，从车子和屋里上上下下、进进出出：胭脂红、绛红、苏丹棕、孟加拉玫瑰红，还有橘红色。

法拉的儿子在农场里出生，取名艾哈默德，大家都亲昵地叫他萨夫乌费，我猜是“锯子”的意思。他丝毫不像其他基库尤小孩那样胆小怯懦，在他还是个小婴儿、在襁褓里被裹得像一颗橡果时，当他那圆溜溜、黝黑的小脑袋四周没有什么支撑物时，他就会自己直挺挺地坐起来，盯着你的脸看。你若抱起他，就仿佛在掌中托起一只小小的猎鹰，又好像是一只幼狮坐在你的膝头。他继承了母亲的开朗乐观，当他到了可以四处奔跑的年纪时，他成为一名快乐而受欢迎的冒险家，在农场里的非洲孩子中很有影响力。

第四章　农场里的逃犯

我时常会想起一位过路者，他在农场只住了一个晚上，再也没有回来过。他的名字叫艾曼纽森，来自瑞典。我第一次遇到他时，他是内罗毕的一家酒店的领班。他是个胖乎乎的小伙子，圆鼓鼓的脸蛋儿红彤彤的。我们就是在那家酒店认识的，每当我在那里吃午饭时，他总会站在我的椅子一侧，用一种来自老殖民地的油腔滑调讨好我。他的唠叨使我难以忍受，以至于一段时间后，我只好换到内罗毕当时仅有的两家酒店中的另一家酒店住宿。此后，我只是辗转地听说一些关于艾曼纽森的消息。他似乎天生就擅长使自己陷入困境，而且他的品位和对快乐生活的理解也不同凡响。因此，在非洲的其他斯堪的纳维亚人都不喜欢他。

一天午后，他突然来到了农场，看起来惊恐万分。他向我借钱，以便能立刻出发前往塔噶尼喀[①]，否则他觉得自己会被关进监狱。可能我的帮助已经为时太晚，也可能艾曼纽森将我借给他的那笔钱另作他用，不久之后，我就听说他在内罗毕被捕了，并没有坐牢，但是依然从人们的视线中消失了一段时间。

一天傍晚，我外出骑马到家时天色已晚，星星闪耀在夜空中，我看到家门口的石头上坐着一个男人，那便是艾曼纽森。他语调亲切诚恳地对我说："男爵夫人，您瞧，有个流浪汉来到您这里了。"我问他为何会来到这里。他告诉我，在去塔噶尼喀的途中，他迷路了，只能到我这里来歇脚。

这令我无法想象，前往塔噶尼喀要走一条宽阔的公路，非常容易找到，而且通往我农场的路也是那条公路的一条岔路。我问他打算怎么去塔噶尼喀。他的回答是安步当车。我告诉他，那根本不可能，因为那表示他整整三天要独身一人，穿行在马萨伊保护区，没有水源，还有凶猛的狮子四处游荡。就在当天，还有马萨伊人向我抱怨狮子的攻击，请求我去帮他们射杀狮子。

是的，没错，艾曼纽森对这一切一清二楚，但依然坚持步行前往塔噶尼喀，因为他别无选择。这回他想知道，我是否能允许迷路的他在农场里和我共进晚餐并且借宿一夜，明天清晨他就继续出发。如果不太方便的话，他就立刻动身，趁着天气晴朗、星光明亮，继续他的旅程。与他交谈时，我始终没有下马。我想这样暗示他，他并非我的客人，因为我并不想与他共进晚餐。而且通过他谈话时的神态，我感觉到他并没有期待能够得到我的邀请。他对于我的欢迎程度和自

---

① 塔噶尼喀：位于坦桑尼亚东部沿海地区。——译者注

己的口才都不抱有什么信心。屋外一片黑暗，他的身影如此孤独寂寞，看起来一个朋友也没有。他如此真诚恳求的态度，并没有挽回他的颜面——他的颜面已经无法挽回了，而是给我一个台阶——如果此时我将他撵走，也并非冷酷无情，他完全可以接受。于是，这是一种对被狩猎的猎物的礼貌——我跳下马背，让马夫牵走马，对他说："好吧，艾曼纽森，你可以进来用晚餐和留宿。"

灯光里，他看起来一副可怜相，穿着在非洲没有人会穿的黑色长外套，胡子拉碴，头发蓬乱，那双破旧的皮鞋在脚趾处也开了口。他一无所有，就这样前往塔噶尼喀。我似乎变成了主教，要向上帝进献一头活着的山羊，并且要亲自把它赶到荒郊野外去。我想，此时我们需要来点酒。伯克利·科尔总是让我家里有充足的藏酒，不久前，刚送给我一箱难得的法国勃艮第①葡萄酒。我吩咐仆从贾马取来一瓶并打开。当我们坐下后吃饭时，艾曼纽森的酒杯已经倒满了葡萄酒，他一口气喝掉了半杯，然后对着灯光举起酒杯，凝视了许久，仿佛正在全神贯注地聆听音乐。"名酒，这真是有名的酒，这是 1906 年产的香波庭②。"他说的准确无误，使我对他肃然起敬。

此外，他并不再多说什么，我也不知道该如何与他交谈。我问他，为何会一直找不到工作。他回答，因为他对这里的人们从事的行当一无所知。他被那家酒店解雇了，况且他也并不是一名专业合格的领班。

"你会记账吗?"我问他。

---

① 法国中东部地区，盛产美酒。——译者注

② 此处原文中是法语，是勃艮第葡萄酒的一种。——译者注

“不，完全不懂。”他回答，“我一直觉得把两个数加起来是非常困难的事情。”

“那你知道一些关于牲畜的知识吗？”我接着问。

“奶牛？”他反问我，“不，不知道，我害怕牛。”

“那你总会驾驶拖拉机吧？”我又问。

“不会，”他说道，但是一丝淡淡的希望之光浮现在他脸上，“但是我觉得我能学会。”

“但不是为我开拖拉机，”我说，“艾曼纽森，那么请你告诉我，一直以来，你都在做什么？你究竟以什么为生？”

他坐直了身子，大声嚷道：“我？我做什么？我是一名演员！”

我在心里感叹：感谢上帝！这样看来，帮助这位落魄的迷路人，我已经无能为力了。现在可以进行一些普通的聊天了。“你是一名演员？”我不由问道，“太好啦！在舞台上，你最喜欢出演什么样的角色？”

“哦，我专门扮演悲剧性角色。”艾曼纽森回答，“我最喜欢的角色有《茶花女》中的阿芒和《群鬼》①中的欧斯瓦尔德。”

于是，我们围绕着这两出戏剧展开了讨论，交流我们曾经看过的演出、戏里的演员，以及对演绎方式的看法。艾曼纽森环视一圈四周后，问道：“你有没有易卜生的戏剧作品？要是你不介意扮演阿尔文太太的话，我们可以一起来表演一下《群鬼》的结束一幕。”

可是，我没有任何易卜生的书。

“或许你还记得那些台词吧？”艾曼纽森因为他的计划而兴奋起来，“我能把整出戏中欧斯瓦尔德的台词从头背到尾。而

---

① 挪威剧作家易卜生的作品。——译者注

这最后一幕格外精彩，拥有非凡的悲剧效果，精妙绝伦。”

那是一个晴朗温馨的夜晚，星星在夜空闪烁，声势浩大的雨季即将到来。我问艾曼纽森，是否已经打定主意步行前往塔噶尼喀。

“是的，”他说，“我的心意已决，现在我要给自己一些鼓励。”

我说：“幸亏你还没有结婚。”

“是啊，是啊，”他喃喃地回应。过了片刻，他又胆怯地补充：“不过我其实结过婚。”

闲聊间，艾曼纽森向我诉苦。在非洲，一名白人永远无法和当地人竞争就业，因为他们的工作酬劳实在太低廉了。“如果在巴黎，我很快就能够找一份工作，比如在咖啡馆或者其他什么地方当服务员。”他说。

“那为什么你不继续待在巴黎，艾曼纽森？”我问道。

他快速地瞥了我一眼：“巴黎？”他说道，“哦，不是那样的，我是在迫在眉睫的时候离开巴黎的。”

在这个世界上，艾曼纽森其实还有一位朋友，那夜的谈话中，他多次提到那位朋友。如果他能够与那位朋友取得联系，一切将会发生翻天覆地的变化。因为那是一位慷慨富有的魔术师，他正在周游世界。艾曼纽森最后一次得到的关于他的消息，说他现在在旧金山。

我们谈论着文学和戏剧，最后话题又回到了艾曼纽森的未来。他向我讲述了在非洲，他的同胞们是如何一个一个地把他拒之门外。

“你的处境很棘手，艾曼纽森，”我说，“我很难想到还有什么人比你面临更大的困境。”

“没错，我也是这么想的。”他说，“但是我最近才明白一个道理，可能你至今从未想过：这个世界上，总有一些人，比其他人的处境更糟糕。”

他把那瓶酒喝光，并且从面前轻轻推开了酒杯。他说：“这次的旅程，对我而言，是一场赌博，就像《红与黑》[①]。我也许就此找到机会逃离现在的困难，甚至就此解脱。但是也有另一种可能，我在塔噶尼喀也许会陷入新的困境。”

“我相信你一定会顺利抵达塔噶尼喀。”我说，“在途中你或许会遇到过往的印度人的货车，你可以搭乘一段路。”

“也许吧，但是那里还有狮子。”艾曼纽森停了片刻说，“还有马萨伊人。”

“你相信上帝吗，艾曼纽森？”

他回答说：“是的，当然，我相信。”然后他沉默地坐了片刻，又说，“也许我下面说的话，会使你感到我是一名讨厌的怀疑论者。但是说心里话，除了上帝，我什么也不相信，没有其他信仰。”

“艾曼纽森，听我说，你身上还有钱么？”

“有，我有八十分。”

“那可不够，”我告诉他，“在屋子里我不随身带钱，或许法拉会有一些。”

法拉凑巧有四个卢比。

翌日清早，赶在日出之前，我让仆从去叫醒艾曼纽森，并准备好早餐。一整夜，我都在想，我应该开车送他一程，至少是开头十英里的那段路。即使这样，对于艾曼纽森而言，剩下的路途仍然漫漫无期，他还剩下八十英里的路要徒步走完。但是，我不想在我家门槛前，就直接看到他一脚迈入那

① 此处原文是法语，是法国作家司汤达的代表作品。——译者注

吉凶难料的命运中去，而且，我也希望自己能够或多或少地在这一幕说不上悲喜的喜剧中扮演自己的角色。我为他的旅途准备了三明治和水煮蛋，还有一瓶 1906 年产的香波庭葡萄酒，因为他懂得欣赏。我暗自思忖，或许这是他此牛最后品尝的葡萄酒了。

在晨曦里，艾曼纽森看起来像传说里的僵尸，胡须在他深埋地底时疯长，但他却优雅潇洒地走出墓穴。当我们开车出发时，他神情镇定，安之若素。当我们抵达穆巴佳迪河的对岸时，我停下让他下车。拂晓的空气爽朗清新，天空没有一丝云彩。他下车后，将继续朝西南方向走去。我转身环视东方远处的地平线，初升的太阳发出柔和的殷红色，就像水煮蛋的蛋黄。我在心中计算着，三四个钟头之后，它将变成一个炽热的大火球，在旅行者的头顶炙烤着大地。

艾曼纽森与我告别，转身出发，继而又走了回来，再次对我说“再见”。我在汽车里，久久地凝视着他远去的背影。我想，在他离去时，一定很高兴有个观众在观看他的告别演出。我对此深信不疑，他有如此强烈的戏剧家的天性。此时此刻，他一定透彻心扉地感受到，他正在告别自己的舞台，消失离开。台下仿佛和以前一样，坐满了观众，目送他去千里之外。艾曼纽森谢幕了。那些途中的山峦、荆棘树林和布满尘土的路途，难道不会萌生怜悯之心吗？哪怕在这一转眼，看起来就像是硬纸板做成的舞台背景和道具。

晨风扬起他黑色的长外套，拍打并裹着他的腿，葡萄酒瓶的瓶颈从其中一个外套口袋探出头来。一种爱和感激之情充满了我的内心，仿佛是留守在家中的人，对那些旅行者、浪客、水手、冒险家和流浪汉们所怀有的牵挂。当艾曼纽森到了山顶以后，他摘下帽子转过身来，用力向我挥舞，额前的长发被晨风高高吹起。

法拉也在车里，问道："伯瓦那要去哪里?"因为艾曼纽森是我的客人，并在家中留宿，所以出于尊重，法拉称他为"伯瓦那"——先生。

我回答："塔噶尼喀。"

"走路去?"他继续问。

"是的。"

"愿安拉与他同在!"法拉说道。

之后那一整天，我都在挂念着艾曼纽森，我忍不住多次走到屋外，望着通向塔噶尼喀的道路。晚上十点左右，我听见西南方的远处隐约传来雄狮的咆哮。半个小时之后，我又再次听到那吼声。我想，不知道那头狮子是否正坐在一件破旧的黑色长外套上。接下来的一周，我想方设法打听关于艾曼纽森的消息，还让法拉去向那些他认识的印度送货人打听，是否有人在前往塔噶尼喀的公路上见过艾曼纽森。可是，没有任何人见过他。

半年之后，我意外地收到一封挂号信，来自多多马[①]，而我在那里谁也不认识。信居然是艾曼纽森寄来的。信封里面有他最初打算离开这个国家时，我借给他的五十卢比，还有法拉的四个卢比。这恐怕是这世上我最期待重新见到的一笔钱了。除此之外，还有一封艾曼纽森写的感情充沛、热情感人的长信。他现在已经在多多马的酒馆当起了侍者，虽然不知道酒馆是大是小，反正算是安顿下来了。他似乎懂得知恩图报，清晰地记着那晚发生在农场中的所有细节，并且多次对在那里感受到的朋友的温暖表示感激。他在信里详细地

① 坦桑尼亚首都。——译者注

叙述了前往塔噶尼喀时沿途发生的故事，毫不吝惜地赞美着马萨伊人。热情好客的马萨伊人在路上遇到了他，并收留了他，带着他走过了很长的一段旅程，虽然也绕了不少圈子。他还在信里写道，他给马萨伊人讲述了许多他在其他国家探险的趣事，马萨伊人听得津津有味，以至于不愿意他离开。艾曼纽森一点也不会说马萨伊话，所以我猜想，在讲述他的“奥德赛”史诗时，他一定表演了一幕幕精彩的哑剧。

我想，这一切都顺理成章，一定是艾曼纽森向马萨伊人寻求帮助和避难，而马萨伊人接待了他。当之无愧的贵族和当之无愧的无产者，都能对这世间的悲剧有最透彻的理解。他们明白，这些悲剧都是神明的基本准则和生存格局。而这样的观点，使以上二者与资产阶级大相径庭。资产阶级否认悲剧，无法忍受悲剧，他们认为“悲剧”这个单词就令人心生不快。正因为如此，造成了白人里的中产阶级殖民者与非洲人之间的诸多误会。而神情忧郁的马萨伊人集贵族和无产者于一身，当他们遇到穿着黑色外套的孤独流浪者时，他们一下子就能分辨出这是一个悲剧性的角色，并且立刻接纳他。而这名伟大的悲剧演员，也在和他们的融洽相处中，找到了真正的自我。

第五章 前来拜访的友人

朋友们来访，总会令我喜出望外，这在农场里妇孺皆知。

每当丹尼斯·芬奇·汉顿即将结束他那漫长的狩猎远征时，我会在清晨碰到一个马萨伊年轻人站在我家门口，将全身重量放在一条瘦削的长腿上，一板一眼地向我宣布“贝德尔[1]先生正在归来的路上，再过“两三天就会抵达”。

下午，一个住在农场外围的佃农的孩子，坐在我屋外的草坪上等我。一见到我出门，便说：“一大群珍珠鸡刚才飞到了河湾那里。如果你想去打上几只，为贝德尔先生回来做准备，我可以在日落以后陪你去，告诉你在哪里能找到它们。”对于我那些漂泊不定的伟大旅行家朋友们而言，我相信，农场具有非凡的魅力，因为无论他们何时归来，农场的一切都没有改变，仿佛时间都在这里停止了。他们游历在这广袤的

① 非洲人给丹尼斯起的诨号，“在户外”的意思。——译者注

旷野之中，一次次在不同的地方支起和拆除。而现在，他们都欢天喜地地驾车来回绕过我农场里的车道，就像恒星一样始终如一地绕着轨道运行。他们盼望着能够见到往昔熟悉的脸孔，而我在非洲生活的那些年，从未更换过仆从。生活在农场中的我，一直渴望去外面的世界走走，而远道而来的他们，却被这里的书籍、亚麻布材质的床单，以及透过那宽敞房间里的百叶窗吹进来的阵阵凉风而深深吸引。在野营时，他们围坐在篝火旁，怀念着农场里的安逸生活。他们一到农场，就会急不可耐地问我：“你的厨子学会做猎人煎蛋了吗？”“上一批邮件里有《彼得洛希卡》①的唱片吗？”即使我外出离开农场时，他们照旧会来访。当我回欧洲暂住时，丹尼斯就住在我家里。伯克利·科尔则把农场称作“我在森林中的世外桃源”。

为了回报我所提供的物质文明，这些旅行家们总会在狩猎归来时为我带来礼物：花豹以及猎豹的皮，它们可以在巴黎被做成皮大衣；以及制作皮鞋时可以用到的蛇皮和蜥蜴皮；还有非洲鹳的羽毛。

为了使他们每次回到这里都心情愉快，当他们外出狩猎期间，我会依照旧菜谱书，尝试烹饪各种奇异特别的新鲜菜肴，并设法在我的花园里培植来自欧洲的花花草草。

当我在丹麦故乡的时候，曾经有一位丹麦老夫人，将十二株品种优良的牡丹球茎送给了我。我费了不少周折，才将这些球茎带入肯尼亚，因为非洲的植物进出口规定相当严格。我将这些牡丹花种下，它们几乎转眼就生根发芽，从土地里抽出了许多弯弯曲曲的深红色嫩芽，不久后就舒展成娇艳轻

① 俄罗斯作曲家斯特拉文斯基创作的芭蕾舞剧。——译者注

盈的绿叶和饱满浑圆的花蕾。我给第一朵盛开的牡丹花命名为“纳缪尔公爵夫人”①。那是一株单头的白色大牡丹花，雍容华贵、芬芳馥郁、气味香甜。我把花剪下后插在水中，摆在客厅，于是每个进入房间的人都不禁驻足，赞赏一番。为什么呢？因为这可是一朵牡丹花！可是，不久之后，花园里其他的牡丹都枯萎了，很多花蕾尚未开花已经凋零，我没能得到第二朵牡丹花。

过了几年，我在奇洛摩②同麦克米兰夫人的园丁谈起了牡丹花。他说：“我们还未在非洲成功地种植牡丹花，除非我们在当地培育进口的牡丹球茎，并使其开花，然后才能用该花的种子来广泛种植。我们就是这样在殖民地成功地引进了翠雀花。”如此说来，我本来有机会成功地将牡丹花引入这个国家，使我的名字和纳缪尔公爵夫人一样名垂千古。可惜我亲手葬送了这一荣耀，剪下了那朵将流芳百世的花朵插在水中。无数次，那朵白色的牡丹在我梦中怒放，我欣喜若狂，庆幸自己在梦中没有把它剪下来。

拜访农场的朋友们来自不同的地方，有旷野也有城镇。在土地局供职的休·马丁，时常从内罗毕来到农场和我做伴。他才华出众，精通于那些珍贵不朽的世界文学。他曾在远东做公务员，悠闲平和地打发日子，并且挖掘出了自己一种独特的潜力，使自己酷似一尊中国那憨态可掬的弥勒佛像。他称我为“老实人”，而他本人则是农场里滑稽的“潘罗斯博

---

① 纳缪尔公爵夫人：1625～1707(1625～1707)，因著写《回忆录》而闻名于世的纳沙泰尔女君王。——译者注

② 奇洛摩：马拉维南部的小镇。——译者注

士”[1]。他坚定不移地认为，人类的本性和宇宙的实质，都是卑劣、平庸甚至邪恶的，而且对自己的这一信仰深信不疑——难道不正是如此吗？他只要坐在那张大椅子上，就几乎不再挪动地方，面前摆放着酒瓶和酒杯，容光焕发，气宇轩昂地谈着他的人生理想和哲学。那些快速闪现的思想念头，使他神采奕奕，物质与精神碰撞后似电光火石。这个与世无争却信仰魔鬼的胖家伙，身上刻着清晰的魔鬼信徒的印记，却比上帝的信徒更加鲜明。

库斯塔·摩尔是一位长着大鼻子的挪威年轻人。有一天晚上，他忽然从位于内罗毕另一头的农场来到我家。他在农夫中是一位佼佼者，言传身教地帮助我处理了许多农场事务，给予我的援助超过了这里的任何人。他始终带着朝气蓬勃的劲头，随时准备对他人鼎力相助，似乎对于农夫或者斯堪的纳维亚人来说，彼此互助是应尽的义务。

现在，他带着一颗有如被岩浆滚过的石头般炽热的心，火急火燎地来到我的农场。他说，他快要发疯了，因为在这个国家，人们终日谈论的只是牛和剑麻，来自空虚灵魂的饥渴使他忍无可忍。从一进门直到午夜时分，他一边用劣质烟草麻醉自己，一边喋喋不休地谈论着爱情、妓女、共产主义、汉姆生[2]和《圣经》。他什么也不吃，也听不进去别人的话。只要我想插嘴，他就会大嚷大叫，并神志不清地用脑袋疯狂大力地撞击空气。他内心积聚了太多痛苦，需要自我解脱，可是随着他的滔滔不绝，又产生了新的痛苦。到了凌晨两点，

---

① 二者都是伏尔泰创作的讽刺小说《老实人》中的人物，潘罗斯博士是老实人的导师。——译者注

② 汉姆生：挪威作家，1920 年荣获诺贝尔文学奖，代表作品《大地的成长》。——译者注

他突然沉默不语，平心静气地坐了一小会儿，满脸谦卑，活像医院花园中一位正在康复的病人。然后，他风驰电掣地开车离去，看来他又可以在牛和剑麻的包围中，支撑一阵子了。

当英格丽·林斯特罗姆能够暂时从她自家的农场、火鸡以及苗圃里脱身时，她会来到农场暂住一两天。她是一位瑞典军官的女儿，丈夫也是一名瑞典军官。她的相貌与她的心灵一样美好。她和丈夫秉着愉悦的冒险精神，带着孩子们仿佛郊游一般来到非洲，想碰碰运气看是否能快速发财致富。于是，他们买了一块亚麻种植园，因为当时亚麻可以卖到每吨五百英镑的高价。可是不久之后，亚麻的价钱一落千丈，跌到每吨四十英镑，而亚麻种植园和加工亚麻的机器都变得一文不值。为了家人，她尽心竭力地挽救农场，像奴隶一样拼命地劳作，还开辟了家禽饲养场和苗圃。在这段艰苦的岁月中，她深切地爱上了农场、牲畜、蔬菜园，还有非洲人，爱上了她在非洲拥有的那一小片土地。在这种近乎孤注一掷的激情支配下，她甚至愿意卖了丈夫和孩子以保住农场。在那些不好的年份里，想到我们有可能要失去自己的农场和乐土，我和她时常一起抱头痛哭。英格丽的来访，总会令我愉悦舒畅，因为她是典型的瑞典农妇，极具快乐的感染力。当笑容绽放在她那饱经沧桑的脸上时，就会露出仿佛瓦尔基莉女武神[①]一般洁白结实的牙齿。瑞典人正是因此得到了全世界的钟爱，即使在困境中，他们也会将所有的痛苦和磨难都埋在心底，然后用非凡的勇气照亮前进的道路。

英格丽有一名基库尤厨师兼仆从，叫科莫萨，已经上了岁数。他跟随着英格丽处理各种事务，像忙活自己的事情一

① 北欧神话中天神的侍女。——译者注

般悉心处理她的事情。科莫萨尽心尽力地管理苗圃和饲养场，还担任她三个年幼女儿的保姆，接送她们去寄宿学校。有一次，我去拜访她在恩乔罗[①]的农场时，英格丽告诉我，科莫萨已经神志不清了，不去理会任何事情，一心一意地为我的到来精心准备了隆重的宴会，已经杀了好几只火鸡，这是由于法拉的慷慨大方留给他极其深刻的印象。英格丽告诉我，科莫萨把能够和法拉相识看作他此生莫大的荣耀。

我与恩乔罗的达雷尔·汤普森夫人并非熟识，然而当医生告诉她，她还仅剩几个月的生命时，她来到农场。她告诉我，她刚刚从爱尔兰买了一匹小马——一匹障碍赛冠军。对她而言，无论活着或是离开这个世界，马匹都是她毕生的追求和荣耀。当她刚听到医生的话后，她曾想立即拍电报给家里，让他们不要把小马送来，可是她最终改变了主意，决定在去世后将小马留给我。当时，我并没有多想，直到半年后她离开了人世，那匹叫作“救济箱”的小马出现在恩贡农场。与我们在一起生活的那段时间，“救济箱”展现了它拥有农场里其他动物无法比拟的聪慧。它的外表并不引人注目，谈不上俊美，身材粗短，而且也不再年轻。丹尼斯·芬奇·汉顿有时会骑着它出门，我却很少骑它。然而，在卡贝特[②]举办的跳跃障碍赛中，凭借着杰出的谨慎态度与聪明机智，以及对比赛内容的了然于心，它在一群殖民地的有钱人专为重大赛事精心饲养的年轻骏马中犹如鹤立鸡群，并且由威尔士亲王亲自为它颁发了奖杯。它为农场赢回了一枚分量十足的银质奖牌，神情一如既往的谦逊镇定。在经历了整整一星期的

---

① 位于肯尼亚西南部。——译者注

② 内罗毕附近的一个小镇。——译者注

焦虑等待后，它终于在我家和整个农场掀起了狂喜和胜利的热浪。半年后，它不幸死于疾病，我们将它埋在马厩外边的一棵柠檬树底下。它的死令许多人思绪万千，以至于很久以后，大家还都记得“救济箱”这个名字。

布尔佩特老先生，在穆塞加俱乐部，大家都叫他“切尔斯大叔”，他也会经常来农场和我一起用晚餐。他是我的挚友，或者说是一位偶像，是真正的英国维多利亚时期的绅士，在我的农场就像在他自己家中一样随意自在。他横渡过科勒斯邦海峡，还是第一批登上马特峰[①]的旅行家。而在他年轻时，大概是二十世纪的八十年代，他还曾是绝代佳人奥特洛[②]的情人。后来我听说，奥特洛使他败尽家业后，又将他抛弃。和他一起用餐，对我来说，就仿佛在与阿尔芒·杜瓦尔或是戈里欧骑士本人一同进餐。他保留了许多奥特洛风情万种的照片，也很喜欢谈论关于她的事情。

有一次，在恩贡农场用晚餐时，我问他；“我听说奥特洛出版了回忆录，书里有没有提到你呢?”

“有的，里面提到了我，”他回答，“虽然用了另外一个名字，但是的确在书里。”

“她写了关于你的什么?”

“她写道，我是一个在六个月内就为她花了十万英镑的小伙子。”他回答说，“但是显然我的钱花得值得。”

我笑道：“那你真的认为，你的钱花得值得吗?”

他略加思索，回答道：“值得，物有所值。”

---

① 也叫切尔维诺峰，是阿尔卑斯山脉中最著名的山峰，登山者于1865年首次登顶。——译者注

② 出生在西班牙的著名舞蹈家、演员和交际花。——译者注

在布尔佩特老先生的七十岁寿辰那天，我、丹尼斯·芬奇·汉顿与他一起，在恩贡山顶野餐。坐下后，我们讨论起一个有趣的话题：如果上帝赐予我们一双永远不能卸下的翅膀，我们是否能接受。老布尔佩特端坐在那里，极目远眺脚下恩贡山区无边无际的绿色原野，以及向西延伸的东非大裂谷，仿佛随时准备振翅高飞一般。

他说："我想，我会接受，我一定会的。因为没有什么比能够翱翔的翅膀更让我憧憬了。"他停顿片刻，又补充了一句，"但是，假如我是位女士的话，我会再三考虑这个问题。"

第六章　翱翔之翼

在非洲，我的农场是丹尼斯·芬奇·汉顿唯一的家。他狩猎归来时就会住在我家，并把他的书籍和留声机都存放在这里。每当他的狩猎之旅结束后回到农场，农场也会向他展露一切。农场会向他倾诉，如同雨季到来后的第一场滂沱大雨之后，咖啡种植园里的喃喃细语。咖啡树开出了白花，湿漉漉地挂满了树，仿佛一片白雾。我一直在盼望着丹尼斯归来，当我忽然听见他的汽车驶向我门前的小道，由远及近，我似乎听见农场里的万事万物都在向他倾吐别离后的故事。丹尼斯在农场里过得很愉快，来去自由。农场深谙丹尼斯不为世人所知的一种性格——谦卑。他只做自己乐意做的事情，从不被时势所迫。而且，从他的口中，也听不到任何狡诈的轨迹。

丹尼斯的另一种性格，对我而言非常珍贵，那就是他喜欢听故事。我常想，如果我生活在“佛罗伦萨鼠疫”[①]时期，我一定可以蜚声文坛。然而，岁月流转，风俗改变，欧洲人已经不再热衷倾听故事了。但是非洲人由于不识字，一直热衷于此。你只要给他们说个开头：“从前，一个人走在旷野上，他在那里见到了另一个人……”他们就会全神贯注地听你讲下去，并且展开想象的翅膀，追随那两个人在旷野间不可预知的步伐。而白种人，即使他们觉得应该去听一听，也不会耐心听下去。如果他们不是因为有急事要处理而焦躁不安，马上就会昏昏欲睡。他们可能会向你索要一些书籍来阅读，可以整晚都坐在那里翻阅着各种印刷品，甚至连一整篇枯燥乏味的演讲稿也能读下去。他们已经习惯依赖双眼来获取印象。

丹尼斯却更喜欢依靠耳朵，喜欢听人讲故事胜于阅读文字。他一到农场便会问：“你有什么故事要讲吗?”所以，趁他离开农场期间，我会编好很多故事。入夜，他把靠垫在壁炉前堆得像沙发一般舒适，和我一起坐在上面，而我像《一千零一夜》中的山鲁佐德[②]一样盘起双腿。丹尼斯目光清澈，兴味盎然地从头至尾聆听每一个故事。而且他对于这些故事的细节，记得甚至比我还清楚。有时，当某个角色戏剧化地出现时，他就会突然插嘴，提醒我说：“这个人在故事一开始的时候就已经死了，不过无所谓。”

丹尼斯教我拉丁语，这样我就可以读《圣经》和古希腊诗篇了。他自己则熟记《旧约》中的许多篇章，而且他在旅途中

---

① 即1340年欧洲历史上著名的“黑死病”时期，鼠疫肆虐欧洲，约7500万人死亡。——译者注

② 《一千零一夜》中宰相的女儿，书中的故事就是以她给国王山鲁亚讲故事的方式串连在一起。——译者注

都会随身携带《圣经》，这一举动在伊斯兰教徒中广受好评。

他还送给我一部留声机，这件礼物带给我很多乐趣。留声机带给农场新的活力，成为农场之音——“夜莺，在林间空地徘徊的精灵”。有时，丹尼斯会带着新唱片突然造访，而我恰好在咖啡种植园或者玉米地里，他就会打开留声机播放唱片。当我笼罩在夕阳的光辉中骑马归来，悠扬的旋律荡漾在凉爽清澈的晚风中，我就知道丹尼斯已经抵达农场，仿佛他正在向我露出平素的笑容。非洲人也非常喜爱留声机，常常伫立在房屋附近侧耳倾听美妙的乐曲。我的一些仆从，当与我一起在屋里时，会挑选一首自己喜爱的曲子，请我播放。有趣的是，卡曼塔痴迷于贝多芬的 C 大调慢板钢琴协奏曲，每次聆听时，他都会笔挺地站着。他第一次让我播放这首曲子时，为了让我描述那令他着迷的旋律，费了不少周折。

不过，丹尼斯与我的音乐品味不尽相同。我喜欢古典作曲家们，而丹尼斯则似乎为了弥补他与这个时代的格格不入，在各类艺术领域，他都偏爱现代流派。他喜欢听时髦的音乐。“如果贝多芬的音乐不那么庸俗的话，”他说，“我也一定会喜欢他的。”

丹尼斯与我在一起时，无论何时都会好运连连，经常在草原上碰到狮群。有时他独自外出狩猎几个月后回到农场，深深地为自己未能带那些远道而来的欧洲客人们捕获到狮子而愧疚。与此同时，马萨伊人恰巧来到我家，请求我去帮忙猎杀那些袭击他们牲畜的狮子。我便会和法拉一同前往马萨伊人的村落，并在那里露营，我们会通宵守在被狮子咬死的牲畜尸体旁边，或是在拂晓时分外出察看动静，但是都收获甚微，很少能找到狮子的踪迹。然而，当我和丹尼斯一同骑马外出时，草原上的狮群却会时常出没在我们四周，似乎在恭候我们的到来，有时它们在吃猎物，有时正在穿过枯涸的河床。

有一年的元旦，在太阳升起之前，我与丹尼斯驾车疾驰在通往纳若克新铺好的公路上，尽管路面坎坷不平，但是我们保持着所能达到的最快车速。

前一天，丹尼斯把一支沉重的步枪借给了一位即将去南方狩猎的朋友。到了半夜，丹尼斯忽然想起，忘记向他的朋友解释那支步枪上的一个小机关，一不小心就容易导致扳机失灵。他非常忧虑，担心那位朋友会因为自己的疏忽而受到伤害。于是，我们想不到更好的办法，除了第二天一大早出发，沿着新铺的公路走捷径赶往纳若克狩猎区。这段路程足有六十多英里，途径凹凸不平的旷野。而且我们猜测，狩猎队走的是老路，而且他们的汽车上载满了重物，无法开得很快。我们唯一的问题就是我们不知道这条通往纳若克的公路是否已经竣工了。

在黎明，非洲高原上的空气几乎可以触摸，清新凉爽，反复带给你一种幻觉：你所在的不是陆地表面，而是黑暗的深海之中，沿着海底缓缓前行。你甚至觉得自己根本没有在移动，迎面而来的寒流，其实是深海里暗涌的洋流。而你的车，仿佛一条缓慢的电动鱼，正一动不动地待在海底，两侧的车灯好似光芒刺目的眼睛瞪着前方，各种海洋生物从身旁自在游过。星星看起来这样巨大，因为它们并非真的星星，而是星星反射在水面的倒影。沿着海底的道路，种种比周遭环境色调更暗的生物陆续出现，从深深的水草丛里跳出来又隐匿进去，宛若螃蟹和沙蟹钻入沙中。光线愈加明亮，在日出的刹那，海底向上抬升，浮出海面，形成座新的岛屿。各种气味从身边快速地飘荡而过，有橄榄树丛的清新气息、烧焦了的野草的盐碱腥味，以及令人难以忍受的腐败气味。

丹尼斯的仆从卡纽赛也坐在棚室车厢的后排，他轻轻碰了碰我的肩膀，指着右侧。在公路旁十五米左右处，有个黑色的庞然大物，酷似一头沙滩上休憩的海牛。而它的头顶上方正有什么不知名的东西在这幽暗的海水中晃动。不久以后，我终于看清，那是一头雄性长颈鹿的尸体，估计是两三天前被射杀的。捕杀长颈鹿是被禁止的，而日后我和丹尼斯必须为自己进行辩解，证明我们并没有猎杀这头长颈鹿。因为我们至少可以证明，在我们发现它的尸体时，它已经死去多时了，尽管最终谁也不知道究竟是谁、出于什么原因杀死它。一只母狮正在长颈鹿的尸体旁大快朵颐，此刻，它耸着肩膀抬起头来，注视着过往的汽车。

丹尼斯停下车，卡纽赛从肩上取下步枪递给丹尼斯。丹尼斯轻声问我："可以射杀它吗?"他一直彬彬有礼地认为，整个恩贡山区都是我的私人狩猎场，而我们当时行驶的区域，正是最近常来我家诉苦失去牲畜的马萨伊人的土地。我想，如果这就是那头接连不断攻击马萨伊人牛群的狮子，那现在是了结这一切的时候了。于是，我点了点头。

丹尼斯跳下车来，倒退几步。而几乎同时，母狮纵身一跃，窜到长颈鹿的尸体后方。丹尼斯快步绕过长颈鹿，正好使母狮进入射程范围之内，旋即扣下了扳机。我并没有看到母狮是如何倒下的，当我下车赶过去时，它已经倒在一片污黑的血泊中。

我们来不及剥下狮皮，如果我们想要及时追上纳若克的狩猎队伍，我们必须马上继续赶路。我们环顾了一下周围，记下了四周的环境，而且长颈鹿尸体的腐臭味如此浓烈，我们不可能返程时错过。

然而，我们继续驱车行驶了大约两英里后，前方的道路中断了，一堆修路工的工具散落在地上，道路尽头是一片开阔广袤、人烟罕至的石头地，在晨光中泛着灰色。我们无奈地望着这些工具和那片石头地，意识到只有让丹尼斯的那位朋友自己碰碰运气了。日后，当那位朋友狩猎归来，我们才知道，他根本没有机会使用那杆步枪。然后，我们只好掉转车头，原路折返，眼前旷野和山峦上方的天空一片通红。我们开车向母狮的方向驶去，一路上不停议论着它。

长颈鹿的尸体进入我们的视野，此时，我们可以清晰地辨认出它的轮廓，阳光从它的一侧投射过来，皮毛上分布着方形的深色斑纹。当汽车距离它越来越近时，我们看到一头雄狮正站在尸体上。我们的汽车所处的地势比长颈鹿的尸体略低，雄狮自尸体上直立着身体，变成一道威严的剪影，鬃毛在风中飞扬，身后是如同熊熊烈焰般的漫天红霞。我不由地从车里站起来，雄狮的登场如此摄人心魄。就在这时，丹尼斯说："这次，你来开枪。"我一向不习惯用他的猎枪射击，因为那枪对我来说太长太重了，过强的后坐力令我不适。但此刻，这一枪是一种爱的表白，难道不正是应该使用最大口径的步枪吗？我开枪的同时，感到那只雄狮几乎凌空跃起，接着四肢蜷缩在身下落到地上。我大口喘着粗气站在草丛里，抑制不住一枪命中的兴奋之情。我绕过长颈鹿的尸体，雄狮就躺在那里，仿佛是一出经典悲剧的最后一幕，所有的角色都倒地死去了。长颈鹿的尸体庞大而悲凉，四腿和长长的颈部都已经僵硬，腹部已经被狮子剖开。母狮仰天躺着，傲慢的咆哮还停滞在脸上，它是这出悲剧中凄惨的女主角。雄狮则躺在不远处，为什么它不从母狮的命运中汲取教训呢？它的脑袋耷拉在前爪上，威武浓密的鬃毛犹如皇家长袍一般覆盖着它。它也倒在一大片血泊中，而此刻明亮的晨光，使血泊呈现出一片殷红色。

太阳升起来后，丹尼斯与卡纽赛挽起袖口，开始剥取狮皮。当他们停下来休息时，我们从车上取下葡萄酒、葡萄干和杏仁，坐在草丛中，开始野餐，这些食品都是我准备在路上吃的，因为那天恰好是元旦。狮子的尸体就在不远处，我们可以近距离观察它们。被剥光皮的狮子显得如此健美，全身上下没有一丝多余的脂肪，每块肌肉都醒目地突起，形成精致优美的曲线。这才是它们身为猛兽的本色，无须任何其他装饰。

我们坐在那里休息，忽然一片黑影从面前的草地上和我的脚上掠过。我抬头仰望，在蔚蓝色的高空中，分辨出正在盘旋的秃鹫。我的心仿佛也飘了起来，仿佛我正牵着一条细线，使它如风筝般高翔在高空。为此，我作了一首诗：

雄鹰草原上盘旋，投下一片阴影，
飞向不知名的远山。
丰腴的斑马凝神伫立，
影子落在它的四蹄间，

等候蓝色的夜幕降临，
落日染红草原
撒开四蹄，
徘徊着奔向远方的水塘。

丹尼斯和我，还与狮子有过另一次戏剧性的险遇，那发生在我们刚刚建立友谊的时候。

一天清晨，南非人尼古拉斯先生急匆匆地冒着春雨来到我家。当时他是我咖啡加工厂的经理，他怒气冲冲地告诉我，昨夜有两只狮子闯进农场，把我们的两只牛咬死了。狮子撞断了牛栏钻进去，把两头死牛拖进咖啡种植园，并吃光了其中一头，另一头正躺在咖啡树中间。他问我，能否帮他写一封信，让他可以去内罗毕申请领取一些番木鳖碱①。因为他认定当天晚上狮子们还会回来，他要把毒药洒在牛的尸体上。

我思考了片刻，觉得给狮子投毒并非我一向的做事风格。于是我拒绝了他。他听了以后顿时从激动变得恼怒。他说，如果让犯下如此罪行的狮子逍遥地离开农场，那么它们一定还会再次来作恶。它们咬死了农场里最健壮的两头公牛，我们可无法承受更多这样的损失。他还补充说道，我的马厩就在牛栏附近，我是否想到马匹也可能受到袭击？我向他解释，我并不是放任为非作歹的狮子不管，我只是觉得应该射杀它们，而不是毒死它们。

“那由谁去射杀它们呢？”尼古拉斯问，“我不是懦夫，可是我已经成家，我不愿意拿自己的生命去冒这种无谓的风险。”的确，他并不是懦夫，虽然身材矮小但是非常勇敢。“这样做太不明智了！”他说。我向他解释，我并不是让他去射杀狮子，丹尼斯先生前天晚上已经来到农场，他将和我一起去射杀狮子。“噢，那样最好。”尼古拉斯说。

随后，我进屋去找丹尼斯。我对他说“来吧，让我们拿自己的生命去冒这种无谓的风险吧。如果生命有任何价值的话，那就让我们在此刻证明吧。活着，原本自由，让我们踏上英

① 一种剧毒的化学物质，也译作士的宁。——译者注

雄之路。[①]”

我们来到咖啡种植园，正如尼古拉斯所言，我们找到了那头被咬死的公牛，狮子基本上没有触碰它。狮子的足迹在潮湿柔软的地面清晰可见，显然昨夜来到农场的两只狮子体型巨大。我们跟着足迹穿过咖啡种植园，一直来到贝克纳普家房子后面的树林。可是我们刚到那里，就下起了倾盆大雨，什么也看不清，在草丛和树林边缘的灌木林，我们失去了狮子的踪迹。

我问他，“丹尼斯，你怎么想？它们今晚还会回来吗？”

丹尼斯有着丰富的猎狮经验。他说，狮子一定会在今晚早早地就赶来吃完这头猎物。我们应该给它们充分的时间，好稳住它们。所以，我们应该晚上九点钟再来种植园。射击时我们必须要使用他外出狩猎时专用的手电筒照明，他让我来选择自己担任的角色，我宁愿由他开枪，我为他举着手电筒。

为了能够在黑夜里找到那具公牛尸体，我们剪了许多纸条，绑在沿途两侧的咖啡树上，就像亨泽尔与格莱德[②]用白色石子标识的小路一样。这些记号一直延续到公牛的尸体旁，在距离公牛尸体二十码的大树上，我们绑了一张较大的纸，走到这里停下，打开手电筒，瞄准射击。但是，下午时我们拿出那个手电筒试了一下，却发现电池的电量已经快耗完，只能发出昏黄的光线。可如果去内罗毕购买电池已经来不及了，只好将光调到最亮凑合着用。

---

① 原文为德语，出自瑞士前国歌《祖国，当你召唤我》。——译者注

② 《格林童话》中《糖果屋》里的人物，将白石子撒在路上找到了回家的路。——译者注

第二天当我们一起用晚餐时，丹尼斯看起来闷闷不乐，情绪低落，他觉得至今他也没能尽情挥霍时光享受人生。我赶忙安慰他说，在明天早晨他的生日到来之前，谁也不知道还会发生些什么。我让贾马准备一瓶红酒，待我们狩猎回来喝。我不禁一直想着两只狮子，它们此刻在干什么？是不是正在安静而缓慢、一只跟着一只地渡河吗？冰凉轻柔的河水是否会打湿它们胸前和两胁的柔软鬃毛？

晚上九点，我们从屋子出发了。

屋外下着淅淅沥沥的小雨，但是月亮已经不时地从夜空里层层叠叠的乌云后面露出白皙朦胧的面庞，稀薄的月光洒满白花绽放的咖啡种植园里。远处有一所小学校，依然灯火通明。眼前的情景，使我内心席卷着胜利的喜悦，我为农场里的人们感到自豪骄傲。我想起所罗门国王，他曾经说过，“懒惰的人经常说，路中有一只狮子拦路，街上还有狮子在游逛。”[1]现在，学校门外有两只狮子，而农场学校里的孩子们并不因此偷懒，没有被狮子吓跑。

我们很快找到了之前做过标记的咖啡树，稍作停顿，就一前一后地沿着标记向前走。我们都穿上了鹿皮制的软鞋，所以走起来悄无声息。我紧张得全身战栗，不敢太靠近丹尼斯，怕他会觉察我在发抖而把我撵回家。可是我又不敢走得离他太远，因为他随时有可能需要我用手电筒为他照明。

很快，我们就发现，狮子早已抵达尸体那里，或许是听到我们靠近时发出的动静，抑或是闻到了我们身上的气味，它们离开尸体退到咖啡种植园的树丛里，似乎是在给我们让路，以便我们通过。可能是嫌我们走得太慢，其中一只狮子

① 出自《圣经·旧约》。——译者注

低沉地嘶吼了一声，声音从我们的右前方传来，低沉到几乎听不到。丹尼斯没有回头看我，停顿了片刻后问我："你听到了吗?"

"是的，听到了。"我问答。

我们继续走近了几步，再次听到低沉的嘶吼声，这次声音就在我们的右侧。丹尼斯命令我："打开手电!"可是这并非易事，因为比他的个子矮得多，而我必须要让手电筒的光越过他的肩膀照亮步枪的上方和前方。我打开手电筒的瞬间，四周的世界瞬间发生了变化，仿佛灯光突然被点亮后的舞台，咖啡树的树叶湿漉漉的，发着点点亮光，地上的土块也看得清清楚楚。

手电筒的光束最先照到了一只阔眼黑背豺狼，它看起来活像一只小狐狸。我继续移动光束，便照到了狮子。它笔直地站着，神态自若，衬着身后漆黑的非洲大陆，显得那么明亮。当枪声忽然在我耳边响起时，我毫无准备，一时反应不过来，仿佛是听到了雷鸣，又好像我被推到了狮子跟前。那头狮子像块石头一样僵硬地倒下了。丹尼斯大喊着："向前照！向前照!"我举起手让手电光照向远处，可是我的手止不住地剧烈颤抖，以至于那光束四处乱晃，尽管我竭力控制，也于事无补。黑暗中，我听到了丹尼斯的笑声。事后他告诉我："照亮第二只狮子的光，可真有点儿摇摇晃晃。"第二头狮子恰好跳到了手电光束的中央，它退得离我们更远了，躲藏在咖啡树丛后面。光线照到它的一刹那，它转过头来，丹尼斯果断扣动了扳机。狮子应声倒下，跌出了光束的照射范围，但是它旋即站了起来，趔趄地向我们扑来。与此同时，第二声枪声响起，那头狮子怒气冲天地长吼了一声。

就在那一秒钟，非洲大陆变得无边无涯，丹尼斯与我身在其中，无比渺小。手电光束范围之外，一片漆黑。黑暗中，我们两侧各躺着一只狮子，雨一直在下。当狮子的吼声消失之后，四周陷入一片寂静之中。两头狮子静静地躺着，头偏向一侧，仿佛对眼前的一切深恶痛绝。就这样，咖啡种植园里躺着两只大型猛兽的尸体，四周笼罩着万籁俱寂的黑夜。

我们踱步朝狮子走去，丈量着距离。第一头狮子距离我们站着的地方有三十码远，第二只有二十五码远。它们都是成年雄狮，年轻强健。它们是一对密友，形影相随地出没在山峦或是草原。昨天，它们一起进行了一场伟大的冒险，今天却因此双双丧命。

这时候，学校里的学生都潮水般挤出校门，向我们跑来。一看到我们，就立马停下脚步，细声细气地喊道："姆萨布，是你吗？是你在那里吗？姆萨布？姆萨布？"

我坐在狮子尸体上，向他们喊道："是我，我在这里。"

然后，他们更加大胆，走近了一点，大声问道："是贝德尔先生打中的狮子吗？两头都是吗？"当他们发现事情确实如此之后，立刻欢腾地四散开来，像春天夜晚蹦蹦跳跳的小野兔一般。他们还为此即兴编了一首歌："三声枪响，两头狮子。三声枪响，两只狮子。"他们一边唱，还一边修饰润色着歌词，忽然一个格外清脆响亮的声音响起："三枪都是神枪手，打死狮子坏卡利①。"然后他们一起兴奋地齐声合唱，歌声令人陶醉："A、B、C、D。"——他们都刚从学校赶来，脑袋里充满了文明智慧。

不久，现场聚集了一大群手里提着防风灯的人，有磨坊里的工人，附近村庄里的佃农，以及我的仆从们。人们围在

---

① 卡利：印度教女神，形象可怖。——译者注

狮子的尸体四周，七嘴八舌地谈论着。稍后，卡纽赛和马夫带来了刀子，开始动手处理狮皮。后来我送给印度毛拉的狮皮就是其中之一。普兰·辛格也赶来了，穿着宽松肥大的睡衣，显示出令人难以置信的轻盈。他从浓黑的胡须之中，露出印度人特有的谄媚笑容，高兴得有些结巴。他急于弄到一些狮子脂肪，因为那是印度人眼中珍贵的药材。从他向我解释时比画的手势中，我估计狮子脂肪可以用来治疗风湿病与滋阴壮阳。咖啡种植园里人声鼎沸，气氛异常活跃，雨已经停了，迷离的月光洒在欢天喜地的人们身上。

我们返回家中，贾马为我们打开那瓶红酒。可是我们全身都湿透了，从头到脚都是泥浆和血迹，没法坐下来喝。于是，我们就站在餐厅熊熊燃烧着的壁炉前，一口气将这瓶庆祝胜利的美酒一饮而尽。我和丹尼斯都一言不发，因为我们在这场狩猎中配合得如此默契，任何言语都已经是多余的了。

朋友们都觉得我们的这场冒险充满了乐趣，以至于之后我们去穆塞加俱乐部参加舞会时，人们都围着我们谈论此事。布尔佩特老先生一整晚都没能与我们说上话。

我想，丹尼斯·芬奇·汉顿最令我对他心怀感激和心醉的，是他带给我农场生活中最激动人心的快乐——驾驶飞机带我一起翱翔在非洲大陆上空。非洲大陆几乎没有公路，几乎到处都有可以让飞机着陆的荒原。所以，在这里飞行成为生活中至关重要的事情，这里为你展示了一个全新的世界。丹尼斯带来了一架“蛾式”小飞机，可以降落在农场的草坪上，距离我家只需要步行几分钟。我们几乎每天都去飞行。

当你翱翔在非洲高原的上空，俯瞰到的景致如此壮丽恢宏：色彩与光线形成震撼人心的组合与变化，彩虹横亘在阳光明媚的绿色平原上；巨大的云堆高高直立着，与气势磅礴的黑色风暴一起追逐着，舞动着，不断奔腾前进。骤然而至的暴雨，砸落出一道道斜斜的雨线，使四周一片白茫茫。语言和文字在此时显得如此贫乏，想要更加淋漓尽致地描绘飞行的感受，只能寄希望于创造出新的词汇。当你飞过东非大裂谷的苏瓦和龙贡诺特火山上空时，你会感到自己仿佛已经远离地球，来到了月球背面。有时候，你可以飞得极低，低到可以清晰地欣赏旷野上的动物。此时此刻，你会觉得自己就像造物主，近距离地审视着自己刚刚创造的生灵，还没有来得及让亚当给它们命名。

但是，让你快乐的，还不仅仅是眼中的景致，而是飞行本身所蕴含的飞行者的荣耀和喜悦。居住在都市里的人们，行走的方式仿佛是被囚禁的奴隶般可悲，他们只晓得朝着一个方向直线行走，犹如被绳子牵引着。可是，当你漫步在广阔的田野或是穿越树林，就从线扩展到面，仿佛在法国大革命中被解放的奴隶。然而，当你翱翔在空中，你才进入了完全自由的三维世界，熬过漫长的流亡，与日思夜想、思乡心切的人终于投身于自由的空间。永恒不变的只有万有引力的定律和时间法则：

> ……在生命的绿色树丛里，
> 像驯服了的野兽一样运动，
> 无人知晓它们究竟可以多么温顺优雅！①

当我乘着飞机俯瞰大地时，我意识到自己挣脱了地面的束缚，这令我有了一个伟大的新发现。我不由得想："我明白

---

① 出自雪莱长诗《解放了的普罗米修斯》。——译者注

了，正是这样，现在，我一切都明白了。”

一天，丹尼斯带着我飞往农场东南九十英里处的奈顿湖，那里海拔约二千英尺，比农场要低四千英尺。奈顿湖的湖水富含苏打盛①，湖底和湖岸犹如混凝土，都泛出灰白色，空气里满是湖水散发出的咸酸味。

天空万里无云，然而当我们飞越遍布碎石的苍凉荒原时，大地的颜色仿佛都被烧焦了。飞机下方的大地就像是花纹精美的龟壳。忽然间，一片湖泊闯入视野。湖底在清澈的水波下闪着白光。而那湖水，自高空俯瞰，却发出无法想象的湛蓝色，如此澄澈透明，一瞬间几乎使你晕眩，忍不住闭上眼睛。这蓝莹莹、亮闪闪的湖水，仿佛镶嵌在黄褐色荒原上的一颗璀璨耀眼的海蓝色宝石。我们一直飞在高空，此时降低了高度，看到飞机在水面上投下的深蓝色阴影，在浅蓝色的湖面上，随着我们向前浮动。湖边生活着数以万计的火烈鸟，我不知道它们以什么为生，因为在这片盐碱湖中，没有任何鱼类可以存活。当飞机接近它们时，火烈鸟纷纷四散开来，盘旋成一个个扇面和圆环，恍如落日的光辉，又像是丝绸或者瓷器上精美的东方图案不断变化组合。我们不禁目不转睛地盯着它们。

我们降落在白色的湖岸上，滩地上像烤箱一般炽热。我们只好躲在机翼的阴影中，开始吃午餐。如果你把手伸到阴影外，那炎炎烈日甚至会灼伤你。我们带来的啤酒，刚拿下飞机时还凉爽可口，但是过了短短一刻钟，还没来得及喝完，啤酒已经变得像一杯热茶。

吃午餐时，远方的地平线上出现了一队马萨伊武士，并

---

① 即硫代硫酸钠，一种白色结晶粉末。——译者注

快速朝我们这里靠近。他们或许在远处看到飞机着陆，想过来一瞧究竟。对于马萨伊人而言，即使在这样荒芜的不毛之地，长途跋涉也是非常轻易的事情。他们接二连三走到我们面前，一个个赤身裸体，身材高挑，随身携带的武器银光闪闪，黝黑的身躯，好似黄褐色沙地上的泥炭。他们每个人的脚下都有一片小巧的影子，这是除了我和丹尼斯的影子之外，在这片旷野上目所能及的范围里，仅有的可以移动的荫凉。他们来到我们面前，五个人一字排开，脑袋凑在一起，议论着我们和眼前的飞机。在上一辈人的年代，这种相遇对我们而言几乎是致命的。过了一会，其中一名马萨伊武士走出来与我们攀谈。但是他只会讲马萨伊语，而我们对这种语言知之甚少，谈话很快就结束了。那名武士回到同伴中间，过了几分钟，他们一起转过身，排成一列纵队走开了，把一片无边无际、白茫茫的灼热盐碱地留在身后。

“你想不想飞去耐瓦纱湖?”丹尼斯问，“不过途经的地面都凹凸不平，我们可能在那里无法着陆。我们必须飞得很高，要保持在一万两千英尺的高度。”

从奈顿湖到耐瓦纱湖的飞行之旅的确如此。我们一直沿着直线飞行，高度一直保持在一万两千英尺。这样的高度，无法看见地面的任何景致。在奈顿湖时，我摘下了羊皮软帽，此刻高空的空气冰冷刺骨，扎得我的额头刺痛，我的头发都被吹得向后飞，似乎有莫名的力量在向后拉扯我的脑袋。我们飞行的航线，恰恰与大鹏鸟①从乌干达飞往阿拉伯半岛的路径相反，大鹏鸟每晚都会由此飞过，每只利爪中都抓着一

① 二者都是阿拉伯神话中的人物。戴金是精灵，阿拉王子是印度苏丹的儿子。——译者注

头大象，作为给它雏鸟的食物。当你坐在飞行员前方，面前是浩渺无垠的天空时，你会觉得是飞行员正伸出手掌托着你飞行，就像是戴金带着阿里王子[①]在天空中翱翔一般，他就是带你自由翱翔的双翼。我们降落在耐瓦纱一个朋友的农场里，那里的房屋都出奇地小巧玲珑，四周的树木也同样矮小，在我们着陆时，都纷纷倒在地上。

当我和丹尼斯没有足够的时间进行长途旅行时，便会在日落时，在恩贡山脉的上空做短距离飞行。恩贡山脉一定能跻身世界上最美丽的山峰之列，尤其是从高空鸟瞰，更为动人。飞机与裸露着的山岭相平行，越过四座轮廓分明的主峰，然后山脊忽而下沉，延伸至一片舒缓的小草坪。

恩贡山区里生活着野牛。在我年轻气盛时，无法安分地留在家中，经常出门狩猎，几乎猎杀过每一种生活在非洲大陆的野生动物，甚至还在这里猎杀过一头公牛。后来，当我对打猎的热情渐渐退去时，我就常常进山观察野生动物，并再次见到了野牛群。我曾带着仆从、帐篷和食物，在半山腰的山泉旁边露营。为了一睹野牛群的踪影，我和法拉在刺骨的漆黑清晨就起身，钻过灌木丛和高高的草丛，可是两次都没有收获，无劳而返。可是野牛们生活在这片山区，是西邻农场的邻居，它们对于农场里的人而言弥足珍贵。但是事实上，它们是自给自足、严肃认真的邻居，是昔日山峦中的贵族，现在地位有所下降，族群数量正在不断减少。

然而，一天下午，我正与几位来自北方的朋友坐在院子里喝茶，丹尼斯驾驶着飞机从内罗毕归来，在我们头顶盘旋

① 二者都是阿拉伯神话中的人物。戴金是精灵，阿拉王子是印度苏丹的儿子。——译者注

了一会儿，继续向西飞去。一会儿，他又折回农场并着陆。我和德拉蜜尔女士一起驱车去旷野接他。可是他并没有走下飞机。

“野牛群正在山里面吃草呢，”他说，“来吧，我们快去看看。”

“恐怕我不能去，”我说，“我家里正在举办下午茶聚会呢。”

“没关系，我们只去看一眼，来回不超过一刻钟。”

这听起来好似来自梦境的恩惠。德拉蜜尔女士不喜欢坐飞机，所以我独自陪丹尼斯去了。我们翱翔在蓝天中，沐浴在和煦的阳光里，山坡却躲在一片棕色的半透明阴影中。我们很快飞进了这片阴凉中。没过多久，我们就从空中发现了野牛群。蜿蜒的绿色山岭一直绵延到高峰处，仿佛一块布满皱褶的布料堆积在那里。在恩贡山脉一侧的山脚下，有一群野牛正在吃草，数了一下，共二十七头。最初，我们从高空俯视，它们酷似一群在地板上缓慢移动的老鼠，悠然自得。然后，我们沿着山脊向下俯冲，在它们上方一百五十英尺的空中盘旋，这已经进入了猎枪的有效射程。我们趁机数了一下野牛的数量，看着它们从容地聚散离合。这群野牛里有一头年老的黑色大公牛，一两头年轻的公牛，还有许多小牛犊。它们四散在一片被灌木丛环抱的草地上，视野开阔，如果有外来者尝试从地面上接近它们，它们立刻会听到动静或闻出气味。但是，对于来自空中的外来者，它们毫无防备。我们一直盘旋在它们上空，它们听到了飞机发动机的噪音，停下来吃草，但是似乎不懂得抬头往上看。最后，它们终于明白附近发生了什么不同寻常的事情。那头老公牛率先走出了牛群，扬起了沉重的犄角，四条腿像生根了似的稳稳站在地上，勇敢地向看不到的敌人宣战。突然，它沿着山脊快走了几步，接着拔腿狂奔起来。整个牛群都跟在它身后仓皇而逃，转身钻进灌木丛，身后扬起一片尘土和碎石片。在灌木丛深处，它们停下脚步，互相依偎在一起，看起来就像山间的空地上铺满了深灰色石块。在这儿，它们自认为已经隐蔽得很完美了，准备全力迎击地面上的任何冒犯者，可是它们终究逃脱不了来自空中的注视。我们提升了飞行高度，离开了这里。这次飞行，我们宛如沿着一条无人知晓的隐秘道路进入了恩贡山脉的心脏。

当我回到下午茶聚会时，石桌上摆着的茶壶还冒着白气，热得烫手。先知穆罕默德也经历过类似的事情，当他打翻水壶时，跟随哲布勒伊莱天使长①游历了七重天，待他回到人间时，水壶里的水还未流干。

栖息在恩贡山中的还有一对老鹰。有时候，丹尼斯会在下午说："来，让我们去瞧瞧老鹰。"我曾经看到它们蹲坐在山巅的岩石上并振翅高飞。除此之外，我总是看到它们翱翔在空中。我们时常驾驶着飞机追逐它们，侧着机翼贴近它们，一会儿偏向左翼，一会儿又转向右翼。我想，这一定是目光犀利的鸟儿在与我们嬉戏。有一次，当我们与它们比肩齐飞时，丹尼斯关掉了飞机引擎，我们听到老鹰发出了尖锐的叫声。

非洲人们非常喜欢飞机，描绘飞机曾经在农场里风靡一时。厨房的地板上散落的纸片，甚至连厨房的墙壁上，都画着飞机，而且还精心地标上了 ABAK 字标。但是，非洲人对飞机本身或是乘坐飞机飞行都不感兴趣。

---

① 伊斯兰教《古兰经》中的四大天使之一。——译者注

非洲人不喜欢很快的速度，就像我们讨厌噪音一样，对于他们来说，速度快是无法忍受的。他们对于时间，也抱有这样随波逐流的看法，脑中绝不会有消磨时间这样的念头。而事实上，你给他们越多的时间，他们就越兴奋。如果你拜访某处时，请一位基库尤人帮你看着马，你可以通过他喜悦的表情看出，他希望你待的时间越长越好。他不会尝试找些事情打发时光，而会坐在原地，耐心等待。

非洲人对任何机械装置也没有热情。有一群年轻的非洲人，对欧洲的汽车深深着迷。但一位基库尤老人和我谈起他们时，则说道，他们很可能年纪轻轻就死于非命。他的话听起来有道理，因为对于一个出自民族最薄弱处的叛徒来说，很可能最终面临这样的结局。在欧洲先进文明的各类发明创造中，非洲人最推崇的是火柴、自行车与枪。可是，只要一提到牛，他们就会将这些抛之脑后。

住在科东峡谷的弗兰克·格雷斯沃特·威廉姆斯，在回伦敦时，带了一名马萨伊人做马夫。他后来告诉我，回到伦敦一星期后，那个马萨伊人便骑着马在海德公园逛游，俨然他是个土生土长的伦敦人。当这名马萨伊人返回非洲时，我问他，在他眼里，英国最好的东西是什么，他一本正经地思考了良久，才谦恭地回答："白人修的桥梁非常棒。"

对于一切不受人为力量或是自然外力干扰的事物，老非洲人除了会露出怀疑或羞耻的表情外，我从未见到过其他任何表情。当人们讨论起巫术时，非洲人会扭过头去，仿佛在回避不体面的事情。非洲人可能会被迫承认巫术的神力，但是绝不会探究其中的奥秘，更不会有人强迫巫婆交出她巫妖的秘方。

有一次，我和丹尼斯结束飞行，在农场的草原上着陆时，一位基库尤老人走过来与我们交谈。

“你们今天飞得有些太高了，”他说，“高到我们已经看不到你们了，只听见飞机像蜜蜂一样嗡嗡作响。”

我说，我们的确飞得很高。

他问：“那么你们看到上帝了吗？”

“没有，恩德伟提，”我回答，“我们没有看到上帝。”

“啊，那是因为你们飞的高度还不够。”他接着说，“不过请你告诉我，你觉得你们能飞得那么高，高到足以看到上帝吗？”

“我不知道。恩德伟提。”我如实回答。

“那你呢，贝德尔先生？”他转身问丹尼斯，“你怎么想？你能驾驶飞机，飞得高到看见上帝吗？”

“我也不知道。”丹尼斯说。

“那么，”恩德伟提嘀咕着，“我完全搞不懂你们两个为什么还要飞呢？”

第七章 尊贵的拓荒者

对于伯克利·科尔和丹尼斯·芬奇·汉顿而言，我家俨然是一所公有制的大房子，房子里的一切都属于他们，他们也为此感到深深自豪，并不断为房子增添他们认为缺乏的东西。他们在家里存放着高级的烟草和酒，并且从欧洲带来了书籍和唱片送给我。伯克利从他在肯尼亚山上的农场来做客时，他的汽车上总是装满了火鸡、鸡蛋和他在自己农场里种的橘子。他们都花费了大量时间和精力去寻找优质的红酒，并热忱地让我来品鉴。他们极其喜欢我餐桌子上的丹麦玻璃餐具和瓷器，常常将它们叠起来，在餐桌上搭起一座闪闪发光的金字塔，然后为这番情景深深陶醉。

伯克利住在农场的日子里，他一定会在每天上午十一点，带着一瓶香槟酒去树林里。有一次，当他要向我为在农场小住表示谢意，并准备告别离开时，他补充了一句："美中不足的是，我们在森林里饮酒时，只能用粗制滥造的玻璃杯。"我急忙解释："伯克利，这我知道。但是我的高级玻璃杯所剩无几，去树林里要走一段长路，仆从们很容易打破杯子。"他一本正经地看着我，握着我的手说道："的确如此，亲爱的，可这真是让人不痛快！"从此以后，他都带着最好的玻璃杯去树林了。

伯克利和丹尼斯两人有一点令人十分费解，当他们前往非洲大陆时，他们在英国的朋友都为此深感遗憾，而在非洲殖民地，他们又深受尊敬和爱戴，可他们从本质上而言，依然是彻彻底底的流浪者。这绝非社会或者世界上的某个地方抛弃了他们，遗弃他们的是这个时代。他们不属于这个世纪，而且除了英国，这世界上也没有其他国家能培养出他们这样的品性了。他们仿佛是19个世纪的人物，属于古代英格兰那个早已不复存在的时代。在如今这个时代，他们无家可归，四处漂泊，在四季轮回中，也会来到我的农场小住。然而，他们自己并未意识到这些。与此相反，他们为自己留在遥远英国的昔日种种而感到愧疚，似乎仅仅是由于厌倦，他们就离开了那里的朋友和原本应该与朋友们共同完成的义务。即使现在依然还算年轻，但是当丹尼斯谈及他的青年时代，他的未来，以及他在英国的朋友们对他的规劝时，他会引用莎士比亚《皆大欢喜》中雅克的台词：

倘若世上真有痴蠢之徒，
变成一头蠢驴，
趁着心性癫狂，
抛弃财产，摒弃安康。

然而他对自己的看法并不正确，伯克利如此，甚至雅克也有可能犯了同样的错误。他们坚信自己是逃兵，因此有时必须为自己的任性付出代价。但是事实上，他们是被放逐的流浪者，并以一种优雅的姿态心甘情愿地接纳着自己的流亡生涯。

如果伯克利愿意将一个柔软的长卷发发套，戴在他的小脑袋上的话，那么他完全可以在国王查尔斯二世的宫廷中占有一席之地。而他也或许曾经坐在老达达尼昂[①]的脚下，年轻又机敏，而《二十年后》[②]上了年纪的达达尼昂也正坐在那里聆听着他的远见卓识，并铭刻在心。我觉得万有引力定律在伯克利身上并不适用，每当天黑后我们坐在壁炉旁聊天时，我觉得他似乎随时都会从烟囱里垂直地向上飞走。他对别人总会有了不起的判断，既不抱有幻想也不怀有恶意。他对于自己从心底鄙视的人犹为和善，这的确是一种仁慈。当结束了自己一丝不苟的工作时，他又变身为一位滑稽有趣的幽默家。但是，想要在 20 世纪变得像康格里夫和威彻利[③]那样才华横溢，充满睿智，他们又需要具备比康格里夫和威彻利更多的才能：豪情、威信和雄心勃勃。当玩笑过分放肆和傲慢时，难免会显得可悲。当伯克利兴高采烈，仿佛在酒精的作用下变得宛若半透明时，他内心深处的傲慢就会表现出来，在他身后的墙上变成一个飘然移动的影子，并逐渐变大，用目空一切的梦幻般的方式小跑着，仿佛血统高贵的名马——它祖先的名字叫作罗西南德[④]。然而，幽默诙谐的伯克利，在非洲孤独寂寞的日子里，总是疾病缠身，病怏怏的心脏使

① 法国作家大仲马的作品《三个火枪手》中的人物。——译者注

② 《三个火枪手》的续集。——译者注

③ 两人应都是君主复辟期间的剧作家。——译者注

④ 西班牙小说《堂吉诃德》中主人公堂吉诃德的坐骑。——译者注

他成为一个几近残疾的人，而他心爱的，坐落在肯尼亚山上的可爱农场也逐渐落入银行家手中，而他自己一人可能是最后一个注意到墙上阴影的人，并且绝不会畏惧那阴影。

伯克利身材矮小，手脚细长，显得很是孱弱，他长着一头红头发，走路时总将腰板挺得笔直，略微左右晃动着脑袋，带有一种达达尼昂式的决斗者的优雅风范。他的脚步如同猫一样悄无声息，而且同猫一样，每到一处，总能把自己坐下的地方变成舒适的安乐窝，仿佛有一种热量和乐趣的源泉就蕴藏在他身体里。当伯克利与你闲坐在壁炉前，并且吸着烟时，你会觉得他更像一只猫，正待在自己精心挑选的舒适角落。当他心情愉快的时候，你会期待听到他发出类似大猫那低沉的、悠然自得的呼噜声。但是当他生病时，相比于痛苦和沮丧，那是一种更加棘手的猫的疾病。他没有什么原则，却又有着很深的成见，让他更像一只猫。

如果伯克利是一位生活在斯图亚特王朝①的傲慢骑士，那么丹尼斯则处于英国更早的时期——伊丽莎白一世的时代。在那个年代里，他可以与菲利普爵士、弗朗西斯·德雷克爵士比肩同行。而在那个时代，人们也会对他心怀敬意，因为他代表了古时候处于鼎盛时期的雅典风范，那是人们日思夜想并不断书写吟诵的时代。直到 19 世纪初期以前，丹尼斯都能够悠然自得地生活在任何一个时代，如同在自己家中一样。他也一定能够出人头地，名垂青史，因为他是优秀的运动员、音乐家、艺术爱好者和伟大的狩猎者。他也的确在自己的时代出类拔萃，但是无论将他置身何处，总有些不太和谐。他

① 指在 1371 年至 1714 年期间统治着苏格兰，以及从 1603 年至 1714 年统治着英格兰和爱尔兰的王朝。——译者注

远在英国的朋友们都期盼着他早日归国，并在寄给他的信件中，为他撰写各类职业规划和人生计划，但是非洲留住了他。

非洲原住民对伯克利和丹尼斯以及少数和他们类似的白人，本能地拥有一种特殊的好感，这不禁令我思绪万千，也许昔日的白人，准确地说，是过去任何一个时代的白人，都比今天身处工业时代的我们，能更好地理解和同情有色人种。自从这个世界上第一台蒸汽机被发明和制造出来之后，世上的不同人种便被隔离开来各奔前程，再也无法像从前那样理解和对待彼此。

当时的环境在我与伯克利的友谊上投下了阴影，他年轻的索马里仆从贾马属于一个与法拉敌对的部落，两个部落之间存在诸多纷争。我们都熟悉索马里人的排外情绪，在我们看来，这两位黑黝黝的沙漠之子服侍我和伯克利用餐时，他们在餐桌上彼此交换阴冷眼神的样子，是坏得不能再坏的兆头。深夜里，我们不得不讨论起解决的对策，我们可不想在翌日清晨，发现法拉和贾马两人冰冷僵硬的尸体，胸口上都插着匕首。在部落纷争的问题上，索马里人既不会感到恐惧，也缺乏理智，他们宁可冲动地为自己部落的利益流血，他们对我和伯克利也满怀着这样的赤诚。

“我没敢在今晚告诉贾马，我可不想在这时候去埃尔多雷特①。”伯克利说，“贾马在那里遇到了一位至爱之人。那样的话，他待我的时候就会一副铁石心肠，连我的衣服是否刷过对他而言都无关紧要。他一定会跑出去杀了法拉的。”

然而，贾马永远不会对伯克利铁石心肠的，他已经跟随

① 肯尼亚北部的一个小镇。——译者注

伯克利多年，伯克利也经常会谈起他。有一次，伯克利告诉我，他们曾经为了某件事情争执起来，而贾马固执地坚持自己是正确的，当时伯克利气急败坏地打了这位索马里年轻人一拳。伯克利说："可是亲爱的，你知道，与此同时，我的脸上也挨了一巴掌。"

我追问道："那么接下来呢？"

伯克利态度谦和地说："哦，没什么大不了的。"短暂的停顿之后，他又补充道，"也没有想象中那么糟糕，毕竟，他比我年轻二十岁呢。"

这件事情，并没有在主仆之间产生什么隔阂，就像大多数索马里仆从一样，贾马在他的主人面前总是保持着一种默默的，带有些许卑微的恭敬态度。伯克利去世后，贾马坚决不肯继续留在肯尼亚，回到了索马里兰。

伯克利深沉地热爱大海，这种挚爱使他永远无法感到满足。他最强烈的梦想就是，如果有一天我们筹集到了足够的钱，就去买一艘独桅帆船，在拉穆、蒙巴萨和桑格巴尔之间开展海上贸易。我们制定了完备的计划，甚至列好了船员名单，然而却一直未能攒够这笔钱。

每当伯克利感到疲倦或者身体不适的时候，他就会任由自己沉浸在航海的梦想中。他为自己在没有咸水的地方度过一生而深深懊悔，并且用激烈的言辞宣称这是一种愚蠢而悲哀的行为。有一次，我正打算回欧洲时，他正陷于这样的情绪中，为了使他振奋心情，我告诉他，我打算从欧洲带来两只船灯——右舷灯和左舷灯回来，挂在我家大门口。

"噢，太好了，"他说，"那你的房子将看起来像一艘船。但是那灯必须是出海航行用过的。"

于是，在位于哥本哈根一条老运河边的一家水手商店里，我买了一对笨重的旧船灯，它们原本属于一艘在波罗的海上航行多年的旧船。我们把旧船灯挂在了大门的两边，面向东方，因此我们心满意足地认为这是非常正确的决定，因为当地球沿着轨道向着东方的天空运转时，它们就不会碰到障碍物了。

这两盏旧船灯给以伯克利心灵上极大的满足。他经常在深夜开着车风驰电掣地来到我家，但是当这两盏灯被点亮后，他就会缓慢地在车道上行驶，那些关于航海的记忆使他产生幻觉，仿佛自己正在缓缓地接近一艘停泊在漆黑水面上的大船。后来，我们发明了一种通过这两盏灯传递信号的方法，交换它们的位置或是取下其中一盏，这样远在森林里的伯克利就能知道，今天这所房屋的女主人是否愉快，或者有什么样的晚餐正在等着他。

伯克利与他的兄弟加尔布雷·科尔以及表兄德拉密尔勋爵一样，都是这块殖民地的早期开拓者，在那个时期，马萨伊人还是这片土地上最目中无人的民族。而伯克利却能与马萨伊人成为挚友。他在认识其他欧洲来客之前，就已经结识了马萨伊人，而马萨伊人在这个世界上最痛恨的就是欧洲人。而马萨伊人，在被从自己的北方家园赶走之前，也早已认识了伯克利。伯克利可以用马萨伊语与他们沟通，谈论昔日的生活，因而每当伯克利在农场小住时，马萨伊人便会过河来找他。老酋长们坐在那里告诉他自己眼前的麻烦，而伯克利的话总是能令他们绽开笑容，这就像坚硬的石头发出笑声一般令人惊讶。

由于伯克利对马萨伊人的深刻了解以及与他们之间的深厚情谊，他们在农场上举办过一个庄严的仪式。

当第一次世界大战爆发时，马萨伊人听到了开战的消息，这个古老好战的部族因此热血沸腾，他们幻想着激烈的屠杀和辉煌的战绩，看到了重现昔日荣光的机会。而凑巧的是，在战争爆发后的头几个月里，我与非洲原住民以及索马里人一起，赶着三辆大型牛车为英国政府进行物资运输工作，并会经过马萨伊人居留地。每到一个新的地区，马萨伊人听说我们抵达的消息，便会赶到我们的营帐前，目光灼灼地追问我许多关于战争和德国人的问题，比如，他们真的是从天而降的吗？在他们的想象中，德国人正马不停蹄地奔向危险和死亡。夜晚，年轻的马萨伊武士们围聚在我的营帐周围，全身涂满了战争图腾，手持长矛和盾牌，时常会发出一声模仿狮子的短促吼声，来展示他们的阳刚之气。他们相信，他们被征召上战场，是理所当然的事情。

但是，英国政府认为，即使对手是德国人，将马萨伊人卷入白人之间的战争也是不明智的。政府禁止马萨伊人参战，彻底断绝了他们的希望。基库尤人以运输队和运尸队的身份参战，而马萨伊人却被禁止触碰他们的武器，只能袖手旁观。这样的情况一直持续到一九一八年，当政府已经开始在整个殖民地的所有原住民部落征兵时，英国政府认为应该征召马萨伊人入伍的时候已经到了。一位英国皇家军队的军官前往纳罗克，肩负着招募三百名马萨伊族武士参军的任务。但是此时马萨伊人已经不再对这场战争心怀同情，拒绝了这个要求。这一地区的马萨伊族武士们躲进了丛林和灌木丛中，在追逐他们的过程中，英国皇家军队误入了一个原住民的村庄，并开枪打死了两名老妇人。两天以后，马萨伊族聚居地掀起了一场公开叛乱，大量马萨伊族武士活跃在全国各地，有多名印度商人被他们杀害，还有将近五十多家店铺被他们焚烧。尽管事态越来越严重，但是英国政府并不希望用武力进行镇压，于是德拉密尔勋爵被派往马萨伊聚居地进行谈判，并在妥协后达成了一项协议：允许马萨伊人自行挑选三百名武士入伍，并且从轻处理他们破坏聚居地法例的行为，只处以集体罚款。但是，马萨伊武士依然没有出现，但是随着战争的结束，这件事情也画上了句号。

在整个事件的发展过程中，一些年迈的马萨伊酋长们为英国军队提供了许多帮助，他们派出自己部落的年轻人，在聚居地及其周边侦察、跟踪德国人的行动。而当战争结束后，英国政府对他们在战争期间的贡献进行嘉奖，一些荣誉勋章从英国送来，准备授予那些马萨伊人。由于伯克利懂得马萨伊人的语言，又与他们有着深厚的友谊，所以被政府指派前往聚集地颁发其中的十二枚勋章。

我的农场毗邻马萨伊人聚居地，伯克利便来问我，他是否可以住在农场，并且在我家颁发这些勋章。他告诉我，这个任务令他有些紧张，因为他不知道自己究竟应该怎样去完成。

在一个星期天，我们驱车开了一段漫长的路，抵达马萨伊保护区，并与村落里的马萨伊人交谈，希望那几位获得勋章的酋长们能够在指定的日子里聚集在农场。伯克利在年少时，曾经在英国皇家第九骑兵队服役，听说他那时候是军团中最聪明潇洒的年轻军官。当我们沐浴着夕阳的光辉开车返回农场时，他开始给我讲述军人的天职与理想，并站在一个公民的角度，谈论自己的看法。

尽管颁发勋章并没有什么特殊的意义，但这的确是一件非常有影响力的事情，受奖与颁奖的双方，都表现得机警睿智，令其成为一个可以载入世界史册的重大事件：

“光明与黑暗，彬彬有礼地互相问候”。[①]

马萨伊族的酋长们在他们的儿子的陪同下来到了农场。他们坐在草坪上，看着吃草的牛群，彼此之间交谈着，也许他们在内心深处默默地希望，给予他们的奖赏将会是一头牛。伯克利让他们等了很久，我想这是为了让他们更加平静。与此同时，伯克利让人在屋前的草坪上摆放了一把扶手椅，以便在此颁发奖章。最后，在索马里仆从的陪同下，伯克利走出了屋子，在一群肤色黝黑的客人面前，显得尤为英俊潇洒，一头红发，双目炯炯有神。此时此刻，他展示出了一位年轻军官的风采，神情愉悦，行动迅捷。我忽然意识到，伯克利也拥有如此丰富的表情，必要时还可以做到神色茫然。贾马在他身后随行，穿着一件用金银线刺绣出精美图案的阿拉伯坎肩——那是伯克利为了这次颁奖特意买给他的，手中拿着装满勋章的盒子。

伯克利开始站在椅子前致辞，他站得笔直，略显瘦小的身体里似乎蕴藏着无穷的精力，那些老人们也都纷纷起身站在他面前，严肃地直视着他的眼睛，郑重地聆听着。他说的什么我听不懂，因为那是用马萨伊语讲的，但是听起来他似乎做了一个简明扼要的说明，告知马萨伊人他们即将得到一个非同寻常的恩惠，以奖励他们做出的杰出贡献。你永远无法从马萨伊人的脸上看出他们的心思，所以我此刻看着伯克利致辞，内心却暗自揣摩，也许他讲的内容与我想象的大相径庭，可我却不得而知。当伯克利一口气说完他的致辞后，他立刻叫贾马拿出盒子，取出里面的勋章，逐一念出马萨伊酋长们的名字，并慷慨大方地伸出手臂，把勋章颁发给他们。

---

① 节选自英国诗人拜伦的长诗《审判的幻境》。——译者注

马萨伊人也伸出双手，默默地接过勋章。这庄严肃穆的仪式，由于双方的贵族血统和家族传统显得更加精彩，我希望我的这番描述，不会引起民主主义者的反感。

把勋章授了一位浑身赤条条的人的确颇为不便，因为他们身上没有任何地方可以挂这枚勋章，马萨伊酋长们只得一直将勋章拿在手中。过了一会儿，一位非常年迈的老酋长走到我面前，递给我他手上的银质勋章，让我告诉他那上面写了什么。我竭尽所能地向他解释，勋章的一面是不列颠女神的头像，另一面则铸着“为文明而战的伟大战争”的字样。后来，当我把这件事告诉一些其他的英国朋友时，他们问我：“勋章上刻着的为什么不是国王的头像呢？这真是天大的错误。”我却不这么看，我觉得勋章不应该做得过分引人注目，而且仪式的整个过程也非常妥当。我们在这世上所获得的一切奖励都理应如此，因为在天堂里，有着更大的恩赐在等候着我们。

伯克利病重时，我正准备出发回欧洲度假。当时，他是殖民地立法委员会的成员，我发了一封电报给他：“您会带着酒来恩贡山区参加委员会会议吗?”他这样回电给我：“你的电报就像是从天而降的福音，我会带着酒来。”然而当他开着满载美酒的汽车来到农场时，他已经不能再饮酒了。他面色苍白，经常陷入沉默。他的心脏已经病入膏肓，完全离不开贾马，因为贾马已经学会了为他注射。他万分忧虑，生怕病情加重，又惶恐不安，生怕失去农场。即便如此，他来到农场以后，还是把我家变成了一个精心布置过的舒适角落。

他一丝不苟地对我说："塔尼亚[1]，我的人生已经进入了这样的阶段，我现在只能驾驶最好的汽车，抽最好的雪茄，喝最优质的葡萄酒。"他住在农场里时，有一天晚上告诉我，医生叮嘱他，要卧床休养一个月。我告诉他，如果他打算遵照医嘱，我可以放弃度假，留在这里照顾他，回欧洲的事情等到明年再说。他考虑了片刻，说道："亲爱的，我不能这么做，如果我为了让你满意而听医生的，那今后为了令你满意我还能做什么呢？"

我心情沉重地与他告别。当我乘船路过我们计划过的独桅帆船的航线之一——拉穆和塔卡乌卡时，我想起了他。在巴黎时，我却得到了他去世的消息。下车的时候，他倒在自己家门口，离开了这个世界。按照他的遗愿，他被安葬在自己的农场里。

伯克利逝世后，非洲高原发生了变化。他的朋友们率先悲伤地感觉到了这一点，接着越来越多的人也意识到这一点。殖民地历史中的某个时代，随着他的离去也画上了句号。此后很多年里，人们都会以伯克利的逝世作为一个转折点来叙述当时发生的事情。人们常常会说，"当伯克利还活着的时候"，或者会说："伯克利死了以后"。伯克利在世的时候，这片土地是一个欢乐的狩猎场，而现在打猎逐渐变成一种商业活动。

随着伯克利的离世，某种阴森可怖的阴影从命运的另一侧登上了舞台——人神都无法与之抗争的阿南科女神[2]。令

---

① 古希腊传说中特洛伊一代的古国女王，从未打过败仗。——译者注

② 古希腊传说中代表命运和必然性的拟人神。——译者注

人惊叹的是，矮小孱弱的伯克利竟然能在活着的时候，始终将它拒之门外。而如今，就好像面包离开了酵母，一个优美、快活、无拘无束的灵魂消失了，充沛的精力来源也中断了——那只猫起身离开了房间。

Out of Africa

第四卷　一位殖民者的笔记

1. 林中的萤火虫

在这片高原上，漫长的雨季结束后，恰好迎来六月的第一周，夜晚空气中开始泛起凉意，萤火虫便出现在树林里。

夜晚，你可能看到清新的空气中飞舞着两三只萤火虫，仿佛孤身踏上冒险之路的星星，忽上忽下，宛如起伏的波浪，又好像正在行某种屈膝礼。它们遵循着自己飞行的节奏，使自己身上光线微弱的小灯笼忽明忽暗地闪烁着。你可以捉住其中一只萤火虫，让它在你的掌心发光，放出妙不可言的光芒，似乎在传递某种神秘的讯息，在自己身体的四周投下一个淡淡的莹绿色光圈。而次日夜里，就会有成千上万只萤火虫在树林里飞来飞去。

不知什么原因，它们始终保持在离地面四五英尺的高度悬浮飞行。这令你不由自主地浮想联翩，脑海中有一群大约六七岁的幼童，手持着小小的蜡烛，闪耀着魔法火焰，欢呼雀跃地穿过黝黑的树林。他们连蹦带跳地跑着，嬉戏追逐，兴高采烈地挥舞着手中闪烁着微微光芒的小火炬。树林里上演着热烈而生机勃勃的一幕，而周遭的一切依然寂静无声。

2. 野生动物的野性援救

战争期间，我的加工厂经理负责为军队买牛。他告诉我，当时他曾从马萨伊保护区购买了许多小公牛。这些小公牛都是马萨伊人的家牛和野牛的杂交后代。繁殖培育是否能够跨越家畜与野生动物的界限，一直颇具争议。很多人都曾经尝试用家马和斑马交配，培育出一种能够适于在原野里生存的小型马，可是我本人并没有真正见过这样的跨品种马。然而，我的经理向我保证，那些小公牛确实有一半的野牛血统。马萨伊人告诉他，这些牛的成长期比家牛要长很多，马萨伊人曾经深深为此感到自豪，但是他们现在很乐意出售这些牛，因为它们身上野性太重，实在难以驯服。

最终，我们发现，要训练这些牛拉货车或是犁地几乎不可能。特别是牛群中有一只身强力壮的黑色公牛，给工厂经理和非洲当地的车夫带来了层出不穷的麻烦。它暴躁地对人发动攻击，挣脱脖子上的牛轭，满嘴白沫地疯狂咆哮。一旦把它拴起来，它就会用蹄子刨起泥土，仿佛掀起一团浓重的乌云。它的眼睛布满血丝，向上翻着，甚至有人说，它的鼻孔也有鲜血流出。当这场较量结束的时候，人们与这头牲畜一样，累的筋疲力尽，全身疼痛难忍，大汗淋漓。

“为了灭掉这头黑牛的威风,”经理叙述说，“我把它的四条腿紧紧绑在一起，用缰绳捆住他的口鼻，扔进了公牛的牛栏。可是，即使他只能像哑巴一样一动不动地躺着，鼻孔里依然不停地喷出滚烫的热气，并从喉咙中发出恐怖的叹气声和喘气声。我很期待，能够在多年以后，看到它被驯服在牛轭下。我返回帐篷休息，总会梦到那头黑牛。忽然，我被一阵喧哗声吵醒，从牛栏附近传来狗的狂吠和人们的喊叫。两个牧童瑟瑟发抖地冲进帐篷，惊恐地告诉我，可能有一头狮子跑进牛栏了。我带上步枪，和他们一起提着防风灯，匆匆跑向出事地点。当我们赶到牛栏时，吵闹声渐渐平息了。在灯光里，我看到一团满是斑点的身影仓皇逃窜走了。原来一头豹子袭击了那头被绑着的黑牛，吃光了它的右后腿。我们永远也看不到它带着牛轭的样子了。

“没有其他办法,”经理说，“我开枪打死了那头黑牛。”

3. 伊萨的故事

在第一世界大战时期，我家的厨师名叫伊萨，是位温和而敏锐的老头。有一天，当我在位于内罗毕的马津浓杂货店里购买茶叶和香料时，一位面容瘦削的矮小女人走到我面前，说她知道伊萨正在为我工作。我回答说的确如此。

“但是以前他是为我干活的。”她说，“而且现在我希望他能回来。”

我告诉她：“非常遗憾，恐怕伊萨不愿意回到您那里去。”

“哦，这个恐怕不一定。”她说，“我的丈夫在政府担任官员，请你回家以后转告伊萨，我希望他能回来为我工作。如果他不愿意回来的话，他就准备去运输兵团报到吧。”她又补充道，“我知道，即使没有伊萨，你也有足够的仆从了。”

我回家后没有立刻告诉伊萨这件事情，第二天傍晚我才想起来这件事，告诉他我遇见了他之前干活的那家女主人，以及她都对我说了些什么。出乎意料的是，伊萨一听，就陷入了极度的恐惧和绝望中，几乎魂不附体。

“哦，你为什么不立刻告诉我呢，姆萨布?”伊萨抱怨道，“那位太太一向说到做到，今晚我必须离开这里。”

“她说的那些都是胡言乱语，”我说，“我不相信他们真的会那么做。”

“愿神明庇佑我，”伊萨说，“恐怕一切都为时已晚。”

“可是，没有了厨师我应该怎么办呢?”我问道。

伊萨回答说：“嗯，如果我被送进运输兵团，或者死在荒野里，你不是同样会失去我这个厨师吗？反正我离这样的结局不远了。”

在当时，非洲人对运输兵团的恐惧已经到了无以复加的地步，以至于无论我说什么，伊萨都听不进去。他向我借了一盏防风灯，把他在这个世界上所有的财产都包裹在一块布中，连夜前往内罗毕。

伊萨离开农场将近有一年的时间。这期间，我在内罗毕碰到过他几次。有一次，我开着车与他在内罗毕的街道上擦肩而过。过去的一年里，他变得衰老而消瘦，岁月在他脸上留下沧桑的印记。他原本乌黑的圆脑袋顶上，已经开始变灰。他不敢在城里停下脚步与我交谈。但是当我们再次相遇在郊外的马路上时，我停下了汽车，他也把头顶上顶着的鸡笼放在地上，站在路边与我交谈了片刻。

他仍然像从前那样，说起话来慢条斯理，语气温和，但是同时他也发生了巨大的变化，变得很难以接近，在我们的谈话过程中，他一直漫不经心，我很难与他真正沟通。命运的捉弄使他惶恐不安又心灰意冷，迫不得已地求助于一些我无法理解的力量来解决问题。经历了这些磨难，他变得更为圆滑，对待什么都置身事外。和他交谈，就仿佛遇到了一位老朋友，而他即将要去修道院实习。

他问起农场里的事务，就像所有的非洲仆从那样，认为自己不在时，他的同伴们一定会表现得非常差劲，想方设法刁难白人主人。“这场战争要多久才能结束呢?”他问我。

我告诉他，有人和我说，这战争可能不会持续很久了。

“要是战争再拖十年，”他说，“您必须知道，我可能就会忘记您教我的那些菜谱了。”

这个基库尤老头的思绪，在横穿平原的道路上，他与布里亚・萨瓦力[①]的思想如出一辙。萨瓦力说过，如果大革命再持续五年，那么炖鸡肉的艺术也将就此失传。

显然，伊萨的遗憾都是出于为我考虑，为了让他停止怜悯，我向他询问起他的近况。他思索了片刻，似乎要从遥远的记忆中搜寻一番，才能回答我的问题。“姆萨布，你还记得吗?”他说道，“你曾经说过，那些印度柴火商人的牛整日拉着沉重的火车，没有一天可以休息，与我们农场里的牛相比，实在是太悲惨了。现在，在那位太太家里干活，我就像是印度柴火商人的牛。”伊萨说话时，眼睛看着别处，语气里满是歉意——非洲人对动物没有什么特殊感情，我那套关于印度柴火商人的牛的一套说辞，也许当初在他听来有点牵强附会，而此刻因为他自己的经历，使他不可思议地去重新审视和引用这番他之前无法理解的言论。

战争期间，有件事情令我大为恼火，那就是我收到和寄出的所有信件，都必须被内罗毕一位总是昏昏欲睡的瑞典检察官一一拆开审阅。尽管他从未在我的信件中发现可疑之处，

① 法国巴黎一位政客与律师，也是著名的美食评论家。——译者注

但是我相信，他渐渐对写信的人产生了兴趣。阅读我的信件，在单调无聊的生活里，就仿佛在阅读杂志上的连载故事一样。我经常在信件中添加一些威胁和警告这位检察官的语言，以及战争一旦结束，我将如何将我的警告付诸行动等。当战争临近尾声时，或许他想起了这些威胁，抑或他自己幡然醒悟了。总之，他派出一名信使来到农场，报告停战的消息。信使抵达时，我正好独自在家。后来我走出屋子，信步来到树林。树林里鸦雀无声，而我此时想到法国和弗兰德[①]前线也是这般寂静，所有的炮火都已经平息了，难免让人感到匪夷所思。在这片宁静中，欧洲和非洲之间的距离似乎拉近了，仿佛你能从这里沿着林间小径一直走到维米岭。当我结束散步回到家中，看到屋外站着一个人影，那是背着包裹的伊萨。他一见到我，就迫不及待地说，他回来了，并为我带来了一份礼物。

伊萨的礼物是一幅镶嵌在玻璃画框里的画，上面有一棵用钢笔精心绘制的树，树上的每片叶子被涂上了澄澈的翠绿色，并且都用红色的墨水写上了娟秀的阿拉伯语单词。我猜测那些词汇出自《古兰经》，可惜的是伊萨也无法向我解释其中的含意。他不停地用袖子摩挲着画框上的玻璃，并一再向我保证，这是一份极好的礼物。他告诉我，这幅图是在他离开农场后度过的漂泊不定的一年中，请求一位内罗毕的伊斯兰教老阿訇精心绘制的，而且这位老阿訇耗费了许多心血和时间才完成了这幅画作。

从这以后，伊萨一直在我家里干活，直到他去世。

---

① 欧洲西部濒临北海的一个地区。——译者注

4. 一只鬣蜥

在马萨伊人的聚居地，有时会遇到一种体形巨大的蜥蜴，叫作鬣蜥。它通常会躺在河床上扁平的大石头上晒太阳。它们的长相并不漂亮，但是它们的皮肤却拥有超越你想象的绚丽色彩，仿佛一堆光芒闪耀的宝石，或是古老教堂的窗格里的彩色玻璃。当你慢慢靠近它时，它会窸窸窣窣地逃走，在身后的石头上洒下天蓝色、绿色和紫色的痕迹，那些色彩好似停滞在它身后的空气中，犹如彗星那灿烂发光的尾巴。

有一回，我射中了一只这种鬣蜥，我原以为，能用它的皮制出一些美丽的东西，可紧接着，一件奇异的事情就发生了，令我至今无法忘怀。当我朝着鬣蜥躺着的那块石头走去时，只不过就迈了几步，只见它身体的颜色渐渐消退，变得通体苍白，仿佛在一声长叹中，所有的颜色都顷刻间消失了！当我触摸它时，鬣蜥已经变成了灰色，酷似一团黯淡的混凝土。是鬣蜥体内沸腾流淌的血液，造就了这种动物的璀璨夺目的色彩。而此时，生命之火已经熄灭，灵魂消散，鬣蜥死去了，像个死气沉沉的沙袋躺在地上。

那只鬣蜥毕竟是死在我的手上，自那以后，我时常想起在马萨伊人聚居地里遇到的一个人。在梅卢，我曾看见一个年轻的非洲女孩，戴着一只独特的手镯。那手镯是一段两英寸左右宽的皮条，上面有刺绣，还镶嵌着绿松石材质的珠子。那些珠子从绿色、淡蓝色再到藏青色，颜色微妙地变化着。那是一只充满了生命力的手镯，仿佛在姑娘的手腕上呼吸着。因此我很想要那只手镯，便让法拉去买了下来。然而，我将它戴在自己的手臂上，它忽然失去了灵气，没有了魂魄，无非就是一件廉价花哨的小饰品。是色彩的二重奏，绿松石与非洲人深褐色的肌肤——如泥炭或黑陶般熠熠发光，又甜美细腻，赋予了手镯生命。

在彼得马利茨堡的生物博物馆里，我曾见过橱窗里的一条深水鱼的标本，它拥有和鬣蜥一样炫目的色彩，而且这色彩并没有被死神夺走。这令我感到万分惊奇：海底到底是一个什么样的世界，居然有生命放射出如此充满生命力与想象力的色彩？在梅卢，我出神地凝视着我苍白的手臂上那已经死去的手镯，它就仿佛是受到凌辱的高贵之物或是被压抑的真理。它看起来如此惨淡，令我想起我在孩提时代读过的某本书，书中的英雄说："我征服了他们所有人，此刻，我却孤身一人站在坟墓中间。"

生活在充满着未知事物和无限可能性的异国他乡，人们应该千方百计寻找一种方法来辨别，事物在死后是否还能保持其价值。对于在东非的所有殖民定居者，我有一个忠告：为了你的眼睛和心灵，切记不要猎杀鬣蜥。

5. 法拉与《威尼斯商人》

有一回，一位在丹麦故乡的朋友给我写了一封信，向我描述了最近上演的剧作《威尼斯商人》。那天晚上，我忍不住反复读着那封信，那出戏仿佛出现在我的眼前，栩栩如生、活灵活现，似乎填满了整间房屋。以至于我叫来了法拉一起聊聊这部戏剧，并向他讲解了剧情。

与大多数的非洲人一样，法拉喜欢听别人讲故事，但是，仅仅在他确保屋子里只有我和他两个人时，才愿意听。我叙述着，他专心地聆听着，纹丝不动地站在桌子另一端，表情严肃地凝望着我。所以，当其他仆从们走回他们的小木屋，或是有路人从农场经过时，透过窗户，他们都会以为我们正在讨论农场里的事务。法拉对于歇洛克、巴沙尼奥和安东尼奥三人之间的纠葛，听得尤为全神贯注。对他来说，这样一桩错综复杂的交易，又恰巧和法律打着擦边球，真正触及到了一个索马里人的内心。关于那一磅人肉的条约，他向我提出了几个问题，显然这个条约在他看来是怪异离奇的，但也并非完全不能接受，因为人们有时候确实会干出这类事情。从这里开始，故事散发出一股血腥味，法拉的兴趣也愈发浓厚。当波西亚登上舞台时，法拉竖起耳朵聚精会神地听着。我猜想，他一定将波西亚视为自己部落中的一名女子——聪明狡黠、殷勤迎合却又收敛含蓄的法蒂玛[①]，一心想要超越男子。有色人种一般不会在故事的对立双方中袒护任何一方，只有起伏跌宕的故事情节本身才是他们的兴趣所在。虽然在实际生活中，索马里人拥有强烈的责任感和得天独厚的道德价值观，但是在虚构故事中，他们将这两种抛之脑后了。尽管如此，法拉在这个故事中将同情给予了前来索要金币的歇洛克，他对歇洛克的失败难以接受。

法拉说："什么？那个犹太人最终放弃了自己的要求吗？他不应该这样做。那肉是属于他的，对他的那么多钱而言，这点要求真是一点儿也不过分。"

"可是，他又能怎么办呢？"我问他，"他不能滴下一滴血。"

"姆萨布，他可以用一把烧得通红的刀子，"法拉说，"那样就不会流血了。"

"可是，"我提醒他，"他只能割一英镑，多一点或者少一点都不行。"

法拉问道："那么，究竟是谁被吓到了呢？难道是犹太人吗？他可以每次就割一小块，而且应该随身带个小秤随时称重，直到正好割下一磅肉为止。那个犹太人难道就没有一个朋友来给他出出主意吗？"

---

① 伊斯兰教先知穆罕默德的女儿。——译者注

每一个索马里人的面部表情都包含着一些极富戏剧性的成分。法拉的神态和站姿与刚才没有什么变化，但是却看起来凶恶危险，仿佛他正置身于威尼斯法庭，正赤胆忠心地陪伴着他的朋友歇洛克，共同面对安东尼奥和威尼斯公爵。他上下打量着面前的商人，在对方的刀刃前袒露出胸膛。

“你瞧，姆萨布，”他说，“他原本可以一小块一小块地割下对方的肉。如果这样的话，在他割下一磅肉之前，就已经让对方吃尽苦头了。”

我说：“可是，故事里的犹太人最终放弃了。”

“是的，姆萨布，这实在是太遗憾了。”法拉说道。

6. 伯恩茅斯[①]的社会精英

我有一位白人邻居，在移民来非洲之前，在当地是一名医生。有一次，连日的暴雨冲毁了通往内罗毕的所有道路，而我的一位仆从的妻子却可能因难产而丧命，我便给这位邻居写了封信，请求他来帮忙，救救这位分娩的妇女。虽然屋外是恐怖的电闪雷鸣和热带丛林暴雨，但他依然仁慈地赶来了，而且在最后一刻，以精湛的医术挽救了那个母亲和婴儿的生命。

事情过去以后，他写信告诉我，虽然他这次为了满足我的请求，前来为一名非洲人诊治，但他希望我能够明白，这种事情下不为例。他非常有自信，当他告诉我，此前他一直只为伯恩茅斯的社会精英们看诊之后，我就能理解他的意思了。

---

① 英国南部的港口城市。——译者注

7. 骄傲

我们与野生动物保护区为邻，在农场的边界外，时常有大型野牛动物出没，这赋予农场一种非凡的魅力，仿佛我们是一位伟大国王的邻居。令人骄傲自豪的事物目不暇接，而且我们能感觉到它们就近在咫尺。

没有步入文明的人们深爱自己的骄傲，却对别人的骄傲心怀憎恨，或者说怀疑。我是一个受过文明教化的人，所以我也会热爱我对手的骄傲、仆从的骄傲和情人的骄傲。我家尽管简陋渺小，但的确是旷野之中的一处文明乐土。

骄傲是上帝创造人类时秉持的信仰。一个骄傲的人能够自然而然地领悟到上帝的这一信仰，并且渴望去付诸实践。他并非为了追求享乐或者舒适，因为那些都可能与上帝的信仰背道而驰。他的成功在于实践上帝的信念，并且深深地热爱自己的命运。正如一位优秀的公民会因履行了自己的社会职责而感到幸福，一个骄傲的人会因为实现了命运的追求而获得幸福。

没有骄傲的人，不会理解上帝创造他们时心中的信念，有时候他们甚至会让你感到困惑，上帝在造物时，是否真的存在某种信念？抑或这样的信念已经失落了，那谁将会去再度寻找它呢？他们只接受别人认可的成功，并且将自己的幸福寄托在逍遥作乐中，甚至连他们的仆从也如此。面对命运时，他们只能无助地战栗。

用至高无上的热情来热爱上帝的骄傲，像珍爱自己骄傲一般珍视邻居们的骄傲与自豪。热爱狮子的骄傲——不要把它们关在动物园中；珍爱猎犬的骄傲——不要令它们肥胖臃肿；热爱追随者们的骄傲——不要让他们怨天尤人；热爱那些被征服的国家的骄傲，让他们的臣民可以继续尊敬自己的双亲。

8. 牛

在农场，星期六的下午是一段幸福舒心的时光。首先，从那一刻起一直到星期一下午，都不会再有邮件送来，也意味着在这期间，我将不会收到任何使人心烦意乱的商业信函了，这似乎使农场与世隔绝，成为一个坚固的城郭。而且，农场里的所有人都期待着星期天的到来，人们可以休息或玩乐一整天，佃农们也可以在自家的农田里干活。而每当想到一到星期六耕牛就可以休息，更是令我感到欣慰。我时常在下午六点钟的时候，漫步到牛圈去等它们。当它们结束了一天的辛苦劳作并吃了几小时草以后，就会悠然地回到这里。看着这一切，我想，到了明天，它们就可以一整天什么都不做，只是在草原上休憩吃草了。

我们拥有八支牛队和几头备用的牛，总共有一百三十二头。现在，它们在落日金色的余晖中排成一列长长的队伍，安静祥和地穿越平原向农场走来，如同它们做其他事情一样慢条斯理。我则安静地坐在牛圈的栅栏上，怡然自得地吸着烟，出神地望着它们。只见尼欧司、恩古福、法鲁和穆苏谷都徐徐走来。在赛瓦西里语中，“穆苏谷”的意思是“白人”。车夫们喜欢用白人的名字来给耕牛命名，德拉密尔是最常见的公牛的名字。接着，年老的马琳塔走了过来，这头大黄牛是我在牛群中最喜欢的牛。它的皮肤看起来像是海星的表面纹理，布满梦幻暗影般的花纹，这也正是它名字的由来，在赛瓦西里语中“马琳塔”是“裙子”的意思。

身处文明国度的人们，对贫民窟似乎总是习惯性地怀着某种歉疚，每每思及贫民窟的人们，就感到忐忑不安。同样，在非洲，当你想到牛群的时候，也会因为这种歉疚感而内心深受折磨。然而，对农场里的牛，我却有一种特殊感情，就像一个国王面对国境内贫民窟的平民的感觉：“你是我，而我也就是你”。

在非洲，耕牛背负了文明发展的沉重负担。每一块新开垦的土地都是它们艰辛劳动的结果，它们喘着粗气拉着耕犁，艰难地在及膝的土地中前行，挥舞的皮鞭不断在它们头顶呼啸着。每一条新建成的道路也是它们的功劳，它们在车夫的叫嚷声中，吃力地拉着钢材和工具，在尘埃中沿着从未有过道路、长满荒草的旷野小径走着。日出之前，它们套上牛轭，汗如雨下地拖着沉重的货车在连绵起伏的山中长途跋涉，没有片刻歇息。它们在白天最炙热的时候，穿越荒原与河床。它们的肋骨两侧都留有明显的鞭痕，你常常会看到失去一只眼睛甚至两只眼睛的耕牛，那是挥舞在空中的皮鞭掠走了它们的眼球。许多印度商人和白人的牛群都必须终日劳作，穷其一生都不知道什么是安息日①。

① 象征着上帝创世纪六日后的第七天。——译者注

我们对待耕牛的方式实在令人吃惊。公牛总是怒气冲冲翻着眼珠，用蹄子用力地刨地。进入它视野的一切都会惹得它火冒三丈，但是，它依然继续生活下去，鼻腔中喷着火一般滚烫的热气，每一天都充满了对生活的渴求和满足。牛群给予我们如此多的奉献，而我们对它们的回报，就是把它们的生命视为自己的财产。牛群只能完全依照我们的生活轨迹，日复一日、年复一年地拉着重物，成为专供我们奴役、失去了灵魂的生物。它们长着清澈恬静的紫色眼睛、柔软的口鼻和丝绸般顺滑的耳朵。它们总是那么任劳任怨，显得木讷而有耐心，有时甚至若有所思。

我在非洲的时候，有法律明令规定所有的货车和牛车都必须安装了刹车以后才能上路。而在下坡路段，车夫必须要使用刹车。但是这条法律没有被严格贯彻，路上有大半车辆都没有安装刹车，而那些装有刹车的车辆也很少会去使用。这使得下坡路段变得异常艰难。拉车的牛只能拼尽全部的力气与满载重物的货车相抗衡，它们向后仰着脑袋，直到牛角抵触到脊背上高高隆起的肌肉，两侧肋骨像风箱一样颤动着。许多次，我看见柴火商人的牛车队伍沿着恩贡山脉中的道路，排成一长列前往内罗毕，好似一条蠕动着的长长的毛毛虫。到了森林保护区，地势急转直下，车辆在下坡路上速度越来越快，拉车的牛只能沿“之”字形路线，踉踉跄跄地往下走，抗衡着货车的冲击力。我也曾不止一次看到，它们因不堪货车的重负，在山脚跌倒。

这些牛也许是这么想的：“这就是真正的生活，世界原本就是如此——艰难，无比的艰难。我除了忍受别无选择，也得不到任何报偿。下山的路就仿佛鬼门关，关乎我的性命，但我却无可奈何。”

如果内罗毕的那些拥有牛车的肥胖印度商人愿意支付两个卢比来安装刹车的话；如果那些驾驭货车的迟钝的年轻非洲车夫能够在下坡路上使用刹车的话——假如真的有刹车，那对于牛群来说，它们可以免受很多磨难，轻松平稳地走完下坡路。但是牛群并不知道这一切，就这样日复一日与它们的命运继续着勇敢而绝望的斗争。

9. 战时远征

战争爆发期间，我的丈夫与农场里两名瑞典助理都自愿奔赴德国人的边境线①。德拉密尔勋爵在那里组建了一个临时的情报机构。于是，农场只留下我一个白人。不久之后，有传闻说，将要在平原上为这一地区的白人女子建一个妇女集中营，因为人们相信，这些白人妇女们在非洲人中间，有会遭受伤害的危险。我被吓坏了，心想，如果我被送进那个妇女集中营，不得不待上数月——没人知道战争还会持续多久，我一定会死的。几天之后，我有机会与一位邻居，一个来自瑞典的年轻农民一起前往基贾布。基贾布火车站在沿着铁路线往北一个地势较高的地方。在那儿，我将负责管理一个营地，从边境来的信使将会带来情报，并再从那里给内罗毕的总司令部发送电报。

① 指殖民时期，德国在东非势力范围的边境线。——译者注

在基贾布，我在车站不远处搭起了帐篷，就在铁轨与为机车准备的柴火中间。由于信使不分白昼黑夜随时会抵达，所以我时常与那位担任站长的果阿人一起忙碌着。他是一个温和的小个子男人，对于各种知识如饥似渴，即便是战争也没有给他造成任何影响。他对我的祖国丹麦充满了好奇，问了许多问题，甚至还向我学习了一点简单的丹麦语。他认为，不久之后，这将非常有用。他有一个名叫维克多的十岁的儿子。一天，在我前往车站的路上，透过阳台上的网格空隙，我听到他正在教维克多学习语法："维克多，什么是代词？代词是什么，维克多？你不知道？——我已经告诉你至少五百次了！"

边境线那里的人们不断地要求我们提供粮食和弹药补给。我丈夫给我写信，要我将四辆装满物资的牛车尽快押运到他们那里。他还特别在信中叮嘱，务必要让一个白人负责押运这批物资，因为当时谁也不清楚德国人会在哪里出现，而马萨伊人则因为战争爆发而斗志昂扬，在保护区里四处游逛。那时候，人们都认为德国人无处不在，所以我们在基贾布铁路桥上设置了严密的岗哨，以防德国人炸桥。

起初，我雇用了一个名叫克拉普洛特的南非年轻人来押送车队，可是就在出发的头天晚上，我们刚把车装好，他就被误当成德国人被捕了。事实上他并非德国人，而且也可以证明这一点，因而被捕后只过了很短的时间，他就被释放了，还改了名字。可是在当时的情形下，他被捕的消息在我看来就像是上帝的旨意。如今，我只能亲自押送车队穿过平原奔赴边境了。于是，翌日凌晨，当天空中还闪烁着点点繁星的时候，我们启程了，沿着绵延不绝的基贾布山脉向平原走去。在马萨伊聚居地的平原微弱朦胧的曙光中，呈现出铁灰色。

绑在牛车下面的防风灯摇来晃去，车夫的吆喝声和鞭子的呼啸声在耳边响个不停。我们的车队一共有四辆大型牛车，每辆车都需要十六头牛来拉着，还有五头后备的牛。与我同行的有二十名基库尤年轻人和三名索马里人：法拉、我的扛枪人伊斯麦尔，还有一名同样也叫伊斯麦尔的老厨子，他是个忠诚高尚的老人。旅途中，我的猎犬达思科一直陪伴在我身边。

遗憾的是，警察逮捕克拉普洛特的时候，还扣留了他的骡子，而我未能在基贾布要回那头骡子。所以最初的几天里，我不得不在牛车旁边的漫天尘土中步行赶路。还好，不久之后我从保护区里买了一头骡子与骡鞍，没过多久我又为法拉买了一头骡子。

我的那次远征持续了足足三个月。当我们好不容易抵达目的地以后，又被派去寻找和收集一个美国大型狩猎团队丢弃的物品．他们曾在边境线扎营，得知战争的消息之后，匆忙离开了。从那里我们又前往了新的地方。一路上，在马萨伊人聚居地，我记住了许多水源和浅滩的位置，还学会了一点简单的马萨伊语。当时，所有道路的状况都坏得不可思议，到处覆盖着厚厚的尘土，有些地方甚至还有比牛车更高大的巨石挡在路中央。不过，后来我们大多数时候是在草原上行进，情况有所好转。非洲高原纯粹的空气吹拂着我的头，仿佛葡萄美酒，使我总是略带几分醉意。那数月的旅程带给我无法形容的快乐。此前我虽然也曾外出狩猎，但是在那次之前，我从未单独与非洲人外出旅行过。

我与索马里人都觉得自己对政府的财产负有责任，因而一直忧心如焚，担心狮子会袭击我们的牛队。沿途经常有狮群出没，跟随着满载羊群和粮食的运输车队。现在，它们一路尾随我们穿过草原，来到边境。清晨，当我们跋涉在漫长的路途中，都可以看到新鲜的狮子足迹留在尘土和长长的车辙里。而晚上，当我们为牛卸牛轭休息后，营地附近也总有狮子前来骚扰，惊吓牛群，吓得它们四下逃窜，消失在我们眼前，那我们将再也无法找回它们。所以，我们只好在营地和牛群周围用荆棘条围起圆形的高篱笆，并且抱着步枪，彻夜守在营火旁。

在这里，法拉、伊斯麦尔和老伊斯麦尔都觉得自己已经远离了文明世界，可以免去很多麻烦，放松了自己的言谈。他们聊起了索马里人的怪谈趣闻，以及《古兰经》和《一千零一夜》中的故事。法拉与伊斯麦尔都曾经坐船出海，索马里人原本就是一个海上民族，我也相信，他们自古就是叱咤红海的海盗民族。他们告诉我，陆地上的所有物种都在海底深处有一模一样的复制品，例如马、狮子、长颈鹿，或是女人，都在海底生存，时常会被水手们发现。他们还告诉我，在索马里的河流深处，生活着一种奇特的马，每当月圆之夜，它们就会游到草地上，与在那里吃草的索马里母马交配，并且生下出奇俊美和迅捷的马驹。当我们席地坐在营火旁谈话时，头顶的苍穹缓慢移动、渐渐隐去，东方的天空中升起新的星辰。料峭的空气中，营火冒出的青烟夹带着长长的火花升向天空，新鲜的柴火发出酸味。牛群不时地爆发出一阵骚动，拥挤在一起，伸出鼻子嗅着空气里的味道。这时候，老伊斯麦尔就不得不爬上满载货物的牛车顶上，晃动着手里的灯，观察着四周的动静，并且轰赶那些靠近篱笆的可能造成威胁的动物。

我们经历了许多次与狮群的惊险遭遇。“到了希亚瓦，务必要当心。”途中，我们遇见一队非洲运输队，正在向北进发，他们的领队提醒我们，“千万不要在那里宿营，希亚瓦有两百多头狮子。”因此，我们匆忙向前赶路，争取能够在天黑之前通过希亚瓦地区。然而，在旷野中赶路时，匆忙总是会带来麻烦。夕阳西下时，车队里的最后一辆货车的轮子被一块巨石卡住了，再也无法移动。当我为工人们举着灯照明，以便他们把车轮抬出来时，一头狮子出现在离我不足三码远的地方，袭击了我们的一头后备的牛。由于我把步枪留在了货车上，我们只能挥舞着鞭子，高声呐喊着驱赶狮子，却吓得那头牛带着紧咬着它后背的狮子跑了。而那头牛最后返回了车队，但是因为伤势太重，几天之后就死了。

旅途中还发生过许多其他稀奇古怪的事情。有一次，我们带的煤油被一头牛全喝光了，这头牛死在我们面前，我们也因此失去了所有的照明燃料。直到我们在马萨伊保护区发现了一家被主人遗弃的印度店铺，奇怪的是店里的大部分商品都保存完好。

我们曾经在马萨伊战士的营地附近扎营，并在那里住了一个星期。年轻的马萨伊战士们手持长矛和巨大的盾牌，头戴狮皮装饰，身上用油彩涂抹出战争图腾。他们为了打探关于战争和德国人的消息，整日整夜地挤在我的帐篷周围。车队里的工人们都很喜欢驻扎在这里，因为他们可以向带着牛群的马萨伊人购买牛奶。那些年龄尚小还不能成为战士的马萨伊莱奥尼男孩们，则跟随着战士们四处走，为他们放牧牛群。马萨伊族的女童子军们美丽活泼，她们时常来到我的帐篷里，问我借袖珍小镜子。当她们轮流为彼此举起小镜子互照时，总会像怒气冲冲的小食肉动物那样，露出两排闪闪发光的牙齿。

所有关于敌军的情报都会被送到德拉密尔勋爵的营帐里。

但是，德拉密尔勋爵总是用不可思议的速度在保护区中行军转移，以至于谁也不知道应该去哪里寻找他的营地。我并没有参与那些情报工作，但是非常好奇其他的雇员是如何在目前这种情报系统中工作的。有一次，我在距离德拉密尔的营地几英里的地方宿营，我带着法拉骑马去拜访他，并和他一起喝下午茶。尽管他们第二天就要拔帐离开，但他们的营地依然就像一个繁华的小城市，挤满了马萨伊人。由于勋爵一向和马萨伊人关系友好，所以在他的营地中，马萨伊人受到了盛情款待，使这营地变得好似寓言传说中的那个狮子的巢穴：只有到这里来的足迹，却没有任何离开的痕迹。来给勋爵营地送信的马萨伊信使，从未见他们带着回信再度露面。而德拉密尔勋爵身处这个喧嚣世界的中心，与昔日一样彬彬有礼、周到热情，他银色的长丝垂在肩头，看起来风度翩翩、怡然自得。在他的营地里，他把他所知道的一切关于战事的消息都告诉了我，并按照马萨伊人的风俗，请我喝掺入滚烫牛奶的茶。

我的仆从对我在牛、马具以及长途旅行的路线方面表现出来的一无所知，表现出非同一般的宽容与耐心，甚至比我更急于对此加以掩饰。由于我的无知与缺乏经验，使每个人、每头牛在旅途中都要承受许多额外繁重的负担，但是他们一路上都兢兢业业，从未抱怨。在旷野中，他们用头为我顶着洗澡用的水。中午卸车时，他们在炎炎烈日下，用长矛和毯子为我搭起一个凉棚让我休息。他们对充满野性的马萨伊人心存畏惧，而关于德国人的种种怪异的传闻也令他们颇为不安。于是，在这种情况下，我的存在对于这次远征而言，就好像是守护天使或是某种吉祥物。

在战争爆发的半年前，我刚刚动身从故乡前往非洲，在游轮上巧遇了冯·勒托·沃北科将军[1]。现在，他是德国驻东非战场的最高指挥官。在游轮上时，我并不知道他在将来会成为一名英雄，我们在旅途中建立了友谊。在他要前往塔噶尼喀、而我要赶往内地之前，我们在蒙巴萨共进晚餐。他送给我一张他身穿军装、骑在马上的照片，并在上面写有：

人世之间的天堂，
在马背上，
而身体的健康，
来自女人的怀抱[2]。

法拉曾在来亚丁接我的时候见过这位将军，并知道我与他是朋友。所以，在这次远征中，法拉始终随身携带着那张将军的照片，将它与货物中的钥匙和钱财等物放在一起，打算万一我们被捕时，可以向德国士兵出示。法拉对这张照片非常珍视。

夕阳西下时，马萨伊保护区的傍晚如此秀美迷人。我们排成长长的队列，前往河畔或水塘边。散布着荆棘树的旷野上夜幕已经降临，但空气依然清新透明。而在我们的头顶上方，西边天宇那颗即将在夜深后变得巨大而璀璨的星，此刻还只是一个银色的小点儿，挂在黄宝石般澄澈明净的天空上。清凉的空气吸入肺腑后，给胸腔带来阵阵凉意，沾满水珠的长野草低垂着，旷野中的各种香草散发出浓烈甚至辛辣的味

① 第一次世界大战期间，驻扎在东非的德国最高司令官。——译者注

② 原文是德语。——译者注

道。过不了多久，四面八方的蝉虫也将开始放声歌唱。在这茫茫的草原上，这一株株青草是我，这清冽的空气和远处隐约可见的山脉是我，这疲惫不堪的牛群亦是我。我轻轻呼吸着荆棘树丛中阵拂的夜风。

三个月以后，我突然收到命令，要求我们返回家中。战事开始走上正轨，一切都渐渐变得有组织和系统化，从欧洲远道而来的正规部队也陆续抵达。在这种情况下，我相信，我的探险队就显得不那么正规了。我们沿着原路返回农场，心情沉重地路过一个个来时宿营过的地方。

这次远征一直鲜活地存留在农场人们的记忆中。虽然此前我也多次远征狩猎，但是都由于种种原因无法与这次远征相媲美——或许是当时我们为政府效力，因而在某种意义上我们也成了官员，又或者是因为当时笼罩着我们的战争气氛——这次远征时所有亲身参与的人都有着宝贵的特殊意义。那些曾陪同我远征的人，此后都把自己视作旅行者中的贵族。

即使许多年过去了，他们还是会不时地来到我家，与我谈论那次远征，重温当时一次次的冒险经历，让自己关于这段探险的记忆历久弥新。

10. “除非你赐予我祝福，否则我绝不会任你离去”

在经历了持续四个月的炎热干旱之后，非洲大陆终于能在每年三月份，迎来期盼已久的雨季。这时候，万物焕发生机，草木繁茂生长，四处洋溢着充满生命力的芬芳。

但是，农民们都会极力克制内心的狂喜，无法相信能获得大自然如此慷慨的赏赐。他们仔细聆听，唯恐大雨的轰鸣声会渐渐减弱。此时此刻，大地所畅饮的雨水，将给农场土地上生长的所有植物和动物带来勃勃生机，支撑着人们熬过未来那干旱无雨的四个月。

当农场里的条条小道变成了欢快流淌的小溪时，当农民们满心欢喜地在泥泞的小路上淌水前行时，当咖啡园里繁花似锦、花叶都滴着水珠时，那景色令人心旷神怡。然而，有时在雨季期间，夜晚会有这样的情形发生：星星透过薄薄的云层隐隐发光，一位农民伫立在家门前，仰望着天空，仿佛想要把自己悬挂于天际中，以求从苍穹中挤下更加充沛的雨水。他对着天空呐喊道：“赐予我雨水吧，赐予我更多、更多的雨水。此刻，我向你袒露心扉，除非你赐予我祝福，否则我绝不会任你离去。如果你愿意，我愿在这里被淹死，但千万不要反复无常，那样会将我折磨致死。苍天啊苍天，请不要停止这雨露！”

有时候，雨季结束几个月之后，某一天，那万里碧空和凉爽天气仿佛令人回到了“马尔卡姆芭雅”——大旱之年。在那些干旱的日子里，基库尤人常常在我房子附近放牧。牧童中有一个随身携带笛子的男孩，经常会吹上一曲小调。每当我听到这小调，不禁回忆起往昔痛苦和绝望交织的日子，我仿佛从中品尝到了泪水的咸味。然而同时令我吃惊的是，这小调里还蕴藏着盎然的生机和未知的甜美。难道这些也曾经存在于那些艰辛的岁月中吗？那时候，我们还很年轻，壮志凌云，怀揣着远大的志向。在那漫漫岁月里，我们大家团结一心、同舟共济，仿佛我们置身另外一颗星球上，我们依然辨认出彼此。在那里，天地万物从布谷鸟钟到我的书籍，从草坪上枯瘦的牛群到忧伤的基库尤老人，都在彼此交相呼应：“是的，你也在那里，你也是恩贡农场的一部分。”那些艰难岁月赐予我们这些祝福，又悄然离去。

朋友们来到农场，然后又离去。他们不会安于在一个地方久住，也不是那种愿意安度晚年的人。他们选择客死他乡，一去不复返。即使他们舒适惬意地围坐在壁炉四周，当围绕着他们的农场里的房子对他们轻声说：“除非你赐予我祝福，否则我绝不会任你离去。”他们也只是笑着给房子送上祝福，房子也就放任他们离开了。

一位老夫人曾经在一次聚会上谈论她的人生。她说，她愿意从头重复一遍她已有的人生，想以此表明，她度过了明智的一生。我想，的确，或许她真的拥有那种值得经历两遍的人生，直到你觉得自己真的彻底经历过了。你或许可以重奏一曲短小的咏叹调，但它终究不是一段完整无缺的乐章——既不是一曲交响乐，也不是一出五幕悲剧。如果它必须要重头来过，那只是因为它没有按照应有的方式进行。

而我的人生，除非你赐予我祝福，否则我绝不会任你离去，但倘若我得到了你的祝福，我会放手任你离去。

11. 非洲人和诗

非洲人天生有着强烈的节奏感，但是对诗歌却知之甚少，至少学校教授赞美诗之前他们对此一无所知。一天黄昏，我们正在收割玉米地里成熟的玉米，将玉米掰下来并扔进牛车。为了打发时间，我来到农田里的年轻工人们中间，按照赛瓦西里歌谣的句式，自娱自乐地念起了诗句。这些诗句本身毫无意义，只不过是为了押韵："Ngumbe na penda chumbe, Malaya mbaya. Wakamba na kula mamba.（牛爱吃盐，妓女很坏，瓦卡巴人都爱吃蛇肉。)"这吸引了男孩子们的注意力，纷纷簇拥到我身边。他们旋即就明白了诗句的内容微不足道，也不向我询问诗句的意思，而是迫切地期待着每一句的韵脚，当押韵的那个词出现时，他们就乐得开怀大笑。我尝试着起个头，让他们来寻找韵脚完成诗句，但是他们或许不能，也许是不愿意这么做，纷纷扭过头去。当他们逐渐对诗歌有所熟悉后，便恳求我："再念一次，像下雨那样。”我不清楚他们为何会将诗句与雨水联系在一起，但这肯定是赞赏，因为雨水在非洲，总是被人们日思夜想、深受欢迎的。

12. 非洲的鸟类

在漫长的雨季之初，三四月交替之时，我听到夜莺在非洲的森林里婉转啼鸣。我听到的并不是完整的歌曲，只不过是一首协奏曲开篇的几个音符，而且尚在排练，不时戛然而止又重新飘起，听起来仿佛寂寥的林子里，正有人坐在那湿漉漉的树上为大提琴调试音色。然而，也正是相同的优美旋律和同样甜美婉转的气氛，很快也会在欧洲的森林里充斥着，从西西里岛[①]蔓延至埃尔西诺。

非洲有黑鹳与白鹳，这种在北欧农村的茅屋房顶上做巢的鸟类，在这里似乎没有在北欧那般翩翩风度。因为在这里，还有诸如非洲秃鹳和鹭鹰之类体型更加高大笨重的鸟类。在非洲，鹳鸟的生活习性也与欧洲的鹳鸟截然不同，欧洲鹳总

① 西西里岛：位于意大利南部的岛屿，也是地中海最大的岛屿。——译者注

会成双成对地出现，双宿双飞是美满家庭的象征。而非洲的鹳鸟总是成群飞行，仿佛聚集在俱乐部里的喧闹人群，它们也被称作蝗虫鸟，总是紧随着蝗虫群，以蝗虫为食。当非洲草原上燃起熊熊野火时，它们便在空中翱翔，时而在跳跃着的小火苗前方盘旋，时而在闪耀着彩虹光芒的高空和灰色烟雾中飞舞，伺机等候逃离火堆的田鼠和草蛇。非洲的鹳鸟生活得逍遥快活，但真正属于它们的生活并不在这里。当和煦的春风带来交配与筑巢的气息时，它们的心便向往着北方，回忆起昔日的时光与旧居。于是，它们成双成对地飞走，不久之后就会抵达它们出生的地方，在冰冷的沼泽地里徜徉。

当雨季来临时，原野上大片烧焦的土地又萌发出嫩绿的新芽，吸引来了成千上万只鸻鸟在此栖息。非洲大草原始终弥漫着海洋的味道，远处无边无际的地平线使人联想到海岸和长长的沙滩，飘荡的风好似凉凉的海风，夹带着烧焦后的草地发出的海水一般的咸味。而当草原上的草茂盛长高时，风儿吹过大地就仿佛澎湃起伏的海浪。当洁白的石竹花在草原绽放时，会令我不由自主地想起自己身在桑德①时，看到的海水中如碎玉般的白色浪花。鸻鸟还有着类似海鸟的外表，行为举止也非常类似。它们在草丛间快步疾行，接近你的马蹄时，它们又倏地飞上高空，发出刺耳的尖叫，于是，拍打着的羽翼和鸟鸣声使澄澈的天空变得充满生机。

被当地人视为报喜的吉祥鸟的灰冠鹤飞到刚刚耕犁并播种的玉米地里，偷吃土地里的玉米粒。作为补偿，它们将带来雨水将至的讯息，并为我们献上舞蹈。当许多体型高大的灰冠鹤聚集成群的时候，它们展开羽翼翩翩起舞的场面真是

① 位于挪威霍达兰郡。——译者注

令人目酣神醉。它们的舞姿仪态万方，甚至带有一丝矫揉造作，明明可以振翅高飞，又为何要上下腾跃，仿佛是在不断被地心引力牵向地面？它们的舞蹈自始而终带着神圣感，仿佛一场宗教仪式。也许，这些灰冠鹤就像正在雅各梦中的天梯[①]上上上下下踱步的长着翅膀的天使们，试图叩响天堂的大门。灰冠鹤通体长着细腻的浅灰色羽毛，头戴天鹅绒般黑色扇形羽冠，看起来就像是色调明快轻盈的壁画。表演结束后，它们又拍打着翅膀纵身起飞，依然会用嘹亮的长鸣维持着表演时的神圣气氛，仿佛教堂里的铜钟正插上了翅膀在高空中翱翔。即使灰冠鹤飞得很远，身影都消失在天际，你依然能听见那叫声，仿佛来自云端的悠扬钟声。

大犀鸟是农场的另一位客人，它们是被好望角栗子树的果实吸引而来的。大犀鸟是一种奇特的鸟类，与它们相遇具有冒险性，但很难尽兴，因为它们看起来过于敏感狡猾。一天黎明，我被屋外一阵阵叽叽喳喳的喧闹声吵醒。我走到阳台上，看到一大群大犀鸟落在草坪周围的树上，数了一下，大概有四十一只。它们看起来并不像鸟，更像是孩子们随意摆放的古灵精怪的玩具。它们通体乌黑，是非洲特有的那种甜蜜而高贵的黑色，经过了岁月的历练而愈加凝重，犹如古老的煤烟，使你觉得只有黑色才真正蕴含着优雅、活力与蓬勃生机，其他颜色都无法与之相媲美。犀鸟们正在以一种彬彬有礼甚至圆滑的姿态，愉悦地交谈，好似葬礼后的继承者们正聚集在一起。拂晓时分的空气如水晶般明澈，肃然的犀鸟们也沐浴在这清新的朝阳里。紧接着，在树木和犀鸟的身后，太阳冉冉升起，看起来像一个巨大的暗红色火球。于是，

---

① 《创世纪》中通向天堂的阶梯。——译者注

你不禁提出疑问，在经历了这样的清晨之后，你将会迎接怎样的一天？

在非洲，堪称拥有最娇艳欲滴的色彩的鸟类，非火烈鸟莫属。它那覆盖着粉色和赤红色羽翼的纤细躯体，仿佛一支摇曳生姿的夹竹桃嫩枝。它的双腿细长得令人难以置信，脖颈和身体形成精妙优美的曲线，似乎在遵循着某种传统的约束。它们将自己的每一个举动都尽可能地加大难度。

有一次，我搭乘一艘从德意赛①驶往马赛的法国轮船，船上装载了一百五十只火烈鸟，将被送往马赛专门饲养外国动物的动物园。它们被关在肮脏的大笼子里，笼子四周用帆布遮盖着，每个笼子里都挤着十只无法动弹的火烈鸟。负责运送这批火烈鸟的人告诉我，他估计，在途中将有五分之一的火烈鸟会死去。它们无法适应这样的生存环境，大海上恶劣的天气会使它们失去平衡，摔断腿，任由笼子里其他的同类踩踏。深夜，当地中海大风袭来，波浪滔天，轮船被巨浪撞击得上下颠簸，砰砰作响。每当有一波海浪袭来，我就听到火烈鸟在黑暗中发出凄厉的尖叫。每天清晨，我都会看见押运鸟的人从笼子里拖出一两只死去的鸟，并扔进海里。这些尼罗河里的高贵水禽，圣洁的同胞姐妹们曾经宛若一片晚霞，自在徜徉在大地上，如今却变成了一堆蓬松的粉色和赤红色羽毛，插着两根细长的棍子。死去的火烈鸟漂浮在水面上，随着起伏不定的波浪撞击着船尾，不久之后，它们沉入了海底。

---

① 位于埃及西北部地中海沿岸。——译者注

13. 猎犬潘尼亚

多少个世代以来，苏格兰猎鹿犬都陪伴着人类，所以也培养出了人类的幽默感，甚至会笑。它们的幽默感和非洲人类似，出了差错的事情总能让它们开心。也许在你真正具有了这种艺术鉴赏力或是成为教徒之后，才能驾驭这种幽默感。

潘尼亚是猎犬达思科的儿子。一天，我带着它在池塘附近散步，那儿有一排高大纤细的蓝桉树。潘尼亚忽然离开我身边，跑向其中一棵桉树，但是跑到半路又折回来，叫我跟它一起去。我走到树下，看到高高的树上蹲着一只非洲薮猫。非洲薮猫喜欢偷吃农场的鸡，所以我招呼一个路过的小孩，让他去我家把我的猎枪拿来。猎枪送来之后，我立即端起枪瞄准那只薮猫开了一枪，它旋即从高高的树顶掉落在地上，发出了一声沉重的“吧”。潘尼亚立刻扑过去，摇晃撕扯它，玩得兴高采烈。

过了一阵子，我又沿着原路从这个池塘旁经过。那天我打算外出打野鹧鸪，可是忙活了半天却空手而归，我和潘尼亚都没精打采地走着。突然，潘尼亚向那排桉树中最远的一棵飞奔过去，围绕着那棵树来回打转，亢奋地吠叫着，接着又朝我跑来，然后再转身跑回那棵树下。我很兴奋，端起猎枪，满心期待着能再次打到非洲薮猫，我喜欢它们那带花斑的美丽毛皮。我大步流星地跑到树下，抬头一望，原来那是一只怒气冲冲的黑色家猫，正蹲在摇摇晃晃的树顶上，它已经爬到树枝最高处，无路可退。我恼火地放下手中的猎枪，训斥道："潘尼亚，你这个笨蛋，那是一只家猫！"

当我转过身来，潘尼亚就站在我前方不远处瞧着我，它的表情看起来正在捧腹大笑。当它与我对视时，便径直冲向我，快速摇着尾巴来回跳跃，兴奋地汪汪叫着，把前爪搭到我的肩膀上，鼻子贴着我的脸，然后又跳回原地，继续做着开怀大笑一般的姿态。

它反复通过这样的举动告诉我："我知道，我早就知道那是一只家养的猫。我从一开始就知道，请你原谅我。可是你应该看看你自己端着猎枪，向一只家猫跑去时的样子！"

那一整天里，它都沉浸在这种兴奋的情绪里，不断重复着那一段表演，先是热烈诚挚地向我表达无法压抑的友好感情，然后有所收敛，只是跑到一边旁若无人地笑着。它的友好中还蕴含着一层讨好的意思："您知道，在家里，我只会嘲笑你与法拉啊！"

甚至当天傍晚，它躺在温暖的壁炉前酣然入睡以后，我还能听到它从睡梦里发出窃笑般的呜咽声。我相信，纵然过了很久，只要我们再次从那片池塘与桉树林经过时，潘尼亚还会记起这件事情。

14. 地震

有一年圣诞节前夕，发生了一次地震。地震的强度很大，仿佛一头愤怒的大象正在发着蛮力，掀翻了非洲人的木屋。那次地震有三次震荡，每次持续几秒钟，每次震荡之间也会停顿几秒钟。这几秒的停顿，正好供人们思考究竟发生了什么。

丹尼斯·芬奇·汉顿当时正在马萨伊保护区里宿营，地震发生时正在卡车上睡觉。等他回到农场后告诉我，他被震醒后的第一个念头是："一定是有只犀牛钻进到卡车下面了。"而发生地震时，我正准备上床睡觉，第一波震荡袭来时，我心想："一定有豹子蹿上屋顶了。"第二波震荡发生时，我想："我快要死了，原来濒临死亡就是这种感觉。"但是，在第二和第三波震荡之间短暂的宁静中，我恍然大悟，这是地震，我从未想过自己会在有生之年遇到地震。有那么一瞬间，我自以为地震已经结束了，然而当第三波也就是最后一波震荡开始时，我却感到了一种前所未有的喜悦之情，我的一生中，还未曾有过如此畅快淋漓、刻骨铭心的时刻。

天体的运行周期中，隐含着使人类感受到无法抑制的喜悦的力量。我们通常感受不到它们的存在，可是当这种力量突然出现在面前时，便为我们打开了一个全新的世界。开普勒①付出了多年心血之后，终于发现了行星运行的规律，他写下了自己如下的感受：

> 我已经陷入欣喜若狂之中，无法控制自己的喜悦。一切都已成为定局。我从未有过如此的感受。我战栗着，热血沸腾。上帝已经为此等候了六千年，期待着一位潜心钻研的观察者出现。上帝拥有无穷无尽的智慧，他知道我们所知道的，也知道我们一无所知的。

的确如此，在地震发生时，我感同身受，震撼我的正是这种狂热的兴奋。无与伦比的喜悦，来自于那些原本你认为静止恒定的东西，居然在自行运动。这可能是世界上最动人心魄的狂喜和希望。那沉闷的大地，那僵化死板的巨大地球，从我脚下升起，并舒展开来。它仅仅通过一个轻微的触碰，传递给我一个信息，却意义深远。大地在大笑，笑得浑身震颤，笑得非洲人的小木屋纷纷倒塌，并且惊叫着："动了，地球动起来啦！"

翌日清晨，贾马端茶给我的时候，说："英国国王升天了！"

---

① 开普勒：文艺复兴时期的德国占星家和天文学家，发现了行星运行三大定律，奠基了近代光学。——译者注

我问他是怎么知道的。

他说："姆萨布，难道昨天夜晚你没有感觉到大地的摇晃和震荡吗？那就意味着英国国王升天了。"

不过幸运的是，英国国王在地震发生后的很多年，依然健康地活着。

15. 凯基科

我曾经养过一头膘肥体壮的骡子，我给它起名叫莫里。可是车夫却用另一个名字称呼它，他叫它“凯基科”，在赛瓦西里语中是“勺子”的意思。我问车夫为何要叫骡子“勺子”，他答道：“因为凯基科看起来就像是勺子。”我绕着骡子转了一圈，反复打量，想看看车夫的脑袋里究竟在琢磨什么，因为在我看来，从任何一个角度来看，它和勺子都没有什么相似之处。

不久之后，有一次我亲自驾骡车外出，碰巧是凯基科与另外三头骡子拉车。我坐上驾车人高高的座位里，居高临下地俯瞰骡子时，顿时明白车夫的话是对的。凯基科的肩部异常窄，后臀却肥胖丰满，那圆圆的边缘翘起的样子，酷似一把汤匙。

如果那位车夫卡莫吾和我同时为凯基科各画一幅画像的话，我们画出的图一定截然不同。但是上帝与天使应该会站在卡莫吾那边，因为他们都高高在上、俯瞰万物，可以为卡莫吾看到的一切做证。

16. 卡洛门亚

农场里有个小男孩，大约九岁，名叫卡洛门亚，又聋又哑，只能发出一种声音，那是一种短促而吓人的号叫声。但是他很少发出那个声音，因为连他自己都不喜欢那声音，经常刚开始号叫就立刻停止，气喘吁吁。农场里别的孩子都害怕他，抱怨说卡洛门亚总是打他们。我第一次结识卡洛门亚，是因为他被他的小伙伴用树枝击打脑袋，他右侧的脸颊高高地肿了起来，由于木屑嵌入皮肤而化脓溃烂，我不得不用针一点一点将它们挑出来。这对卡洛门亚来说，并不像其他人想象的那么痛苦，因为这即使带给他痛楚，但是他至少有了与其他人交往的机会。

卡洛门亚皮肤黝黑，长着机灵水润的黑色眼睛和浓密的睫毛。他总是绷着脸，表情严肃，脸上几乎从未出现过笑容，酷似一头黑色的非洲小牛犊。他是一个活泼好动，又喜欢主动出击的小家伙，由于聋哑阻隔了他与外界沟通联系的可能性，于是，打架就变成他表达自我的方式。他最擅长的攻击方式是投掷石子，可以非常精确地击中目标。卡洛门亚还曾得到过一副弓箭，可是他却用不好，似乎是因为能听到弓弦的响声是优秀的弓箭射手的一个重要技能。卡洛门亚体魄健壮，和同龄人相比，身体十分结实。或许，他并不愿意用自己的这个身体上的优势与其他男孩去换取听力和语言能力，因为我觉得，他对那两种能力并没有太大的兴趣。

卡洛门亚虽然具有好斗的精神，为人却很友好。如果他意识到你正在同他讲话，他的表情会立刻变得明朗起来，那并不是笑意，而是一种清晰、明快的喜悦。卡洛门亚是个小偷，一有机会他就顺手牵羊一些香烟和糖果，但他总是转身就把那些赃物分给别的孩子。有一次，我碰巧看到他站在一群男孩中央，正在给围成一圈的其他孩子发糖。我走到他身后，他并没有发现我，那是唯一一次我看到他脸上似乎马上要泛出笑意。

有一段时间，我尝试着在厨房或者家里为卡洛门亚找点活干，可是他都难以胜任，很快就会感到厌倦。他对搬运重物的工作情有独钟，喜欢将重物从一个地方拖到另一个地方。我农场的汽车道上有一排刷了白粉的大石头。有一天，在卡洛门亚的帮助下，我将其中的一块石头滚动着推到了屋前，使车道看起来更加对称。可是第二天，当我出门时，我看到卡洛门亚居然将所有的大石头都推到了房屋前，并垒成一堆。我感到不可思议，无法相信一个像他那么大的孩子，居然有能力完成这一切。他肯定为此透支了巨大的体力。卡洛门亚仿佛清楚地知晓自己在这个大千世界所处的位置，而且对自己的一席之地非常坚持——他又聋又哑，但是身体强健。

在这世上的一切物品中，卡洛门亚最喜欢、最渴望的是一把刀，然而我不敢送给他。因为我怕在他努力与外界沟通时，可能会用这把刀伤害农场里其他的孩子，甚至杀死他们。尽管如此，在他以后的人生中，他终究会得到把刀，因为他的渴望如此强烈，而只有上帝晓得，他将如何运用那把刀。

我曾经送给卡洛门亚一枚哨子，这是我留给他的最难忘的记忆。我一直用那枚哨子召唤猎犬，当我将哨子给他时，起初他态度冷淡。但是当我指导他把哨子放在唇边吹出响声以后，猎犬们便从不同的地方争相冲到他面前，他惊诧万分，脸色因为过度惊讶而显得阴沉。他立即又试了一次，发现效果一样，便用炯炯有神的眼睛看着我。他反复吹响哨子，想研究明白这其中的工作原理，可他并不去琢磨哨子本身，而是皱着眉头，仔细审视那些被哨声召唤而来的猎犬，仿佛在检查它们哪里受到伤害。此后，卡洛门亚对我的猎犬深深着迷，经常来向我借出猎犬，带着它们去四处游逛。当他牵着猎犬离开时，我总会指向西边天空的某个位置，告诉他最晚当太阳落到那里，他就必须返回。而他作为回应，也总是指向同一个位置，而且每次都准时回来。

一天，我骑马外出，发现卡洛门亚带着我的猎犬走到了离家很远的地方，已经进入了马萨伊人聚居地。他没有看到我，并不知道自己正处于别人的注视下，以为自己正在肆无忌惮地独处。我没有下马，看着他先让猎犬四散跑开，然后再吹响哨子，召唤它们回来，这样周而复始做了三四次。在他自认为空无一人的旷野中，他完全沉浸在一种全新的意念和感受中。

他用一根绳子将哨子挂在脖子上，可是有一天哨子忽然不见了。我用手势向他询问哨子的去向，他也用手势回答我，哨子飞走了，丢了。他没有再向我要第二只哨子，也许在他心中，根本就不存在第二只哨子，也许他要从今以后，与生活中并非完全属于他自己的东西诀别。我甚至怀疑，或许是他自己把哨子扔掉的，因为他无法将自己的思想与哨子的存在融合在一起。

而过了五六年，卡洛门亚或许会因此遭受种种磨难，又或许突然得到解脱。

17. 普兰·辛格

普兰·辛格有一个小小的铁匠铺，位于磨坊附近，活像是农场里的一个小地狱，无论是外形还是内在，都具有地狱的特质。铁匠铺是用瓦楞铁建成的，当烈日炙烤着屋顶，铁匠铺里的炉子也燃起熊熊烈火的时候，铁匠铺内外的空气都变得白热化了。从早到晚，震耳欲聋的“叮叮当当”的打铁声一刻不停地回响着，铁对铁，钢对钢，一次又一次重复着。屋子里到处是斧头和碎裂的车轮，看起来像是一幅令人憎恶的恐怖的古代刑场图。

尽管如此，铁匠铺仍然具有非凡的吸引力。每次我去看普兰·辛格工作时，他的铺子里总是熙熙攘攘，屋里屋外都挤满了人。普兰·辛格工作时，像超人一般迅速，仿佛他的性命全都取决于在未来五分钟能否完成某项特殊任务。他在锻炉前高高跳起，用尖利高亢的声音咆哮着，冲着他那两名年轻的基库尤学徒发号施令。他活像一个被绑在火刑柱上正在忍受火刑折磨的人，或是一个被激怒的魔鬼正在工作。但是，普兰·辛格本人一点也不像魔鬼，反而性情温和。结束了工作，他甚至在言谈举止中还带有几分淑女的矜持。他是农场里的能工巧匠，精通各种手艺，除了打铁以外，他兼任农场的木匠、马具制作匠和细木工人。他还独自一人，为农场制造了许多辆牛车。但他最喜欢守着铁匠铺的锻炉工作。他给车轮装轮毂的场面，赏心悦目，令人打从心底充满钦佩。

普兰·辛格的外表具有欺骗性，当他盛装打扮，穿上他的外套，头上盘着大块的白色头巾，再配上那浓密的黑色胡须，看起来像一个魁伟而臃肿的男人。然而，在锻炉旁，他赤裸着上身，又显得格外轻盈敏捷，仿佛一座印度沙漏。

我和基库尤人都格外青睐普兰·辛格的铁匠铺，这出于两个原因：

第一，是因为铁本身。铁是所有原材料中最迷人的，能激发人们对漫长历史的无穷的想象。犁、剑、大炮和车轮，都是人类文明的象征，是人类征服大自然的小零件。这一切是如此简单朴素，连没有受过文明教化的人也能完全理解并浮想联翩。而普兰·辛格每天围着锻炉，就是在锻打铁器具。

其次，非洲人对铁匠铺里发出的铿锵有力的歌声深深着迷。铁匠铺里的声音明快高亢，拥有令人惊喜的节奏和旋律，具有神奇的魅力。它雄浑有力，能够将女人们的心融化；它直率朴素，坚定地讲述着真理。有时候，它甚至过分直白，充盈着过剩的力量，既强健又欢快。它为你做出重大的贡献，为你效力却又轻巧自如。非洲人热衷于节奏，聚集在普兰·辛格的小屋四周，轻松愉快。而根据按照古老的北欧法典，人们无须为自己在锻炉前所说的话承担责任。在非洲，人们在铁匠铺里，言谈同样无拘无束、自由自在，为铁锤奏出的歌声插上想象的翅膀。

普兰·辛格跟随了我许多年，在农场里可谓收入颇丰。但是他的收入与他的开销之间不成比例，因为他本人过着最严苛的苦行僧一般的生活。他食素，不抽烟也不喝酒，更不涉赌，平日里穿的都是旧成条条缕缕的破衣烂衫。他把自己所有的钱都寄回印度，作为孩子们的学费。他那瘦弱而沉默的小儿子德里浦，有一次从孟买来探望他的父亲。德里浦已经与铁失去了缘分，我在他身上看到的仅有的金属制品，便是他衣兜里的那支钢笔。普兰·辛格神奇的才能并没有遗传给后代。

但是普兰·辛格在农场里期间，一直维持着他对锻炉前工作的满腔热情，似乎为他的头顶上增添了一圈充满活力的光环，而且我希望在他有生之年，这个光环一直存在。他是神灵的仆从，怀揣炽烈的热情，仿佛大自然孕育出的精灵。在普兰·辛格的铁匠铺里，他的铁锤唱出你的心声，宛若你内心的渴望正在歌唱。在我听来，这铁锤似乎正在唱一首希腊古诗，一位朋友曾这样翻译给我：

> 厄洛斯①的击打，
> 就像是铁匠抡圆了他的铁锤。
> 而我对世俗的反抗，
> 令火花四溅。
> 他用眼泪和悲哀冷却我的心，
> 仿佛把烧得通红的铁块扔进溪流。

---

① 希腊神话中的爱神。——译者注

18. 一件奇怪的事情

这件事情发生在我为政府运送物资、进入马萨伊保护区的那段时间，而我认识的人中，未曾听说有过类似的奇遇。那天正午时分，我们正跋涉在无边的草原上。

在非洲，空气在景致中所扮演的角色远比欧洲重要，空气中悬浮着若隐若现的海市蜃楼。从某个角度讲，它才是真正变化无端的舞台。正午时炙热的空气仿佛小提琴琴弦一般隐隐摆动震颤。散布着荆棘树的草原，以及远处的山峦，似乎都被这空气抬高了。而干枯的草丛则幻化成一片波光粼粼的银色水面，草浪翻滚起伏着。

我们走在这几乎要燃烧起来又千变万化的空气中，我一反常态，与法拉、猎犬达思科和牵着达思科的图图走在车队最前方。我们全都一言不发，因为天气实在太热了，让人无法开口。突然毫无征兆地，草原远方的地平线出现了一片驰骋的气流。那是一大群动物，正从我们看不到的遥远的右前方向我们狂奔过来。

我对法拉说：“快看，那些角马!”然而，过了片刻，我又开始怀疑那是否真的就是角马。我拿起双筒望远镜极目远眺，但是即使在这样的正午时分也很难看清楚。我只好问法拉：“它们到底是不是角马？你怎么看?”

这时，我发现猎犬达思科正在全神贯注地凝望着前方，双耳竖起，目不转睛地盯着那些动物的行踪。平日在旷野里，我经常允许达思科在草原上追逐各种羚羊，但是我觉得今天实在是太炎热了，便吩咐图图牵着它项圈上的绳子。与此同时，达思科发出一声短促的狂吠，猛地向前冲去，图图被拽得摔倒在地。我迅速抓过绳子，用尽全身力气拉住它。我看着那群飞奔而来的动物，再次问法拉；“那究竟是什么?”

在旷野中，震颤的空气和单调的景致使判断距离变成一件困难的事情。还有那些零零星星的荆棘树，酷似古老丛林里的摩天大树，而实际上它们最多只有十二英尺高，所以长颈鹿可以从荆棘树顶上伸出脖子与脑袋。你经常会被你看到的远方的动物蒙骗，尤其是在中午，你很容易把一只豺狼误看成一只大羚羊，或把一只鸵鸟错看成野牛。过了好一阵子，法拉才说：“姆萨布，那是一群非洲野狗。”

平日里见到的非洲野狗，一般都是三四只一群，偶尔也会见到几十只聚集在一起。非洲人惧怕野狗，他们会时刻提醒你那是凶残的动物。有一次，当我在距离农场不远的保护区里骑马时，忽然有四只非洲野狗尾随在我身后，与我保持着十五码左右的距离。我带着的那两只小猎犬吓得紧贴在马身旁，几乎躲在了马腹的下方。直到我们蹚过河流向农场走去，它们才放松了警惕。非洲野狗并不像鬣狗体型那么大，和成年阿尔萨斯犬[①]的体形差不多。它们周身黝黑色，只有尾巴尖和耳朵尖上有一撮白毛。它们的皮毛粗糙，粗细长短不均，而且散发着一股恶臭。

前方的非洲野狗至少有五百只，它们聚集在一起不急不慢地跑着，无暇四顾，那奇怪的姿势仿佛是被吓坏了，又仿佛是为了某个特定的目标正在坚定不移地疾速前进。它们在离我们最近的时候，最多只有五十码的距离。当非洲野狗愈加靠近我们的时候，它们稍微转了一个弯，继续以之前的速度跑动着，似乎完全没有看到我们。它们排成一列长长的纵队，两只到四只一组一排，整个队伍花了好一阵工夫才从我们眼前彻底消失。在这中间，法拉曾说："这些野狗已经很累了，它们应该已经跑了很远的路。"

等非洲野狗全部跑走，消失在我们的视线中以后，我们转身张望车队，发现他们仍然落后我们一段距离。刚才内心的激动和紧张令我们疲惫不堪，我们原地坐下，等待车队赶来。达思科非常烦躁，不停地上蹿下跳，想要去追赶那群野狗。我紧紧抱住它的脖子，心想，如果我没有及时拽住它，它此刻恐怕已经被野狗吃掉了。

车夫们纷纷从车队里向我们跑来，询问刚才的状况。我无法解释给他们，也无法解释给自己，究竟是什么原因令这群野狗以这样庞大的规模和奇特的方式跑来又离去。非洲人认为这是一个凶险的恶兆，预示着战争，因为非洲野狗以腐肉为食。事后，他们没有像平时一样热议旅途中发生的奇异事件，而是对这件事情闭口不提。

---

① 即德国牧羊犬。——译者注

我将这件奇怪的事情讲给许多人听，但是没有一个人相信。尽管如此，这件事情毋庸置疑地发生过，我和所有在场的仆从们都可以做证。

19. 人生之路

当我还是一名孩童时，我曾经看过一幅画，那是一幅会动的画，因为，它是由讲故事的艺术家，直接在你眼前绘出的。而且，这个故事，每一次都被人们用同样的方式讲述着。

有一栋圆形的小房子，有着圆形的窗户，门前还有一个三角形的小花园。房子里住着一个男人。

房子附近有一个池塘，里面有不少鱼。

一天晚上，那名男子因为某种恐怖的噪音，从梦中惊醒，在黑暗中走出家门，向着池塘的方向寻找噪音的来源。故事从这里开始，讲故事的人，开始像描绘行军路线那样，画出那个人走过的道路。

起初，他一路向南，谁知被路中央的一块大石头绊倒。他爬起来继续跑了几步，又掉进了一条沟渠，他爬出来，又栽倒在另一条沟里，再站起身，又跌入第三条沟渠，这一次他总算爬上来了。

然后，他觉得自己大概是走错了，于是掉头往北跑去。可是，噪音似乎依然从南边传来，于是他又转身跑回来。但是，和之前一样，他又被路中央的一块大石头绊倒，然后没跑多远，又跌进一条沟里，爬出来，又栽进另一条沟里，再站起身，又掉入第三条沟渠，最后终于挣扎着爬了出来。

这时候，他终于清清楚楚地分辨出来，那噪音是从池塘那儿传过来的。他快步跑到那里，看到大坝上有一个巨大的缺口，池塘中的水连同鱼儿，都哗啦啦地向外涌去。于是，他立刻动手填补那个缺口，直到太阳都要出来了，他才回到家中。

第二天清晨，当他透过屋里圆形窗户向外张望——至此，这个故事以一种充满了戏剧性的方式结尾了——他究竟看到了什么？

一只鹳！

我为有人能够把这个故事告诉我而万分高兴，并且，每当有需要的时候，我都会记起这个故事。故事中的主人公被无情地戏弄，他的旅程也障碍重重。他一定这样想过："这一波三折的旅程！多么倒霉的运气！"他一定百思不得其解，自己为何要经历这种种磨难，而他压根儿想不到，这一切的谜底是一只鹳。但是，在这一切磨难中，他目标明确，也得到了理应获得的奖赏，翌日清晨，当他看到那只鹳的时候，一定会开怀大笑。

而如今，我陷入在这狭小黑暗的窘境中，又是什么鸟的利爪在作怪？当我生命的宏图完成后，我以及其他人，是否也会看到一只鹳？

无法用言语描绘的女王，您赐予我们痛苦。[①] 熊熊烈火中的特洛伊城[②]，七年流亡在外的生活，损失了十三艘优良的船只。这一切都将换来什么？——“无与伦比的优雅、威严的稳重以及甜美的柔情”。

---

① 原文是拉丁文，出自古罗马时期的长诗《埃涅阿斯记》。——译者注

② 特洛伊，在古希腊神话中，因为与阿凯亚人的战役而闻名于世。——译者注

20. 白人与黑人

在非洲大陆，白人与黑人之间的关系，从许多方面来看，类似于两性之间的关系。

无论男性还是女性，被告知他们(她们)在对方生活中所占的分量，没有对方在自己的生活中所占的分量大时，都会万分震惊，而且感到自尊心受到伤害。如果情人或妻子告诉自己的丈夫，他在自己生活中发挥的作用，并不如她们在对方生活中发挥的作用大，这位丈夫一定会感到愤怒和困惑。而如果一位女子被告知说，她在情人或丈夫的生活中的意义，不如对方在自己的生活中的意义重要时，她也一定会怒发冲天。

在古代，男人们不愿意让女人听到的那些故事，印证了这个看法；而女人们围在一起，确保男人不会听见她们的闲聊时，也证明了这个道理。

当白种人和你讲述他们非洲仆从的是是非非时，也发挥了同样的精神。假如你告诉他们，他们在非洲人生活中扮演的角色，没有对方在他们生活中扮演的角色重要时，他们会大发雷霆，而且久久无法平静。

而如果你告诉非洲人，他们在白人生活中的意义，一点儿也没有白人在他们生活中的意义重要时，他们压根儿不会相信，反而会报以嘲笑。在非洲人中间，已经广为流传着那些白人对基库尤人或者卡瓦垄多人深深着迷、甚至完全依赖他们的故事了。

21. 赛瓦西里语中的数字

我刚到非洲时，曾向一位年轻而腼腆的瑞典奶制品商人学习赛瓦西里语中的数字。由于赛瓦西里语中数字“9”的发音，在瑞典语中听起来非常不雅，所以，他不愿意告诉我数字“9”的念法。每当他数数时，一数到“7、8”，就停下来，看着远方，说：“赛瓦西里语中没有 9 这个数字。”

我问他：“你的意思是说，他们最多只能数到 8?”

他急忙回答：“哦，不是这样的，他们还会数 10、11、12 等，但是他们独独没有 9。”

我很愕然：“如果这样他们怎么计数呢？当他们数到 19 时，又怎么办呢?”

他红着脸，语气坚定地说：“他们同样没有 19，也没有 90 或是 900。(因为在赛瓦西里语中，这些数字都是以 9 为基础衍生出来的。)除此之外，我们的一切数字他们都有。”

这个奇特的塞瓦西里数字系统在很长一段时间里，一直在我心头挥之不去，我反复思索并且乐在其中。我想，在这里，居然有别出心裁的人，勇敢地打破了数字系统的陈旧架框。

我想，1、2、3 是仅有的相连的三个质数，而在赛瓦西里语中，8 和 10 也是仅有的两个相连的偶数。人们可能会质疑，数字 9 的确是存在的，因为 3 乘以 3 是合理的。但是，为什么非要如此呢？既然数字 2 没有平方根，那么 3 也完全有可能没有平方数。如果你将一个多位数字的各个数位上的数字相加，最终缩成一个个位数，那么这个数字系统中，是否有 9 或者是由 9 组成的数字，就没有多大关系了。我想，也许赛瓦西里语中真的没有数字 9 的存在，而且我也愿意相信，这在赛瓦西里语中是行得通的。

当时，农场里恰巧有一位名叫扎卡利亚的仆从，失去了左右手的无名指。我猜想，这对于非洲人而言可能只是件很普通的事情，因为这样反倒方便他们用手指计数。

当我把自己的这些想法兴致勃勃地与他人分享时，我被告知了真相。但是，我依然觉得，在非洲人中，的确还存在着一个没有 9 的奇特的数字体系。这个体系不仅行之有效，而且帮人们发现更多与众不同的事物。

这一切使我想起了一位上了年纪的丹麦牧师，他曾经一本正经地向我宣传，上帝创造的世界中，根本不存在十八世纪。

22. 月 食

有一年，发生了月食。在月食发生不久之前，我收到了一封来自基库尤火车站那位年轻的印度站长的来信，内容如下：

尊敬的夫人：

我很乐意告诉您，我曾听说，太阳将会失去他的光辉长达七日之久。所以，不要再去考虑什么火车了。我只想恳请夫人帮我出个主意，我是应该让牛群在附近吃草呢，还是应该把它们关在牛圈中？我相信，所有人中，只有您能给予我建议。——万分荣幸，夫人。

您忠实的仆从帕特

23. 千禧年[①]

当耶稣重返人间的日子一天天临近时，人们设立了一个委员会，来安排各种庆祝事宜。经过一番激烈的讨论后，委员会发出通告，禁止呼喊"和散那"[②]、挥舞和投掷橄榄枝的行为。

进入千禧年一段时间后，普天之下处处快乐祥和。一天晚上，耶稣对彼得说，当夜深人静时，希望彼得能陪同他一起出去走走。

彼得问道："你想去哪里呢，我的主？"

耶稣回答："那我们就从普雷托拉的宫殿，一直沿着这条长长的路，走到各各他山[③]吧。"

---

① 指耶稣重返人间后的一千年。——译者注

② 宗教用语，源自希伯来语，原意是"求救"，一般译为"主啊，祈求您的拯救"。——译者注

③ 耶稣遇难的地方。——译者注

24. 艾萨之死

艾萨在打仗时离开了农场，战争结束以后他又回到了我家，继续在农场里过着平静的生活。他的妻子叫玛丽亚茉，是一位肤色黝黑的瘦高女子，吃苦耐劳，总是独自一人搬运着木柴。我所有仆从里，数艾萨最温驯谦和，从不与人发生争执。

但是，他在战争期间的流亡岁月中一定经历过什么，并改变了他。有时候，我打从心里担心，他会像一棵从根部就腐烂了的植物一样，悄然死在我面前。

虽然艾萨是我的厨师，但是他对做饭没有兴趣，心心念想成为一名园丁。这个世界上，唯一能让他感受到生活乐趣的东西就是植物。可是我已经有一名园丁了，却缺少一名厨师，只好让他在厨房里干活。虽然我答应他，总有一天会让他去做园艺工作，但是这件事情被日复一日地拖延着。出乎意料的是，艾萨自己在河边修了一个小小堤坝，并开垦了一块土地，在那里进行种植。但是，由于这一切都是并不强壮的他在孤军奋战，堤坝不够坚固，所以久而久之，经历了长时间的雨季，它被冲毁了。

率先打破艾萨平静祥和的生活的，是他兄弟去世后，在基库尤聚居地里留给他的一头黑色奶牛。它鲜明地表现出，艾萨的生命活力已经被消磨殆尽，他无法承受任何急剧的命运转折，尤其是，我相信，他无法面对突如其来的幸福。他向我请了三天假，离开农场去取牛。而当他返回我家后，我发现他已经深陷其中无法自拔了，就像一个已经被冻得四肢麻木的人，忽然走进了温暖的房间。

所有的非洲人都天性嗜赌，这头黑牛将艾萨带入一种幻境，仿佛命运之神向他绽开了微笑，令他陡然增加了可怕的自信心，他开始怀揣自己伟大的梦想。艾萨觉得幸福的生活就在触手可及的地方——他打算再娶一名妻子。当他将这一计划告知我时，他已经与未来的岳父就一些法律问题进行了商谈。他未来的岳父住在内罗毕的街道旁，未来的妻子是塞瓦西里人。我向他建议道："你已经有了一位很贤惠的妻子，而且你也不再年轻了，没有必要再娶另外一名妻子。让我们继续过现在的平静生活吧。"我的规劝并没有使艾萨感到生气，这位矮小温和的基库尤人挺直腰杆站在我面前，表面上依然保持着自己特有的温和态度，但是内心已经下定了决心。不久之后，他带着他的新娘法多玛来到了农场。

如果艾萨曾经对他全新的婚姻生活有过什么幸福的期待，那只能表明他已经丧失了判断能力。他年轻的新娘性格乖戾，对什么都漠不关心，总是绷着脸，穿着塞瓦西里族的时髦服饰。她继承了她母亲部族的放荡不羁，从她身上感受不到一点儿美丽高雅或是轻松欢乐的气息。但是胜利的喜悦和对未来的美好憧憬，使艾萨神采奕奕，他的言谈举止显得十分幼稚可笑，好像一个即将全身瘫痪的病人。而玛丽亚茉始终沉默不语，就像一个逆来顺受的奴隶，看着这一切，对遭受的冷遇似乎毫不在意。

也许，艾萨的确拥有过一段欢愉的时光，但幸福的时光总是转瞬即逝，他的新婚妻子彻底打破了他在农场中的平静生活。婚礼过后仅仅一个月，她就抛弃了艾萨，跑去和内罗毕的军营里的那些非洲士兵厮混。此后很长一段时间内，艾萨经常请一天假去内罗毕找她，并且直到天黑，才能将这个极不情愿的黝黑姑娘带回农村。第一次去时，他还信心满满，认定自己一定能把她找回来——她可是自己的合法妻子。但是后来，他只是惶恐不安地出发，迷惘地抵达内罗毕，惆怅地寻找他对未来的憧憬，和命运之神的微笑。

“艾萨，你为什么要把她带回来呢?”我对他说，“由着她去吧！她并不愿意留在你身边，而且她回来对你也没有什么好处。”

可是，艾萨并不明白应该给她自由。最终，他对生活的希冀幻灭了，他只想挽回他的女人的金钱价值。当他步履沉重地离开农场时，农场里的其他仆从都会耻笑他，而他告诉我，军营里的大兵也讥讽他。但是，艾萨向来不在意别人的看法，现在他更无所谓了。他对于寻找自己丢失的财产，有着忠诚而顽固的执念，就好像去寻找一头丢失的牛。

一天上午，法多玛告诉我的仆从们，艾萨生病了，他今天不能来做饭了，但是第二天他就会有所好转。然而，当天下午晚些时候，仆从们跑过来告诉我，法多玛失踪了，而艾萨服下了毒药，快要死了。当我走出门时，看到他们已经把艾萨用床板抬出来，并放在了小木屋之间的空地上。显然，艾萨快要死了。她给他吃下了某种非洲人的毒药，类似番木鳖碱。艾萨一定是在自己的小木屋里，在残忍的凶手——他年轻的妻子的注视下，受尽了折磨。直到她觉得已经大功告成，除掉了艾萨，才逃之夭夭。艾萨由于痉挛而浑身抽搐着，但是已经像死人一般僵硬冰冷。他面容扭曲，苍白的嘴唇泛着青色，嘴角流着混杂着血液的白沫。法拉开车去了内罗毕，所以我无法将艾萨送往医院，然而即使汽车在家，我也未必会那样做，因为眼前的事实表明，去了医院也无济于事。

艾萨临死前一直盯着我看，我不知道他是否还能认出我。在他酷似动物的黑色大眼睛里，依然闪着对故乡的思念与回忆，就像我一直期待去了解的那样，他的故乡就好像诺亚方舟，小男孩就在旷野上放牧他父辈的羊群，其他动物都围聚在四周。我握住艾萨的手，那是一双属于能工巧匠的手，它拿起过武器，也种植过蔬菜花卉，爱抚过情人，我还教过这双手做鸡蛋卷。艾萨会如何评价他这一生？是成功还是失败？这或许无法回答，他缓慢地走完了自己狭窄、曲折、寂寞的人生之路，经历过无数磨难，却始终保持着平和的心态。

法拉回到农场以后，花费了很多工夫，为艾萨举办了一场完全按正统伊斯兰礼仪进行的葬礼，因为艾萨是虔诚的伊斯兰教徒。由于我们邀请的内罗毕阿訇在第二天傍晚才赶到，所以艾萨的葬礼是在夜里举行的。璀璨的银河挂在夜空，而葬礼场地的四周都亮着一盏盏灯。遵照伊斯兰教的习俗，艾萨的坟墓修在森林中的一棵大树下。葬礼上，玛丽亚茉从致哀的人群中走出来，因艾萨死去的悲伤哭号一直在夜空里回荡。

我和法拉讨论过应该如何处置法多玛，但是我们最终的决定是什么也不做。对于法拉而言，让一名妇女接受法律的惩罚，背离了他的信仰。而我也通过法拉了解到，伊斯兰教义从不让妇女们承担责任，而她的所作所为必须由她的丈夫负责，由她的丈夫对她造成的损失支付赔偿，就好像他必须对自己的马匹造成的损失做出赔偿一样。可是，如果马匹将他的主人甩在地上，并造成他的死亡呢？法拉说，这的确是一场悲剧，但是法多玛也有充分的理由抱怨自己不公的命运，今后她必须面对她自己选择的命运——肆无忌惮地在内罗毕的军营里生活。

25. 非洲人和历史

那些满心期望看非洲人能够兴高采烈地从石器时代跨越进汽车时代的人，早已忘记了我们的祖先是通过艰辛的劳动，才能带领我们穿越历史的长河，抵达今时今日。

我们可以制造飞机和汽车，并且教会非洲人使用它们，但是我们无法在瞬间，就轻而易举地让他们由衷地热爱汽车。毕竟人类发明汽车耗费了几个世纪，就好像在这期间苏格拉底、十字军东征与法国大革命一样，都是在历史的召唤下应运而生。我们现今热爱着这些机械，所以无法想象古人如何在没有它们的情况下生活。但是，我们却无法创造出亚他拿西信经①，弥撒礼仪或是五幕悲剧，甚至创造不出十四行诗体。而且如果这些机械不是已经被发明，那我们也只好适应

① 又称得救经，是传统基督教的信经之一。——译者注

没有它们的生活。即便如此，我们也可以想象，当人类从心底呐喊着渴求这些机械时，直到它们被一一发明创造出来，那迫切的需求才得以释放。

有一天，伯纳特神父骑着摩托车来到农场与我共进午餐，他长满络腮胡子的脸上因胜利的喜悦而容光焕发，并为我带来一个特大喜讯。他告诉我，一天前，九个来自苏格兰教会的基库尤年轻人前来找她，要求加入罗马天主教会。做出这一决定，是由于他们经过深思熟虑和讨论后，对罗马天主教的化体教义①深感兴趣并决定信奉它。

听我讲述这件事情的所有人都嘲笑伯纳特神父，他们对此的解释是，这些基库尤青年一定觉得在法国传教团，他们有可能承担更少的工作，并获得更高的报酬，说不定还能有自行车骑，才捏造出那套关于化体教义的借口，来解释他们的转变。他们说，连我们自己尚且不理解化体教义，甚至都不愿去思考其中的含义，基库尤人更加无法领会这些。但是，事实或许并非如此，因为伯纳特神父对基库尤人非常了解。现在，这些基库尤青年们的思想，或许正沿着我们祖先所走过的绿荫小径前行。既然我们的祖先认为的化体思想难能可贵，那我们更不应该在他们心目中否定这些。

这些五百年前的人们，甘愿放弃更高的薪酬，晋升的机会，更舒适的生活条件，甚至是生存机会，奋不顾身地执着于化体教义。那些基库尤年轻人并没有得到什么自行车，而拥有一辆摩托车的伯纳特神父，将这九位基库尤年轻人的皈依看得比他的摩托车更重要。

在非洲的现代白人相信进化，而不信其他任何突发性的

① 天主教神学圣事论学说之一。——译者注

创造行为。然而可能通过一个短期的历史事件，迅速将非洲人带进我们现在的这个时代。

殖民者统领这些国家还不到五十年，如果我们把五十年前的那一刻看作是上帝诞生的时刻，并让他们以每二年时间，相当于我们一百年的速度，来追赶我们的文明，那么，现在正是我们向他们介绍亚西西的圣方济各的时候。而再过几年，就是时候引荐拉伯雷①给他们了。相比于本世纪，他们一定会更加热爱和更懂得欣赏他们两位。几年前，当我尝试给非洲人翻译《云》里农夫与儿子的对话时，就发现他们非常喜欢阿里斯托分②的作品。而再过二十年，他们就可以接受百科全书派③的观念了。再往后十年，他们则可能热衷于吉卜林④的作品。我们应该让他们先拥有自己的梦想家、哲学家和诗人们，然后福特先生才应该正式登场。

如果真的有这样一天，他们将在哪里追上我们呢？而我们又将身在何处？我们能否为了追逐阴影、黑暗或技术，而紧紧抓住他们的尾巴？而那时候，他们也许就像现在开始理解化体教义一样，能够用成本价制造我们的汽车。

---

① 文艺复兴时期法国的人文主义作家，代表作品《巨人传》。——译者注

② 古希腊著名喜剧作家，被誉为“喜剧之父”。——译者注

③ 十八世纪法国启蒙思想家在编纂《百科全书》时，以狄德罗为核心的学派。——译者注

④ 英国小说家、诗人，代表作品《丛林故事》、《军首歌谣》等，于1907年荣获诺贝尔文学奖。——译者注

26. 乔治

有一次，我搭乘一艘非洲货船，在前往非洲的途中，结识了一个名叫乔治的小男孩。他与母亲和年轻的姨妈一同旅行，我们成了朋友。有一天在甲板上，他离开了那两位女士，在她们的注视下走向我。他向我宣布说，第二天他将迎来六周岁的生日，她的母亲想邀请船上的英国乘客一起喝茶。他问我是否会参加。

我告诉他："可是乔治，我不是英国人。"

他惊诧万分地问道："那您是哪个国家的人?"

我回答道："我是霍屯督人①。"

他站得笔直，很严肃地看看我，最后说道："没关系，我希望您能来。"

---

① 生活在非洲南部的一个原住民民族。——译者注

他回到母亲和姨妈身边，看似不经意却语气坚定，不容反驳地告诉她们："她是霍屯督人，但是我要让她来参加。"

27. 长颈鹿去汉堡

有一段时间，我住在蒙巴萨，就借住在海滨官员谢赫·阿里·本·萨利姆老人的家中，他是一位仗义慷慨、热情好客的阿拉伯绅士。

蒙巴萨看起来宛若一幅描绘伊甸园的儿童画。被岛屿围绕的墨蓝色海水形成了一个理想港湾，白色珊瑚礁形成的地面上四处长着郁郁葱葱的杧果树，光秃秃、形状怪异的猴面包树。蒙巴萨的海水犹如湛蓝的矢车菊，在海港入口外面，印度洋上滚滚而来的碎浪勾勒出一条曲折纤细的白线，即使海上风平浪静，也会传来低沉的雷鸣声。蒙巴萨小镇的街道狭窄，建筑物都是由珊瑚礁石搭建的，一片美丽的米黄色、玫瑰色和赭红色杂糅在一起。镇子里还有一座宏大雄伟的古老城堡高耸着，城墙上的炮眼清晰可见，三百年以前，葡萄牙人曾经和阿拉伯人在这里短兵相接。城堡的颜色比镇子里的其他建筑更加浓烈，仿佛在淌过了时间的长河以后，它高高在上，经历着夕阳下的暴风雨洗刷。

蒙巴萨的花园里如火如荼地盛开着的金合欢，这种花拥有不可思议的浓烈色彩，而树叶却纤巧娇嫩。炽热的阳光灼烧着蒙巴萨，空气里满是咸味，温柔的海风每天自东方吹来，带来新鲜的盐水雾气，使土壤里富含盐分，因此几乎寸草不生，地面就好似舞场一样裸露着。然而，古老的杧果树上，墨绿色的叶子茂密葱郁，地面洒下一片仁慈的绿荫，仿佛每棵杧果树下，都形成了一个清凉的圆形黑色水塘。据我所知，在各种树木中，杧果树是最理想的聚会场所，就像村子中的水井一样，成为人们的社交中心。经常有大型集市在杧果树下，围绕着树干举行，地上堆满了鸡笼和西瓜。阿里·本·萨利姆在蒙巴萨拥有一栋精美漂亮的白色宅邸，就在蜿蜒的海岸线旁，在他的房门口有一排长长的石阶延伸到海边。房子的两侧是客房，而在主建筑的房间的阳台后面，收藏着许多精美的阿拉伯和英国用品，比如古老的象牙和黄铜制品，来自拉穆的瓷器，铺着天鹅绒的转椅、相片以及一台庞大的留声机。其中还有一个缎面里子的匣子，里面装着的是一套四十年代的英国瓷器中的幸存者，那是桑格巴尔苏丹之子与波斯沙阿的女儿结婚时，年轻的英国女王与她的丈夫赠送的结婚礼物。这份礼物寄托着女王和亲王希望这对新婚夫妇也能像他们夫妇一样，拥有幸福生活的美好愿望。

当阿里·本·萨利姆拿出那些瓷杯子，一一摆在桌上展示给我时，我问他："他们幸福吗？"

"唉。"他深深叹了口气，说道，"并不幸福，新娘怎么也不肯放弃骑马。她将自己的马匹和嫁妆一起带上了船。可是，在桑格巴尔人心目中，淑女是不能骑马的，这造成了很大的麻烦。而在骑马和丈夫之间，公主最终选择了骑马。他们的婚姻最终在年底宣告破裂，而公主也回到了波斯。”

蒙巴萨的港口中停泊着一艘锈迹斑斑的德国旧货船，即将返回德国。当我坐着阿里·本·萨利姆的平底木船往返于岛上时，我都会见到那艘船。阿里·本·萨利姆的塞瓦西里水手们划着桨，我看到那艘货船的甲板上矗立着一个高大的木箱，箱子顶端探出了两只长颈鹿的脑袋。法拉当时也在木船上，他告诉我，这两头长颈鹿是从葡属东非运来的，将被送往汉堡，作为一次巡回动物展的展品之一。

长颈鹿优雅娇贵的脑袋左右摆动着，看起来很惊讶，可能它们确实被吓坏了，也可能因为它们从未见过大海。如今的它们只能站在拥挤的木箱里，它们的世界忽然缩小了，将它们束缚在其中。

它们不知道，也无法想象即将要面对的恶劣环境。它们是高贵而无邪的生灵，风度翩翩地漫步在草原上。它们对监禁、寒冷、恶臭、烟雾和疥疮一无所知，也没有体验过死寂世界的无聊滋味。

而到了那时，人们穿着散发异味的黑色衣服，冒着风霜雨雪从街道上成群结队地赶来，观看这些长颈鹿。与这些喑哑的动物相比，人类充满了优越感。长颈鹿从动物园的栏杆上方，优雅地探出那娇美高贵的脑袋，脑袋上长着迷蒙的灰色眼睛。而人们会指着它细长的脖子发出嘲弄的笑声——对于那美丽的脖子来说，这笼子实在太矮了。

孩子们在第一眼看到长颈鹿时，或许会因为受到惊吓而哭泣，或是立刻爱上这种动物，给它们喂面包吃。而且，他们的父母会因此相信长颈鹿是温顺美丽的动物，并相信孩子们在长颈鹿身边度过了一段开心有趣的时光。

在经历过的漫长岁月里，长颈鹿是否会梦见它们失落的故土？它们现在身在何处，最终的归宿又在哪里？昔日的草地、荆棘树林、河流和幽蓝的山峦都去了哪里？高原上甜美醉人的空气消失了，而那些曾经与自己肩并肩一路小跑在起伏草原上的长颈鹿们，又都去了哪里？它们抛弃了自己，再也不会回来了。

而夜空中，如水的明月又在哪里？

长颈鹿在骚动中醒来，在动物园的大篷车中里醒来，在散发着腐烂稻草和啤酒气味的狭小箱子中醒来。

再见，永别了。我宁愿你们两个都在旅途中死去，而不是像现在这般，从箱子上方探出优雅的小脑袋，映衬着蒙巴萨的蓝天，惊讶地四处环顾。我不希望你们孤独地面对汉堡，那里没有一个人懂得非洲。

至于我们，在我们找到一个对我们犯下了更加残酷罪行的犯人之前，我们永远也没有资格乞求长颈鹿宽恕我们。

28. 旅行伙伴

在驶向非洲大陆的游轮上，我坐在餐桌前，左右两侧分别是一位比利时人和一位英国人。那位比利时人正要前往刚果，而那位英国人曾经十一次前往墨西哥，为了猎捕一种特殊的野山羊，而现在他计划去非洲打紫羚羊。在与这两位交谈时，我只好来回切换语言，最终把自己搞糊涂了。比如当我想问比利时人他是否经常远行时，我其实在用法文问他："你这辈子从事过很多工作吗?"比利时人并没有因此感到被冒犯而生气，他把牙签从嘴里取出来，一丝不苟地回答我："夫人，非常非常多。"接下来，他开始为我讲述他这辈子从事过的各类工作。而他每提到一件事，一定会反复提到这样一句话："我们的使命，我们在刚果的伟大使命。"

某个傍晚，我们正在打牌，那名英国人聊起了他在墨西哥的经历，特别详细地叙述了一位年迈的西班牙老妇人的故事。在山里有一座孤孤单单的农场，这位老妇人就住在那里。一天，有一位陌生人拜访，老妇人就派人请他过去，给自己讲讲这个世界上最近的新闻。那个陌生人告诉她："哦，好的，妇人，人类已经可以飞行了。"

"是的，我也听说了，"她说，"而且我还为此和神父争论了许久，现在您能告诉我们答案吗？先生，当那些人飞翔的时候，他们的双腿是像麻雀那样蜷缩在身下呢，还是像鹳鸟一样笔直地向身后伸出？"

在我们谈话的过程中，英国人还提到了墨西哥的原住民和在那里兴办的学校，并宣称那里的人愚昧无知。那位比利时人正在为庄家发牌，他停下了手中的动作，手里拿着最后一张牌，犀利地瞪着那个人说："我们应该教导黑人老老实实地干活，这就够了！"说罢，他重重地把手里的牌摔在桌子上，砰然作响，然后他又加重语气重复着："这就够了，这就够了，这就够了！"

29. 教授与猴子

一位瑞典的研究自然史的教授来到我的农场，希望我能帮忙，与野生动物管理部门交涉一下。他告诉我，他要在非洲做一项研究，弄清楚猴子的胚胎是在哪个阶段脚上长出了拇指，什么时候开始与人的脚掌发育迥然不同的。因此，他想去恩贡山区猎捕疣猴。

“您是不可能找到疣猴的，”我对他说，“它们通常生活在杉树顶端，胆小如鼠，一见到人就会逃跑，很难捕捉。而您想要得到胚胎，更是难上加难，需要非同寻常的运气！”

但是，教授信心满满地回答说，他会一直待在这里，直到找到所需要的胚胎，这就意味着他将为此花费许多年。

他已经向野生动物管理部门递交了捕猎猴子的申请，而且他坚信，自己的捕猎行为是为了崇高的科学研究，所以他的申请一定会被批准。然而直到现在，他也没有收到答复。

我问他："您申请捕猎多少只猴子呢？"

他告诉我，因为处于研究的初始阶段，所以他申请可以捕猎一千五百只猴子。

而我认识野生动物管理部门里的人，于是我帮他寄了第二封信，要求得到书面答复，而且最好能由下一班邮差送回农场，因为教授对立刻开始研究工作的愿望是如此迫切。这一次，野生动物管理部门的回信很快由下一班邮差带到了农场。他们在回信中写道，他们很高兴地告知兰顿格林教授，由于他的捕猎行为具有极高的科学研究价值，他们将破例将他的捕猎许可由四只猴子提升到六只。

我不得不连续两遍将这封信读给教授，直到他终于确信无疑地明白了信中的内容，然后万分沮丧地离开了，一言不发地沉浸在严重的打击和悲伤中。对于我的安慰，他也不理不睬，郁郁寡欢地坐上车离开了这个让他伤透心的地方。

其实，在事情没有总和他作对的时候，教授是一个风趣健谈的人。当我们就猴子的问题辩论时，他告诉我许多发人深省的事情，并淋漓尽致地阐述了他自己的想法。一天，他对我说："我有一个独特的体会想告诉你，在恩贡山巅，有那么一瞬间，我发现上帝的确真实存在。你怎么认为呢？"

我回答说，这的确很有意思，不过我又想到一个更有趣的问题，那就是在恩贡山巅上，上帝是否也曾在某一刻，相信兰顿格林教授的存在？

30. 鹦鹉

一位年迈的丹麦船主坐在那里，追忆自己的年少岁月，回忆起自己十六岁时的某个晚上，在一家新加坡妓院里的经历。他跟随父亲船上的船员到了那里，与一位上了岁数的中国妇人聊天。当她听说，他是来自一个遥远的国度时，拿出了她的老鹦鹉。她告诉他，这只鹦鹉是很久很久以前，她的一位出身贵族的年轻英国情人送给她的。男孩想，那只老鹦鹉或许有一百岁了。鹦鹉会说世界上的好几种语言，都是在妓院这个混杂的环境里学会的。但是其中单有一句话这位中国妇人听不懂，那是她的情人在将鹦鹉赠送给她之前，就教给鹦鹉的。而多年以来，来来往往的过客中，也无人明白这段话的意思，她也放弃了打听。但是，如果眼前的男孩来自远方，那也许这句话正是他的故乡的语言，而他就可以翻译出那段话的意思。

男孩被老妇人奇特的提议打动了，他端详着那只鹦鹉，一想到那古怪的鸟嘴中有可能吐出丹麦语时，他就有一种想逃跑的冲动。可是为了满足老妇人的要求，男孩留了下来。然而，当鹦鹉说出那几句话时，讲的却是古希腊语。鹦鹉语速很慢，男孩的希腊语很好，他听出这是一首萨福①创作的诗：

月亮已经悄然落下，
连同金牛星和子夜一起退去，
时光在流逝，流逝，
我独自一人孤寂地躺在这里。

当男孩将诗句翻译给老妇人时，她咬着嘴唇，转动着小小的眼睛，请他再说一遍。当男孩再次念起诗句时，她频频点头。

---

① 萨福：古希腊抒情女诗人。——译者注

Out of Africa

第五卷　告别农场

第一章 困难时期

农场的海拔对于咖啡种植业而言，有些太高了。尤其是在严寒季节，地势较低的地面偶尔会出现霜冻。第二天清早，咖啡树娇嫩的枝丫和结出来的咖啡豆都被冻得枯萎坠落，变成褐色。平原上总会吹来强劲的大风，即使在风调雨顺的年份里，我们的咖啡亩产量也远远不及那些海拔较低的地区，比如海拔约四千英尺的锡卡和基安布地区。

另外，恩贡山区雨季很短，雨水稀少，我们曾经经历过三次严重的干旱，每一次都令我们几乎陷入绝望。如果一年的降雨量达到五十英寸，我们就可以采摘到八十吨左右的咖啡豆；如果降雨量能够超过五十五英寸，我们的收成则在九十吨上下。但是，在那些大旱的年份，例如曾经有两年，降雨量仅有二十到二十五英寸，我们只有十五六吨的收成，那两年对于农场真是灾难。

而坏事总是接踵而至，咖啡豆的价格一再下跌，从一吨一百英镑的价格跌至现在的一吨仅仅六七十英镑。这使农场的日子难上加难，我们无力还债，也没有钱雇用工人继续维持种植园的运作。而远在丹麦的农场股东们写信给我，告诫我已经到了必须要卖掉农场的时候了。

我为了挽救农场想尽了各种办法。有一年，我尝试在空闲的土地上种植亚麻，这是个有趣的主意，但是却对工人的技巧和经验有很高的要求。一位来自比利时的难民成为我的顾问，当他问我计划种植多少亩亚麻时，我告诉他，我的计划是三百英亩。他听后，立刻大惊失色地叫着："夫人，这可行不通!"他解释说，我或许能成功地种出五英亩或十英亩的亚麻，但是不可能更多了。但是如果仅仅种植十英亩，对于农场的困境于事无补。最后，我在一百五十英亩的土地上种植了亚麻。亚麻开花的季节，田里绽放出大片的蓝色花朵，那景色美不胜收，就像一片坠入人间的蓝天。而亚麻纤维是这世界上最令人喜爱满意的编制材料，它们坚韧耐磨而有光泽，手感像抹了油一样润滑。我不禁浮想联翩，想象着这些亚麻被运走，被织成优质的床单和睡衣。但是，在缺乏持续性的监督指导的条件下，基库尤人不可能在短时间内熟练掌握采摘亚麻、沤麻和打麻的技术。结果，我种植亚麻以失败告终。

那些年，这个地区的许多农场主们都或多或少地进行过类似的尝试，但是最后只有少数的几个幸运儿能够获得鼓舞人心的成功。恩乔罗的英格瑞·林斯特罗姆的种种尝试和努力，终于使她农场的境遇逐渐好转。她在自己的农场里，终日不停地艰苦耕耘了十二年，先后尝试过商业化菜园、养猪、养火鸡、种植蓖麻和大豆，都一一失败。她眼睁睁地看着自己的努力付之东流，饱尝痛苦的泪水。终于通过种植除虫菊，为她自己和家人拯救了农场。这些非洲菊被运往欧洲，用于制造杀虫剂。而我的一次次尝试却没有这么好运。在旱季，当亚希平原燥热的风吹到这里来时，我的咖啡树上的叶子都枯黄下坠了，还有一些咖啡树遭受了蓟马和咖啡虫之类的病虫害。

为了促进咖啡树成长结果，我们试着在地里施肥。我一直被灌输着传统的欧洲农业观念，无法接受不施肥就种庄稼的做法。庄园里的佃农们听说我的打算之后，纷纷赶来帮忙。他们把自家牛养圈里积攒了多年的粪便带给我，那是一种像泥炭一样细软的东西，使用起来很容易。我们从内罗毕买了一个小型犁锄，用一头公牛拉着在咖啡树行间挖出沟渠。由于我们无法把牛车赶入咖啡种植园，只有由农场里的妇女们用麻袋把粪肥背到田间，并撒在沟渠里，一棵树下面撒一袋，最后再让牛拉着锄犁将肥料翻到土中。那热火朝天的劳动场景看起来令人愉悦，我热切地期待着出现奇迹，然而就像其他的事情一样，没有任何效果。

而最大的困难是资金短缺，在我接管农场之前，钱都被花光了。因而我们无法着手任何实质性的变革，只能维持自给自足。在最后的几年中，我们就是量入为出地维持着农场里的生活。

我想，如果我资金充足，我早就放弃种植咖啡了，我会把咖啡树全部砍掉，并且种植林木取而代之。在非洲，树木的生长速度非常惊人，在雨季来临之际，你淋着雨从苗圃里搬来十二棵一箱的幼苗亲手种下，十年后，它们就会长成高大的桉树和金合欢树。我幻想着，到那时候，不管我在内罗毕做木材生意还是木柴生意，都会经营得红红火火。栽种树林是一项高尚的工作，即便过去很多年，你也会开心地回忆这一切。农场里曾经有大片望不到边的原始森林，但是在我接手农场之前，这片森林已经被印度商人购买，他们以砍伐树木获取木材为生，想起这些我就感到痛心。在那段困难时期，我也不得不让工人砍伐工厂周围的森林，作为工厂里蒸汽机的柴火。而这片郁郁葱葱、生机盎然的挺拔树林时常出现在我眼前，困扰着我。我觉得，在我的一生中，所做的最让我愧疚的事情就是砍伐了这些树木。每当我手头宽裕的时候，我就会力所能及地种上一小片桉树，但是数量并不多。然而我相信，如果持之以恒，也许要花五十年，才能把数百英亩空地变成百鸟争鸣、管理科学的茂密树林，还可以在河边建一个锯木厂。农场里的农民，尽管在时间观念方面与白人不尽相同，但他们也一直热切地渴望着那一天的到来——人人都可以从我将要种下的树林里得到取之不尽、用之不竭的木材，就像从前的原始森林一样资源充沛。

我曾经还计划在农场里养牛，并建立一个乳制品加工厂。可是农场所处的地区不太干净，这里可能随时会暴发东海岸热病。如果你想要饲养品种优良的奶牛，就必须将它们圈养起来，并经常用药水为它们洗澡消毒。这令我们更加难以和那些身处北方清洁地区的牧场主们竞争。不过，我也有自己的优势，农场距离内罗毕如此之近，每天一大早我就可以开车把新鲜的牛奶送进城里。我们也的确曾经拥有过一群顶级品种的奶牛，并专门为它们在原野上修了一个很不错的消毒池。但是最后，我们不得不卖掉了那些奶牛，那个消毒池也杂草丛生，年复一年躺在那里的消毒池仿佛一个坍塌破败的空中阁楼。后来，每当傍晚时分，我路过茂葛或科尼奴的牲口圈时，闻到奶牛的甜美芬芳，我都不免再次萌生建立我自己的牛舍和乳制品工厂的念头，内心感到隐隐刺痛。每当我在草原上策马驰骋，眼前都会浮现出这样的情景：长满美丽斑纹的奶牛，如鲜花般点缀着这片草原。

随着四季更替，岁月流逝，这些计划都越发遥不可及，甚至有些模糊了。不过，只要我们能把咖啡豆卖出去继续维持着农场的经营，我也很知足了。

经营农场是一个真正的重担。农场里的非洲人，甚至是我的白人同胞，都只顾着把他们的烦恼和恐惧丢给我一个人承担，有时候，我甚至会觉得农场里的牛群和咖啡树也不例外。那些会说话的、不会说话的生命似乎都一致认为，雨季姗姗来迟、夜里寒气逼人，都是由于我的过错造成的，似乎晚上静静地坐下来看一会儿书也是不应该的，我只能走出家门，深陷在随时会失去农场的焦虑中。法拉理解我的悲伤和烦恼，但是反对在夜间出门散步。他不止一次和我提起豹子，在日落后它们总是在房子附近徘徊。所以每当我外出散步时，法拉穿着白色长袍的身影就会出现在幽暗的长廊上，直到我安全返回屋中。可是，我已经沉浸在自己的悲伤中无法自拔，顾不上豹子的威胁。其实我明白，即便我夜夜都在农场里的小道上游逛，也改变不了任何事情，但是我依然在每天晚上出门，像幽灵一样漫无目的地在农场里巡游。

在告别非洲的前两年，我返回欧洲旅行访问。我启程时，咖啡的收获季节还没有来到，所以在我返回蒙巴萨之前，我得不到关于农场收成的任何消息。在船上，这个问题无时无刻都沉甸甸地压在我心上。当我身心都感到畅快而生活也对我比较友善时，我就估计我们最少能有七十五吨收成，可是当我感到身体不适又心烦意乱时，就会想无论如何我们也应该有六十吨收成。

法拉赶来蒙巴萨，接我回农场。我没有勇气直接向他询问咖啡收成的情况，一路上，我们东拉西扯着农场里的其他新闻。可是那天晚上，在我准备就寝前，再也按捺不住了，迫不及待地向法拉询问今年咖啡的产量。索马里人向来在宣布坏消息时幸灾乐祸，但是这一次法拉却神情抑郁，表情呆滞地站在门口，向后微微仰着头，眼睛半睁，似乎是在极力压抑内心的苦痛，说道："四十吨，姆萨布。"那一刻，我知道我们的农场再也坚持不下去了。周遭的世界转瞬失去了色彩和活力，在冷清到令人感到窒息的蒙巴萨旅馆房间里，这水泥地面、破旧过时的铁床架，以及破烂不堪的蚊帐，忽然成为这个宏大世界的象征，没有一点人类世界的装饰或渲染。我已经无话可说，法拉缄默不语地走了，带走了世界上仅有的友好象征。

然而，人的思想伟大的自我修复能力不同小觑，到了深夜，我忽然回忆起老克努瑟，于是我想，能有四十吨的收成总比没有强，而悲观的情绪才是致命的关键。无论如何，现在我要回到农场，我要沿着农场前面的车道驶回我家。我的工人、佃农和仆从们在那里，朋友们都会来到农场迎接我。十多个小时以后，站在铁路旁，望着西南边，我将再次看到恩贡山脉映衬着碧空的深蓝色剪影。

同一年，蝗虫灾害席卷了农场。听说这些蝗虫群是从阿比西尼亚来到这里的，那里发生了长达两年的旱灾，它们就一路往南迁徙，将沿途所到之处的植物吃得一干二净。在我们见到蝗虫前，那些关于它们破坏力的种种令人心悸的传说，已经在乡下广泛流传开来。据说在北方，蝗虫过境后，所有的玉米地、麦田和果园子都变得寸草不生，像沙漠般破败荒凉。那里的居民们派出送信人给他们南边的邻居通风报信，通知他们蝗虫群即将来到。然而，即便你事先得到警告，也无计可施。各个农场里，人们都在地里堆起高高的柴火堆和玉米秸秆堆，准备在蝗虫到来时点燃。农场主们派出了所有的雇工，带着空罐头盒与油桶，在田里拼命地敲打和喊叫，希望能将蝗虫吓跑，不要在农场降落。但是这只是缓兵之计，因为无论人们如何恫吓蝗虫群，它们也不可能一直滞留在空中，每个农场主唯一期盼的就是把自己农场里的蝗虫吓跑，赶到南边的下一个农场去。但是，蝗虫群被越多的农场驱逐，等它们真正落下时，他们的饥饿就愈加疯狂。幸运的是，我农场南面紧邻马萨伊人聚居地，我希望能够成功赶走蝗虫，让它们飞过马萨伊河，降落到马萨伊保护区里广袤的草原上去。

这个地区的三四位邻居也派出了送信人，告诉我蝗虫临近的消息，但是也仅此而已，农场里并没有发生什么事情，我开始相信，这或许只是一场虚惊。一天下午，我骑马经过农场里的杂货店——当地人称之为祖卡，法拉的弟弟阿布杜莱经营着这个小店，出售各类日常用品给农场里的工人、佃农和仆从们。小店面朝着大路，当我骑着马走过去时，有个印度人从骡车上站起身来和我打招呼，因为他的骡车没法跟着我驶向草原。

“夫人，蝗虫正在向你的农场飞来，一定要留意。”等我走近他时，他说道。

“我已经听过太多次了，”我说，“但我连个影子也没有看到。或许情况并没有你们想象的那么糟糕。”我说。

“夫人，请你回头看看。”印度人说道。

我转身一看，只见在北面地平线上，有一道长长的阴影正在上升，看起来就像是远处的城市着了火，腾起滚滚浓烟。我心想，那是“一座百万人居住的城市，正在对着晴朗的天空吐出烟雾。”①

我问道：“那究竟是什么？”

印度人回答：“蝗虫！”

在我返回农场的途中，从小路上看到一些蝗虫，大约有二十来只。我途经工厂经理的家，叮嘱他做好应对蝗虫灾害的一切准备。我们一起眺望北方的天空，只见那道黑烟略微升高了一些，就在这段时间，不时有蝗虫嗖嗖地擦着我们飞过，或者落在地面上向前爬。

第二天清晨，当我打开房门，往外面张望时，只见到处都是一片灰蒙黯淡的陶土色，树木、草丛、车道，以及我视野中的一切都被这种颜色覆盖着，仿佛昨晚下了整整一夜的陶土色大雪。蝗虫群在我的农场降落了。我站在原地呆呆地看着，忽然，眼前所有的风景都破碎抖动，蝗虫群飞起来了，霎时间，天地间满是扇动着的翅榜，空气因此微微震颤，蝗虫们要飞走了。

那一次，蝗虫们并没有给农场造成严重的破坏，它们只在此逗留了一晚。我们看清了它们的模样，大约有一英寸半长，身体呈现出略带粉红色的灰褐色，摸起来黏糊糊的。它们只在我车道旁边的两棵大树上停留了一会儿，就把大树摧毁了。你看着被啃得枝叶残败的树木，想到一只蝗虫的重量最多只有一盎司的十分之一，你就能明白它们的数量有多么可怕了。

此后，蝗虫又多次降落在农场，大约有两三个月的时间，农场不断遭到蝗虫的袭击。很快，我们就放弃了吓唬它们的举动，那样做纯粹是白费力气，可悲又可笑。有时，飞来的

① 出自雪莱的希腊神话诗《解放了的普罗米修斯》。——译者注

是从主力部队游离出来的一小撮蝗虫，它们会路过。但更多时候，大群大群的蝗虫遮天蔽日地飞来，要在农场里逗留几天才会离去，白天里它们一刻不停地横冲直撞。当大举入侵的蝗虫数量达到高峰时，就像刮起了北欧才有的暴风雪，发出尖利的呼啸声。蝗虫群愤怒而疯狂地拍打着坚硬的小翅膀，在阳光下仿佛锋利的刀片，在你的头顶和四周闪耀着。但是铺天盖地的蝗虫最终却遮挡了太阳的光芒。蝗虫群保持着带状的队形，从地面飞向树顶，但在树顶之上，天色依然澄澈明净。它们砰砰地迎面撞击你的面庞，冲进你的领子、袖口以及鞋子里，这种密密麻麻的蝗虫包围着你，嘈杂混乱使你头晕眼花、阵阵作呕，内心充满疯狂的愤怒、绝望和无以复加的恐惧。它们中的任何一只都一文不值，打死它也改变不了任何事情。然而，当蝗虫群在农场停留了一段时间后，终于像一片烟雾般消失在遥远的地平线，它们爬过你的脸上和手上时，那种令人不寒而栗的恶心感将一直挥之不去。

一大群鸟儿紧紧追随着蝗虫群，主要是一些自命不凡的投机者——非洲鹤与鹳鸟。它们盘旋在蝗虫群的上空，一旦蝗虫停留在田里，它们也随之降落，大模大样地漫步其间。它们是鹳与鹤——高贵自负的蝗虫有时栖息在庄园里，对咖啡树危害不大。咖啡叶，如同桂树叶般坚韧，蝗虫咬不动。它们只是把田间各处的咖啡树压断。

可是蝗虫洗劫过的玉米田却是另一番悲惨景象。折断了的玉米秆上挂着几片干枯的叶子。我河畔的花园常年青翠，原先一直精心浇灌，而今却像一堆灰土——鲜花、蔬菜和草药都被席卷一空。佃农的“沙姆巴”——农田就像燃烧过的荒凉的旷野，那高高低低的垄沟已被爬行的蝗虫填平。尘土中，随处可见几只死蝗虫。佃农们伫立着，注视着蝗虫。亲手翻耕、播种“沙姆巴”的老妇人踩着蝗虫的脑袋，朝着天空中最后一道正在消逝的淡淡的阴影挥舞着她们的拳头。

蝗虫大队人马过后，死蝗虫触目皆是。在公路上，它们曾经栖息的地方，牛车、马车碾着蝗虫而过。此时，蝗群已远去，车辙明显可见，就像跑火车的轨道，铺满死蝗虫的小小尸体。

蝗虫在土里产卵。第二年雨季过后，小小的黑褐色生灵出现了——这是蝗虫生命的第一阶段，虽然还不会飞，但四处乱爬，见什么吃什么，一路扫荡。

我一没有更多的资金，二赚不来钱，便只好变卖庄园。内罗毕的一家大公司买下了我的庄园。他们认为那地方太高，不宜种植咖啡，就不打算再搞农业。但他们决意把所有的咖啡树都作为抵押品收受，将土地重新规划，并修筑道路。待到内罗毕向西部扩展时，他们就出售地产。变卖庄园的事宜忙完，已近年尾。

即使在那时，要不是为了一件大事，我并不认为我内心深处已放弃了这个庄园。庄园的咖啡树属于它的旧主人，或者说产权归了银行——它是庄园第一受押的。要到来年五月后，咖啡才能采摘、加工、出售。在此期间，我将留下照管庄园，一切一如既往，不管他人如何认为。我想，在这段时间，可能会发生变化，局面或许全然改观也未可知，因为世界毕竟不是一个有规则的或可以意料的舞台。

在这样的情况下，我进入了庄园生活奇异的时代。事实上，各方面的事实都表明，庄园不再属于我。但尽管如此，无力认识真理的人仍可以忽视真理，这对于日常事务来说是无足轻重的。这期间的每一个小时，我都是在学习生活的艺术——现实生活或永恒的艺术，至于现实生活中所发生的事情，只能产生极小的影响。

说来真稀奇，在那时候，连我自己都不相信我会放弃庄园或离开非洲。我周围的人们对我说，我必须这么办。他们都是一些有理智的人。从丹麦来的信，都在证实这一点，日常生活中的一切事实，都在指明这一点。然而，我的思想毫不动摇，我始终相信自己必须葬身于非洲。基于这一坚定的信念，我没有其他理由或原则去想象此外的任何事情。

在这几个月里，我心中筹划着我的计划或战略来对抗命运，对抗我周围的人们——命运的同盟者。我思忖，自今往后，事无巨细，我都将认真对待，避免一切不必要的麻烦。我要让我的对手无论书面上还是口头上，日复一日地陷于他们的事务，因为最终我仍将胜利而出，保有我的庄园及庄园里的人们。失去这一切，我想我不能。连想象都不可能的事，怎么会发生呢？

就这样，我成了最后一个意识到自己不得不离开庄园的人。当回首在非洲的最后岁月，我依稀感到那些没有生命的东西都远远先于我感知到离别。那一座座山峦，那一片片森林，那一处处草原，那一道道河流，以及旷野里的风，都知道我们即将分手。当我开始与命运达成协议，当变卖庄园的谈判拉开序幕，大地的景观对我的态度也开始变化了。在那之前，我一直是其中一部分，大地干旱，我就感到自己发烧；草原鲜花怒放，我就感到自己披上了新的盛装。而这会儿，大地从我这里分开，往后退着，以便我能看得更清晰、看到它的全貌。

山峦在下雨前的一周里，会做出同样的表示。在一个傍晚，你凝望着它们时，它们会突然剧烈运动，卸去一切遮盖，变得豁然开朗，无论造型还是色彩都格外清晰，格外生动，仿佛它们决心将蕴含的一切都向你和盘托出，仿佛你能从你坐着的地方一直步行到绿油油的山坡上。你会想：如果一头野猪从空旷地冒了出来，我可以在它转动脑袋时看见它的眼睛，看到它耳朵在动；如果一只小鸟停落在树杈上，我能听到它婉转歌唱。在三月，山峦间这种惜别的景象意味着雨水将至，而现在，对我却意味着分离。

我以前也曾在其他地方有过类似的经历。当即将离别之际，大地的一切向你袒露，但其中含义，我已淡忘了。我只是想，我从来没有见到过如此可爱的国土，似乎仅仅凝视着它，就足以使你终生欢乐。光与影将大地交织，彩虹耸立于天际。

当我与其他白人——内罗毕的律师和商人，或与为我旅行出谋划策的朋友们在一起时，我感觉到的孤独十分怪异，有时犹如一种可以触摸的物质——某种窒息感。我将自己视为他们当中的一个明智者。但偶尔有一两次，我却感到在神志清醒的人们中，我是一个疯子。这种感觉也是理所当然的。

庄园的土著，出自他们灵魂中的彻底现实主义，很了解庄园的形势及我的心境，其了解之透彻，就如同我向他们做了专题讲座，或者为他们撰写了一本专著。然而，他们仅仅指望我的帮助、扶持，任何一件事，他们都不试图为自己的将来盘算。他们做了很大努力使我待下去，为此，他们悄悄向我泄露，他们已经为我想出好多计划。变卖庄园的事宜了结之后，他们聚拢来，从早到晚坐在我屋子周围，与其说是为了与我攀谈，不如说只是想追随在我的左右。在领袖与其追随者之间，存在一种微妙的关系，追随者必定将领袖的每一个弱点、每一个失误看得一清二楚，有能力以不偏不倚的精确度来鉴定之，但同时又不可避免地倒向他，似乎生活的唯一出路就是跟随其左右。羊群也许对牧童持有这种态度，它们对环境与气候的了解远胜于牧童，但仍心甘情愿跟随他，如果必要的话，可以直下深渊。基库尤人对环境的应变能力强于我，因为他们对于上帝与魔鬼更具洞察力，却围坐在我房子四周，听候我的吩咐，而在平常的日子里，他们很可能始终在自由地谈论我的无知、我的低能。

你也许会想，既然我明白对他们爱莫能助，既然他们的命运如重负压在我的心头，那么，他们无休止地在我房前屋后静坐，我不是难以忍受么？但事实并不如此。我相信，在最后的关头，我们会在相依为命之中感到一种异常的舒坦与慰藉。我们互相了解之深刻，超越了一切理性。在这几个月里，我常常想起拿破仑撤离莫斯科的情景。一般都认为，他见到他的大军在自己周围遭难，奄奄一息，会极度痛楚。然而，同样可能的是，拿破仑如若没有这支溃军，他会倒毙于现场．夜里，我掐算着钟点，盼望着那一时刻到来——基库尤人再度出现在房子周围。

第二章 基南株的葬礼

同年，基南株酋长去世了。一天晚上，他众多儿子中的一位来到我家，请我立刻动身，随他一起去他父亲的村落，因为基南株快要死了——按非洲人的说法，是“他想要死了”。

那时候，基南株已经是垂暮之年，而且最近刚遭遇了一件大事：马萨伊保护区的检疫隔离令被撤销了，一听说这个消息，这位年迈的基库尤酋长就带着几个随从，径直奔向马萨伊保护区的最南端，结算那些他与马萨伊人之间五花八门的账目，同时牵回原本属于他的牛，以及那些牛在流放期间生的小牛犊。但是，他到了那里以后就一病不起。据我了解，一头牛用犄角顶伤了他的大腿，伤口坏死腐烂，可能这就是酋长最终死去的主要原因。基南株在马萨伊人那里住了太长时间，也许是因为当他决定回家时，已经病得太厉害，无法承受长途奔波的劳顿；也许他是一心想在离开前，弄回所有本属于他的牲口；但也有可能，他最初让一个嫁到当地的女儿来伺候他，之后他又对女儿是否心怀善意地照料自己而心存疑虑。总之，他最后终于启程了，踏上了回家的路。他的仆从们心力交瘁地一路用担架抬着这位病入膏肓的老人，经历了漫长的跋涉，才将他抬回家。现在，他正奄奄一息地躺在家中，派人来叫我。

基南株的儿子是在晚饭后到我家的。当我带着法拉和他一起开往酋长的村落时，夜已经很深了，夜空中一弯新月如钩。在途中，法拉率先提起了谁将继承基库尤酋长之位的话题。基南株的儿子数量众多，而各种势力也在向基库尤人的世界施加压力。法拉告诉我，基南株酋长有两名儿子是基督教徒，其中一个信奉罗马天主教，而另一个则投身苏格兰教会。这两个教会现在都踌躇满志，不遗余力地想办法让自己的信徒成为下一任酋长。可是基库尤人似乎已经有自己中意的人选——酋长的另一个不信教的年轻儿子。

进入村子前的最后那一英里路，不过就是在草地上压出的一条牛车车辙而已。草地里的野草因为沾上了露珠，泛出灰白色。我们穿过弥漫着白蒙蒙雾气的河床，河床的正中央还有一条银色的涓涓小溪正在静静流淌。酋长的村落很大，当我们抵达那里时，月光如水，参差不齐的茅屋、坚定的小仓库，以及牛棚都静谧无声。我们进入酋长家宽敞的院落，借着灯光，我看到基南株从美国领事手中买来的那辆汽车停在一个草棚下，基南株曾经开着这辆车去我的农场处理瓦扬格瑞的案件。很显然，这辆车已经被闲置许久，锈迹斑斑，又破又旧。现在，基南株肯定更加顾不上去管它了，他会遵循祖先们的传统，此刻只要求所有属于他的牲畜和妻子都留在他的视线范围内。

村里四处漆黑，但是人们尚未进入梦乡，当他们听到我们汽车的发动机声音时，纷纷走出家门，将我们团团围住。但是，气氛已经和往常不一样了。往昔基南株的村落总是人声鼎沸、生机勃勃，仿佛从地底喷涌而出的泉水四处流淌。各种部族的计划和方案交汇在这里，再交叉传递开来。而所有这一切，都围绕着基南株这个自负却仁慈的核心人物展开。此时，死亡的阴影笼罩在这个村落上空，仿佛强大的磁场，打破了它所到之处的一切格局，并将碎片重组成新的星座群。这是一个关键时刻，关系到每一个家庭和部族成员的切身利益，你会觉得，皇室家族的灵床旁发生的那种种阴谋与算计，也在这里进行着。在浓烈的牲口气味和融融月色中，你也能捕捉到活生生的尔虞我诈。我们下车后，一个男孩提着一盏灯走向前来，带我们来到了基南株的屋子，尾随着我们的那一大群人，在屋外停下了脚步。

这是我第一次进入基南株的房屋。这栋酋长的"宫殿"远比其他普通基库尤人的茅屋要宽敞气派，但是屋里的陈设算不上豪华。屋里摆着一张用木棒和粗绳子捆绑而成的床架，几只简易的木凳，黏土地板被踩得硬邦邦的，地上有两三个燃烧着的火堆，屋里闷热得令人窒息，尽管地板上放着防风灯，但是浓烟却让我无法看清屋里的人。等我对屋里的环境有所习惯后，看到屋里还有三名秃顶的老头，可能是酋长的叔辈或者部族的执事长老；一位风烛残年的老妇人颤颤巍巍地拄着拐杖站在床边前；还有一位俊俏的年轻女郎和一个十多岁的男孩。在风烛残年的酋长的病榻前，死神的强大磁场究竟会举起一个怎样的星座群呢？

基南株在床上平躺着，濒临死亡，一只脚已经迈过了死亡的门槛，全身散发着刺鼻的臭味，以至于我刚进屋都不敢说话，生怕一开口就会作呕。老人一丝不挂地躺在我送给他的一块格纹呢毯子上，那条受伤的腿已经无法支撑他身体的重量了。那大腿肿胀的令人不忍直视，连膝盖的形状都无法分辨。借着灯光，我隐约看到他那条腿从臀部一直到脚背都布满了黄黑相间的条纹。他腿下边铺的毯子因为潮湿而颜色暗沉，仿佛一直泡在水里。

基南株的那个去农场请我的儿子，为我搬来一把破旧的欧式椅子，三条腿长一条腿短，放在了床边。

基南株已经瘦得皮包骨头，只剩下身体和头颅的巨大骨架，使他看起来像是一尊巨大的用刻刀草草雕刻的乌木雕像。他微张着嘴唇，露出牙齿以及舌头，黝黑的脸上一双眼睛黯淡无光，只有乳白色的眼球引人注意。但是他依然可以看见，当我靠近床边时，他转动眼珠，把视线投向我。在我留在屋里的那段时间，他始终目不转睛地看着我。

他迟缓地把右手从身体一侧吃力地拽过来，放在我的手上。他一定正在忍受难以想象的痛苦，但他依然是那位基南株大酋长，纵使赤身裸体地躺在床上，依然肩负重任。根据他的表情，我估计他的这次旅程得意而归，他一定不顾他那几位法律上的马萨伊女婿劝阻，成功带回了原本属于他的所有牲口。我坐在那里看着他时，想起他的一个弱点：害怕打雷。有一次他在我家，恰好下起了雷阵雨，基南株吓得像一只啮齿动物一样东躲西藏，恨不能找个洞穴钻进去。而现在，他既不会害怕闪电，也不会被雷鸣吓得魂飞魄散了。我暗暗地想，他也明白自己已经彻底完成了在这尘世间的使命，得到了应有的回报，功成名就，该回家去了。倘若他现在依旧神志清醒，回顾自己的一生，一定会发现，他这一辈子几乎没有什么遗憾。他拥有着旺盛的生命力、今朝有酒今朝醉的气度和五彩纷呈的经历，此刻都已经濒临终点。基南株静静地躺在那里。我不禁在心中默念："基南株，你的一生是多么完美无瑕。"

屋里其他几位老人都站在原地，仿佛失去了语言能力，只有我一进屋时就站在一边的那个小男孩——走到父亲的床边，与我攀谈，把屋里的人们已经达成的共识告诉我。我猜他是基南株最小的儿子。

男孩解释说，教会里的医生听说基南株病了，前来探望他。医生告诉基库尤人，他会再次来到这里，把命在旦夕的酋长带回教会医院接受治疗，而基库尤人认为，送酋长去教会医院的汽车会在这天晚上抵达村里。然而基南株说什么也不去住院，这便是他派人来找我的原因。他希望我能把他接到农场里，而且希望我立刻动身，在教会的人抵达之前就把他接走。男孩讲述时，基南株一直眼巴巴地看着我。

我听了这些，忧心忡忡地坐在那里。要是这发生在以前，一年前或者哪怕是三个月前，如果基南株病危了，而且要求去我家里，我一定会满足他的要求。但是眼下的情况却不同了，农场的情况很糟，而且我眼看着越来越糟，不好的事情接二连三地发生。这阵子，我一直天天辗转在内罗毕的几个办事机构，与商人、律师和农场的债权人会面，仔细听取他们的意见。基南株要我带他去住的那栋房子已经不属于我了。

我一直坐在那里，看着基南株，心绪烦乱地想着基南株就要死了，他已经熬不过去了，说不定死在我的车上，或者在到家的一瞬间死去。那时候，教会的人们会因此而责备我，而且每个听说此事的人都会同意他们的看法。

从我坐在那把瘸腿椅子上起，便似乎有一个重负放在了我的肩上，几乎将我压垮。我已经不敢再去与这一切对抗，我没有勇气去面对，更不要说是抗衡。

有两三次，我都下定决心把基南株带回家，然而都无法鼓起勇气。最终，我想我还是把他留在这里更好。

法拉一直站在门口，全神贯注地听着男孩的叙述。他看我一言不发地坐在那里，便走到我旁边，在我耳边热切而轻声地说，我们最好现在就把基南株抬到汽车里去。我站起身，带他走到屋子里较为僻静的角落，尽可能地远离那些眼巴巴的目光和散发着异味的老人。我对法拉说，我并不打算把基南株带回家中。法拉对突如其来的变化毫无准备，目光和脸色都因为极度的吃惊和失望阴沉黯淡。

我很想再多逗留一会儿，陪着基南株，但是又不想亲眼看见教会医院的人把他抬走。

我回到基南株的病榻前，告诉他我不能把他接到我家中，他无须过多的解释，于是我也就不再多说。屋里的那几位老人明白了我的决定后，情绪激动地把我团团围住，那个小男孩则不安地后退几步，呆呆地站着，他也的确对眼前的事情无能为力。基南株却泰然自若，既不激动表情也没有变化，依然像先前那样注视着我，似乎类似的事情也曾在他的人生中发生——这的确有可能。

“卡瓦赫瑞，基南株。”我对他说——再见。

在我离开之前，他那滚烫的手指轻轻在我手掌中移动了一下。我走到了门口，无可奈何的回头张望，我们的基库尤大酋长躺在那里的魁梧身影，已经被屋里幽暗的灯光和浓浓的烟雾吞没了。我来到户外，打了个寒噤，一定已经过了午夜了，月亮挂在西边的地平线上。恰在这时，基南株的一只大公鸡在院子里打了两遍鸣。

基南株当天晚上就死在了教会的医院里。次日下午，他的两个儿子来到我家告诉我这个消息，并邀请我出席葬礼。

基南株的葬礼将于隔天在达格勒提附近的村庄里举行。

基库尤人的习俗是人死后不埋葬，而是把尸体丢在空地上，任由鬣狗和秃鹫去清理。我对这种习俗非常感兴趣，我觉得暴露在太阳与繁星之下，被如此迅速、彻底、公开地净化，融入大自然中，成为这广袤大地的一部分。那段时间，西班牙流感正在农场里肆虐，鬣狗们时常会在“沙姆巴”周围出没。流感结束后，我经常会在森林里深深的草丛里或是荒野中，发现光滑的棕褐色头骨，就像一颗颗从树上掉落下来的坚果。只是文明世界对这种习俗无法赞同，政府费尽周折让基库尤人改变这个习俗，教他们如何把死者土葬，但是基库尤人依然热衷于他们的习俗。

可是这次，我被告知，基南株将会被土葬。我想，基库尤人之所以愿意破例，是因为死去的是一位大酋长，也许他们还会借机举办一场隆重的非洲人聚会。第二天下午，我应邀开车前往达格勒提，期待能在那里见到本地区所有的老酋长，以及一个盛大的基库尤人聚会。

然而，基南株的葬礼竟然完全是欧洲风格和教会风格的。出席葬礼的也有几位政府官员代表，包括区域长官和两名从内罗毕赶来的官员。但是那一天的主宰是神职人员，他们的黑色长袍使下午阳光普照的草原显得黑压压一片，暗淡无光。法国教会、英格兰和苏格兰教会都煞有介事地来了很多人。如果他们此行的目的是想感化基库尤人——当他们为死去的酋长行按手礼时，酋长是属于他们的，那么，他们无疑取得了成功。这是教会惯用的伎俩，他们显然拥有强大的权利，使人觉得基库尤人想要摆脱教会的控制，是注定不可能的。在这次葬礼上，我首次见到那么多——多到数不清数量的转投基督教会的非洲年轻人，无论从属于哪个教会，他们都一身半牧师风格的装扮。那戴着眼镜的肥胖基库尤年轻人双手十指交叉，肃穆而立，就像是冷酷的宦官。基南株那两个信奉基督教的儿子或许也在场，暂时放下了双方的宗教分歧，可惜的是我并不与他们相识。几位老酋长也出席了今天的葬礼，克欧伊也来了，我和他聊了一会儿，谈到了许多关于基南株的往事。然而其他老酋长都不愿意在这样的公开场合抛头露面，只是像观众一样远远地看着这场演出。

基南株的坟墓就在旷野里几棵高大的桉树下，四周拦着一圈绳子。我到得很早，因而可以站在绳子跟前。在这里，我可以清楚地看到前来哀悼的人群像蝇子一般涌向墓地。

基南株的遗体被一辆卡车从教会医院运来，人们将他抬下卡车放到墓穴附近。那是我一生中最震惊和诧异的时刻，他在我的记忆中身材魁伟，我永远都记得他步行来到农场时，在随从的前呼后拥下威风凛凛的样子，即便是两天前的夜晚，他躺在自己的床上时依然高大伟岸。可是现在，人们为他准备的棺材，是一个接近正方形的、不超过五英尺长的盒子。当我第一眼看到它时，我压根没把它当作棺材，以为这只是个用来装丧葬用品的木箱子。但是，这真真切切是基南株的棺材。我始终不知道那些人为何会选中它。它可能是苏格兰教会里现成的箱子，可他们怎样把遗体放进去呢？基南株又该如何躺在里面呢？他们把棺材放到了距离我很近的地面。

棺材的正面有一块硕大的银牌，上面刻着铭文，我事后才知道，那段铭文说明了棺材是由教会赠予基南株酋长的，还附有一段引自《圣经》的语句。

葬礼持续了很长时间，牧师们挨个站起来长篇大论地发言，讲的大多是一些职业化的布道和劝诫。不过我什么都没有听进去，一直紧握围绕着基南株坟墓的绳子站着。一些信奉基督教的非洲人也跟随着牧师们致悼词，在绿茵茵的草地上乱哄哄地叫嚷着。

最后，基南株被放在了他的土地中，被这故乡的泥土覆盖拥抱着。

我带着农场里的仆从们一起前往达格勒提，这样他们就可以参加葬礼，在葬礼上与自己的亲朋好友叙叙旧，然后再步行返回农场。因此，只有法拉陪伴我开车回家，法拉像我们刚刚告别的墓地一样沉默。我拒绝带基南株回家的决定，一直让法拉耿耿于怀，过去的两天里，他的灵魂好似坠入了地狱，深陷在疑虑和苦闷中无法自拔。

但是，当汽车驶到家门口时，法拉对我说："没关系，姆萨布！"

第三章 山中墓地

当丹尼斯·芬奇·汉顿结束他的狩猎之旅后，总会到农场小住一段时间。可是，当我开始逐一遣散仆从、把房子里弄得乱七八糟、并把东西装箱打包时，他无法继续住在农场了。他前往内罗毕，搬到了休·马丁的家里。他每天依然会开车回到农场，和我一起用晚餐，直至我变卖家具的工作接近尾声时，我们不得不坐在一只箱子上，用另一只箱子当餐桌，他总是陪我坐到深夜。

许多次，丹尼斯和我谈话时，他的言谈就好像我要立刻离开这个国家了。丹尼斯把非洲看作自己的家乡，所以他对我的痛苦感同身受。尽管他会嘲笑我因为要和农场里的人们分别而伤感，但是他也对我的离开流露出离愁别绪。

他说：“你觉得离开了斯伦加你就活不下去了吗?”

“的确如此!”我回答。

但是，我们共处的大多数时间里，在我们的交流中似乎并没有未来的存在。在以往，丹尼斯从不会为将来的事情而烦心，因为他似乎知道自己有一种未知的力量，只要有需要，他都可以借此面对一切。他与我的观念自然而然地合拍，对一切都听之任之，任凭别人随便去说去想。他在我家里看起来怡然自得，似乎在空空如也的房间里坐在箱子上，是与我们的格调相称的事情。他还为我引述了一首小诗：

请将忧伤的小调，
变成欢快的旋律。
我来并不是因为遗憾，
而是为欢乐而来。①

在那几周，我们经常在清晨驾驶飞机飞越恩贡山峦，或是飞过野生动物保护区。一天，丹尼斯一大清早就赶到农场带我去飞行，当时太阳才刚刚升上天空。那一次，我们在恩贡山脉南边的平原上看见一头雄狮。

丹尼斯总说要把他在我家存放多年的书籍收拾一下带走，可他一直没有着手开始这项工作。

“你留着吧。”他说，“现在我也没有地方可以存放它们。”

当我的农场关闭后，丹尼斯一直犹豫不决，他应该住到哪里。有一次，在一位朋友的反复建议下，他开车去了内罗毕，看了看那里出租的带有凉台的平房。但是他回来以后对所见所闻深恶痛绝，甚至都不愿意提起。用晚餐时，他开始为我描述那些房子和房子里摆放的家具，竟然一开口就语塞了，沉默地坐在那里，厌恶和悲伤涌上了脸庞。他接触到了

① 出自英国诗人雪莱的作品《歌》。——译者注

令他无法忍受的生活。

但是这种厌恶是客观的，不带有任何个人的感情色彩。他全然忘记了自己已经决心融入这种生活。当我提醒他时，他马上打断我："我完全可以快活自在地住在马萨伊保护区的帐篷里，或者从索马里人的村落里找间木屋住。"

然后，他第一次也是最后一次，谈起了我将来在欧洲的生活。他觉得，回到欧洲我会比在农场更为幸福，并且可以完全脱离主张非洲大陆的某种文明。他补充说："你知道的，非洲大陆笼罩在一种可怕的极具讥讽意味的氛围里。"

丹尼斯在蒙巴萨以北三十英里左右的塔卡文古[①]海滨拥有一片土地。那里原是一片古阿拉伯村落的遗址，在一片风化后的灰色石头堆成的废墟中，有几棵历经沧桑的杧果树拔地而起，还有一座古朴的伊斯兰教宣礼塔和一口水井。丹尼斯在那里盖了一栋小房子，我在那里居住过一段时间。那里的海景浩瀚而神圣，同时又单调寂寥。印度洋就在你眼前，一片无边的湛蓝，南边是幽深的塔卡文古湾，浅灰色和淡黄色的珊瑚岩绵延林立，构成陡峭曲折的海岸线，看不到尽头。

退潮时，你可以走出房屋，向着大海一直走上几英里远，仿佛漫步在一个辽阔却起伏不平的大广场，到处都可以捡到狭长而棱角分明的贝壳和奇形怪状的海星。赛瓦西里渔民们经常在这一带徘徊，他们腰间缠着腰布，扎着或红或蓝的头巾，像是从传说里走出来的活灵活现的辛巴达。他们在海滩上来回踱步，出售一种带有尖刺、五颜六色的鱼，味道很鲜美。房子下方的海滩上，有一排深深的洞穴，因常年海水冲刷形成。你可以坐在它们凉爽的阴影里，看着碧波万顷的大

① 肯尼亚的一座海滨小镇。——译者注

海在阳光下波光粼粼。涨潮时，海水会淹没这些洞穴，一直漫到屋外的墙沿下。海水在玲珑中空的珊瑚礁里，发出奇妙的歌声和叹息声，仿佛脚下的土地有了生命，千军万马般的汹涌浪涛一排排地涌进塔卡文古海湾。

我在塔卡文古小住的那几天，恰好是月圆之际，恬静的夜晚和如水的月光令人心醉神迷。当你睡在敞开房门的小屋里，对面就是泛着银光的大海，温暖和煦的海风低吟着，将少许散沙遗落在屋里的石头地面上。一天深夜，一支阿拉伯独桅帆船队从远方驶来，在贴近海岸线的地方，又无声无息地乘着季风远去，在月光下留下一排狭长的棕色剪影。

丹尼斯曾经说过，想把塔卡文古当作他在非洲大陆的落脚处，并从那里开启他的狩猎之旅。现在，当我谈到自己将要被迫离开农场时，他建议我搬去他在塔卡文古的房子居住，就像他在高原时，一直住在我家里一样。但是，白人无法在海滨长时间居住，除非过得非常舒适惬意，而且塔卡文古对我而言，地势太低也太热。

在我即将告别非洲的那年五月，丹尼斯在塔卡文古住了一星期。他打算在他的土地上建一栋新房子，并多种一些杧果树。他是驾驶着飞机出行的，并打算回来时绕去沃伊①，看看是否有大象可以成为他下一次狩猎之旅的目标。非洲人中一直有一个传闻，说沃伊有一群从西边迁徙而来的大象，特别是其中一头公象比其他大象个头大一倍，总是单独在林间游逛。

丹尼斯一向自认为是个理性的人，却总会被一些特殊的征兆左右情绪。有时候，在它们的影响下，他会连续几天甚

① 肯尼亚南部最大的城市。——译者注

至一星期都沉默寡言，他自己却往往意识不到。而当我询问他的心事时，他总会大吃一惊。这次动身前往海边的前几天，他就一直这样对什么都漫不经心，仿佛总是若有所思，并对我的提醒一笑置之。

我请求他带我同行，毕竟看到雄浑壮阔的大海会令人身心愉悦。一开始他答应了，可随后又变了主意，说他不能带着我。他向我解释，这次旅程中，在沃伊的那一段路将会很艰难，他可能中途要在树林里着陆并过夜，所以他想带一名非洲小伙子同行。我提醒他，他可是答应过要带我乘着飞机飞遍整个非洲。他承认他的确那么说过，所以如果沃伊确实有大象，只要他找到了合适的降落地点和宿营地点以后，就带我飞去那里看大象。这是唯一一次丹尼斯拒绝我乘坐他的飞机和他一起旅行。

他出发的日子，是五月八日的星期五。动身前他对我说："到了下个星期四，你可以派人去接我，我会赶回来和你一起共进午餐。"

当他坐上汽车准备开往内罗毕机场的时候，忽然从车道上折回来，寻找他赠给我的一本诗集，他说想在旅途中看。他一只脚踩在汽车踏板上原地站着，用手指着一首我们曾经讨论过的诗说："这就是你的灰雁。"接着，他念起了那首诗：

> 我看到远方的地平线，有一群灰雁，
> 在草原上振翅高飞，
> 它们生机勃勃，
> 口中衔着灵魂，
> 从天的一边飞到另一边，
> 坚定不移，

化作寥廓天空中的灰色缎带，
身后是层峦起伏的群山，
和光芒万丈的太阳。

然后，他向我挥着手臂开车离去，再也没有回来。

丹尼斯在蒙巴萨着陆时，有一只螺旋桨被撞断了，于是他致电内罗毕，让人给他送去他需要的飞机部件。东非航空公司派了一名年轻人将部件送至蒙巴萨。丹尼斯修好飞机后，邀请那名年轻人和他一起飞行，可是遭到了拒绝。那个年轻人经常在空中飞行，此前也曾与丹尼斯一同飞行过。丹尼斯在非洲人中是有口皆碑的优秀飞行员，就像他的其他杰出才能一样。偏偏这一次，年轻人拒绝了他。

很久以后，当那个年轻人在内罗毕偶遇法拉时，他们谈起了这件事。他对法拉说："即便给我一百个卢比，当时我也不会陪丹尼斯先生上飞机的。"丹尼斯在恩贡农场最后的那段时日里，他已经感觉到了征兆，那是命运的阴影，而非洲人对此更敏感地洞察到了。

因此，丹尼斯带着他自己的仆从卡莫吾飞往沃伊。可怜的卡莫吾对飞行感到非常恐惧，他曾经在农场告诉我，当他飞离地面的时候，他会在空中死死地盯着脚背，直到着陆为止。一旦他瞧见了飞机四周的天空，或是自高空向大地瞥一眼，便会吓得魂飞魄散。

星期四来了，我出门去迎接丹尼斯，估计他会在拂晓时从沃伊起飞，大概两个钟头后就会抵达恩贡农场。可是他的身影一直没有出现，恰巧当时我有事情需要前往内罗毕处理，我就开车去内罗毕了。

在非洲时，每当我生病或是内心忧虑时，总会被一种古怪的强迫性意识所困扰，我觉得四周的事物都已经陷入危险和混乱之中。而在这场灾难中，我总会鬼使神差地站在错误的位置上，令人们都惧怕我、怀疑我。

这样的噩梦，事实上源自战争岁月中的一些真实回忆，因为在那一两年，殖民地的人们都认为我是一个亲德分子，对我极端不信任。他们如此猜疑的依据是，战争爆发前夕，我曾经去耐瓦纱为在南边驻军的德属东非的冯·莱拓将军购买马匹，而我当时对战事一无所知。大概在战争爆发半年前，我们同船前往非洲时，他请求我帮忙为他购买十四阿比西尼亚[①]品种的母马。可是等我抵达肯尼亚之后，各类繁杂的事务令我把这件事彻底忘干净了。只是后来，他不断在给我的来信中追问马匹的事情，我才前往耐瓦纱为他购买马匹。这之后，战争很快爆发了，致使那些母马永远留在了肯尼亚的高原。而我将要面对一个无法否定的事实：我曾在战争之初，为德军采购马匹。但是，对我的这些质疑在战争结束前就烟消云散了，因为我的兄弟参加了英国志愿军，并且在鲁瓦以北的战区的亚眠战役[②]中，因表现英勇荣获了维多利亚十字勋章，这也为我澄清了质疑。《东非旗帜报》甚至以“东非的一枚维多利亚十字勋章”为题，报道了这件事情。

那段时间，我没有把人们对我的孤立放在心上，因为我知道自己绝非亲德分子，只要我愿意，我随时可以洗刷这个嫌疑。可是这件事情，在我的内心造成了巨大的影响，其深刻程度超越了我的想象。很多年以后，每当我疲惫不堪或是

---

① 埃塞俄比亚的旧称。——译者注

② 开始于1918年8月8日，是一次世界大战中具有决定性意义的战役之一。——译者注

发高烧时，相同的感觉又会席卷我全身。离开非洲前的那几个月中，周遭的一切似乎都在与我作对，这种感觉仿佛一片浓得化不开的黑暗将我笼罩。这种感觉使我毛骨悚然，甚至怀疑自己是否精神失常。

在那个星期四，我身处内罗毕时，这个噩梦又意外地侵入我的大脑，而且越发强烈，以至于我开始怀疑自己已经发疯了。无端地，内罗毕的空气里似乎弥漫着一种深深的忧伤，每个人都沉浸在悲伤中，我也是其中一员，但是大家都避开我，没有人愿意停下脚步和我交谈。我的那些老朋友们，从远处一看到我，就立刻坐进汽车离开了，甚至连苏格兰杂货铺的老板，那位年迈的邓肯先生也不例外。多年以来我一直在他店里采购杂货，我们还曾在政府大楼里举办的一次舞会上一起跳过舞。他看到我走进杂货店，立刻惊慌失措地逃离了他的店铺。在内罗毕，那一瞬间，我感到自己孤身一人被抛弃在了荒岛上。

我让法拉留在农场接待丹尼斯，所以当时身边无人陪伴。这种情况，和基库尤人交谈并不会给我更多的帮助，因为他们的现实观和他们眼中的现实世界本身，都和我们的迥然不同。我暗自庆幸，自己将要去奇洛莫和麦克米兰夫人共进午餐，我期待着在那里可以找到白人朋友聊聊天，使心灵恢复宁静。

我驱车抵达了奇洛莫那栋可爱的古老房屋，它就坐落在漫长的竹林大道尽头，那里正在举办一场午餐会。可是奇洛莫的一切和内罗毕的街头几乎完全一样，大家都好像陷入了无以复加的悲伤中。当我出现时，大家集体停止了交谈。我坐在老朋友布尔佩特先生旁边，可是他目光低垂，只是简单问候了几句。我试图摆脱笼罩在我头顶的沉重阴影，便和他谈起了他曾经在墨西哥时登山的故事，可是他似乎什么都不记得了。

我心想，这些人对我真是无礼，我要返回农场，丹尼斯这会儿一定已经回来了，我们可以正常清醒地聊天，我也将恢复理智，明白眼前究竟发生了什么。

然而，用完午餐之后，麦克米兰夫人邀请我来到了她的小起居室，在那里她才告诉我，沃伊发生了一起事故，丹尼斯的飞机失事了，他也在事故中死亡。

正如我当时所想的，只要听到丹尼斯的名字，一切谜底就会被揭晓，我终于明白了眼前的一切。

后来，沃伊的区域长官给我写了一封信，在信中告诉了我坠机事故的详情。丹尼斯当晚在他家里过夜，第二天清晨就带着仆从从沃伊出发，飞向我的农场。起飞后不久，他又折了回来，以两百英尺的高度贴着地面飞行，紧接着，飞机忽然剧烈地摇晃起来，在空中转着圈儿，最后像一只大鸟般快速向地面俯冲。撞在地面上的飞机立刻燃起了大火，火焰的热浪阻隔了前来救援的人群。当人们把树枝和沙土覆盖在火焰上，终于将火熄灭时，他们看到飞机已经摔得支离破碎，飞机上的两个人也已经死去。

这件事过去了多年后，生活在这一带殖民地中的人们依然觉得丹尼斯是一个无法补偿的损失。每一个殖民者都表现出他们对丹尼斯褒奖的那一面，这是一种他们对超乎了自己理解范围的价值观念的尊重。人们谈论着丹尼斯，最常提及的是他在运动领域的杰出成就，议论着他在板球和高尔夫球方面的非凡探索。关于这些，我在丹尼斯在世时从未听说过，直到那时我才知晓他几乎擅长所有的运动项目。人们对这位伟大的运动家赞不绝口，还会在结尾处补上一句：当然，他是个聪明的好人。但真正令人们记住他的，是他完全摒弃自我意识和私利的品质，而这种无须任何条件的坦诚忠实，我只在智障的人身上见过。在殖民地的人群中，这些品质不会被其他人效仿，可是当丹尼斯死后，这些品质在人们心中显得更加令人钦佩。

非洲人对丹尼斯的了解远甚于白人，对他们而言，丹尼斯的死不亚于痛失亲人。

在内罗毕，我刚听说丹尼斯的死讯时，曾想方设法赶往沃伊。东非航空公司将调查事故原因的工作委派给了托姆·布兰科。我驱车向机场赶去，打算让他带着我一同前往事故现场。可是当我抵达机场后，他的飞机却刚刚起飞离开，我只能目送着他飞向沃伊。

通往沃伊的道路原本还能通车，但漫长的雨季已经开始，我必须先了解公路的状况。我坐在那里，等待关于路况的消息，忽然想起丹尼斯曾经告诉我，他希望死后能葬于恩贡山中。奇怪的是，以前我将这件事情忘得一干二净，就像我从未想过我会安葬丹尼斯。在呼吸间，恩贡山仿佛一幅画卷展现在我眼前。

在恩贡山区的狩猎保护区第一座山脊上，有一个小小的山丘，当时我以为自己将在非洲了却此生，所以我把那里指给丹尼斯看，告诉他这是我为自己挑选的墓地。一天黄昏，当我们从家里遥望巍峨壮观的青山时，他告诉我，希望自己死后也能葬在那里。从那时起，当我们开车进山时，丹尼斯有时候便会开玩笑地说："让我们开车去那片墓地吧。"有一回，为了追踪一群野牛踪迹，我们露营在山中，那天下午我们步行来到那个小山丘，仔细地瞧了瞧那片地方。站在那里极目四望，风景无限雄浑壮阔，在夕阳的余晖下，远处的肯尼亚山和乞力马扎罗山一览无遗。丹尼斯一边吃着橘子，一边在草丛里躺下，说他希望能永远待在这里。而我中意的墓地地势略高一点，从以上两处向着东方都能够透过远方的丛林看到我的房子。现在我想，明天我们就要返回那里了，而且永远地留在那里，即使无视死亡这一普遍规律，人终将一死。

库斯塔·摩尔听闻丹尼斯的死讯后，风尘仆仆地从他的农场来到我家，在那里没找到我，又追到内罗毕。过了一会儿，休·马丁也出现了，挨着我们坐下。我告诉了他们，丹尼斯希望安葬在恩贡山的遗愿，他们立即给沃伊拍了电报。于是，当我要返回农场时，他们告诉我，第二天早晨他们将用火车把丹尼斯的尸体运到农场，这样的话，葬礼可以中午在山里举行，而我务必要在那之前把丹尼斯的墓地准备好。

库斯塔·摩尔陪伴我返回农场，并住了一晚，在翌日上午，帮我整修丹尼斯的墓地。我们不得不在日出前就抵达目的地，这样才能有足够的时间确定合适的地点，然后挖好墓穴。

雨下了整整一夜，直到清晨我们动身时，天空中依然飘着蒙蒙细雨。一路上，汽车原先留下的车辙里都积满雨水，仿佛开车行驶在云雾之中。我们既看不清左侧下方的平原，也看不到右边的山峰。我的仆从们坐着卡车跟在我们后面，虽然只保持着十码左右的距离，却无法从浓雾中看到他们的身影。越往山上进发，就越发云雾迷蒙。通过路旁的标识，我们才知道已经进入了狩猎保护区，于是又向前继续行驶了几百码，便停车徒步前行。我们让卡车和仆从们都在公路一边等候，等我们找到了合适的地方再来叫他们。清晨的空气如此寒气袭人，仿佛有人用针尖刺痛你的指尖。

墓地的位置不能离公路太远，也不能选在过于陡峭的斜坡上，不然卡车就无法驶入了。我们一起走着，讨论着这场大雾，然后分头朝不同的方向走去，仅仅过了几秒钟，我们就无法看见彼此了。

连绵起伏的恩贡山脉勉为其难地向我展露了一下身姿，又旋即消失在浓雾中，那一天很像北欧的阴雨天。法拉背着湿漉漉的猎枪走到我身边，他认为我们可能一不留神闯进野牛群。猛然呈现在我们眼前的景物，大得不可思议：宽大的野生灰橄榄树的叶子、高过头顶的草丛，都湿淋淋的，散发出浓烈的气味。纵使我穿着雨衣和橡胶靴子，可是没过多久我就全身透湿了，仿佛我一直走在溪流中。四周万籁俱寂，仿佛一切都静止了，只是当雨滴变得密集时，才会在四面八方响起淅沥声。有那么一瞬间，浓雾忽然散开，我看到远方有一块靛蓝色的土地清晰地出现在我面前，宛若一块青色石板，那一定是远处高耸的山峰，但是很快又被随风飘浮而来的灰色雨帘和浓雾遮蔽了。我不停地走，可是最后还是无奈地停下了脚步。我明白在晴之前，在这里做不了任何事情。

摩尔向我大声呼唤三四次，然后循声找到了我，来到我面前，脸上和手上都满是雨水。他对我说，我们已经花了一个小时在浓雾里转悠，如果还找不到合适的地点，那我们很可能没有足够的时间准备好墓地。

“可是我现在根本看不清我们在哪里。”我回答道，“我们不能把丹尼斯埋葬在没有开阔风景的地方。我们再等一会儿吧。”

我们静静地站在深深的草丛里，我点燃一支香烟。就在我要扔掉烟头的瞬间，浓雾开始散去了，视野中出现了一个苍白、冷峭而又清晰的世界。仅仅过了十分钟，我们就能看清自己所处的位置了。我们下方就是苍茫的平原，进山时的路线依稀可见，随着山势蜿蜒盘绕，一直延续到我们脚下，又继续曲折地向上伸展。在遥远的南边，在翻滚变化的云层下面，屹立着乞力马扎罗山周边那些深蓝色的峰峦。当我们望向北方时，天色更亮了，一道青柔的光线斜照下来，为肯尼亚山的山脊勾勒出一圈光彩夺目的银色轮廓。霎时间，从距离我们不远的东边稍微靠下一点的地方，在一片灰蒙蒙的绿色中出现了一个小红点。那是我们视野中仅有的红色，是我在林间空地上的房屋顶上的瓦片。我们没有必要继续寻找了，脚下就是我们一直寻觅的地方。须臾，淅淅沥沥的雨又开始下了。

从我们所站的地方沿着山坡向上走大约二十码，有一块狭窄的天然平台。我们在那里做了标记，并用罗盘为墓地确定好了由东向西的方向。我们叫来了仆从，让他们用长刀割去野草，在潮湿的土地中挖出墓穴。摩尔带着几个仆从开出一条小路上，可以让卡车从公路一直开进墓地。他们铲平了地面，并从灌木丛砍下树枝铺在新修的小路上，因为地面异常湿。我们无法将这条小路一直修到墓前，因为接近墓地的一段路实在太陡了。山里原本一片寂静，但当仆从们开始干活时，山峦就响起了回音，呼应着铁锹刨土的声音，恰似小狗的叫声。

一些人从内罗毕开车来到这里，我们派人为他们引路，因为在如此广袤无边的天地间，他们很难注意到我们几个人正围绕着灌木丛旁边的小小墓地。在内罗毕居住的索马里人匆匆赶来，他们把骡车留在公路上，慢慢地走到墓地。他们三三两两地走着，用索马里人特有的方式表达哀思，仿佛他们正被什么东西裹住脑袋，一步步从生活中抽离。丹尼斯的一些朋友听到噩耗后，从遥远的北方平原，诸如耐瓦纱、基尔基尔和埃尔门特塔赶来。长途跋涉令他们的车上溅满泥浆。此时，天空越来越明澈，恩贡山脉的四座主峰在蓝天中巍峨高耸。

中午刚过，人们就抬着丹尼斯的灵柩从内罗毕出发，沿着他生前去塔噶尼喀的狩猎路线来到这里。汽车一路谨慎地在湿滑的道路上缓慢行驶。当他们抵达墓穴前方的那个陡坡时，把灵柩从汽车上抬下来扛到墓地，狭长的灵柩上覆盖着国旗。就在棺木放入墓穴的一刹那，四周的山野都骤然改变，成为这墓地的背景。群山像往常一样静止着，威严地屹立着，仿佛它们已经完全明白我们正在它们的环抱中做什么，然后它们开始主宰葬礼，这一切仪式都成为它们和丹尼斯之间的事情，而在场的人们都成为旷野中微不足道的一群旁观者。

丹尼斯一直在观察着非洲高原，他熟悉这里的道路，而且比任何白人都了解和遵循这里的土地法则，更了解土壤、季节、植被、野生动物、各种风向和气味。他曾经仔细观察过高原上多变的气候、生活的人群、翻滚的云朵，以及夜空里的星辰。就在不久前，我还看到他在群山间摘下帽子，站在午后的艳阳下，举着望远镜望向大地，搜寻着每一处细节。他深刻地了解这片土地山野，而且这片土地在他的眼中和心中也已经改变，打上了他的烙印。而现在，非洲大地拥抱了他，使他重获新生，与大地合为一体。

我听说，内罗毕的大主教不愿意亲自出席葬礼，因为时间过于仓促，这里的墓地准备得还不够神圣，但是另一位牧师前来主持了葬礼，并诵念了我从未听过的悼词。在苍茫的天地间，牧师的声音听起来微弱而清晰，仿佛山间鸟儿的啼鸣。我想，当仪式结束后，丹尼斯会满意这样的安排。最后，牧师朗诵了一段赞美诗："我举目凝视群山。"①

在其他白人离开后，库斯塔·摩尔又陪我坐了一会儿。而前来参加葬礼的伊斯兰教徒们还留在那里，等我们离开后，才围绕着墓地开始祷告。

丹尼斯去世后的日子里，随他外出狩猎的仆从们都纷纷赶来，聚集在农场里。他们没有说他们前来的目的，也没有任何要求，只是席地坐在那里，背对着房子，将双手放在地上，手心朝上，整日沉默寡言，这绝对背离了非洲人的本性。马利穆和萨斯塔来了，他们都机智而勇敢，是丹尼斯的扛枪人和引路人，陪同丹尼斯参加了他所有的狩猎冒险。他们曾陪同威尔士亲王打猎，时隔许多年以后，亲王依然能说出他们的姓名，并称他们是战无不胜的勇士。而现在，这两位伟大的猎手都迷失了方向，坐在那里一动不动。丹尼斯的司机卡纽赛也急匆匆地赶来，他曾经在崎岖不平的荒野中驰骋数千英里。他原本是一位身材瘦高的基库尤年轻人，有一双像猴子一样敏锐机灵的眼睛，此时他也坐在屋子旁，就像一只关在笼子里的沮丧忧伤的猴子。

丹尼斯的索马里仆从比利·伊萨从耐瓦纱来到农场。他曾两次陪着丹尼斯前往英国，并在那里的一间学校就读了一段时间，他的英语像英国绅士一样悦耳动听。几年前，我和丹尼斯参加了比利在内罗毕的婚礼，那是一场持续了七天七夜的盛大庆典。婚礼上，这位杰出的旅行家和学者，又回归了祖先的传统，他身穿金色长袍，深深地鞠躬以示对我们的欢迎。他还为我们表演了剑舞，舞步豪放疯狂，带着沙漠民族特有的野蛮和大无畏。比利去瞻仰了主人的墓地，并在那

① 出自《圣经·旧约》。——译者注

里坐了良久。他回到农场以后，便和其他人一样缄默不语，背对着墙壁坐在地上，也将双手手心朝上放在地面。

法拉来到屋外，站在那里与前来哀悼的人们交谈。他自己也心情沉重，并对我说："如果您离开以后，丹尼斯先生还继续留在这里，一切还不至于这么糟糕。"

丹尼斯的仆从们在农场逗留了一星期左右，一个接一个地离开了。

我经常驱车前往丹尼斯的墓地，那里距离我家的直线距离最多五英里，可是沿着崎岖的山路却要走上十五英里。丹尼斯的墓地比我家海拔高将近一千英尺，墓地的空气变得截然不同，好似一杯澄澈清洌的水。当你摘下帽子时，温柔的山风会轻轻撩起你的头发。白云从东方巍巍的山巅缓缓飘荡过来，在一望无边的广阔起伏的大地上投下影子，然后消散在东非大裂谷上方。

我从商店里买了一块白布，当地人称其为"美国布"①。我带着法拉在丹尼斯的墓地后面竖起三根高高的柱子，并把白布钉在上面，这样，我从家里也能通过这青山中的小白布，清晰地找到丹尼斯墓地的位置。

这一年雨季雨水十分充沛，我担心疯长的野草会覆盖墓地。于是，有一天我们把摆放在车道旁的刷着白石灰浆的大石块——就是那些卡洛门亚曾经费了九牛二虎之力推到我家门口的石块，全部装搬上我的货车，运到山里。我们把墓地四周茂密的野草全部割掉，将石块围绕着墓地摆成方形，这样野草就不会覆盖墓地，我们就可以轻易找到它了。

由于我经常带着农场里的仆从和男孩去墓地，所以他们

---

① 即卡其布。——译者注

对那里都非常熟悉，可以随时为那些前来哀悼的人引路。夏天来了，他们还在墓地旁边的灌木丛里搭建了一个简易的小凉棚。有一天，丹尼斯的朋友阿里·本·塞利姆从蒙巴萨赶到农场，用阿拉伯人特有的方式，趴在墓地上痛哭哀悼。

有一次，我在墓地附近遇到休·马丁，我们便坐在一旁的草地上长聊。丹尼斯的死令马丁非常痛心，如果这个世界上曾经有人在马丁孤僻隐居的生活中占有一席之地的话，那也只有丹尼斯了。这是一件奇怪的事情，以前你万万不会料到休·马丁会为一个逝去的人如此痛彻心扉，更无法想象那个人的逝去对他的影响就犹如失去了一个重要的器官。丹尼斯的死使马丁一夜间苍老了许多，脸上布满了皱纹和老年斑，憔悴不堪。即便如此，他还保持着他特有的中国菩萨般恬静平和的微笑，似乎知道某种无人知晓的幸福。他告诉我，一天半夜，他突然想到了最适合丹尼斯的墓志铭。我想他的灵感来自于某位古希腊作家，他摘录了其作品中的语句，先用希腊语念了一遍，然后为了让我能更好地理解，又翻译成英文：

> 虽然死亡之火将我化作灰烬，
> 但我毫不介意，因为我眼中的一切都是如此安好。

后来，丹尼斯的兄长温彻尔西勋爵在他的墓地上竖起了方尖碑，上面刻着《古舟子之歌》①里的诗句。丹尼斯非常喜

---

① 英国诗人柯尔律治的作品，也是英国文学史上最伟大的诗歌之一。——译者注

欢那首诗歌，在他朗诵给我之前，我却从未听过。我一直清晰地记得，丹尼斯第一次将这首诗朗诵给我，是在我们一起去比利婚礼的路上。我没见过那块方尖碑，因为当它竖起来时，我已经离开非洲了。

在英国，为了纪念丹尼斯，人们也修建了一些建筑物，例如纪念碑。他的校友们还在伊顿的两块田地之间，修建起了一座横跨小河的石桥，其中一侧栏杆上刻着他的姓名，以及他在伊顿公学求学的时间，另一侧栏杆上刻着这样的字句："在各个领域都优秀出众，被所有人爱戴的挚友。"

连接着景色旖旎的英格兰乡间河流与非洲大陆的峻拔山脊的，就是丹尼斯的生命轨迹。这条轨迹似乎盘旋迂回，甚至偏离了正轨，但这都是错觉，那是因为周围的景色在随之变化。从伊顿公学的石桥上拉紧弓弦，射出的弓箭沿着自己的轨道，在苍穹中一直飞向恩贡山上的方尖碑。

在我告别非洲后，库斯塔·摩尔在写给我的信中提及了一件在丹尼斯墓地附近发生的怪事，类似的事情我是头一次听说。他写道："马萨伊人，向恩贡山区的区域长官报告，很多次，在拂晓或黄昏时分，他们在丹尼斯的墓地看见了狮子。一只公狮和一只母狮就在那里，或站或躺，待了很长一段时间。而一些驾驶着货车赶往喀加多的印度人，途径墓地时也见过它们。在你离开之后，墓地周围被平整出一块大露台，我想，那片平地对狮子来说，是理想的休息场所，它们可以从那里俯瞰平原，以及平原上的牛群和其他动物。"

狮子来到丹尼斯的墓地，好似代表着非洲前来为他装饰纪念碑，这是多么合适而尊贵。"因你的坟墓而众人皆知。"——我忽然想起，纳尔逊勋爵[①]在伦敦的特拉法加广场上的雕像，也有几头狮子装饰在一旁，但那仅仅是人们雕刻的石狮。

① 英国著名海军统帅和民族英雄。——译者注

第四章　变卖财产

现在，农场里就只剩下我一个白人了。我不再拥有这农场了，但是买主允许我可以继续住在这里，一直住到我要离开的那天。而且，出于一些法律上的特殊原因，我每天只需要支付一先令的租金。

我开始变卖家具和各种饰品，这让我和法拉忙得团团转。为了方便展示，我们把所有的玻璃器皿和瓷器都摆放在餐桌上。过了一阵子，桌子卖出去了，我们就把它们小心翼翼地一排排摆在地板上。那台布谷鸟自鸣钟傲慢地在这堆待出售物品行列里鸣唱报时，居高临下，然后它也被买走了，高飞了。有一天，我把一整套玻璃器皿都卖掉了，可是到了深夜，我却无比地挂念着那些餐具。于是，第二天清晨，我开车赶到内罗毕，找到那位购买了玻璃餐具的女士，并请求她取消了交易。尽管我已经没有地方可以妥善安置这些玻璃餐具了，可是我的朋友们的嘴唇和手指都触碰过它们，他们带给我上好的葡萄酒，我就是用它们一一品尝。这些餐具似乎还回响着往昔餐桌上的那些谈笑风生，我不想就此失去它们。但是我明白，最后我终将轻而易举地摔碎它们。

我有一幅用旧式木框装裱的屏风，上面画着中国人、苏丹和黑人，还有几条被人牵着的狗。无数个夜晚，当壁炉里的炉火正旺时，壁炉旁边的屏风在火光的照应下，画面上的人物仿佛要走下来，成为与我向丹尼斯所讲的故事相对应的插图。我端详着屏风良久，最后还是把它折叠起来，装进了木箱，那些画中的人物也可以稍事休息了。

当时，麦克米兰女士正在内罗毕主持修建麦克米兰纪念馆，以纪念她的丈夫诺斯拉普·麦克米兰爵士①，工程已接近尾声。那是一栋美轮美奂的建筑，馆内设有附带阅览室的图书馆。她驱车来到农场，和我坐在一起伤感地谈论起往昔，并买走了大部分我从家乡带来的丹麦式旧家具，用来放置在它的图书馆。我打心里为这些旧家具感到欣慰，那些令人愉快、充满睿智又热情好客的箱子和橱柜依然可以相守相依，被圣洁的书籍和学者包围，犹如一群女士在剧烈动荡的战时，在一所大学中找到了一个庇护所。

我把自己的那些书籍都装进箱子里，就坐在这箱子上面用餐。书籍在置身于殖民地人们的生活扮演的角色，与它们在欧洲时截然不同。在这里，书籍主宰着你的生活的某一方面，因此这些书籍质量的优劣与在文明国度相比，会更加令你感激或是愤慨。

小说里那些虚构出来的人物，会在你的马旁边一起驰骋

① 出生于美国的苏格兰人，于1901年来到非洲，和妻子都是慈善家。——译者注

在农场里，也会游荡在玉米地里，像所有聪明伶俐的士兵那样，他们能迅速找到适合自己的位置。有一天晚上，我通宵达旦地阅读了《克罗莫·耶律》[①]之后，我从未听说过这部作品的作者，只是偶然间从内罗毕的书店里发现了这本书，竟然令我高兴得好似在茫茫大海中发现了一座生机勃勃的绿色岛屿。第二天早晨，当我策马穿过狩猎保护区的山谷时，忽然有一只浑身斑点的小羚羊跳了出来，它立刻在我眼中化身为赫尔克鲁爵士夫妇和夫人饲养的一头牡鹿，与他们的三十只黄黑相间的狮子狗在一起生活。沃尔特·司各特[②]创作的所有角色，都能怡然自得地生活在这乡间，无处不在。奥德休与他的部下们也优哉游哉。让人感到诧异的是，拉辛[③]笔下的许多人物也同样如此。皮特·施莱米尔徒步在山里穿行，脚踏七里神靴[④]，而蜜蜂克罗恩·阿格博就住在河边我的花园里。

房子里的其他东西也被陆续出售，我将它们装进箱子并包装好托运走了。由此一来，在最后那几个月里，这栋房子成了一个“自在之物”，仿佛一块神圣高贵的人类头骨，萧瑟冷清，屋里屋外都有回音萦绕，户外的草坪上，那草也越长越高，蔓延到门前的台阶上。最后，房间里什么也没有了，我却觉得，这房子反而似乎更适宜居住了。

我对法拉说：“这才是屋子原本应该有的样子啊。”

法拉非常理解我，因为每一个索马里人身上，都多少有

---

① 《克罗莫·耶律》：英国著名作家 A. 赫胥黎的代表作品之一。——译者注

② 英国小说家，诗人，代表作品《昆丁·杜华德》。——译者注

③ 法国剧作家。代表作品《安德罗马克》。——译者注

④ 神话中一步能够跨越七里地的神靴。——译者注

一点苦行僧的精神。在这段时间，法拉全心全意地帮助我料理着一切，越来越像一名地道的索马里人，就像当年我第一次抵达非洲、他去亚丁湾接我时所表现的那样。他颇为担心我脚上的旧鞋，告诉说，他会每天向神灵祈祷，保佑我的这双旧鞋能一直穿到巴黎。

那几个月里，法拉每天都穿着他最精美的衣服。他有很多漂亮的衣服，包括我送给他的用金丝线刺绣的阿拉伯坎肩，伯克利·科尔送给他的精美的镶着金缕线绲边的猩红色西装马甲，还有许多颜色艳丽的丝绸头巾。法拉通常将这些珍贵的衣物收在柜子中，只有在特殊的场合才会拿出来穿一次。而现在，他总是穿着最好的衣服跟在我身后，在内罗毕的大街上或是在政府大楼和律师事务所门口肮脏的台阶上。他高贵华丽，酷似荣耀的所罗门王，这只有索马里人才做得到。

我还不得不面对如何安置我的马匹和猎犬的问题。我之前已经下定决心用枪射死它们，但是许多朋友都给我写信，请求我把它们送给他们。从那以后，每当我带着猎犬骑马外出时，看着它们生命力蓬勃旺盛的样子，都觉得打死它们是一个非常不公平的决定。我花了很长时间来思考如何决定，而之前我从未这样优柔寡断。最后，我还是打算把它们全部送给朋友们。

我骑着最钟爱的坐骑——鲁热前往内罗毕，一路上我们慢慢地走着，不时地环顾四方。我心想，这对于鲁热一定是一段怪异的旅程，沿着熟悉的道路来到内罗毕，却再也不会原路返回。我费了不少工夫，才使它踏上开往耐瓦纱的货车上专门运输马匹的车厢里。我站在车厢前，最后一次，让它用像丝绸般柔软的口鼻轻触我的脸颊和双手。鲁热，我会让你离去，除非你赐予我祝福。我们一起在非洲人的沙姆巴和木屋之间发现了那条可以过河的小路；在那些湿滑陡峭的坡道上，你像骡子一般敏捷地走着；在褐色河面上的倒影中，我看到你我的头正紧紧挨在一起。此时此刻，我希望你正在云雾缭绕的山谷里悠然自得，在右边你可以吃到康乃馨花丛，在左边你可以休养生息。

我当时还养着两条年轻的猎犬，大卫和戴娜，它们都是潘尼亚的后代。我把它们托付给了一位住在基尔基尔的朋友，那位朋友在那里拥有一个农场，也是一个很好的狩猎场。它们顽皮而健壮，当被装进汽车准备被体面地送走时，它们气喘吁吁地挤在汽车的一侧，脑袋挨在一块，吐着舌头，似乎在搜寻某种新鲜的猎物。它们那敏锐的双目、矫捷的躯体和精力充沛的内心，都将告别我的农场。离开了这片高原，它们将在新的家园继续快乐地嗅闻、呼吸和奔跑。

工人们也陆续离开了农场，因为这里再也没有什么咖啡种植园和咖啡加工厂了。普兰·辛格发现自己失业了，可是他不想在非洲重新找工作，最后决定回到印度。

普兰·辛格虽然对于矿产和金属颇为在行，但是离开了铁匠铺，就像个单纯的孩子。他完全不能接受农场已经被出售的事实，为此悲痛地哭泣，浓密的黑色胡须上挂满了大颗大颗晶莹的泪珠。很长一段时间里，他总是想方设法让我继续留在农场里，向我报告各种继续经营农场的计划。他的种种努力给我带来困扰。事到如今，他依然为我们的机器和加工厂感到骄傲。而那一阵子，他仿佛对蒸汽机和咖啡烘干机神魂颠倒，他用温柔的黑色眼睛仔细地看着每个螺母，似乎要将它们熔化。最后，他终于明白事情已经到了无可挽回的地步，便把一切都抛之脑后了。他显得灰心丧气，却不得不接受事实。有时他遇到我，就会喋喋不休地说着他的旅行计划。他走的时候，没有随身带任何行李，只带了一个装满了工具和锡焊装备的小箱子，仿佛他的生命和灵魂早已经漂洋过海，站在这里的只是一个消瘦谦卑、有着棕色皮肤的躯壳，以及他手中的焊盘。

我想送给他一件临别礼物，并希望在我现有的东西中有他想要的。可是当我问起他时，他满心欢喜地告诉我，他想得到一枚戒指。可是，我并没有戒指，当时也没有足够的钱去买。这发生在好几个月之前，当时丹尼斯每天开车来农场与我共进晚餐，所以我把这个情况告诉了他。丹尼斯曾经送过我一枚软金的阿比西尼亚戒指，这枚戒指上有螺旋可以调节尺寸，所以任何人都可以佩戴。丹尼斯听后，以为我打算将那枚戒指送给普兰·辛格。他经常抱怨说，每次他送给我任何礼物，我转手就将它们送给有色人种朋友了。为了防止类似的事件再次发生，他从我手上摘下了那枚戒指，并戴在了自己的手指上，并说他会保管着这枚戒指直到普兰·辛格离开。没过几天，他就动身前往蒙巴萨了，这枚戒指也随着他一起埋葬了。在普兰·辛格离开农场之前，我终于通过变卖家具凑够了钱，去内罗毕为他买了一枚戒指，那是一枚他渴望已久的重金戒指，上面镶着一颗硕大的宛如玻璃一般的红宝石。普兰·辛格喜极落泪，我相信，这枚戒指使他与农场和机械们的诀别变得不再那么痛苦艰难。他留在农场的最后一个星期里，每天都戴着那枚戒指，一见到我就会扬起手来让我看，脸上洋溢着温柔而令人难忘的笑容。在内罗毕火车站我与他告别时，最后一次看到了那双肤色黝黑、瘦骨嶙峋的手，这双手曾经以惊人的速度在锻炉上工作着。现在，这双手从闷热而拥挤的非洲车厢的窗子里伸出来，挥舞着与我道别。车厢里，普兰·辛格正坐在自己的小工具箱上，那枚戒指上的红宝石随着他的手上下摇摆，就像一颗闪闪发光的小星星。

普兰·辛格将重返他在旁遮普[①]的故乡与亲人团聚。虽然他们彼此已多年未见，但仍然邮寄照片保持联系。那些照片被他珍藏在工厂旁他那用瓦楞铁搭建的小屋里，还常常拿给我看，满怀自豪与柔情。我收到几封普兰·辛格在返回印度的船上写给我的信，每一封都用同样的方式开头："再见了，亲爱的夫人。"然后，就是向我叙述有关他的各种消息以及旅途中的各种冒险。

丹尼斯过世一个星期后，一天黎明，一件奇怪的事情发生了。我躺在床上，努力回忆过去几个月所发生的一桩桩事情，想弄明白究竟为何会这样。我隐约觉得，我准是以某种方式背离了人类正常的生存轨道，坠入了我本不应该被卷入的旋涡之中。无论我走到何方，脚下的土地都会塌陷，天空中的星星也随之陨落。我忽然想起一首关于"诸神的黄昏"的诗句，诗中描写了群星的陨落，并记起了那些关于洞穴中的小矮人的诗篇，这些矮人们终日仰天长叹，最终因为恐惧而死亡。所以我想，这一切不可能只是一种外在环境的巧合，而人们口中的"厄运"也必定暗含着某种核心的原则。倘若我能发现它，那我就可以获得拯救。我想，如果我能在恰当的时机寻找事物内在的种种关联，那一切都将清晰可见。我决定起床去寻找那个启示。

有人认为，寻找一个启示是荒唐的，因为这样做需要你将自己置入一种特定的精神状态，而人们通常无法做到这点。如果你能在那样的精神状态下去寻觅启示，你一定不会徒劳

---

① 横跨印度与巴基斯坦两国之间的一片区域。——译者注

而返，它会作为一个自然而然的结果出现。就比如一个极富灵感的扑克牌高手，他随机从牌堆中摸出十三张牌，却恰好形成了人们所谓的一把好牌，一把从 A 到 K 的大满贯。当旁人还没有看出眉目时，玩牌高手已经从牌面上看到一个大满贯正在冲着自己微笑。真的有大满贯吗？是的，但是只有真正的高手才能碰到。

我到户外去寻找启示，漫无目的地来到了仆从们居住的小木屋之间。他们刚把鸡群放出来，它们在房屋之间跑来跑去，我站在那里注视着它们。

法蒂玛的白色大公鸡神气活现地阔步向我走来，可是它突然停在半路，左右旋转着脑袋，鸡冠高高地耸起。在道路的对面，一只灰色的小变色龙爬出草丛，与那公鸡一样在清晨出来觅食。公鸡径直冲向那只小变色龙，因为变色龙是鸡喜爱的食物之一，公鸡还发出满意的咯咯声。一看见公鸡，小变色龙马上僵在了原地，被恐惧控制住了。但是它又同时表现得很勇敢，用力地用脚抓住地面，嘴巴极力张大，想以此恫吓眼前的敌人。忽然，它将自己细棍般的舌头迅速吐出，公鸡先是愣了一下，似乎大吃一惊，然后它迅速有力地将尖尖的喙像锤子般啄下去，一下就把小变色龙的舌头啄了出来。

两个动物之间的争斗由始至终不过十秒钟，我弄走了法蒂玛的公鸡，并用一块石头砸死了那只小变色龙，因为变色龙是靠舌头捕捉昆虫的，失去了舌头，它也活不了太久了。

我被亲眼看见的这一幕吓坏了，那看起来是可憎而恐怖的事情的缩影。我心神不宁地走到房屋旁边的石凳上坐了下来，并且一坐就是许久。法拉为我端来了茶水，放在面前的石桌上。我埋头望着石桌，几乎不敢抬头，这个世界在我看来是如此冷酷险恶。

过了几天之后，我才慢慢地领悟到，那恰恰是对我的问题最神圣的答案。通过一种奇特的方式，我得到了荣耀和尊严，并与周遭的世界区分开来。我渴望前来拯救我的神圣力量，比我自己还在意我的尊严，那么，我还有必要去追求其他的答案吗？显然，现在这种力量并非在放纵我，只是用默许来回应我的祈求。这伟大的力量对我放声大笑，笑声在群山回荡，那声声号角，那公鸡和变色龙的争斗，也都呼应着这启示：哈哈哈！

我感到轻松愉快，那天清晨我的外出非常及时，拯救了那只小变色龙，使它免受痛苦而漫长的死亡折磨。

几乎同时，在我送出马匹之前，英格瑞·林斯特罗姆从她在恩乔罗的农场赶来陪我住几天。英格瑞的举动意味着她对我的情谊非常珍贵，因为让她离开她自己的农场是难以想象的事情。她的丈夫为了付清他们当初购买恩乔罗农场的欠款，只身一人去了远在塔噶尼喀的一家大型剑麻公司工作，此刻他正在二千英尺的高原上大汗淋漓地劳作着，让人感到英格瑞似乎是为了维持农场，把他像奴隶一样租赁了出去。那段时间里，英格瑞就独自经营农场，她扩建了家禽饲养场和菜园，并饲养了猪和火鸡，整天风尘仆仆地忙碌着，繁重的农场事务使她难以抽身。纵然如此，为了能够陪伴我，她还是将农场的一切交给仆从科摩萨，就匆忙赶来我家，仿佛去帮助一位家里遭受火灾的朋友。这次科摩萨没有与她同来，这对于法拉而言，在当时的情况下，反倒是件好事。英格瑞在她的内心深处，清楚地理解当一个女农场主被迫放弃自己的农场时，是怎样的心情。

英格瑞与我同住的那几天，我们没有谈论过去或是将来，也不提及哪位朋友或是熟人的名字，我们将所有的思绪都集中在眼前苦难上。我们在农场并肩走着，从这里走到那里，一处接一处地说出所到之处事物的名字，仿佛正在心中清点我的所有损失，而英格瑞则正在以我的名义搜集素材，为我写一本控诉命运的书。事实上，根据以往的经验，她深知根本不存在这样一本书，然而这样的念头依然或多或少地存在于每个女人的生活中。

我们去了牛栏，坐在栅栏上，计算着归栏牛群的数量。无须语言，我指着它们沉默地告诉英格瑞："这牛群。"她也同样沉默地回应我："是啊，这牛群。"然后，她在那本书中记上关于牛群的一笔。我们又绕到马厩给马匹喂糖块，看着它们吃完后，我向英格瑞伸出沾满唾液的黏糊糊的手掌，无声地哭泣着："这些马匹。"她也沉重地叹着气："是啊，这些马匹。"并在书上记录下它们。在我位于河边的园子里，她激动地用手指一一抚过那些薄荷叶、鼠尾草和薰衣草，难以接受我不得不将这些花木遗弃的事实。而之后她再次和我谈及这些草木，她似乎一直在挖空心思想谋划出某种方案，能够让我把它们也带回欧洲。

我们用了一个下午的时间，望着在我家门前的草坪上吃草的一小群本地牛。我逐一细数了它们的年龄、特点以及产奶量。英格瑞听了这些后，望着它们长吁短叹，痛苦地呻吟着。她仔细地一头头审视着它们，这并非是为了做买卖，因为我会把所有的牛都送给仆从们，她是在衡量和评价我的损失。她对那几头散发着淡淡的甜蜜乳香气息的小牛犊情有独钟，经过漫长的艰苦奋斗后，她终于在自己的农场里拥有了几头母牛和小牛犊。所以，在她眼中，我现在所做的事情与她的意志背道而驰，她向我投来愤怒的目光，似乎是在谴责我抛弃了这些牛犊。

如果一个人与一位失去了亲人的朋友同行，他的脑中或许会反复回想一句话："感谢上帝。"我相信，他一定会因此感到内疚，并尝试压抑这种感情。可是，对两个有着深厚情谊的女人而言，就会有完全不同的情形：其中比较幸运的那位会对自己的朋友表现出由衷的同情，但是毫无疑问，她的心中也会反复念叨着："幸好没有发生在我身上，感谢上帝。"不过，这并不会引起她们中任何一个人的反感，相反会使她们更加亲密，使礼貌性地同情多了几分人情味。我想，男人很难把握恰当的分寸，带着忌妒或优越感与同伴和谐相处。然而，新娘在伴娘面前洋洋得意，前来拜访的客人会对刚刚生下婴儿的母亲心怀嫉妒，这都是不言而喻的事情，但也不会引起任何人的不快。失去子女的母亲或许会给朋友看孩子生前的衣物，尽管她知道朋友可能在心里重复着："幸好没有发生在我身上，感谢上帝。"——这对她们双方而言，都合情合理。英格瑞和我也是如此。我知道，当我们在农场里漫步时，她心里正在记挂着自己的农场，庆幸她的农场依然属于自己，并试图竭尽全力主宰农场的命运。我们对此心照不宣。虽然我们穿着陈旧的卡其布外套和长裤，但事实上我们是一对传奇般的女子，白色与黑色分别将我们笼罩，但我们仍然作为一个整体，浓缩了非洲的农场生活。

几天以后，英格瑞与我告别，乘火车返回了恩乔罗。

我已经无法骑马外出，缺少了猎犬的陪伴，我的散步也变得安静而沉闷。不过值得庆幸的是，我依然留着汽车，因为我还有许多事情要在那几个月中完成。

农场里佃农们的命运一直沉重地压在我的心头。因为农场的新主人计划砍掉所有的咖啡树，重新将土地分割成块，再作为建筑用地出售，所以他们根本不需要佃农。在收购农场的交易达成后，他们就马上通知了所有佃农，限他们在半年之内离开农场。这个决定，令所有的佃农万分意外又焦虑不安，因为他们世世代代生活在这里，有了一种错觉：这里的土地是属于他们的。他们中许多人出生在农场里，另一些人则在很小的时候就和父辈们一起来到这里生活。

佃农们都清楚，为了能够留在农场生活，他们必须每年为我劳作一百八十天，而我将每三十天支付给他们十二先令作为报酬。这些账目都保存在农场的账房里。他们同时还知道，他们必须为自己居住的小木屋向政府支付房租，每间小木屋丨二先令，这对他们来说是一个承担起来颇为吃力的重担，因为他们在世上一贫如洗，却必须根据他们妻子数量的不同，拥有两三间木屋，——基库尤男人必须给他的每一位妻子一间小木屋。我农场里的佃农们终日惶恐不安，因为他们经常被告诫一旦违法就会被赶出农场，他们也由此意识到，自己在农场的地位并不稳固。他们厌恶为木屋缴纳房租，每当我为政府去农场里收租时，他们都会给我制造颇多麻烦，并喋喋不休地表达自己的不满。即便如此，他们将所有这些都当作人生中寻常的挫折磨难，始终满怀着憧憬：总有一天，他们能从这些麻烦中解脱。他们未曾想过，在他们面前可能隐藏着一条可以适用于每一个人的基本法则，而这法则将会变成一场致命的打击，出现在人们面前。所以，有那么一段时间，他们把农场新主人的通知看作危言耸听的小事，甚至鼓起勇气忽视它。

虽然不能说在各个方面，但是在某些方面，白人在非洲人心中的地位和白人心中上帝的地位类似。有一次，我和一位印度木材商人签过一份合同，合同中有这么一句话：“上帝的举动。”我对这句话的含义不是非常明白，而起草这份合同的律师就努力给我解释。

“不是那样的，夫人，您不明白这句话的意思。”他说，“所有无法预料的、不受任何原则和道理控制的事情就是上帝的举动。”

后来，当农场新主人的搬迁通知书正式下达后，佃农们集体愁眉苦脸地来到我家。他们认为这一命运的转折是我离开农场的后果，是我自己的厄运蔓延到了他们身上。但是他们没有因此责怪我，因为这个其中缘由，我早已解释给他们听。他们只是想让我告知，他们该如何继续生活。

这个问题使我无言以对。根据法律，非洲人不能购买土地，而且我知道这附近也没有一个足够大的农场能够全盘接纳他们。我向他们解释，已经就此事询问政府，而我得到的回应是，他们应该迁往基库尤保护区，从那里寻找一片土地作为新的家园。听后，他们又表情严肃地问我，他们能否在保护区里找到足够大的空地，以便他们把所有的牲口带过去？并且进一步追问我，那里是否有足够大的土地，让他们能够像之前在农场里一样，一起生活呢。

我很吃惊他们如此固执地要生活在一起，因为在农场里，他们彼此存在着很多不满，难以和平相处。但是此刻，他们相约来找我，包括那些趾高气扬的牲口主人们——卡特古、科尼奴和茂葛，以及那些一无所有没有一头羊、一垄地的农民们——瓦维如和乔塔，他们都手挽着手、肩并着肩的站在一起，抱着同样坚定的决心，要继续共同生活在一起，就像他们坚持带上所有的奶牛一样固执。我感到，他们向我索取的，不仅仅是为他们找一个可以生活的地方，而是要求我为他们争取活下去的权利。

夺走他们世代赖以生存的土地，不仅仅是剥夺了他们的家园，还有他们的过往、他们祖先的传承和他们的尊严。如果你夺取了他们在以往司空见惯的东西和渴望在未来能继续看到的事物，那么也可以说你其实夺走了他们的势力。这种影响，对原始的非洲原住民来说，要比对文明的西方人大得多。就像野生动物，总会不辞辛苦地寻找来时的路，历经艰难困苦、长途跋涉返回到它们早已习惯的环境里，寻找自己的尊严。

当马萨伊人被迫放弃他们在铁道北面的故乡，迁徙到现在的聚居地时，将故乡的山川、河流和平原的名称也带到了新的家园，并以此命名新家的一切。这常常会使旅行者们一头雾水。马萨伊人的这种做法，就像是随身携带治疗创伤的草药一般，带着他们民族的根，在流亡途中竭力保持他们的记忆和尊严。

此时，我农场里的佃农们出自同一种自我保护的本能，执意在离开故土后也要和自己熟识的人生活在一起。只有生活在彼此了解过去的人们中间，才能证明自己的身份和尊严。也只有这样，纵然过了很多年，他们依然可以大谈特谈农场的风土人情和历史，即便有人忘记了，其他人依旧会记得。否则，他们对将要毁灭而感到耻辱。

“去吧，姆萨布，”他们恳求我，“请去见那些政府的长官们吧，请求他们允许我们带上所有的牲口，而且允许我们都生活在一起，前往我们的新土地。”

于是，我开始作为一名朝圣者，或者说是一名乞丐，在我离开非洲前的几个月里，不断四处奔走。

为了尽力完成基库尤人的这个托付，起初我去找了内罗毕和基安布的区域长官，接着又拜访了原住民办事处和土地管理司，最后找到了总督乔索夫·波恩爵士，当时他刚从英国抵达非洲，所以此前我从未见过他。后来，我甚至想不起来自己究竟是为何奔波，仿佛只是受到了潮汐的冲刷，来来去去。有时候，我被迫在内罗毕从早待到晚，有时又不得不一天在农场和内罗毕之间往返两三次。当我到家时，总有一些佃农聚集在我家附近等候，但是他们并不问我是否有什么新的消息。他们只是在那里守候着，似乎要通过某种非洲人的魔法，给我传递坚持下去的勇气。

那些政府官员们都乐于帮助我，不厌其烦地听我的叙述。这件事情难以解决的症结不在于他们，而是因为在基库尤保护区里，很难找到这样一块面积足够大的开阔空地，可以安顿这么多人和牲口。

这些官员大多数已经在非洲生活了许多年，非常了解非洲人，他们只是用含糊的言语暗示我，最好的解决办法就是让基库尤人出售一部分牲畜。因为他们明白，基库尤人无论如何也不会出售他们的牲畜的，如果让他们带着所有的牲畜，去保护区生活在一片不足够大的土地上，那么在未来几年，一定会和周边邻居们发生无穷无尽的纠纷。一旦出现了那样的情形，当地的区域长官们又要去为他们交涉和裁定。

然则，当我们谈论起佃农们的另一个要求，也就是他们想要继续在一起生活时，官员们却认为这没有什么必要。

“是否有必要一点也不重要，”我心想，“我们这些最卑微的乞丐不过是祈求那些最多余、最微小的东西。”诸如此类。在我的一生中，一直认为，可以根据人们在面对“李尔王”①时的不同表现，将他们归类。正如你无法和李尔王讲道理一样，你也不能同一位基库尤老人理论，因为虽然他有很多要

① 出自莎士比亚的四大悲剧之一《李尔王》。——译者注

求，但是他是国王。和老国王把国土交给自己的小女儿有所不同，非洲人并没有慷慨大方地把自己的国土拱手相让于白人，白人只是作为摄政者接管了这片土地。但是我一直记得，在并不太久远的过去，一个人们仍然记忆犹新的年代，非洲人对他们土地的占有权毋庸置疑，他们压根没有听说过白人的法律法规。他们的生活状态始终动荡不安，但是他们脚下的土地是坚定不移的基石。奴隶贩子会抓走一些非洲人，并带他们离开非洲，从奴隶市场出售，但是其他人依然可以生活在故乡的土地上。那些被带离非洲的人们散布在东方世界的各个角落里，流离失所，为人牛马，却从未放弃回到非洲高原、回到故土的希冀。长着黑色的明亮眼睛的非洲人，酷似长着黑色的明亮眼睛的大象，他们稳稳地站在大地上，慢慢地在心中沉淀和解析周遭的世界，他们也是这土地的一部分。或许以上两者都在为周边的剧变而手足无措，并满是困惑地向你询问他此时身在何方。而你只好用肯特博①的话回答她——“陛下，在您的王国里。”

最后，当我已经开始觉得自己无法停止每日驱车往返于内罗毕和农场之间，并不停和政府官员们打交道时，突然被告知政府批准了我的申请，同意在我的农场不远处的达格勒提森林保护区里，规划出一片土地供我的佃农们居住。他们可以在那里重建家园，而且离之前的住处也不算很远。在我的农场四分五裂之后，他们可以继续保留自己的面容和名字，延续自己的群落。

这个消息在农场里传开后，佃农们看似沉默不语却心潮澎湃。我无法从基库尤人的表情判断他们对此事究竟是一直

① 出自莎士比亚的四大悲剧之一《李尔王》。——译者注

抱着坚定的信念，还是已经濒临绝望。事情一旦得到了解决，他们立刻又提出了更多形形色色的要求和主张，而我都一一拒绝了。他们继续聚集在我家附近，用一种从未见过的目光看着我。非洲人对于命运的理解和信仰十分奇特，他们相信有了第一次的成功以后，接下来的一切将会万事如意，甚至我也会继续留在农场。

能够为佃农们找到一个适宜的归宿，给我带来了莫大的安慰和前所未有的满足。两三天以后，我觉得自己已经完成了在这个国家的全部使命，可以离开了。农场里的咖啡豆已经采摘完毕，加工厂里的研磨机静悄悄地待在那里，房子里空荡荡的，佃农们也寻觅到了新的去处。雨季已经过去，平原和山丘上都长出了高高的新草。

我之前拟定的那个放弃所有琐事、集中处理重要事务的设想，最终失败了。一样接着一样，我将自己的财物赠予他人，似乎是作为我人生的赎金，等到我一无所有的时候，我自己在命运面前也变成了沧海一粟。

那些天，夜空中高悬着一轮满月，透过窗框照进空空如也的房屋，留下婆娑的月影。我心想，或许月亮正在向屋里窥视，想知道我在这个即将消逝的地方还会逗留多久。“哦，不要紧的。”月亮说道，“时间对我来说无足轻重。”

我原本打算等亲眼看过佃农们迁徙到新的土地并安顿下来以后再离开，但是勘察土地需要花费很多时间，他们迁徙的时间迟迟不能确定。

第五章　永别了，农场

当时，附近的基库尤老人们经过商议，决定为我举办一场盛大的恩贡马舞会。

在过去，这些老人们在恩贡马舞会上声名远扬，但现在已经很少登场了，我在非洲生活了这么久，一次也没见过。我很向往能够一睹其芳姿，毕竟基库尤人给予他们很多赞美。由这些长者们组织的恩贡马舞会在农场里举行，对于农场而言是一种荣耀，距离舞会还有一段时间，农场里的人们纷纷开始热烈地讨论着。

法拉一向对恩贡马舞会不以为然，这次也被长者们的决定感动了。“这些人都已经老了，姆萨布，”他说，“很老很老。”

听到如雄狮一般骁勇善战的基库尤青年毕恭毕敬、诚惶诚恐地讨论着那些长者们的舞蹈表演，不禁令你充满好奇。

关于这种恩贡马舞会，其中有一件事情是我提前不了解的，那就是政府禁止举办这样的舞会。禁止的原因我也不明白。然而基库尤人一定知道政府的这个禁令，但是他们选择了无视它。或许他们认为在这个不太平的非常时期，可以做一些平时不能做的事情，又或许筹备舞会激起了他们狂热的激情，使他们早已把禁令抛在脑后了。他们甚至无法为即将要举办恩贡马舞会的消息保密！

参加舞会的长者们到场时，场面十分壮观，他们显得如此高贵，一百多人同时浩浩荡荡地抵达，我猜想他们一定是在农场附近的某处集合之后才过来的。上了岁数的非洲人通常很怕冷，平日里都把自己用皮毛和毯子严严实实地裹起来，而此时，他们全都赤裸着身体，仿佛正在庄严地阐述着某个令人敬畏的真理。他们都披挂着华丽的饰物，在身上精心地画着战斗图腾，其中几个老人还在他们光秃秃的脑袋上，戴着年轻舞者经常佩戴的黑鹰羽毛制成的头饰。这些长者们不需要任何画蛇添足的装饰，他们自己就已经给人留下了深刻的印象。他们不像出没在欧洲舞厅的那些迟暮美人们一样，极力维持年轻的假象，对于他们自己和观众而言，舞会的分量魅力恰恰来自于这些舞者不再年轻的年纪。他们身上画着一些奇怪的标志，我从未见过那样的图案，用垩粉沿着他们弯曲的四肢画出一条条白道，似乎要用显眼的花纹强调自己那黝黑皮肤下的僵硬而脆弱的骨骼。当他们排成长队步入舞场缓缓起舞时，那动作看起来如此古怪荒诞，以至于我不禁感到诧异，他们将要在我面前呈现出什么样的舞蹈呢？

我站在那里看着他们，有一种曾经在我脑海里出现过的奇思妙想又再次席卷而来，仿佛要离开非洲大陆的不是我，我没有足够的力量去离开，而非洲大地正像大海退潮一般，缓慢地从我四周怅然离去。我面前正在上演的舞蹈，其实是昨日以及前日我见过的那些强健而柔韧的年轻舞者，正在我的视野中渐渐憔悴苍老，最终永远逝去。不过，这些非洲老者们用自己特有的方式，温柔地翩然起舞着退出舞台。他们与我同在，我也与他们同在，我们都心满意足。

那些长者们沉默不语，甚至彼此之间也不沟通，他们在为接下来的演出休养精神。

正当舞者们摆好了队形准备起舞时，一名来自内罗毕的非洲士兵给我送来一封信，信上说，恩贡马舞会必须立刻停止。

我对此难以理解，这实在太令我意外了，我反复读着那封信。前来送信的士兵也被眼前的舞会场面深深震撼了，他深知这次舞会的重要性，所以他既没有向在场的老人或者我的仆从问话，也不像往常那样趾高气扬——非洲士兵总喜欢向他的同胞大摇大摆的炫耀自己的权力。

在非洲生活的那些日子里，我从未感到如此痛苦。过去，我从不知道当我遭遇到反对时，自己的心脏会如暴风雨般愤怒地剧烈跳动。此时此刻，我半句抱怨的话也不想说，因为语言在这一切面前，那么苍白空虚。

那些基库尤老人们呆呆地站在原地，活像一群年老的绵羊。他们透过布满皱纹的眼皮，牢牢地盯着我。他们无法立刻放弃自己内心期待已久的事情，其中几位老人甚至在神经质地摆动双腿，他们来这里跳舞，那么他们就一定跳舞。最后，我只能告诉他们，这次恩贡马舞会结束了。

我相信，这个消息无疑会在他们的脑海中被消化出各种不同的含义，至于究竟是什么样的含义，我无法知晓。也许他们会马上明白，恩贡马舞会已经彻底结束了，因为他们为之表演舞蹈的那个人——我，已经不在那里了。又或许，他们相信，事实上，一场无与伦比的恩贡马舞会已经如期举行了。恩贡马舞会的力量已经将其他的一切都变得微乎其微，因而当这场舞会结束时，所有的一切也随之结束。

一只当地的小狗在草坪上，抓住这寂静的瞬间大声狂吠，那叫声在我脑中回响着：

> ……一只又一只的小狗，
> 托雷、布兰奇，和斯维塔赫特，
> 瞧，它们都在向我狂吠。[①]

卡曼塔原本负责舞会结束后向老人们分发鼻烟，这时候，他用自己一贯的冷静和机智判断出眼下的机会最适宜。于是，他捧出了一个装满了鼻烟的巨大葫芦。法拉忙向他挥手示意回去。可是卡曼塔身为基库尤人，他对这些老年舞者们有着深入的理解，所以他坚持自己的做事方式，走向前来。鼻烟是实实在在的东西，我们为老人们分发了鼻烟，没过不久，他们就纷纷离去了。

我觉得，农场中对我的离去最感到难过的是那些老年基库尤妇人们。这些老妇们都经历了艰辛坎坷的一生，生活的磨难使她们坚如磐石，犹如一头年迈倔强的骡子，一有机会就要咬你一口。在我的行医生涯中，我了解了在病痛的折磨面前，她们远比基库尤男人坚韧不屈，而且相较于男人，她们更具有野性，也更加彻底地缺失崇拜和赞赏他人的天性。她们一生中要生育许多儿女，并亲眼看着其中的一些夭折，对一切都无所畏惧。她们用头顶搬运木柴，将三百磅木柴用

---

① 出自莎士比亚悲剧《李尔王》。——译者注

绳索绕着额头固定好，她们被这重负压得步履蹒跚，却从未垮掉。在“沙姆巴”坚硬的土地上，她们整日劳作，从早到晚弯着腰。“她从那里搜寻猎物，双目凝视着远方。她的心硬如石，的确，像磨盘一样坚不可摧。她嘲笑怯懦。一旦她展开翅膀升入高空，就鄙视骏马和骑手。她会恳求你吗？她会轻声细语地和你说话吗？”①农场里的老妇人们身体内蕴藏着惊人充沛的精力，对农场里发生的大小事件都兴趣浓厚。为了观看一场年轻人的恩贡马舞会，她们可以不辞辛苦地步行十英里；一个笑话或是一杯唐叶，都能使她们那满是皱纹、牙齿脱落、面颊干瘪的脸上绽开笑容。这种生命以及对生活的挚爱之情，对我而言，不仅令人敬意油然而生，还会使人为之深深着迷。

我与农场里的这些老妇人建立了深厚的友谊，她们都叫我“杰里”。除了她们和年幼的孩子，其他男人和年轻人都不会这样称呼我。杰里是基库尤妇女的名字，但是含义特殊，在基库尤家庭中，只有在她的兄弟姐妹出生之后，过了很久才降临人世的女孩，才会被命名为“杰里”。我想，这个名字里包含着无限温柔的怜爱之情。

现在，这些老妇人们，都为我即将要离开农场而依依不舍。在农场生活的最后这段日子里，总有一位基库尤妇女浮现在我的脑海中，我和她并不熟悉，甚至不知道她的名字。我想，她可能来自于卡萨古的村落，而且是卡萨古的某个儿子的妻子或遗孀。在旷野中，她背着一捆长长的细木杆沿着一条小路向我走来，基库尤人将用这些细木杆来搭建屋顶，而搬运这些材料是妇女们的工作。这捆细木杆至少有十五英

① 出自《圣经·约伯记》。——译者注

尺长，妇女们先将它们的一端扎住，再把它们背起来。远远看去，这种高大沉重的圆锥体，使背负着它们步行在旷野中的人，酷似某种史前动物的剪影或者是一头长颈鹿。面前这名妇女背上的细木杆都是焦黑色，多年来，他们小木屋里燃烧的火堆将这些木杆熏得像焦炭。这意味着，她将自己旧屋的房顶拆了下来，正把这些建筑材料背到新建的房屋那里。我们在路中央相遇的时候，她一动不动地站在那里，挡住了我的去路。她不声不响地直视着我，表情酷似我们经常在旷野里遇见的长颈鹿，它们的生活、情感和思维方式对我们而言都完全陌生。过了片刻，她毫无征兆地哭了起来，泪水顺着她的脸颊流下，仿佛一头母牛站在草原上伤心落泪。我与她缄默不语，过了几分钟，她为我让出道路，我们面向相反的方向各自离开。我边走边想，幸好她还有材料，用于建造自己的新屋。我还想象着，她如何开始干活，如何亲手将那些木杆捆扎在一起，做成她新家的屋顶。

农场里那些年幼的小牧童，在听说了我要离开后，既兴奋又不安，因为自从他们出生以来，我都生活在农场里的这幢房屋里。对于他们而言，想象一个没有我存在的世界，是非常困难而且需要勇气的，就像是有人突然宣布神灵要走下神坛一样。当我路过草坪时，他们会从草丛中忽然探出脑袋，对我大声叫嚷："您什么时候离开？姆萨布，您还能在这里住几天？"

当离开农场的那天终于到来时，我领悟到了一个特别的道理：事情的发生过程经常会超越我们的想象，无论是事前、事中，还是事后我们回忆时。周遭的环境拥有一种自身的动力，使事情的发生不受人类的理解或是想象所控制。在这种时候，人们总是心无旁骛地关注着事情的进展，像是一位被牵引着的盲人，机械而谨慎地迈出每一步。事情正在发生，而你也意识到它正在不断推进，这就是你与他们的唯一联系，你无法得知其中的原因与内涵。我相信，那些在马戏团里进行表演的动物也是这样完成演出的。曾经置身于这类事件中的人们，从某种意义上说，他们可以宣称自己已经经历过死亡——超越了想象力的范畴，但是依然存在于经验范围内的经历。

库斯塔·摩尔在清晨驱车赶来我家，送我去火车站。那是一个略带寒意的早晨，但是天空和四周的景物却黯淡得几乎透明。库斯塔·摩尔看起来面色苍白，说话时含糊其辞。他冲我眨了一下眼睛，使我想起停泊在德班的一艘捕鲸船上的那位来自挪威的老船长曾经告诉我，挪威人不惧怕任何狂风暴雨，却无法忍受风平浪静。像以前无数次那样，我与摩尔一起坐在磨盘桌旁边的石凳上喝茶。此时，向西面眺望，笼罩在灰色暮霭中的山峦庄严地屹立着，淡然地度过它们千百万年来漫长岁月中的又一个瞬间。我忽然觉得很冷，恍若我已经置身于那山巅。

农场里的仆从们依然守在空荡荡的房子里，但是，他们已经将他们的生活移到新的地方，他们已经搬走了各自的家人和财产。一天前，法拉家的女人们和他的小儿子索菲，已经乘卡车前往位于内罗毕的索马里村去了。而法拉则坚持一直把我送到蒙巴萨。与我们同行的，还有贾马的小儿子图姆博，因为他是如此渴望这段旅程。作为给他的临别礼物，我曾给了他两个选择：一头牛或是去蒙巴萨为我送行，他坚定地选择了后者。

我与每一位仆从告别。我事先反复叮嘱过他们，等我走后门都一一关好，可是当我走出门后回头一看，他们依然大敞着房门。这是非洲人典型的风格，仿佛他们想借此预示我会重返农场，或是为了强调，空空如也的屋子里再也没有什么值得锁上房门了，还不如就这么在风中敞着门。法拉开车载着我，车速很慢，好似沙漠中的骆驼正在慢条斯理地踱步。汽车缓缓地绕过车道，农场与我的房子渐渐消失在我的视野中。

汽车接近池塘时，我问摩尔可否在这里停留片刻。得到肯定的答复后，我们走下车，在岸边抽起了香烟，看着鱼儿在水中畅快地游来游去。以后，它们将要被对老克努瑟一无所知的人们捕捉并端上餐桌，可是这些人甚至完全不明白这些鱼的重要性。就在这里，我遇到了佃农科尼奴的小外孙斯兰加，那个患有先天性癫痫病的孩子，他跑来和我道别。过去的几天，他总是围着我的房子打转，寻找机会和我说“再见”。当我们钻进车里继续赶路时，他追在汽车后面拼命地奔跑起来，他的身躯是那样的渺小，小得看起来好似被风儿卷起的一粒沙，小得好似我农场壁炉中的火焰迸发出的最后一颗小火星。他沿着农场的小路，一路跟着我们跑到了公路那里。起初，我很担心他会一直追着我们跑上公路，那就好像我的农场在我们身后土崩瓦解，一切都同那谷糠一般随风飘逝。可是，斯兰加在公路的拐角处停下了脚步，无论如何，他属于那片农场。他呆呆地站在那里，一直望着我们离去的背影，直到我们再也看不见那条公路的拐弯处。

在通向内罗毕的公路上，我们看到一些蝗虫在草丛中和公路上飞过，有几只竟然还钻进了车里，看样子蝗虫将会再次光顾这片土地。

我的许多朋友都来到车站为我践行。休·马丁已经到了，看起来心情很沉重，沉默寡言地站着。当他走向前来与我们话别时，我又看到了我的这位“潘罗斯博士”化身为孤独者，保持着一个英雄的形象，似乎将自己的一切都化为了孤傲，象征着非洲。我们彼此之间友好地道别，曾共同分享了许多美妙快乐的时光，有许多充满智慧的谈话。德拉蜜尔勋爵略显沧桑，头发有了些许灰白。在战争之初，我曾带着物资运输队穿越马萨伊保护区，和他在那里一起喝茶，那时他的头发没有现在理得这么短。但是，他依然和当时一样，热情好客又彬彬有礼。几乎住在内罗毕的所有索马里人都出现在了站台上。牲口商老阿布杜莱步行赶来，送给我一枚预示着好运的银戒指，上面嵌有绿松石。丹尼斯的仆从比利，诚挚地请我代为转达他对他主人在英格兰的哥哥的问候，他曾在丹尼斯位于英格兰的家里住过几天。等我们上了火车时，法拉告诉我，那些索马里女人们也来过火车站，她们坐在人力车里，一看到车站里挤满了索马里男人后，便丧失了勇气，立刻坐车回去了。

我进入火车车厢后，伸出手与库斯塔·摩尔握手告别。当火车已经开动，正在缓慢向前挪动时，他恢复了常态，如此强烈地希望能够把勇气传递给我。他的脸色变为绛红色，神采奕奕地望着我，炯炯的目光中仿佛燃烧着火焰。

在火车中途抵达桑布卢车站时，趁着工人们为机车加水的间隙，我和法拉走下火车，在站台上漫步。

在那里，我向西南方眺望，再次看到了恩贡山脉。连绵起伏的巍峨山峰宛若波涛在平坦的大地上奔窜起伏，所有的一切都清澈蔚蓝。可是，它们距离我是如此遥远，以至于我几乎无法分辨那神圣的四座主峰，和我从农场里看到的景象大相径庭。这遥远的距离，犹如一双神奇的大手，把恩贡山脉的轮廓抚平了，与大地融合在一起。